En el corazón
de la ciudad levítica

En el corazón
de la ciudad levítica

Baltasar Magro

Rocaeditorial

© 2011, Baltasar Magro

Primera edición: mayo de 2011

© de esta edición: Roca Editorial de Libros, S.L.
Marquès de l'Argentera, 17, Pral.
08003 Barcelona
info@rocaeditorial.com
www.rocaeditorial.com

Impreso por Rodesa

ISBN: 978-84-9918-233-9
Depósito legal: NA. 1.039-2011

«Respetaréis mi santuario.»

Levítico 26.1

Duchcov (Checoslovaquia)

Mayo de 1945

*L*as débiles luces de la mañana resaltaban los efectos del devastador incendio en el palacete. A pesar de todos los desastres que había presenciado en los últimos meses de campaña bélica, el capitán Nikolái Punin observó con asombro el vetusto edificio ennegrecido y sintió la misma tristeza que si le hubieran arrebatado algo propio, como si tuviera alguna clase de vínculo con aquel lugar perdido entre la espesura de un bosque. El militar permaneció un buen rato inmóvil, en la orilla de un pequeño lago rodeado de parterres con abundantes flores. Imaginó que el interior de la mansión, situada a menos de quinientos metros, estaría completamente destrozado al revisar las secuelas que habían dejado las llamas en los muros de piedra, de cuyos contornos, pulidos o rugosos, habían desaparecido borradas por el humo las hilachas del pasado.

Tan solo unas horas antes, la ira de los checoslovacos se había desbordado contra la residencia que durante casi un lustro encarnó el símbolo de la brutalidad nazi. Allí, los jerarcas alemanes habían celebrado rutilantes festejos: los fuegos de artificio se contemplaban desde varios kilómetros a la redonda mientras que en los sótanos se torturaba con saña.

El entusiasmo que suscitó la caída de un régimen que había sojuzgado sin piedad a las gentes de Bohemia se mezcló, de súbito, con la rabia acumulada a lo largo de varios años de sufrimiento. La furia de la población solo pudo apaciguarse con una desmedida dosis de vandalismo. Las llamas purificadoras calmaron muchas heridas y, al mismo tiempo, disimularon las desvergüenzas de aquellos que habían asistido impávidos, y en silencio, sin pronunciarse jamás para oponerse a la ocupación de los nazis, ni denunciar los crímenes que cometían contra sus vecinos y familiares.

El capitán del Ejército soviético, Nikolái Punin, llamó a uno de sus hombres que descansaba, ajeno al desastre provocado por el fuego, en la cabina del vehículo todoterreno con el que se habían trasladado hasta aquel apartado bosque. Resultaba difícil dormir en un transporte desvencijado, con múltiples holladuras de proyectiles en su carcasa, con el que habían logrado resistir toda clase de ataques del enemigo y recorrer media Europa por caminos que parecían imposibles de transitar. Al sargento Vasíliev no parecía molestarle la incomodidad de los asientos en los que apenas quedaban restos del tapizado original. Él, como todos los hombres de la unidad a la que pertenecía, estaba exhausto y anhelaba regresar cuanto antes a su aldea natal, cerca de Moscú, mucho más ahora que los acontecimientos parecían precipitarse y el final de la terrible contienda se acercaba a marchas agigantadas.

Al escuchar las voces de su capitán, Vasíliev abrió levemente los párpados y contempló, a través del parabrisas agrietado, la espesa humareda que aún surgía por algunos huecos de los pisos superiores de la imponente mansión. Vio que Punin, junto al lago, le hacía señas con insistencia para que se acercase. Intentó hacerse el remolón. «¡Qué mosca le habrá picado!», fue lo que susurró entre dientes al percibir, algo alterado, a su superior.

Mientras se protegía con ropa de abrigo hecha unos harapos y descendía con desgana del transporte blindado, pensó en lo absurdo de la misión que les había llevado hasta allí. Después del sufrimiento que habían soportado, de las tragedias que habían vivido, tenían que preocuparse del estado de un palacete donde, seguramente, los nazis habían cometido toda clase de tropelías contra las gentes de la comarca. ¡Qué les importaba a ellos la destrucción de un edificio cuando todo a su alrededor era un completo caos…!

«Han hecho bien arrasando una de las residencias que requisaron los alemanes al comenzar esta guerra», murmuró en voz baja Vasíliev.

El sargento escupió en el suelo mientras recordaba el desagrado que le produjo desviarse la noche anterior del trayecto que tenían asignado, para intentar salvar un palacio en Duchcov una vez que ya habían cruzado la frontera alemana. A él no le extrañó la decisión porque conocía las extravagantes aficiones de su capitán, un militar algo pintoresco en sus gustos y con una devoción casi enfermiza por el arte y cosas similares. Tenía muy presente lo sucedido en Breslau, en territorio polaco. No lo olvidaría jamás. Aquello fue terrible, estuvieron a punto de morir todos bajo el bombardeo de su propia aviación porque Punin decidió proteger el museo municipal, hasta estar seguro de que los pilotos rusos habían recibido los mensajes enviados al mando para que afinasen la puntería. ¡Estúpido! ¡Solo se le ocurre a un niñato algo tan absurdo! Todavía se preguntaba hasta dónde estaba dispuesto a sacrificarse para salvar las pinturas que custodiaba aquel museo, en el supuesto de que las bombas hubieran comenzado a caer cerca de ellos. Su capitán era un tipo incomprensible para él; sí, un tipo raro, capaz de pelear y arriesgarse por cosas que no merecían la pena, pero con una capacidad asombrosa para convencer a los jefes de asuntos peregrinos y arrastrar a sus hombres en operaciones descabelladas como la de aquella jornada. Si por él fuera, pensó Vasíliev, el capitán sería relevado del frente y trasladado a otras funciones, a pesar de que ya estaba habituado a sus manías, porque era el momento de concentrar todos los esfuerzos en machacar a los nazis, algo que tenía a su alcance el Ejército Rojo después de tantos años de sacrificio y de muertes sinnúmero.

La pasada noche cuando oyeron por radio que un palacete era asaltado por civiles enfurecidos, a Nikolái Punin se le activaron sus enfermizas neuronas, las responsables al parecer de su devoción por la arquitectura y asuntos de esa índole, y trasladó parte de la compañía hasta Duchcov con la intención de poner freno a las masas, después de convencer a los superiores de la importancia que tenía aquella extraña misión de salvamento. Llegaron tarde, como era previsible, debido a la enorme distancia en la que se encontraban cuando recibieron las primeras noticias del asalto.

Casi al alba, al aproximarse al palacio, se dieron cuenta de la inutilidad de su esfuerzo. Las llamaradas eran impresionantes.

—Es horrible lo que han hecho… —fueron las primeras palabras pronunciadas por Punin cuando el sargento llegó a su lado, casi arrastrando los pies y con evidentes muestras de agotamiento por la falta de descanso.

Vasíliev asintió con un perezoso movimiento de la cabeza; sopesó lo absurdo de llevar la contraria a su capitán. En aquellos instantes, el suboficial soñaba con un camastro para derrumbarse encima de él y todo lo demás apenas le inquietaba. Ni siquiera la salmodia de Punin iba a modificar su opinión sobre aquella aventura sin sentido ni justificación.

Bordearon juntos el lago en cuya superficie rebotaban los primeros rayos del sol y resplandecían con la intensa luz hermosas variedades de nenúfares que harían las delicias de cualquier aficionado a la vegetación lacustre. La primavera se expandía con fuerza en los amplios y numerosos macizos de flores y en las arboledas del complejo de Valdstejn, cuyo nombre debía a uno de los duques más influyentes de la Europa central del siglo XVII, como le explicó el capitán a Vasíliev durante el trayecto que hicieron hasta aquel paraje, ajeno al poco interés que tenía el subordinado por aquellas historias.

Al acercarse al edificio comprobaron que apenas salía humo por los ventanales. Seguramente, los rescoldos del fuego se iban consumiendo.

Los dos militares se encaminaron hacia el arranque de las escalinatas. El primer tramo les condujo a unas amplias terrazas desde donde divisaron una impresionante panorámica del entorno por el que se extendían espesas arboledas. En el mismo pórtico de entrada aguardaba el cabo Zanudin junto a dos paisanos que daban la impresión de estar algo inquietos, tenían un aspecto sombrío en sus ajados rostros y a buen seguro desconfiaban de la presencia de los soldados rusos.

Tras saludar militarmente a sus superiores, el cabo informó de la situación. Él había sido el encargado de dirigir la avanzadilla que envió el capitán para contener a los incendiarios:

—Señor, como le advertí por radio, al llegar aquí no me encontré con nadie. Vimos, eso sí, por el camino, algunas personas que regresaban hacia sus casas, iban cargadas con objetos que, sin duda, habían sustraído del palacio. Tal y como me ordenó, no me entretuve en detenerlas o en cualquier otra acción contra los saqueadores. Cuando llegamos, poco se podía hacer, el fuego estaba tan avanzado que nos fue imposible controlarlo, ni siquiera fuimos capaces de entrar. Hace poco revisamos el interior y apenas queda nada a salvo.

—Y estos hombres, ¿quiénes son? —interrumpió Vasílicv mientras miraba de reojo a su joven capitán que frotaba nervioso las manos en el quicio de entrada. Hacia allí se había ido desplazando para examinar el vestíbulo sin atender apenas a las explicaciones que había expuesto el cabo con bastante precisión.

—Llegaron hace un rato para comprobar lo que había ocurrido, entienden algo el ruso —respondió Zanudin—. Ellos no participaron en el asalto; antes de la ocupación nazi eran los responsables de las caballerizas y con los alemanes hicieron idénticas labores. Creo que temen algún tipo de represalias por nuestra parte y están dispuestos a congraciarse con nosotros, quieren ayudarnos en lo que haga falta, así me lo han dicho.

—Bien, no nos corresponde a nosotros examinar sus conductas. ¡Acompañadnos! —ordenó el sargento a los empleados. Y muy en su cometido, recuperado de la modorra, prosiguió con idéntico vigor—: Zanudin, tú te quedas aquí por si se acerca alguien más. Y no dejes pasar a nadie mientras inspeccionamos el interior.

Una vez dentro del edificio, recibieron una fuerte impresión. El espectáculo era desolador, apenas se podía respirar con normalidad porque la atmósfera estaba cargada de vapores espesos y aún se apreciaban rescoldos de fuego y pequeñas brasas en algunos rincones.

Los empleados del complejo iban retirando los restos desperdigados de los muebles, muchos de ellos rotos o casi reducidos a escombros, para facilitar el deambular de los militares por las estancias. Los cristales de las ventanas habían estallado en miles de pedazos, los cortinajes estaban quemados o habían sido arrojados por los suelos, los cuadros tenían las telas destrozadas y astillados sus marcos, los frescos de los techos habían sido dañados por el hollín, las puertas de maderas tropicales aparecían despedazadas, las cubiertas de las techumbres daban la impresión de estar a punto de derrumbarse y había incontables objetos esparcidos por todas partes. Eran las huellas visibles de la barbarie, del caos.

13

El resultado era más grave en la planta superior, allí apenas se distinguía el mobiliario y los utensilios que adornaron, en su día, la residencia palaciega, debido al intenso trajín al que habían sido sometidos por los asaltantes. Quedaban por los rincones restos de lo que debieron de ser lámparas, relojes o extraordinarios muebles. Las telas a medio quemar que habían caído al suelo impedían desplazarse con normalidad por las diferentes salas.

—¿Quiere que vayamos a la biblioteca, señor, tal vez se haya salvado algo? —propuso uno de los improvisados guías.

A Nikolái Punin se le abrieron los ojos de par en par. Estaba impresionado por las secuelas que habían dejado el despojo y el incendio posterior, pero aquello sonaba esperanzador y fue confirmado por el individuo que se ofrecía a acompañarles:

—Muchos aseguran que era la mejor de Bohemia —resaltó el empleado, un hombre mayor que debía de rondar los setenta años, con abundante pelo encanecido y un aire servicial que probablemente tenía consagrado en sus entrañas desde la tierna infancia.

Ascendieron por una escalera de mármol repleta de cascotes y deshechos que el sargento con sus botas y los civiles con las manos iban retirando para facilitar el desplazamiento del capitán. Llegaron a una amplísima estancia donde el resplandor del sol que accedía libremente a través de diez inmensos ventanales casi cegaba imposibilitando, en un primer instante, contemplar el lugar y lo que contenía.

El ensueño que con anterioridad había estimulado el sirviente resultó fugaz. Tardaron unos segundos en adaptarse a la imponente luz y comprobar que la visión de lo que les rodeaba resultaba penosa. Casi todo estaba carbonizado. Muchas estanterías habían cedido con el fuego y los libros, muy dañados, retorcidas sus hojas, se hallaban desparramados por la oscura tarima. La inmensa biblioteca era una completa ruina. Resultaba extraño que allí, en aquel rincón alejado de Bohemia, se hubiera acumulado tal cantidad de ejemplares. Punin calculó, por encima, que debió de tener entre cuarenta y cuarenta y cinco mil volúmenes. Revisando los lomos, aquellos pocos que conservaban grabados los títulos y los nombres de sus autores, comprendió la importancia de lo que se había logrado reunir

14

en la biblioteca del palacio a lo largo del tiempo. Incluso había restos de pergaminos, vitelas con páginas iluminadas a mano, y lo que parecían ediciones valiosas. Pero en muchos casos solo quedaban partículas irreconocibles de lo que debió de constituir un inmenso tesoro bibliográfico.

Punin, educado con esmero por sus progenitores —su padre era un pintor de renombre en Moscú, y su madre una excelente poetisa—, sintió una punzada en el corazón, le faltaba el aire al contemplar el daño que había producido la irritación de las gentes vecinas al palacio. Le dolía que algo tan demencial pudiera acontecer, ni siquiera resultaba aceptable en las circunstancias que rodeaban el suceso y que justificaría el desahogo de las gentes tras años de soportar tanta humillación y violencia por parte de los alemanes. La sensibilidad del capitán le hacía rechazar, con contundencia, aquella clase de actos.

La voz del otro empleado, el más joven, le sacó de sus reflexiones.

—Allí, al fondo de la sala, existía un cuarto de lectura reservada, solo se podía entrar para revisar los libros y manuscritos con autorización expresa de la bibliotecaria. El fuego, como puede comprobar, ha hecho estallar las cerraduras y ahora podemos mirar lo que hay dentro.

Se refería el hombre a una pequeña habitación anexa a la gran biblioteca, que contaba con dos ventanucos y donde la mitad de sus aproximadamente ochenta metros cuadrados de superficie estaba ocupada por aparadores que también habían sido, en gran parte, pasto de las llamas. Sin embargo, la sólida madera de los muebles había impedido la destrucción completa de lo que protegían.

Nikolái fue retirando los cajones y contempló horrorizado lo poco que se podía apreciar de grabados antiguos, mapas o, incluso, dibujos de época renacentista, de acuerdo con la datación que él mismo estableció en un somero análisis. La mayoría de los libros se habían transformado en material carbonizado por las elevadas temperaturas que soportaron durante el incendio y al intentar moverlos, sacándolos de sus compartimentos, se deshacían en minúsculas pavesas que se elevaban por la habitación en un vaivén que certificaba aún más el desastre para asombro de los presentes. Vasíliev parecía ajeno a la exploración del capitán y merodeaba por los lugares más recónditos en busca de algo de valor. Los servidores de palacio permanecían al lado del oficial ruso, a la espera de que les solicitase su ayuda. La luz era tan escasa que resultaba factible recibir una impresión equivocada del estado del mobiliario que había dentro de la sala.

A Punin le llamó la atención un mueble que daba la impresión de haber resistido mejor las llamas y supuso que aún podían recuperar algún ejemplar valioso. Era un aparador de casi dos metros de ancho, con dos puertas y seis cajones. Le desalentó el hecho de que al intentar abrirlo las puertas se derrumbasen por el suelo, casi sin llegar a tocarlas con las manos. Otro tanto ocurrió con los cajones, transformados en polvillo negro al desplazarlos de su sitio. La decepción fue en aumento porque en el interior se acumulaban papeles chamuscados y pergaminos bastante deteriorados. No obstante, decidió trasladarlos con sumo cuidado a la sala principal de la biblioteca sin permitir que nadie le ayudase en esa tarea, pues temía que el trasiego los dañase aún más de no realizarse con precaución. Sus tres acompañantes le miraban asombrados ante el esfuerzo que hacía para intentar rescatar lo que podría considerarse, a primera vista, como briznas de carbón inservibles.

Lentamente, fue depositando láminas negruzcas encima de una mesa de mármol verde mientras las sujetaba con trozos de libros muy dañados que recogía del suelo; para esta última tarea solicitó la colaboración de los checoslovacos. Cuando terminó de colocar lo que consideraba interesante para ser analizado, lo fue observando con detenimiento y la máxima concentración. Había restos de dibujos y unos sencillos cuadernos cosidos a mano con la mayor parte de las hojas abrasadas. Sin embargo, a pesar de las dificultades para comprobar lo que contenían, concluyó que era un material digno de estudio.

—Has mencionado a una bibliotecaria. ¿Sabes cómo encontrarla? Me gustaría hablar con ella —dijo al empleado más joven.

—Por supuesto señor, sé donde se encuentra. ¿Desea que vaya a buscarla? Vive muy cerca de aquí, a unos cinco minutos, en una casa que pertenece al complejo. Estará muy asustada con lo que ha ocurrido y temerosa por salir, pero a mí me aprecia mucho y no creo que desconfíe. Es una mujer muy agradable, ya lo verá.

—De acuerdo —dijo Punin animoso—, ¡y rápido!

Nada más salir el checoslovaco, el capitán se dirigió a Vasíliev:

—Tú vete con este otro hombre a localizar unas cajas en buen estado, o algo que nos sirva para intentar guardar algunos papeles, bueno…, lo poco que queda de ellos. —Mientras pronunciaba esas palabras fue acariciando con la yema de los dedos la superficie de un cuaderno y contempló horrorizado cómo se desintegraban las tapas. Sus ojos azulados enrojecían debido a la espesa atmósfera cargada de hollín y a la emoción por lo que estaba presenciando.

—¿Tienen algún valor estas cenizas? —preguntó Vasíliev con fastidio y frotando su estómago vacío.

—Todavía no lo sé, espero que la bibliotecaria nos aporte algo de luz sobre esa cuestión. Ella debe tener una idea precisa de cómo llegaron a este lugar y lo que significan exactamente —Punin respiró profundamente, con gesto preocupado—, pero de lo que no cabe duda es de que son antiguos y supongo que pocas personas los han visto con anterioridad…

17

Una vez que se quedó solo y, mientras aguardaba el regreso de sus hombres y la llegada de la encargada que pudiera ayudarle a conocer la verdadera dimensión de los fondos bibliográficos, el oficial ruso revisó con detenimiento los pequeños fragmentos de los pliegos y rollos que no habían sido quemados por completo. Consideraba que merecía la pena intentar recuperarlos, aunque solo quedaran unos residuos.

En un primer momento, las imágenes dibujadas en los papeles ahuesados le hicieron pensar que se trataba de diseños que habían salido de la mano del propio Leonardo da Vinci, puesto que tenían las trazas del genial artista y reproducían progresos técnicos similares a los suyos. Luego, comprobaría que eran mucho más avanzados.

No había ninguna duda de que se trataba de estudios y bosquejos fruto de un visionario porque representaban avances de carácter técnico con un lenguaje y con unos códigos comprensibles para muy pocas personas. Punin supuso que reproducían diseños de edificaciones audaces como puentes y grandes bóvedas, sistemas para girar hélices, bocetos de armamento y hasta una maquinaria accionada con manivela para disparar simultáneamente numerosas balas, una primitiva ametralladora. Encontró también los planos de objetos sorprendentes, tales como dispositivos voladores de distinta tipología, audaces en su concepción, extraños relojes astronómicos y, sin duda, lo que más le llamó la atención: autómatas de diferentes tamaños y morfología. Lo último le enrabietó mucho más porque solo quedaban pequeños trozos del cartapacio donde se hallaban los esquemas de las figuras mecánicas con la supuesta explicación de su funcionamiento, insuficiente acaso para intentar comprender lo que suponían como progreso tecnológico ni, por supuesto, llegar a reproducirlos, a pesar de que los retazos existentes eran de una minuciosidad técnica maravillosa. Esa carencia de información era casi idéntica para el resto de los inventos. Difícilmente podría restaurarse el conjunto de algún manuscrito con las suficientes garantías.

Le resultó muy extraño lo que vio anotado en la funda de cartón en uno de los cuadernos: «Toledo 1575». Tenía referencias de esa ciudad por los grabados que había visto en su casa de Moscú, en ellos se distinguía un urbanismo casi oriental con edificios de delicada decoración en estuco, y sabía que fue capital del reino de España con el emperador Carlos V y con su hijo Felipe II. Pero, a todas luces, resultaba inimaginable que en aquel tiempo alguien hubiera llegado tan lejos en el desarrollo tecnológico.

El capitán se desplazó, a continuación, hacia una esquina de la imponente mesa de mármol donde había depositado con la delicadeza de un cirujano varios manuscritos, trasladados hasta allí desde el cuarto privado. En uno de los cuadernos se perfilaban construcciones fruto de la imaginación, de mucha fantasía y con formas nunca probadas que, seguramente, jamás llegaría a realizar el ser humano; sin embargo, parecían reales, posibles, tal y como estaban proyectadas.

Al hojear las partes menos dañadas de otro manuscrito comprobó que reproducían complicados sistemas constructivos a partir de la figura de un cubo. Halló otro libro con extrañas figuras geométricas entrelazadas que constituían el único argumento en la mayoría de sus páginas. En la tapa de este tomo pudo apreciar un nombre: «Llull».

Nikolái Punin estaba aturdido ante lo que presenciaba, impotente para resolver la situación, mientras se hacía numerosas preguntas a las que no lograba responder. Entre tanto, a la espera de que llegase la bibliotecaria, desvió su mirada hacia el exterior y apareció ante sus ojos el inmenso parque, de estilo inglés, que se extendía sin límites. Era de una belleza deslumbrante, inundado por la luz de una mañana completamente soleada. La armonía de la naturaleza que contemplaba gozoso le hizo arrinconar, por unos instantes, la locura, crueldad y tragedia que había presenciado en los dos últimos años desde que iniciara su bautismo de fuego en la lucha titánica que supuso el cerco a Stalingrado en el terrible invierno de 1942. Nunca imaginó hasta dónde podía alcanzar la brutalidad de la guerra. Para sobrevivir a tanto horror se refugiaba en sus recuerdos como profesor ayudante de Arte, en el deseo por regresar a las aulas donde se dedicaban a descubrir y analizar las propuestas más hermosas fruto de la creación del ser humano.

Le resultaba casi imposible comprender el desvarío que había llevado a algunos a destrozar en aquella residencia palaciega todo lo que encontraron a su paso, sin medir las consecuencias. Frotó sus sienes y recapacitó en la suerte de los que tuvieron la oportunidad, a veces inmerecida como los nazis, de acomodarse en aquella biblioteca, con el magnífico jardín a sus pies, para disfrutar del conocimiento de mentes geniales, cuyo legado se conservó intacto en el palacio hasta la noche anterior, la noche de su casi completa destrucción.

¿Cuál era la historia que rodeaba a aquellos documentos? ¿Cómo era posible que se conservaran allí una serie de manuscritos que provenían de un país lejano, de España al parecer, y con casi cuatro siglos de antigüedad? ¿Qué relación tuvieron los dueños de aquella residencia con los hombres geniales que atisbaron unos avances tecnológicos de tamaña dimensión y audacia? Las preguntas se amontonaban en su mente llegando, por momentos, a inquietarle. Deseaba obtener las respuestas y, sobre todo, intentar rescatar lo que pudiera de aquel santuario para que fuese analizado por expertos. La mayor dificultad estribaba en el hecho de que tenía órdenes precisas de aden-

19

trarse en territorio alemán aquel mismo día y nadie, salvo él mismo, sería capaz de medir la importancia de lo que existía en la biblioteca y sacrificarse por su reconstrucción. A sus superiores apenas les importaría un montón de escombros y papeles carbonizados si ello suponía un retraso en las operaciones militares. Era consciente de que no aceptarían más demoras, salvo que estuvieran justificadas.

Pero algo tenía que hacer, no estaba dispuesto a dejar allí abandonados aquellos manuscritos, a pesar de ser en gran parte irrecuperables. Deseaba conocer por qué fueron ocultados en un palacete de Bohemia. Aquella historia le atraía más que cualquier misión del Ejército Rojo al que pertenecía...

Toledo (España)

11 de septiembre de 1767

*E*l cardenal Luis Fernández de Córdova estaba molesto porque las obras que debían resolver, como él deseaba y urgía, las limitaciones y estrecheces que tenían desde antaño el archivo y la biblioteca del palacio se demoraban en exceso. Llevaba varias semanas intentando dilucidar los motivos del retraso sin ningún resultado, y comenzaba a considerar que la dignidad que poseía no representaba, de hecho, ningún poder efectivo para hacer realidad todos los deseos que él se había propuesto al recibir el capelo.

Aquel 11 de septiembre era un día señalado para la ciudad y especialmente una jornada destacada para el prelado: se cumplían doce años desde su toma de posesión como arzobispo primado de las Españas. Las celebraciones tendrían lugar hacia el mediodía en la catedral, pero el cardenal se había levantado al filo de la madrugada recordando que una de sus prioridades al alcanzar la silla primada había sido transformar el archivo en un lugar de estudio e investigación histórica de primer orden. Había avanzado bastante en otros objetivos como el de mejorar la disciplina del clero que, en ocasiones, mantenía comportamientos disolutos y escasamente piadosos, también había logrado reformar la gobernación del territorio y moderar la pompa y el fasto de una Iglesia que, muchas veces, se olvidaba de los que sufrían al permanecer y protegerse dentro de una burbuja que llevaba a dar la espalda a las necesidades de los más pobres. Pero en el debe del cardenal aristócrata, ya que también era conocido por su título familiar de conde de Teba, además del fracaso en la ampliación del archivo destacaban los problemas que había tenido con el rey Carlos III. Dos habían sido los motivos de los enfrentamientos con el monarca y de los sinsabores de su relación con él: la expulsión de los jesuitas, con la que no estuvo de acuerdo el arzobispo y que intentó evitar con todas sus energías, y la política regalista del monarca que pretendía reducir las competencias de los dignatarios eclesiásticos.

Sin embargo, aquel 11 de septiembre lo que más desazón provocaba al primado mientras tomaba su frugal desayuno, lo habitual era un trozo de pan untado con aceite y medio vaso de leche servido por dos monjas con una delicadeza que le seguía asombrando, era el desamor con que se atendía todo lo relacionado con el patrimonio del Palacio Arzobispal. Había sido informado recientemente de la desaparición de algunas pinturas, de objetos escultóricos y también de varios manuscritos del propio archivo. Lo que atesoraba esa dependencia era en gran parte inédito tanto para los archiveros como para los estudiosos, debido a que los legajos y documentos se amontonaban en estantes de difícil acceso o en las llamadas ratoneras, conocidas con ese sobrenombre por ser los cuartuchos a los que no se podía acceder al impedirlo la inmensa magnitud de lo que allí se atesoraba con absoluto descontrol.

El palacio contaba con diferentes entradas y se extendía por varias calles del corazón de la vieja ciudad. Tuvo como origen la donación de numerosas viviendas que hizo el rey castellano Alfonso VIII a la Iglesia y, más tarde, fue ampliado sin un criterio arquitectónico uniforme a lo largo de cinco siglos. Era un espacio inmenso, laberíntico, el de mayores dimensiones de la ciudad, y parecía ingobernable. Allí todo funcionaba con una lentitud pasmosa, irritante, en opinión del conde de Teba. Ni siquiera la destitución de los dos canónigos que, con anterioridad, se ocupaban del archivo y la biblioteca había servido para culminar en el tiempo previsto el proyecto de reforma y ampliación de sus instalaciones.

El cardenal hizo llamar a su secretario mientras repasaba algunas cartas después de desayunar. Pretendía indagar algo más sobre la personalidad de Ramón Benavides, miembro del cabildo que llevaba más de un año como guardián y custodio

22

del archivo. Le había sido recomendado, tras la destitución del anterior responsable, como el seguro salvador del centro por personas importantes, y piadosas, de la ciudad.

Rodrigo entró en el despacho con su jovialidad característica. A Luis Fernández de Córdova le agradaba la excelente disposición que tenía su principal asistente para cualquier tarea y su carácter vivaz, hasta el extremo de permitirle un trato cordial y cercano que a todos asombraba.

—¿Has oído, últimamente, algo más sobre el canónigo Benavides?

—En su momento —respondió el sacerdote situado frente a la mesa del prelado—, ya revelé a su eminencia todo lo que me dijeron sobre él: que es afanoso y no rehúye los problemas. Y que existía en esos locales subterráneos una dificultad que los anteriores canónigos no afrontaron, como era la necesidad de excavar en la roca para ampliar las salas y la de reunir a personas de confianza para intervenir en el traslado y catalogar, como es preciso, los fondos. Benavides ha conseguido traer a diez seminaristas que colaboran con él en esa tarea. Eso hay que tenerlo muy en cuenta. Y horadar y extraer las piedras está retrasando las obras, pero ahora se está haciendo, no como antes que había demasiadas excusas y ninguna explicación coherente sobre las dificultades.

El comentario minucioso de Rodrigo hizo reflexionar al cardenal. Tal vez estaba siendo injusto con el archivero y por fin los trabajos avanzaban en serio, aunque con mayor lentitud de la deseada por él debido a las dificultades del terreno. El secretario interrumpió sus pensamientos, hablándole con voz calmosa, para no alterar al prelado.

—Hoy tengo una buena noticia que darle…

—¿Hay acaso una fecha para la finalización?

—No, no me refería ahora, precisamente, al archivo. Quiero hablarle de su sobrina-nieta, la condesa de Montijo…

El primado modificó la expresión sombría que tenía su rostro hasta ese momento. Lo que tuviera relación con su joven pariente, que permanecía bajo su tutoría, le hacía entusiasmarse al instante y su sola presencia, las pocas ocasiones en la que se acercaba hasta la ciudad primada, le hacía apartar como por ensalmo el cansancio de la vejez, o el pesar por los objetivos que

23

se le resistían, aquellos anhelos y conquistas que él sospechaba que jamás llegaría a alcanzar. El conde-cardenal era consciente de que sus días se acababan y de que muchas cosas le estaban vedadas de por vida. Él era tan mortal y limitado como los demás, aunque algunos fieles, y especialmente las monjas de clausura que tanto le querían, pensaran lo contrario. Pero cuando había que hacer algo por María Francisca de Sales Portocarrero y Zúñiga, condesa de Montijo y sexta titular de sus estados, huérfana de padre y cuya madre había ingresado profesa en las Carmelitas Descalzas, se estimulaban todos sus sentidos para lograrlo. María era una joven que, según el parecer del arzobispo, estaba dotada de una inteligencia extraordinaria y poseía una dulzura que le tenía embobado, a él y a cualquiera que tuviera la dicha de conocerla de cerca. Entre sus últimos empeños se situaba el encontrar un centro o institución para que su sobrina tuviera una educación excelente, la mejor, y esperaba desde hacía algunos días noticias sobre ese particular que estaba a punto de desvelarle el joven sacerdote que tenía a su servicio.

—... ya se encuentra atendida, como deseaba su eminencia, en las Salesas de Madrid, el colegio que fundaron nuestros reyes para la educación de muchachas nobles —expresó con aplomo y entusiasmo Rodrigo, consciente de que al cardenal le agradaría la buena nueva—. Allí seguirá sus estudios para ser una perfecta casada o para moverse como una gran dama por el mundo, pues ella, bien lo sabéis, eminencia, es de un carácter algo especial —pronunció las últimas palabras con parsimonia, consciente de que el cardenal comprendería la intención que encerraban.

—Fuerte e independiente, puedes asegurarlo, Rodrigo, que lo sé.

—Sí —reafirmó el sacerdote—, y con demasiados sueños.

—¡Cuándo si no! Bueno, ahora tendrá la mejor formación para que modere las veleidades normales en una jovencita, no debemos preocuparnos por ello.

—Así es. Las monjas venidas de Francia, además de preparar a las alumnas en buenos modales, música y bordados, les enseñan el dominio de varias lenguas vivas, como el italiano y el francés, y también incluyen las lenguas clásicas, tales como el latín y el griego. Además, el cardenal estará informado cada semana de la evolución de la condesa. Y bien, después de esta noticia que no deseaba retrasar para su conocimiento, debo añadir que también sé algo más sobre el archivero.

—Adelante. Podías haber comenzado por ahí cuando te lo pregunté.

El prelado apremió a su colaborador mientras cerraba una de las contraventanas del balcón situado cerca de su mesa. De esa manera, ocultó a Rodrigo la imagen de la catedral que resultaba imponente por su cercanía, a tan solo unos pocos metros, de tal manera que parecía factible acariciar sus muros desde palacio cuando los ventanales del despacho estaban abiertos de par en par. Ese día la luz que les llegaba del exterior era tenue, había amanecido con abundantes nubes en el cielo, aunque no amenazaba lluvia. Por lo tanto, el cielo aseguraba el lucimiento de los actos que realzarían el aniversario del cardenal.

—Uno de los seminaristas que trabaja en el archivo es de mi pueblo, de Talavera de la Reina, y me ha contado con el máximo de los respetos que el canónigo Benavides es algo intransigente, un poco fanático…

25

El secretario lo afirmó con un gesto aniñado, rehusando mirar fijamente al cardenal, lo que le hacía parecer más joven de lo que realmente era. Acababa de cumplir los veinticinco años. El prelado estaba muy satisfecho con él. Había sido una excelente recomendación la que le hiciera sor Dolores, la religiosa responsable del buen funcionamiento de la intendencia en el palacio, para que le eligiera como persona de confianza.

—¿Y cómo lo manifiesta y lo expresa el canónigo para que tu paisano se atreva a decir tanto del responsable del archivo? Es una acusación grave y debería ese amigo tuyo tener más cuidado con lo que comenta de un superior y ser más prudente. No es muy de fiar alguien tan deslenguado, querido Rodrigo. Y lo que es más importante en este asunto: ¿esa supuesta forma de actuar y pensar del canónigo afecta, de alguna manera, al funcionamiento de las instalaciones? Por ejemplo: ¿es menos diligente por esa causa?

El joven sacerdote observó con admiración al cardenal. Tenía la virtud de fijar las cuestiones con la máxima precisión, de ir a lo fundamental sin perderse en diálogos dispersos. Como aquella ocasión en la que subrayó, nada más conocerle, ya en la primera entrevista que mantuvo con él, que, siendo importante para un cristiano la oración, lo era más atender a sus semejantes, a los débiles, y aunque fueran necesarios para la organización de la estructura eclesial hombres como él mismo e instituciones como la del arzobispado, nunca deberían dejar de lado lo esencial: el amor al prójimo. Y Luis Antonio Fernández de Córdova cumplía a la perfección con esa máxima. Él empleaba la mayor parte de sus rentas, que superaban la cifra de 250.000 ducados anuales, en socorrer a los más necesitados.

Por añadidura, el cardenal tenía un aire bonachón que era reflejo de su propio comportamiento: el de una persona con escasos recovecos para el trato franco. Y, a pesar de que uno de sus defectos era que delegaba poco en los demás, lo que le proporcionaba demasiados disgustos, jamás desatendía a nadie o lo que consideraba importante para la diócesis. Rodrigo le repetía a menudo que para evitarse algunos agobios era imprescindible desviar la atención de las menudencias, de las pequeñas irregularidades, ya que era imposible abarcarlo todo o intentar solucionarlo todo hasta en sus mínimos detalles. Sin embargo, el cardenal había dispuesto que por nada del mundo se le sustrajera información sobre las peticiones o quejas que llegasen a palacio. De esa manera, el trabajo se complicaba, y era de admirar su excelente disposición para escuchar a la gente y tratar sus problemas.

—¿Sabía el cardenal que el archivero es un colaborador de la Inquisición? —planteó el secretario de una forma directa, sin ambages.

—¿Quieres decir, por como lo expresas, que lo hace subrepticiamente y movido por sus propios intereses?

—Yo no lo podría revelar con palabras tan atinadas como las suyas —expuso el sacerdote con admiración y sin dominar la congestión que le subía al rostro.

—Esa es una acusación grave. Porque colaborar, colaborar, todos estamos obligados a hacerlo.

—Pero él lo hace para perseguir a quien considera un enemigo personal, según tengo entendido —señaló Rodrigo—. Y esa labor le ocupa demasiado tiempo, al igual que le resta dedicación al arzobispado el manejo de algunos negocios particulares.

—Bueno, tengo que decirte que no era un secreto para mí que ayuda, de una manera especial, en algunas acciones del Santo Oficio. Lo más llamativo, por el momento, es eso de los negocios. ¿Cuáles son? —preguntó Fernández de Córdova frotándose el entrecejo con los dedos.

—Los propios de cualquier anticuario.

El cardenal levantó los hombros mostrando, de esa manera, la minucia de la acusación contra el archivero.

—¿Me permitís que os exponga lo que ha llegado hasta mis oídos?

El conde de Teba asintió con un movimiento de cabeza a la cuestión planteada por su ayudante.

—Lo embarazoso es que don Ramón Benavides recorre los templos y conventos de la ciudad, y hasta residencias de alcurnia donde ha fallecido el cabeza de familia para engatusar a las viudas, de aquí mismo, en la propia ciudad, y de la provincia, buscando los objetos que le permitan incrementar su bolsa. Y para hacer provechosas adquisiciones se sirve de su posición —insistió Rodrigo con fuerza para convencer a su superior—. Dicen que necesita abundante plata para mantener una torre árabe que adquirió cerca del pueblo de Casasbuenas donde se acumulan los tesoros que él guarda para sí mismo y que va consiguiendo con sus *artes*.

Para sobreponerse al disgusto que le acababa de originar lo que le había contado Rodrigo, el cardenal tuvo que recostar su corpachón en el respaldo del sillón.

Si había algo que irritaba especialmente a Luis Fernández de Córdova era el tibio comportamiento cristiano de un miembro del clero, el mal ejemplo que daban algunos de los integrantes de la Iglesia, pues afirmaba que allí dentro también residía el mal y se hacía más daño al buen nombre desde el interior de la Iglesia que con los ataques que llegaban desde fuera de su seno. Los hipócritas y falsos eran los verdaderos herejes, le escuchó Rodrigo decir en una ocasión. Al prelado le resultaba muy difícil meter en vereda a los canónigos, ni siquiera lo pudo hacer el cardenal Cisneros en su tiempo, a pesar de intentarlo con toda su sabiduría y poderío.

Rodrigo aguardaba en silencio la reacción del conde de Teba. Por fin, pasados algunos segundos, don Luis se incorporó

27

de su asiento con gesto cansino y preocupado. Una sombra disipaba la viveza de sus ojos azules. Abrió la contraventana y contempló la torre de la catedral, simbólicamente coronada por unas formas que asemejaban las espinas que llevó clavadas en sus sienes Jesucristo durante la pasión. El templo aparecía majestuoso bañado al fin por el sol matutino. En sus naves, dentro de pocas horas, tendría lugar una brillante ceremonia para conmemorar la llegada al arzobispado de Fernández de Córdova.

Al cardenal le reanimaba siempre la visión del edificio gótico y solía posar también su mirada en el tímpano de la portada principal, para detenerse en la imagen de la Virgen María imponiendo la casulla a san Ildefonso, un medio relieve enclavado en el centro del arco que sujetaba el parteluz con la imagen del Salvador. Al mediodía, él y su séquito iban a acceder por esa puerta llamada del Perdón, situada a los pies del templo y abiertas de par en par las monumentales hojas de siete metros, para encarar la nave central y comenzar las celebraciones del día.

Sin dejar de contemplar la catedral, habló a su secretario con un sonido algo más grave de lo que era habitual en él.

—Rodrigo, ¿hay alguna otra razón para explicar el retraso en la ampliación del archivo?

El sacerdote consideró llegado el momento de explayarse en las explicaciones. Una vez más, el prelado había afinado en la observación.

—El canónigo detuvo las obras durante bastantes semanas, y lo hizo porque, al parecer, descubrieron en una profunda galería una especie de caja secreta. A raíz de ese hallazgo no permitió a nadie que entrara al lugar e interrumpió los trabajos.

—Pueden ser habladurías, ¿no crees? Su obligación hubiera sido informar de un descubrimiento de esa importancia. Y me extraña la existencia de una caja secreta sin que yo supiera algo sobre el particular. En ninguno de los despachos suyos que he recibido se me informó de algo de ese tenor.

—Mi paisano, el seminarista de Talavera, me dijo que él vio unos cofres cuando se produjo un derrumbe y apareció la galería, pero puede que el muchacho se confunda. Es cierto que el volumen de papeles en esos sótanos es innumerable…

—No podemos fiarnos de murmuraciones —subrayó el cardenal acomodándose otra vez frente a la mesa de su despacho.

—Él afirma que llegó a ver un arcón con extraños documentos...

—¿Extraños? —sondeó el prelado incómodo por la imprecisión con la que se expresaba su colaborador más cercano.

—Bueno, es lo que me dijo, siento carecer de más información. Intentaré hablar de nuevo con él para analizar lo que sabe.

Luis Fernández de Córdova movió levemente de un lado a otro la cabeza y frotó sus manos. Comenzaba a inquietarse.

—¡Qué sabrá ese seminarista paisano tuyo! —exclamó con su acento más andaluz, algo que le brotaba en contadas ocasiones y siempre en círculos de confianza o familiares— Si es imposible conocer todo lo que allí se ha ido guardando y los vericuetos de sus salas. Por esa razón, hay que finalizar la ampliación y la reforma de las instalaciones, para catalogar debidamente sus fondos y crear un espacio más diáfano.

—Lo cierto, eminencia, es que el canónigo no permite la entrada al pasadizo donde se encontraron los arcones —insistió el joven clérigo.

—Convocaremos a Ramón Benavides para aclarar este asunto. —Golpeó sus piernas con decisión y luego se levantó del sillón—. Ahora, Rodrigo, preparémonos para una jornada que espero sea inolvidable. Por cierto, ¿enviaste la invitación a don Adolfo Mendizábal? Tengo afecto por ese masón, el último del reino, tal y como están las cosas ahora para ellos. Él es un verdadero creyente, de los más fervorosos.

Rodrigo Nodal, secretario del arzobispo-primado de las Españas, confirmó con un gesto de la cabeza haber enviado la invitación al señor Mendizábal para que asistiese a las celebraciones del 11 de septiembre, y al ágape que tendría lugar en Palacio. No podían faltar en aquella importante jornada las personas a las que el cardenal tenía en gran estima, entre ellas la joven condesa de Montijo.

Subieron juntos hacia las habitaciones privadas del cardenal.

En el angosto pasillo de la planta alta se encontraron con sor Dolores, pariente lejana de Rodrigo, acompañada por otras dos religiosas que cubrían sus cabezas con amplias y relucientes tocas almidonadas. Después de hacer una reverencia al purpurado, la superiora acarició en la espalda a su sobrino.

Don Luis Fernández de Córdova entró en sus aposentos

acompañado por las tres monjas. Se había hecho algo tarde y debía prepararse con rapidez para la festividad. El secretario se marchó deprisa hacia su cuarto situado a mucha distancia, en la planta baja del intrincado edificio, para prepararse, a su vez, para las celebraciones del día y atender a los invitados preferentes que comenzarían a llegar en pocos minutos.

En un lugar secreto de París

15 de octubre de 1767

*L*a penumbra espesaba las sombras e impedía distinguir las facciones de las personas que asistían al encuentro. Para colmo, la mayoría se congregaba en el fondo de la gruta y lucían rasgos fantasmales modulados por manchones con el claroscuro de las luces. Lo que más destacaba en el grupo eran especialmente sus mandiles blancos, como si fueran fogonazos a pesar del fulgor agonizante de los cirios.

La *tenida* colectiva se alargaba mucho más de lo previsto. Había sido convocada por el gran maestre, el conde de Clermont, en el otoño del año 5527, de acuerdo con el calendario del rito escocés, para analizar la situación de las logias en Francia y en España. Preocupaban sobremanera las noticias alarmantes que llegaban desde el vecino país. Allí, las asociaciones, carentes de actividad desde hacía mucho tiempo, estaban a punto de ser borradas de la lista por las grandes logias anglosajonas y, en consecuencia, desaparecer por completo de la Hermandad. El maestro de la matritense Tres flores de lys, Adolfo Mendizábal, expuso las dificultades por las que estaban pasando, insuperables en cierta medida desde cualquier análisis que se hiciera:

—La Inquisición y el propio monarca nos están destruyendo. Poco podemos hacer ante un ataque tan demoledor y una persecución de tal hondura. Lo peor de todo, lo más grave, es la actitud de Carlos III, que se halla en las antípodas de Luis XV, por suerte para vosotros. La presión de la que somos objeto ha alejado de las logias a los obispos, abades, canónigos, teólogos y toda clase de sacerdotes y religiosos, lo que nos ha hecho más débiles para intentar sobrevivir frente al zarpazo de la ignorancia que nos asola. Desde la prohibición decretada por el papa Benedicto XIV, en España se nos ataca sin descanso impidiendo que llevemos a cabo cualquier tipo de actividad. Aquí, en Francia, Gran Maestre —dirigió el maestro español su mirada al conde de Clermont—, el rey Luis XV, vuestro primo, os defiende sin reservas. Bueno sería que enviase una embajada a Madrid para aportar a Carlos III algo de *razón* —puso mucho énfasis en la última palabra— sobre lo que representa la masonería, y para animar al conde de Aranda, su principal ministro, a que nos respalde sin temor, puesto que es sabida su simpatía hacia nosotros, aunque no se atreve a llegar más lejos, ni dar los pasos necesarios para modificar la situación angustiosa en la que estamos inmersos.

Luis de Borbón Condé, titular del condado de Clermont, asintió con un leve movimiento de la cabeza mostrando su buena disposición para cumplir con la solicitud que le planteaba el venerable maestro que había llegado desde Madrid. Luego, remarcó con palabras:

—Sí, contad con ello, se lo transmitiré a su majestad, a nuestro amado monarca Luis XV, os lo aseguro —expresó con firmeza, consciente de la gravedad del momento que soportaban los hermanos españoles—. Sabíamos que Carlos III, influido por nuestros nefandos enemigos, nos ha llegado a definir como «peligrosa secta que vive encerrada en el secreto»…

—Lo que más le preocupa al rey —matizó Adolfo Mendizábal, el *venerable* maestro de la logia Tres flores de lys— es que exista una vinculación con masones de otros países, debe creer que peligra su poder o las esencias españolas resumidas en la rotunda proclama de Dios, Patria y Rey. Nosotros somos, al parecer, quienes queremos desmontar los valores eternos de la patria.

—Todo es fruto del desconocimiento y es absurdo pensar de esa manera —señaló Clermont visiblemente afectado por las acusaciones de Carlos III—. Algunos poderosos desconocen nuestra postura de respeto sin límites hacia nuestros monarcas, a las normas de cada país, y la disposición de la que hacemos gala para eludir controversias o disputas en cuestiones políticas o religiosas. Es cierto que aceptamos, entre nosotros, a hermanos con puntos de vista discutibles desde la ortodoxia católica, *philosophes* que, además de tener una excelente formación clásica, practican varias ciencias, pues proclamamos la universalidad del saber humano y no ponemos límite a la mente y el verdadero conocimiento. Buscamos la verdad dondequiera que se halle.

—Nuestra insaciable curiosidad no es bien comprendida por cualquiera, y mucho menos en mi tierra —añadió Mendizábal.

—La armonía humana depende en gran medida de ampliar la visión de las cosas —explicó el conde—, de una búsqueda que no desdeña la sapiencia en historia, derecho, lingüística, escolástica, química y alquimia, física y geometría, matemáticas o erudición, y en todo lo que sea imprescindible para hallar respuestas que nos permitan ser mejores y ayudar a la felicidad de nuestros congéneres. Ya no vivimos en los días de las certezas impuestas por los sacerdotes de cualquier tipo de creencia, ahora se precisa un pensamiento crítico y para ello es fundamental la inteligencia bien labrada. No pretendemos saberlo todo, ni seríamos capaces de soñar con algo de ese alcance y dimensión fuera de nuestra hermandad; ciertamente, hay sabios que pueden lograrlo por sí solos, pero los vínculos que se crean entre nosotros nos permiten llegar más lejos y servir a nuestros semejantes mejor, también conservar lo que tiene gran valor, aquello que nos fue legado, para impedir que sea utilizado en aras del mal. En fin, creo que vuestro rey y quienes le asesoran apenas entienden nuestro espíritu de fraternidad, progreso e igualdad como seres que formamos parte de la obra del Gran Arquitecto del Universo. —La última parte de sus reflexiones fueron pronunciadas en un tono solemne, el mismo que acostumbraba a emplear en las ceremonias de iniciación—. Pero, en verdad, señor Mendizábal, sois el reducto más resistente, el último que nos queda en España, y debemos esforzarnos para que perduréis por el bien de vuestro pueblo y del rey que nunca encontrará mejores escuderos. Tenemos que ayudaros con todas nuestras fuerzas.

Un murmullo de aprobación se extendió por la amplia sala, cubierta con una bóveda estrellada, confirmando el pronunciamiento del Gran Maestre expresado con entusiasmo y, al mismo tiempo, con una elegante sobriedad, algo bastante frecuente en el principal masón de Francia.

El conde se levantó del sillón y avanzó unos pasos hasta situarse en medio de dos columnas exentas del orden corintio. Se detuvo en el mismo centro de una alfombra en cuya almendra, tejida en seda, figuraban un cubo y varias rosas rojas. Aquella era una imagen poderosa de la que nadie podía sustraerse. Los hermanos dejaron sus asientos y rodearon a Clermont formando un círculo en torno al maestre. Iban todos elegantemente ataviados con sedas y encajes primorosos. Mendizábal pudo apreciar entonces sus rasgos con bastante precisión. Eran veinticuatro los asistentes, maestros venerables de sus respectivas logias de Francia en las que se practicaban diferentes ritos, algo que había sido tratado con anterioridad en el encuentro con intención de lograr una unificación que, por el momento, resultaba casi imposible.

La *tenida* colectiva iba a finalizar pronto. Adolfo Mendizábal recordó algo que también había sido motivo de su desplazamiento hasta París y que había relegado por la necesidad de recuperar cuanto antes el apoyo del rey francés y por la emoción vivida junto a los preclaros masones de Francia. Se apresuró a hablar en cuanto tuvo oportunidad de hacerlo.

—Gran Maestre, solicito vuestra autorización para, aprovechando la presencia de tantos hermanos, hacer una petición, la última, os lo aseguro.

—Brevedad, os ruego —indicó el conde, a la vez que desplazaba su brazo con un movimiento que indicaba la autorización al español para intervenir ante la asamblea. No en vano, consideró Clermont, el maestro de Madrid había realizado un largo viaje y merecía ser atendido con todos los miramientos posibles.

—Quiero preguntaros si conocéis a un hermano que sea un extraordinario especialista en ocultismo, mancias y cábala, alguien capaz de ayudarnos y de desplazarse hasta España, pues allí le precisamos para resolver un misterio. Debe ser también exquisito, aguerrido y dispuesto a todo porque la misión que tendría que realizar es bastante complicada.

Los presentes se miraron unos a otros con asombro y desconcierto. Transcurridos unos segundos en los que los murmullos fueron creciendo en intensidad, Luis de Borbón intervino:

—Es mucho lo que pretendéis. Pero, decidnos: ¿de qué se trata? ¿Qué tiene que hacer ese hermano dispuesto a la aventura y al riesgo? Os ruego que seáis más preciso y concretéis, por favor...

Adolfo Mendizábal observó los candelabros con las velas a punto de ser consumidas, el compás y la escuadra, tallados en madera, detrás del sitial que antes había ocupado Clermont. Este permanecía en el centro del templo y hacia ese lugar se movió Mendizábal para que todos pudieran verle y escucharle sin esfuerzo. Destacaba sobre el resto de los maestros por su vestimenta oscura; las levitas de los franceses tenían colores chillones y la suya era de un azul apagado. Asimismo, por su juventud, probablemente era el de menor edad de los que habían asistido a la *tenida* de París. A la muerte de su padre, venerable maestro de la logia de la capital de España Tres flores de lys, recibió con urgencia el mallete, porque nadie estaba dispuesto a asumir la autoridad. Teniendo en cuenta los difíciles momentos por los que atravesaba la masonería en España, había sido un proceso excepcional, incluso para un lovetón como él.

Mendizábal se ajustó la peluca que se le había desplazado ligeramente hacia la nuca, mientras hacía un gran esfuerzo de concentración para manejar convenientemente el idioma francés, que comenzó a estudiar desde la infancia. Deseaba que todos comprendieran a la perfección lo que iba a exponerles.

—En la ciudad de Toledo, cerca de Madrid, de la capital de España, durante unas obras que se hacían en un subterráneo, se descubrió una cripta en la que había ocultos varios manuscritos que, al parecer, fueron encerrados allí porque tenían un valor extraordinario como propuesta de pensamiento y avances científicos que iban en la dirección opuesta a la doctrina oficial de la Iglesia. El lugar está situado bajo una plaza que constituye el eje espiritual e ideológico de la ciudad, de una urbe que en el pasado fue ágora de las ideas más avanzadas y que luego cayó en el oscurantismo. Es un enclave rodeado por edificios de mucho abolengo: la catedral gótica, el Ayuntamiento y el Palacio Arzobispal, donde reside el prelado de las Españas. Nos han dicho que ese archivo secreto contiene también abundantes documentos con imágenes y enseñanzas ocultistas, códices que pudieron pertenecer a alguna orden secreta que dominaba diferentes mancias. La única persona que llegó a ver lo que había dentro de esa cripta fue incapaz de interpretar su verdadero significado, excepto alguno de los pergaminos y papeles donde se mostraban técnicas que superan lo imaginado por el ser humano, dominios que nunca alcanzaron nuestros ancestros constructores, y le resultó algo más comprensible lo último debido a las ilustraciones que acompañaban a los diseños. —Antes de proseguir, Mendizábal observó de reojo a sus hermanos y se sintió satisfecho al comprobar que era notable el grado de interés por lo que les contaba—. Esa persona pudo ser asesinada, según la investigación que llevamos a cabo, y nos tememos que cualquiera que se adentre en ese misterio corre bastante peligro. —Hizo una larga pausa para tomar aire y adquirir fuerzas antes de concluir con la exposición. Volvió a comprobar el elevado interés que habían concitado sus palabras entre los presentes—. No podemos permitir que se destruya lo que ha aparecido allí. Os pido que salvemos ese legado o, al menos, que intentemos estudiarlo antes de que sea destruido porque algo así, nos tememos, puede ocurrir en cualquier momento. Por lo tanto, debemos intervenir y sin perder tiempo.

—¿Y por qué afirmáis tal cosa y con esta urgencia? —planteó el conde de Clermont.

—Porque quien tiene acceso al lugar, quien controla la galería que conduce a esa cripta y los subterráneos por los que es preciso moverse para llegar hasta el archivo secreto, trabaja para el Santo Oficio y es un gran enemigo nuestro. Y, como os digo, lo más definitivo y preocupante es que la única persona que alcanzó a ver lo que había en alguno de los cofres ha muerto. Pedí a un hermano que tiene conocimientos en estas materias que interviniese y se arriesgara a ayudarnos, pero está asustado, ya fue denunciado en otra ocasión ante la Inquisición y le preocupa dar un paso en falso porque, si llamase la atención de nuevo, sería castigado por los buitres que nos acechan sin descanso.

El estupor hizo mella en la concurrencia, también la curiosidad por lo que les había descrito el hermano español. Les había inquietado la existencia de un archivo con tantos tesoros y la amenaza que representaba intentar salvar los fondos.

—Precisamos alguien de bizarría probada —prosiguió Mendizábal—, y capaz de recuperar o interpretar los manuscritos, aunque se encuentre con dificultades sinnúmero...

—¿Se os ocurre quién podría ser esa persona tan especial que demanda el maestro español? —planteó el Gran Maestre mirando a su alrededor—. ¿Quién estaría dispuesto a cumplir con una misión tan importante arriesgando, tal vez, su pellejo en el trance?

Durante varios segundos apenas se escuchó el más leve rumor en el templo. Los hermanos cruzaron las miradas durante un rato para, después, reflexionar cabizbajos sobre lo que les había preguntado Clermont. El español temió verse obligado a regresar con las manos vacías a casa, no en vano su petición había sido aventurada, algo difícil de resolver, casi un imposible, incluso para personas con las extraordinarias relaciones que tenían sus hermanos franceses. De súbito, alguien de pequeña estatura, con el rostro hinchado, mejillas sonrosadas, y de voluminoso porte, acaso por su gozosa forma de disfrutar en la mesa, avanzó decidido hacia el lugar donde se encontraba Mendizábal, sobre una alfombra con la reproducción de un dédalo semejante al existente en el suelo de la catedral de Chartres. El maestro que se había adelantado observó de reojo al pariente del rey de Francia y pronunció un nombre extraño:

—Seingalt, Jacques de Seingalt. Él es la persona que puede resolver el enigma y ayudar a nuestro hermano español debido a su osadía, bien comprobada.

El gesto de sorpresa que hizo el conde nada más escucharlo alarmó a Mendizábal. Viendo la expresión del Gran Maestre, interpretó que acababan de hacerle una propuesta que contenía algo escasamente apropiado, o aberrante, y aventuró que ahí no se encontraba la solución que él necesitaba.

—¿No se os ocurre nadie más? —preguntó Clermont a los presentes.

De nuevo, silencio, hasta que el maestro de oronda y considerable barriga volvió a insistir en su ofrecimiento.

—El caballero de Seingalt. Él es el apropiado, el idóneo para lo que demanda el maestro español; siempre ha resultado eficaz, no podéis olvidarlo; es mucho lo que ha hecho por todos nosotros, por la masonería. Sabéis cuánto le conozco, no en vano con nosotros recibió *la Luz*…

—Ya, ya, lo sé muy bien —intervino con contundencia el conde. A continuación, enmudeció pensativo. Luego, prosiguió—: Permanezcamos aquí unos minutos para aclarar esta cuestión nosotros tres —añadió dirigiéndose a Mendizábal y al maestro que defendía a su candidato para la misión en España—. Si no hay ninguna otra observación por vuestra parte…

—dijo al resto de los maestros pertenecientes a las logias más importantes de Francia—, podemos dar por finalizada la *tenida*.

37

El maestre fue despidiéndose de cada uno de los asistentes con el abrazo masón. Cuando todos abandonaron el santuario secreto, Clermont salió de la gruta para llamar a dos aprendices; estos trajeron velas nuevas y sillones para Mendizábal y el maestro francés, que resultó ser de Lyon, como le confesó al madrileño mientras aguardaban el regreso del Maestre.

—Allí —explicó el lionés Willermoz—, al sur del Loira, proliferan las logias y, por descontado, en Lyon, una ciudad de elevado misticismo.

—En efecto, es un lugar excepcional para nosotros —corroboró el conde, que había escuchado el comentario del lionés nada más regresar—. Y bien, maestro Willermoz, debo informaros de las últimas veleidades de vuestro caballero, pues hace tiempo que le habéis perdido la pista, seguro. Conozco el aprecio que le tenéis y la admiración que le profesáis, pero él ya no es el que fue, aquel hombre con capacidades que asombraban a propios y extraños, dispuesto a superar dificultades de un superhombre.

El conde de Clermont hablaba con las manos en la espalda y sin dejar de deambular por el templo; aún no se había sentado en su sillón junto a Mendizábal y Willermoz; parecía estar necesitado de estirar las piernas. Era un hombre apuesto, a pesar de su avanzada edad, por su galanura y la delicadeza de sus rasgos. Tenía unos ojos de azul clarísimo y labios en los que siempre lucía una sonrisa amable.

—Nos ha prestado servicios impagables, que no seremos capaces de compensar jamás —replicó el maestro de la logia de Lyon Amitié amis choisis donde el caballero en cuestión había sido formado como un eminente masón—. Es uno de nuestros más brillantes hermanos, el más experto en las materias que precisa Mendizábal y alguien que no se arredra ante las amenazas.

—¿Ah, sí? ¿De verdad? —exclamó Clermont—. «El corazón de los sabios está donde se practica la virtud y el de los necios donde se festeja la vanidad.» Os lo recuerdo. Él ha demostrado que sus vicios superan la sabiduría que pudo recibir del Señor.

El maestre había recitado un capítulo del código moral masónico, con especial énfasis. Era su forma de responder a Willermoz y se extendió con otro argumento del mismo orden.

—Y… «detesta la avaricia, porque quien ama la riqueza ningún fruto obtendrá de ella, y esto es vanidad». ¿Se puede considerar buen hermano al que incumple permanentemente nuestras reglas? Por sus actos y comportamiento libertino, en la logia de París a la que se afilió, han decidido expulsarlo y dudo que le faciliten el pasaporte para viajar a España.

El maestro lionés enmudeció. Mendizábal asistía boquiabierto, como simple convidado de piedra, a un debate en el que dedujo que se estaban sustanciando viejas heridas. No tardó Willermoz en desvelar el motivo de las mismas.

—Maestre, creo que habláis así porque abandonó a vuestra sobrina, lo lamento, creo que ella se repuso por suerte del desengaño tramposo de ese veneciano. Son muchos los que han sufrido de sus calaveradas, a sabiendas de que nada le detiene cuando una mujer hermosa se cruza en su camino. Los hay que no han dispuesto del remedio; no lo digo por vos, claro está, sino por los maridos descuidados que vieron perderse a sus mujeres cuando nuestro amigo entraba en escena y se fijaba en la dama en cuestión. Pero, decidme, con la mano en el corazón: ¿hay alguien que roce la sabiduría que posee Jacques de Seingalt para el asunto que reclama el maestro español? ¿Y que posea su habilidad para salir indemne de los más variados conflictos?

—Lo que no existe es nadie con su capacidad de fabulación e inventiva para engañar a gentes de buen corazón —objetó Clermont, sentándose por fin junto a los dos hermanos. Con la renovada iluminación de las teas, se apreciaron las bolsas de sus ojos y un rictus de cansancio en el rostro—. A burlador y pendenciero nadie le supera, fue desterrado de Austria por trampas en el juego y organizar partidas de cartas ilegales; y se le ordenó abandonar Polonia por los duelos en los que participaba; en uno de ellos dejó gravemente herido al general Branicki; y, lo más grave es la utilización que ha hecho de las artes secretas para estafar y lucrarse. Yo no conozco otro caso igual de vida disoluta y de escándalos como la suya, sin dejar de reconocer su valía extraordinaria para la cábala y las ciencias secretas, además de para engatusar en la intimidad, según cuentan algunas señoras.

Willermoz enrojeció, sus mejillas ardían. Frunció el entrecejo y sus fosas nasales se dilataron. Mendizábal comenzó a sentirse muy incómodo e intranquilo, iba a decir algo cuando se adelantó el maestro lionés.

39

—Pero no me respondéis. ¿Conocéis a otro hermano que haya hecho tanto por la masonería, difundiéndola por todo el continente, logrando el beneplácito de reyes y de la propia emperatriz Catalina II de Rusia? ¿Hay alguien que le supere en el conocimiento de los maestros? Por nosotros él ha arriesgado mucho. Se merece otra oportunidad.

El malestar de Mendizábal se acrecentaba tanto como su deseo por conocer el final de la porfía entre los dos hermanos. Anhelaba una solución para intentar salvar el tesoro aparecido en Toledo. Por suerte, las últimas palabras del lionés habían modificado la actitud de Clermont, su defensa tuvo un efecto inmediato.

—No, no puedo negar sus servicios y sus capacidades —razonó el Maestre cerrando los párpados, quizás al revisar todo lo que había logrado el misterioso caballero de Seingalt en el pasado para la masonería—. Y sí, tal vez debamos concederle otra oportunidad. Tengo entendido que está atravesando un mal momento, que su vida es un calvario en estos tiempos, tal vez podamos ayudarle y él intervenir por el bien de nuestra misión. El problema es que, debido a las deudas y pleitos pendientes, no puede salir de París. Las circunstancias no son nada propicias para él y tampoco desea moverse como hacía antes de un lado para otro. Veré qué puedo hacer, porque es cierto, debo reconocerlo —Clermont se dirigió a Adolfo Mendizábal—, para lo que precisáis, él es el mejor, el más hábil para superar lo que resulta casi imposible para el resto de los mortales, los retos más difíciles están a su alcance, ya lo veréis, a pesar de estar en baja forma últimamente. Y, por suerte, ha renunciado al revolcón fácil y al dinero rápido que tanto le motivaron creándole dificultades por todos los sitios que anduvo.

El venerable maestro de Madrid dijo que debía regresar, de inmediato, a su país. Allí aguardaría la solución. El conde de Clermont prometió enviarle al veneciano.

—Se me ocurre un plan —añadió el Gran Maestre— que puede funcionar para que contéis con los servicios de Jacques de Seingalt y que le impida negarse a colaborar. Pues he llegado a la misma conclusión que Willermoz: nunca encontraremos a nadie mejor que él para que resuelva esta misión y es el momento más conveniente para que se vuelque en hacerlo. Le irá bien ese viaje a la ciudad española.

40

Palacio de Versalles (Francia)

30 de octubre

*E*l duque de Choiseul reiteró con sus propias palabras las instrucciones contenidas en la *lettre de cachet* enviada por el rey a Jacques de Seingalt.

—Las órdenes de su majestad no se discuten, como ya deberíais saber. La *lettre de cachet* es utilizada, a petición de algún afectado, para castigar al acusado sin juicio previo. Sí, os reconozco que es algo muy excepcional, pero ya está hecho y lo que debéis tener en cuenta es que vuestro hermano tiene veinticuatro horas, a partir de las doce de la noche de mañana, para salir de París, y tres semanas como máximo para abandonar Francia. Es lo que manda el rey. Lo lamento, Cecco…

—Señor duque, así se hará si no hay otro remedio, pero os ruego que le concedáis algo más de tiempo, se encuentra en un estado lastimoso por la pérdida reciente de varias personas muy queridas por él. ¿No se puede evitar o modificar esa sanción por otra clase de pena? Él la cumpliría, de eso podéis estar seguro.

El duque de Choiseul, consejero principal de Luis XV y secretario de Asuntos Exteriores, lamentaba tener que celebrar aquella audiencia para explicar personalmente a su buen amigo Cecco tan malas noticias. El pintor le había solicitado urgentemente el encuentro y no pudo negarse a recibirlo porque Cecco era un artista al que él estimaba por su minuciosidad y perfección en el trazado de batallas sobre el lienzo, también por su buen carácter e inteligencia. Era una verdadera lástima que tuviera un hermano tan problemático. El secretario estuvo en el pasado al frente de numerosas operaciones militares, con bastante éxito por cierto; de ahí provenía su inclinación hacia las pinturas que realizaba Cecco con una maestría y perfección que ningún otro artista de género había logrado emular.

—Debe partir cuanto antes —insistió Choiseul con pesar—. Lo de las veinticuatro horas es mera formalidad, pero os insisto que en el plazo de tres semanas tiene que salir de Francia porque, en caso contrario, podría pagarlo con su vida. Y me cuesta tener que deciros algo así. Este es un procedimiento estricto, excesivo para ciertas transgresiones, como la que supuestamente ha cometido el señor de Seingalt.

Al secretario le asombraba el rigor empleado en esta ocasión, a pesar de estar acostumbrado a acciones incomprensibles que emanaban del propio monarca al hacer un uso desmedido de sus atribuciones. Choiseul desearía implantar un régimen que limitase el poder real y, debido a sus opiniones sobre la actuación del monarca, había tenido algunos enfrentamientos con Luis XV.

Al duque de Choiseul se le hacía difícil expresarse con tanta contundencia, como lo había hecho con Cecco; no en vano le dolía asumir el castigo impuesto por el rey, pero estaba obligado por su cargo a comportarse de esa manera.

En la corte se hablaba con insistencia de lo que pudo haber motivado la drástica medida del monarca. Al parecer, la marquesa d'Urfé, la alquimista más porfiada de toda Francia, aficionada como pocas a conversar con los espíritus, más creyente de la relación con los muertos que de los vivos, había sido una fiel devota de las capacidades que poseía el veneciano Jacques de Seingalt para resolver enigmas y misterios de todo tipo. La dama estaba considerada como una de sus más fieles seguidoras en el mundo de las oscuridades y secretos que, según algunos informantes, compartían ambos con fruición. Jeanne de Lascaris Laroche-Foucauld, viuda del escritor Honoré d'Urfé y sin hijos, ocupaba la mayor parte de su tiempo en mantenerse encerrada dentro de su laboratorio, muy al contrario de las inclinaciones del resto de las damas parisinas quienes, con tan elevado rango y fortuna, estaban volcadas en el cuidado de su aspecto físico, en seguir las modas y dominar los vericuetos de la seducción, un arte en el que las señoras habían logrado abundantes coronas de laureles haciendo las delicias de sus entregados admiradores. Por el contrario, la marquesa d'Urfé, a quien solamente la reina superaba en caudales, había elegido el flirteo con el más allá y la transmutación del mercurio y otros metales, rodeada de cubetas, matraces, probetas, redomas y cápsulas con platino o fósforo, para dar un sentido transformador a su existencia. Hablaba frecuentemente con Roger Bacon, monje que habitó entre los mortales durante la decimotercera centuria, y su relación era comentario frecuente en los círculos cortesanos, también la que mantenía con el médico árabe de la octava centuria, Jabir ibn Hayyan, entre otros personajes del más allá en comunicación frecuente con la marquesa.

D'Urfé buscó afanosamente al caballero de Seingalt por su reputación como mago y cabalista de primer orden. Ambos pertenecían a la orden de los rosacruces, una sociedad secreta que integraba diversas prácticas esotéricas y que sacralizaba la materia como roca espiritual sobre la que asentar la perfección de los seres humanos. Al poco de conocerse la señora y el veneciano, Jacques descifró un manuscrito que entregó a su nueva discípula y que contenía la fórmula de Teofrasto Paracelso para obtener la piedra filosofal. A partir de entonces, se convirtió en el árbitro de su alma y la marquesa, poco afortunada en el atractivo físico, en su más fiel seguidora; tal vez aquello la libró de ser explorada y satisfecha en el amor carnal en sus habitaciones privadas, pues el caballero no permitía que se le escapase ninguna pieza que mereciese la pena de ser devorada sexualmente. Es más, Jeanne pidió encarecidamente a su *maestro* que la ayudase para regenerarse en un hombre y él le hizo creer que estaba embarazada de un varón al que, en algún momento, lograría ser transferida. La añagaza funcionó durante algún tiempo, solo durante algunas semanas. En los salones de Versalles circulaban estas y otras historias que expresaban la curiosa, como intensa, dependencia entre dos personas tan peculiares, animadas por extrañas creencias y fantasías.

Ante hechos de esta índole, y otros que no constituían vox pópuli, uno de los sobrinos de Jeanne de Lascaris, el marqués de Lisle, consiguió audiencia con el rey para solicitar que castigase al individuo que había trastornado a la dama hasta convertirla en adepta de fabulaciones esotéricas. El marqués de Lisle argumentó ante el rey que sus intereses estaban siendo perjudicados por la supuesta entrega de dinero de su tía al guía

43

espiritual. Conociendo las veleidades de d'Urfé y sus manías de ultratumba, Luis XV rechazó en primera instancia las pretensiones del sobrino. El monarca consideró que no existía engaño, puesto que la relación entre el caballero y la dama se cimentaba en similares creencias, por muy anormales que parecieran a los herederos de la marquesa, y en la amistad sincera entre ambos.

Cuando las espadas estaban en alto, pero sin posibilidad de éxito para los demandantes, puesto que el monarca se mantenía firme en rechazar cualquier pretensión de castigo al esotérico y fabulador, no en vano fueron muchas las voces que le pidieron intervenir en la misma dirección que lo había hecho el marqués de Lisle, llegó a Versalles la solicitud del conde de Clermont, primo del rey y con un gran ascendiente sobre la persona real debido a su hermandad masónica. Y fue Clermont quien, finalmente, convenció a Luis XV para expulsar de París y de toda Francia al caballero de Seingalt. Las razones para este cambio de postura eran desconocidas en la corte. Algunos señalaban que lo único que pretendía Clermont era beneficiar a los sobrinos de la señora d'Urfé y preservar a la gran señora de la tenebrosidad y de las aficiones enfermizas estimuladas por las maniobras de un masón enloquecido como el veneciano que perjudicaba el buen nombre del orden supremo. Pero los había que insistían en el hecho de que lo que procuraba el Gran Maestre Clermont era castigar a Jacques de Seingalt por rencillas del pasado, que pagase una vieja deuda de honor que nunca había sido satisfecha.

—Cecco, me aflige desconocer —se excusó el duque de Choiseul— lo que ha provocado la decisión del rey; es su potestad, comprendedlo. Supongo que le asisten sus razones y a los rumores no debemos hacerles mucho caso. Aquí, en estos salones, los dioses de la inventiva y la fabulación reinan por todas las esquinas, en su mayor parte llevan ceñidos corsés, y son capaces de conseguir las mayores atrocidades y correctivos, incluso con personas de demostrada inocencia.

—¿Le llegaron las cartas? —preguntó el pintor.

—Por supuesto, eso sí, sin dudarlo. El de tantas ilustres señoras como madame de Rumain y hasta la de esa princesa polaca, Lubomirska, prima del rey. Sorprende la cantidad de amigas con las que cuenta vuestro hermano, es como para provocar la envidia y admiración de cualquiera, incluso la del propio monarca. Pero, ya lo veis, de poco han servido los ruegos de numerosas damas de alcurnia y doncellas de tanta raigambre, supongo que lo serán. —Choiseul ocultó la expresión de sus labios con un delicado pañuelo de encaje, en sus ojos surgió un brillo de complicidad—. Las invocaciones de los enemigos deben haber sido más poderosas para su majestad que se ha negado a concederle el perdón real.

El duque ajustó las amplias puñetas de su bocamanga al mismo tiempo que contraía los músculos del rostro, endureciendo sus rasgos delicados. Luego, desvió su mirada hacia los extensos jardines diseñados por Le Nôtre, cubiertos esa mañana por una densa niebla; desde su despacho podía disfrutar de la excelente vista de los parterres de mediodía.

Cecco consideró, con pesar, que la audiencia iba a finalizar al ver que el secretario de Estado desviaba su mirada hacia el exterior. Él era un pintor respetado por la alta sociedad parisina, miembro de la Academia de Pintura, Escultura y Grabado, y, como resultado de sus propios contactos, a los que había que sumar los de su esposa, la actriz Marie-Jeanne Jolivet, y los que le había indicado su hermano, lograron presentar en pocas horas numerosas cartas de apoyo solicitando clemencia.

Nada más recibir la *lettre de cachet* del rey, Jacques cayó en una profunda depresión. Nunca le había visto su hermano llorar como entonces porque para el caballero no existía peor castigo que el destierro de la ciudad que tanto amaba. Pero, tal y como se había expresado el consejero del rey, el duque de Choiseul, los argumentos esgrimidos por los acusadores debieron pesar más a la hora de que Luis XV adoptara una decisión. Y una vez tomada, era casi irrevocable.

El duque comprobó con el rabillo del ojo el rictus de desagrado del pintor, su gesto apesadumbrado ante la imposibilidad de resolver la situación. Eran los dos casi de la misma edad, aunque Cecco parecía un anciano a su lado.

—Mi hermano —susurró el artista, con una respiración entrecortada— pretendía cambiar de vida precisamente ahora, ha tenido experiencias muy dolorosas últimamente…

A Étienne François, duque de Choiseul, curtido en mil batallas palaciegas o al frente de su propio ejército en los terrenos donde los hombres fallecen, la mayoría de las veces sin saber ni entender por qué entregan su vida, se le hizo un nudo en la garganta. Asistía a una decisión injusta y posiblemente no sería la última que iba a presenciar a lo largo de esa misma jornada, salvo que esta tenía el rostro de un amigo al que él apreciaba sinceramente, un hombre culto con el que charlaba, en ocasiones, mientras le veía pintar en su estudio situado al principio del Faubourg Saint-Antoine, cerca de la Bastille. A pesar de ser consejero de su majestad, no tenía el peso suficiente para oponerse a Clermont, pues aunque el rey le consideraba un importante hombre de Estado, al mismo tiempo le temía por expresarse con un criterio muy personal sobre sus poderes ilimitados. Étienne François estaba convencido de que los delicados asuntos de Francia debían someterse a un consejo de sabios para que no dependieran exclusivamente del albur de un solo hombre, el rey.

Al escuchar a Cecco lamentarse, no pudo controlarse más. Permitió que asomara en su rostro una mueca de pesar. Era lo mejor para que su amigo supiera que él, el todopoderoso consejero, también estaba afectado por lo ocurrido y por su impotencia para torcer, como hubiera deseado, la voluntad del rey de Francia.

Catedral de Toledo (España)

10 de noviembre

La obra de Narciso Tomé erigida detrás del altar mayor resultaba de una audacia sin precedentes que, a la mayoría del vulgo y de los principales de la ciudad, impresionaba por su escenografía aureolada de volutas pétreas, fruto de una inspiración sacudida con la exaltación de la genialidad. Y en verdad, meditaba el cardenal, si contemplabas aislado del conjunto de la catedral el *Transparente*, pues así era conocida la obra de Tomé, que horadó la bóveda del templo gótico para iluminar con rayos del cielo el camarín donde se conservan las sagradas formas para la comunión de los fieles, resultaba llamativo porque sus elementos marmóreos parecían estar en continuo movimiento.

Al cardenal no le entusiasmaba la solución arquitectónica, ni el estilo llevado al paroxismo que se había empleado en la ejecución del *Transparente* y, por lo tanto, él nunca habría autorizado que se abriera la techumbre de la girola doble del templo, construida mediante un abovedamiento innovador debido a su alternancia de tramos rectangulares y triangulares que lograban un suave despliegue de la cabecera. Una solución similar, le habían comentado, a la aplicada en Notre Dame de París, lo que venía a confirmar la procedencia parisina del arquitecto principal que concibió y dirigió las trazas originales del templo castellano.

Al purpurado le parecía un dispendio inaceptable haber encajado aquel pesado retablo barroco de mármol, jaspes y bronces en un edificio gótico, una afición que se reproducía con bastante frecuencia en la sede primada y que había ocasionado graves heridas arquitectónicas a la catedral debido al afán de sus predecesores por implantar su huella en piedra y dejar patente su poderío.

—Nunca me hubiera atrevido a profanar esta obra tan hermosa que el clero toledano tiene la mala costumbre de aguijonear con su mal gusto —comentó el arzobispo a su secretario mientras caminaban por las cercanías del *Transparente*—. Debió mantenerse tal y como fue imaginado en el siglo XIII por los maestros franceses, abrazando con sencillez y austeridad la atmósfera prodigiosa que contienen sus naves.

—Las trazas principales son de un tal Martín, que era conocido, probablemente, con ese nombre como una adaptación a nuestra lengua —apuntó Rodrigo—. Y a punto estuvo de no llegar a construirse, al menos en este lugar encima de la gran mezquita existente, lo que habría proporcionado a la ciudad un perfil más universal, tolerante y ecuménico.

—¿Por qué decís eso? —preguntó el conde de Teba.

—Ya sabéis que Alfonso VI, que recuperó la ciudad tras la dominación árabe, tenía una excelente relación con ellos, con las autoridades musulmanas, y costumbres muy próximas después de haber vivido aquí un tiempo en la Huerta del Rey y tener como compañera a una mujer de esa etnia. Al parecer, el rey castellano acordó, antes de ocupar Toledo, según una resolución expresamente pactada con ellos, que respetaría sus vidas, haciendas y mezquitas. Pero la reina Constanza, aprovechando, años después, una ausencia de Alfonso VI, en el año 1087, entró en este lugar con soldados, artífices y numerosos obreros, para destruir la mezquita y levantar en poco tiempo varios altares. Luego, ya en 1226, Fernando III puso la primera piedra de lo que iba a ser el templo catedralicio imaginado por ese Martín.

—Y lo que el arquitecto francés diseñó debió ser respetado en toda su extensión —concluyó el arzobispo Fernández de Córdova.

En ese mismo instante, unos rayos de luz anaranjada cruzaban torrencialmente por encima de sus cabezas haciendo refulgir las piedras del deambulatorio con su concentrada energía, gracias al rompimiento en el muro absidal llevado a cabo por Narciso Tomé, el arquitecto y escultor responsable de aquel mostrenco, en opinión del cardenal. El *Transparente* representaba el extremo opuesto al estilo primigenio de la catedral por su profusión de adornos y el retorcimiento de las formas y líneas irregulares sin ninguna simetría en los detalles.

Livianos ecos de algunos pasos eran el único sonido que reverberaba, a esas horas, por las naves; procedían seguramente de empleados del templo que revisaban puertas, apagaban o encendían lamparillas, según la capilla de que se tratase, o colocaban enseres para los servicios del día siguiente. La catedral había cerrado sus puertas tan solo unos minutos antes para impedir el trasiego de feligreses. Y era, a partir de ese instante, cuando aparecía con bastante frecuencia el conde de Teba por el templo; solía pasear sin compañía por los recónditos oratorios hasta que caía la noche cerrada.

—Me encuentro muy bien arropado por la energía que desprende este recinto sagrado tan querido por el pueblo, en completa soledad, después de que el gentío haya expresado aquí sus plegarias y orado con sincera devoción dejando lo mejor de sí entre estas piedras; luego, se marchan a sus casas reanimados para soportar las calamidades de la vida. Yo percibo, entonces, sonidos y vibraciones maravillosas, muy sutiles y secretas, que se van quedando grabadas en las bóvedas desde hace centenares de años. En ningún otro lugar es posible llegar a sentir algo similar.

A Rodrigo Nodal, el joven sacerdote secretario y, en cierta medida, confidente del prelado, se le erizaba el vello con las reflexiones que hacía Luis Fernández de Córdova con voz serena y tono calmoso. Consideró llegado el momento de plantearle una pregunta para despejar la duda que le rondaba desde esa misma mañana.

—¿Por qué ha querido convocar al canónigo Benavides aquí, en la catedral, y a esta hora?

—Lo prefiero así, estaré más concentrado para detectar si dice la verdad. Aquí tenemos un inmenso confesionario, el mejor de todos, es muy amplio —extendió sus brazos respaldando con el gesto lo que expresaba—, pero viéndonos la cara y los ojos directamente. Así, no podrá rehuirme…

El conde de Teba apoyó sus manos en el altar del *Transparente* realizado con teselas de intenso y variado colorido, con pequeñas piezas de mármol que daban una gran vistosidad a la obra. Él solía deslizar con frecuencia las manos por su gélida superficie, le agradaba el frescor que transmitía mientras observaba algunas de las extrañas figuras geométricas allí crea-

49

das; estaba seguro de que Narciso Tomé había ocultado alguna clase de criptograma en el altar, aunque no lograba descifrarlo por la complejidad de su decoración laberíntica, pero le atraía siempre, era la parte que más le agradaba de la obra barroca. Luego, se desprendió de la encarnada birreta de cuatro picos, frotó su frente con los dedos y levantó la cabeza para observar a la Virgen, esculpida en mármol blanco. Le resultaba inexpresiva, pero mucho más el niño Jesús que adoptaba una postura completamente artificiosa. Era lo que tenían los artistas de estos tiempos, pensó el cardenal, escasamente devotos y apenas imbuidos por la fe tan necesaria para lograr que el arte conmoviera los espíritus.

De súbito, se oyó un estruendo que surgía de los pies del templo y retumbaba por las naves sumidas en la penumbra. Cualquier clase de sonido se incrementaba más allá de lo imaginable en la extraordinaria caja de resonancia que constituía la catedral.

—Seguramente ha llegado el archivero —señaló el arzobispo—. Debe de haber entrado por una de las puertas del claustro. Vete a buscarle y dile dónde me encuentro.

Al instante partió el secretario. Sus pasos se fueron apagando y, cuando casi dejaron de oírse, fueron creciendo junto a los del canónigo Benavides.

Lentamente, la oscuridad se iba adueñando del interior de la catedral y las sombras se espesaban, aunque gracias al denostado *Transparente* todavía entraba algo de luz procedente del exterior que se introducía como un fogonazo en el sagrario del altar mayor. Con las sombras, las figuras de las vidrieras se empastaban diluyéndose sus perfiles.

—Eminencia, os ruego que me disculpéis por el retraso.

El canónigo hizo ademán de arrodillarse mientras tomaba la mano del prelado para besar su anillo. Luis Fernández de Córdova, primado de las Españas, reaccionó de inmediato impidiendo al archivero que se postrara ante él.

—¡Vamos, levántese! Os lo ruego…

Con el trajín, el verte de púrpura de tejido esmerilado que vestía el cardenal llegó a cegar al canónigo al rebotar en la ropa la luz que entraba por la bóveda. Instintivamente, el archivero observó de soslayo su propia sotana con numerosos lamparones, producto de su dejadez en el cuidado del atuendo y nunca de una austeridad que apenas ejercía. Portaba algunas salpicaduras de la comilona con la que se había homenajeado, ahíto y gozoso, aquel mismo día.

—Os he llamado para preguntaros lo mismo que hace pocas semanas: quiero saber si habéis hallado durante las obras de mejora algún documento de importancia, algo excepcional que yo debería conocer sin falta.

Al igual que en anteriores ocasiones el cardenal fue directo a lo que le interesaba, sin perder el tiempo en circunloquios. Benavides ajustó el cuello acharolado antes de responder, era una manera de tomar algo de aire. Hizo una mueca que afeó aún más su boca de labios abocinados por la que asomaban puntiagudos algunos dientes. Por ese motivo, se veía obligado a hablar ocultando parte de sus facciones con la mano. Lo hacía con frecuencia, avergonzado acaso por poseer una dentadura tan agresiva que apenas protegían sus morros deformes. El resto de sus rasgos resultaba más favorable: cara alargada con tez morena, ojos verdosos y porte erguido, de buena planta. Tenía apariencia juvenil, a pesar de haber superado ya los cuarenta años.

—Ya os pasé un informe minucioso sobre los fondos que han ido apareciendo hasta el momento, aunque es pronto para confirmar o desmentir su valor y, desde luego, resta mucho por explorar o descubrir en esos sótanos. Necesitamos algo de tiempo para analizar con precisión lo que vamos encontrando, no es una tarea que deba precipitarse; tenemos antes que completar la catalogación de los innumerables escritos de mucha importancia que contiene el archivo, pues ha existido un descuido inmemorial que debemos solucionar cuanto antes. Y esto me parece prioritario, como lo es mejorar la instalación.

Benavides miró al arzobispo fugazmente, sin atreverse a hacerlo con franqueza, como si la presencia del prelado le atenazara. En realidad, constituía una timidez fingida para demostrar al cardenal que él sabía cuál era su lugar y el respeto que debía a su superior.

—Como os dije —reanudó el canónigo las explicaciones—, fueron los legajos del siglo XIII, pertenecientes al arzobispo Ximénez de Rada, bajo cuyo mandato se erigió este templo, lo más destacado que hemos localizado hasta el momento. —La mirada algo incisiva del conde de Teba impresionó al archivero; este volvió a ajustar su alzacuellos antes de proseguir—: Lo que os puedo asegurar es que se dicen cosas absurdas sobre lo que estamos haciendo, hay que tener en cuenta que trabajar en los subterráneos durante muchas horas estimula la imaginación de mis ayudantes. Pero creedme: lo único que nos interesa y preocupa es cumplir el deseo de su eminencia para que este arzobispado llegue a contar con el archivo que se merece. Y eso será una realidad muy pronto. Conozco el interés del cardenal sobre este asunto y, desde luego, no deseo decepcionarle. ¿Por qué no nos hace una visita su eminencia? Solo bajó allí en una ocasión, que yo recuerde.

Ramón Benavides se pronunció con vehemencia, incluso evitó en la mayor parte de la exposición proteger su boca para que el sonido de la voz fuera más diáfano y potente. De hecho, tanto aplomo sorprendió al arzobispo. Otras veces, el canónigo se había comportado algo más temeroso. Sin embargo, esa tarde sus palabras habían resultado convincentes.

52   A pesar de la fuerza y la seguridad con las que se había manifestado el archivero, Fernández de Córdova dudó de su sinceridad por aquello de *excusatio non petita, acusatio manifiesta*. Estuvo a punto de desvelar la inquietud que le habían estimulado sus palabras, pero se contuvo, porque un príncipe de la Iglesia no podía sustentar sus planteamientos mediante las maledicencias, juzgar sin escuchar, dejarse llevar por comentarios con escaso fundamento y sin pruebas concluyentes. Eligió, de nuevo, expresarse sin rodeos, como él prefería establecer las relaciones con todos sus colaboradores.

—¿Habéis encontrado alguna cámara secreta? ¿Arcones con libros y cuadernos que deberían ser estudiados por dignatarios o peritos? Mirad dónde estáis…

Luis Fernández de Córdova unió las palmas de sus manos en actitud orante señalando con ellas a la Virgen de Tomé que se encontraba sobre sus cabezas. A continuación, dirigió su mirada hacia los rayos de metal situados en el mismo corazón del *Transparente*, al lugar por el que se introducía la luz en el camarín-tabernáculo de la capilla central del templo. El canónigo admiró la imponente figura del prelado, su brillante melena blanca que caía por detrás del cuello, sus anchas espaldas cubiertas por el capelo aterciopelado. Tragó saliva antes de responder y detectó que le temblaban las manos ligeramente. Las metió, con disimulo, en la faltriquera de su sotana. Le impresionaba el concentrado resplandor que les envolvía y la trascendencia con la que su mandatario había revestido aquel encuentro celebrándolo en la catedral. Era consciente de las sospechas que recaían sobre su actuación y que debía esforzarse para cortarlas de raíz. Aquella era una buena oportunidad para hacerlo y tenía que resultar creíble.

—Eminencia —susurró Benavides—, trabajamos muy deprisa y os puedo asegurar que en tres meses, a lo sumo, habremos finalizado las tareas de albañilería, enfoscado y colocación del nuevo mobiliario. Entonces, nos volcaremos en la recuperación y catalogación de los fondos. A partir de ese momento, cualquier investigador, estudioso o especialista podrá trabajar en las mejores condiciones. Y sí, por supuesto, al ser una ampliación considerable tal y como sugirió su eminencia, han aparecido galerías, covachas, e incluso parte de la cimentación de la primitiva gran mezquita que levantaron los musulmanes en esta zona, pero nada que deba considerarse como un descubrimiento excepcional por lo que conozco hasta el momento, nada de un recinto secreto o algo así —El canónigo hablaba ahora con varios dedos de la mano derecha cubriendo su labio superior, sus ojos oscilaban inquietos—. Esa es la verdad. Lo que, seguramente, haya llegado a sus oídos es fruto de la imaginación y las habladurías, aunque yo no encuentro malicia en tales comentarios, lo único que ocurre es que se agrandan y, en ocasiones, se envilecen, al pasar por varias personas.

—¿Confirmáis el plazo? —preguntó el cardenal interesado por la finalización de las obras.

—¿Cuál?

—El de tres meses.

—Sí, sí, por supuesto. Así es.

Luis Fernández de Córdova ajustó su birreta y se desplazó hacia la sacristía donde, suponía, le esperaba el secretario.

53

Cigarral La cruz dorada (Toledo)

15 de noviembre

*L*a visión de la fatigada ciudad, de aquel solar que en el pasado fue cenáculo compartido por las tres culturas monoteístas, dejó casi absorto al canónigo; era tan espectacular que se olvidó, por unos instantes, de los lienzos que colgaban de las paredes. El salón del cigarral tenía una decoración austera en el mobiliario, pero sus muros congregaban un auténtico museo de pintura, de los mejores por la calidad de sus obras.

Paladeaba con sumo placer el vino moscatel que le había servido una discretísima doncella, ataviada con un esmerado uniforme, mientras revisaba los perfiles de un recinto levítico que atesoraba muchos misterios y atractivos. Los efluvios del vino dulce le llevaron a imaginar al abigarrado conjunto urbano como si flotase entre nubes, de la misma manera que El Greco había pintado, en varias ocasiones, a su adoptiva ciudad ensoñada. Precisamente, al archivero no le agradaba ese artista de procedencia cretense que había inundado de cuadros la mayoría de los conventos y sacristías toledanas. De hecho, recomendaba a las monjas deshacerse de aquellas pinturas bárbaras que deformaban la realidad e, incluso, resultaban impías como ocurría con *El Expolio* conservado en la misma sacristía de la catedral primada. A sus compañeros de cabildo les había advertido de la irreverencia que suponía aquella representación en la que el Hijo de Dios estaba situado por debajo de sus enemigos y acosadores, y cubierto con una túnica poco apropiada para el Salvador. El taller de aquel pintor realizó una producción tan inmensa que, por cualquier rincón, surgían sus figuras deformes y su iconografía dudosa desde el punto de vista del dogma cristiano, como lo eran algunas de sus Vírgenes dotadas de una marcada cualidad sensual.

Por el contrario, las obras que él recuperaba para don Luis Medina de la Hoz, el dueño del cigarral donde se encontraba aquella mañana, eran inconfundibles en la representación religiosa, arte sacro de primer orden realizado por pintores devotos y no enfermos como El Greco. El canónigo sospechaba incluso de la limpieza de sangre del artista griego.

En esta ocasión, el archivero-anticuario traía a don Luis una pintura de Murillo que había descubierto, gracias a su buen olfato, en una recóndita sala del convento de las benedictinas. Las religiosas no tenían ni remota idea de su valor y se la facilitaron a cambio de una gestión en el archivo sobre el origen de la institución conventual. Él estaba convencido de la bondad de su labor rescatando obras que, en caso contrario, de mantenerse en sus lugares de origen iban deteriorándose hasta quedar completamente arruinadas. Don Luis tenía buen gusto y restauraba los maltrechos lienzos que las monjas mantenían en dudoso estado porque ellas se afanaban en cosas de mayor relevancia para su vida de retiro.

Don Luis sabía reconocer como nadie el buen hacer de Benavides sacando a la luz pinturas de gran valor, completamente ignoradas por sus propietarios y que nadie podría disfrutar de no ser por el rescate que llevaba a cabo el comerciante y archivero del Palacio Arzobispal. El que fuera, durante muchos años, regidor de Toledo poseía una extraordinaria colección de arte gracias al auxilio del canónigo, y sus obras eran apreciadas dentro y fuera de la ciudad por personas de mucha sensibilidad y preparación intelectual. Algunas de ellas habían sido utilizadas para transacciones que proveían de fondos a la organización que lideraba don Luis Medina de la Hoz. Él y un reducido grupo de personas trabajaban con intención de salvaguardar los principios religiosos, morales y éticos que los nuevos tiempos pretendían destruir.

Benavides había colocado junto al ventanal el retrato del gentilhombre que pintara Murillo, de tal forma que don Luis pudiera verlo nada más entrar. Era un cuadro de pequeñas di-

55

mensiones, pero portentoso en sus trazas, ya que la cabeza del individuo parecía esculpida mediante el óleo y sobresalía de la tela adquiriendo vida con la luz propia que emanaba del cuadro y la que recibía del exterior. Un trabajo para un coleccionista como don Luis que sabía apreciar el prodigio técnico de los grandes pintores, al margen del asunto que escogieran para representar.

—¡Es una joya!

La exclamación desconcertó en un primer instante al archivero, pero una vez comprobada su procedencia le insufló entusiasmo y satisfacción. Había sucedido lo que él aguardaba con el máximo interés. Don Luis era su mejor cliente y se esforzaba para no decepcionarle jamás, además de compartir con él muchas inquietudes y ardores para mejorar el mundo que les rodeaba. Estaban convencidos de ser los guardianes de las virtudes que se habían consagrado en su ciudad, tras arrojar los vestigios impíos de judíos, musulmanes y otras creencias oscuras que, por desgracia, habían anidado con fuerza en los tiempos del Medioevo. Nunca más regresarían las mancias, ni acamparían otras creencias en los subterráneos de su bendecida urbe que, lamentablemente, fue durante una época universidad de lo hermético.

El regidor se abalanzó sobre el cuadro de Murillo levantándolo con ambas manos a la altura de sus ojos.

—Cada día os esmeráis más en vuestras batidas —añadió sin dejar de estudiar la pintura—. Es tal y como me lo habíais anunciado en la anterior visita que hicisteis al cigarral, una obra poco habitual en este artista.

Transcurridos unos pocos segundos, don Luis dejó la arpillera sobre una mesa y abrazó efusivamente a su amigo.

Acomodados en un sofá, frente al amplio mirador, permanecieron un buen rato sin pronunciar una palabra, enmudecidos mientras contemplaban la ciudad envuelta entre brumas. Don Luis llenó las copas con más vino dulce y brindaron.

—Jesús es la vía limpia y recta que nos salva del laberinto al que nos quieren llevar los que se llaman ilustrados, que reniegan de la cultura y de la religión, pues dicen que deforman al hombre —pronunció, de repente, y con severidad el anfitrión—. Debemos luchar contra ellos con todas nuestras fuerzas, con mayor dedicación si cabe de lo que hace el Santo Oficio. Esa es nuestra convicción y por la que debemos estar unidos como una reata, sin fisuras ni temores, pues el triunfo está en nuestras manos, ya que nos asiste la verdad.

—Así es nuestro anhelo, don Luis, y el principal ánimo en la batalla para la que estamos dispuestos sin cejar en el empeño, os lo aseguro —asintió el canónigo en un tono parecido al de las letanías, como si se tratara de una lección aprendida, recitada sin ninguna clase de devoción y sin apenas convicción en lo que pronunciaba de tanto repetirlo.

La conversación siguió por unos derroteros que ellos conocían de antemano, daba la impresión de que manejaban códigos reservados, acostumbrados ambos a intercambiar mensajes que tenían un especial significado solo para ellos.

Pero además de afianzarse en sus certezas ideológicas que, de tarde en tarde, precisaban expresar en voz alta para escucharse el uno al otro, aquel día su fascinación por la ciudad se avivó hasta el paroxismo porque en contadas ocasiones se apreciaba Toledo flotando entre vapor de agua, como si navegase hacia el más allá animada por un soplo de origen mítico. Los dos se quedaron embobados ante la insólita imagen, a la vez que se sentían personas privilegiadas por la ventura de haber sido agraciados con un mensaje que a pocos les estaba permitido conocer.

—Tuve mucha suerte de hacerme con este cigarral, tiene el mejor emplazamiento de los alrededores, colocado en el punto crucial para disfrutar de la ciudad. ¿Ha visto algo igual, don Ramón? Es como acariciar el cielo —invocó don Luis con la emoción marcada en su rostro enjuto, tan seco que se perfilaba su osamenta. Todo lo contrario de su proveedor artístico, que tenía unos carrillos inflamados por la ingesta continua de caldos vinícolas.

—En efecto, señor. De todas formas, solamente las mentes despiertas son capaces de disfrutar con este regalo casi divino —concluyó el canónigo—. Los hay que tienen a su alcance una visión como esta, pero están limitados para extasiarse con la contemplación de tanta belleza.

Entre tanto, bebían sin parar, dando buena cuenta del vino dulzón, parecido al de misa. Las doncellas no habían regresado,

57

pero el antiguo regidor se encargaba de escanciar convenientemente la botella.

Al cabo de un rato, don Luis comenzó a caminar por la sala y se detuvo en mitad del ventanal, ocultando al religioso una parte de la visión fantasmagórica de los arrabales, que levitaban a causa de las brumas emanadas del río. El anfitrión era un hombre larguirucho, cariacontecido y de cuerpo fibroso, similar a la madera de los olivos que salpicaban su extensa finca donde crecían, asimismo, abundantes encinas y almendros. Sus ojos negros, y muy pequeños, ardían cuando ordenaba algo o pretendía que se le obedeciese. Es lo que ocurrió en aquel instante:

—Debéis asegurarme que la protección es infalible. Bueno —se contuvo al percatarse de que la expresión que había utilizado tal vez no era muy afortunada—, segura, muy segura. ¿Nadie puede acceder a esos fondos, verdad? En esto no podéis ceder ni un ápice. No podemos fallar.

—Así es. Nadie, os lo aseguro —confirmó con voz temblorosa el archivero y bibliotecario del arzobispado—. Imaginaos el cúmulo de información que habría que tener para llegar hasta allí. Primero, localizar una puerta de hierro, perfectamente enmascarada, que se encuentra detrás de una librería, y después forzar dos sólidos rodillos o conocer unas claves secretas, algo que resulta casi imposible. Si no se poseen los códigos, no existe ser humano capaz de forzar la entrada. Luego, adentrarse por un largo túnel hasta llegar a una cavidad que, ahora mismo, tengo tapiada. Solo existe una abertura con un portón pequeño. Y, además, en la primera sala solo entro yo, no está permitido permanecer allí, es mi lugar de trabajo.

—Bien, pero debéis ir estudiando lo que contienen los arcones, esa es una tarea que os compete y es una información que nos permitirá decidir qué hacemos con lo que habéis hallado en los subterráneos de palacio. Por lo que me habéis anticipado, estuvo bien en su momento soterrar esos libros y puede que lo más apropiado sea que permanezcan fuera del alcance de aquellos que no tienen una preparación acorde para evitar ser influenciados de forma negativa por ellos. Debéis actuar con sigilo y sin perder un minuto, sería un fracaso que alguien llegara a conocer lo que se conserva en ese lugar.

—Si queréis, os traigo parte del material —propuso el canónigo.

—Alguien podría veros, ni se os ocurra —dispuso con firmeza don Luis, acostumbrado a mandar desde su época de máximo regidor de la ciudad.

—Pero sin muchas prisas, don Luis, que tengo que atender un montón de asuntos.

—No es necesario precipitarse, si estáis seguro de que el lugar es inviolable y de que sois la única persona que puede llegar a ese archivo secreto.

Ramón Benavides asintió con un ligero movimiento de la cabeza.

—Puede que debamos conservar algunos documentos —aclaró don Luis, algo más relajado—. Pero el resto debería ser destruido para evitarnos problemas o que caiga en manos que lo utilicen con fines perversos. Y por las referencias que me habéis dado, mucho me temo que tendremos que destruirlo casi todo.

Ramón Benavides hizo un gesto dubitativo, su anfitrión le observó molesto. No era el canónigo alguien que entusiasmara al dueño del cigarral, había aceptado tenerle en el grupo porque le suministraba las obras de arte casi a precios de saldo. Por lo demás, conocía sus costumbres licenciosas y le resultaba poco de fiar.

Comenzaron a aparecer unos tímidos rayos de sol que mudaron los perfiles de la ciudad, una suave brisa fue desplazando la bruma que acariciaba al moverse los muros de mampostería que constituía el material de la mayor parte de las edificaciones. En pocos minutos, el conjunto urbano fue adquiriendo sus perfiles más diáfanos y comunes. El canónigo permanecía absorto ante lo que tenía delante de sus ojos. Don Luis, ajeno a la evolución de las luces, insistió:

—Deben desaparecer los papeles y libros escritos por mentes delirantes, enfermas, influidas por anhelos mundanos y equívocos sobre la Naturaleza y lo Superior, por ideas o pensamientos que nos desvían del camino recto. ¡Qué bien hicieron los que los enterraron allí! Nosotros tenemos que seguir su ejemplo…

—Pero, tal y como decís, casi enterrados, no hacen daño a nadie —refutó con tibieza el canónigo.

—¡Quién sabe! Me comentasteis que uno de vuestros ayudantes enloqueció con ese material tan peligroso, como si le hubieran inoculado en su mente el veneno de un peligroso reptil. Y, además, debemos tener muy en cuenta al cardenal. Él podría impedirlo si llega a enterarse de la existencia de los arcones.

—¿El cardenal…?

—Sí, es alguien de cuidado, una deshonra para la Iglesia primada, una silla que nunca debió ocupar alguien como él. Fernández de Córdova tiene amigos ilustrados y masones, lo sabemos. Lo peor de lo peor de cada bando. Una amenaza, sin lugar a dudas. Gentes que hacen bandera del hedonismo y la razón como *ánemos*, como el soplo esencial de la vida y el conocimiento. Algo demencial. ¿Qué le parece? ¿Cuál es el riesgo que corremos con personas de esa calaña, don Ramón? —planteó al archivero con tono exigente.

—Que quieren arrinconar los grandes valores, rebajando su importancia. Y jamás permitiremos que algo así ocurra —ratificó el canónigo con su habitual soniquete restando fuerza a lo que decía. No obstante, era lo que precisaba escuchar don Luis, la letanía exigida que les insuflaba coraje para mantenerse firmes en sus ideas.

—No podrán hacerlo en esta sacrosanta ciudad.

Don Luis se dio la vuelta para disfrutar con deleite del lugar bendecido, a esa hora, por un juego de luces que lo hacían casi irreal y prodigioso al intentar abrirse los rayos de sol entre la niebla. Esa visión le ayudó a reafirmarse en su idea de que la ciudad debía protegerse de las influencias externas, perniciosas para los principios que él defendía y que, de alguna manera, constituían el basamento de un recinto que protegía la única Verdad, que era la suya y de la de hombres como el canónigo Benavides. Todo el Mal debía ser aniquilado, arrancado de raíz y sin posibilidad de desarrollarse en aquel santuario. El camino auténtico solo tenía un horizonte. Por suerte, la ciudad llevaba ya varios siglos de recogimiento conservando sus esencias, ajena a todo lo que la rodeaba, y así debía continuar. Ellos se encargarían de preservarla de influencias malignas.

Cercanías de Pamplona (España)

20 de noviembre

*E*l viaje desde Poitiers había resultado casi un calvario. Tuvieron que acelerar el paso para cruzar la frontera en tan solo tres días, y apenas se detuvieron en las postas de Burdeos y Bayona porque el salvoconducto, facilitado por el duque de Choiseul, era explícito, sin reservas de ninguna especie: la fecha límite para salir de Francia se cumplía el 20 de noviembre. En caso contrario, sería declarado prófugo, al que perseguiría la justicia, y el castigo podía suponer la pena de muerte.

Jacques de Seingalt pensó hasta el último momento que tendría que hacer el viaje en coche de dos ruedas, sin ninguna compañía que le sirviera de paño de lágrimas o de ayuda en el difícil trance. Por suerte, su hermano Cecco localizó a Sebas, el criado español que le resultaba imprescindible para cumplir con el encargo que le habían solicitado, y después de saldar con creces la deuda que tenía con su antiguo sirviente y pedirle comprensión para que disculpase las afrentas que le hiciera en el pasado, partieron juntos sin perder un minuto en un carruaje más amplio y cómodo para enfrentarse a un trayecto con diferentes etapas y a la amargura del exilio.

Ya no era el tipo osado de otros tiempos, el joven dispuesto a realizar interminables viajes sin apenas descanso, cruzando Europa cuantas veces fuera preciso por el simple capricho de una aventura o para participar en alguna diversión de su interés, también para cumplir las misiones que le pedían sus hermanos masones. Lo había hecho con tanta frecuencia que su cuerpo estaba acostumbrado al exceso, y a buscar reposo o estímulo en cualquier rincón acompañado por una mujer dispuesta a dejarse llevar por su verbo ágil y fresco. A sus amigos y amantes sorprendía que aún se mantuviera firme y voluntarioso, como si la edad no le castigase de la misma manera que al resto de los mortales. Él sabía que el tiempo no perdonaba y percibía cada día algún achaque nuevo. Lo disimulaba con arte y galanura, pero el reto para la simulación se hacía cada vez más complicado. Por ejemplo, ningún afeite le permitía ocultar ya las arrugas del rostro o la flaccidez de sus carnes, o esa papada que asomaba en su perfil y que le afeaba en exceso, o la caída de los carrillos, o las impresionantes entradas en el cuero cabelludo, y tantas y tantas carencias que desvelan el insoportable avance de la edad contra el que es imposible cerrar los ojos. Para colmo de males, el destierro suponía un despropósito, un castigo que le aterraba al encontrarse en una situación de deterioro grave de la que temía no salir indemne. En efecto, ya no era el mismo y hasta sentía aprensión por lo que pudiera sucederle, algo que jamás había sentido en su ánimo.

Llevaba en la bolsa cien luises y una letra de cambio por valor de ocho mil francos. No le faltaría plata en España; además portaba un despacho del gran Maestre, el duque de Clermont, dirigido a un importante hermano de Madrid solicitando que le facilitase todo aquello que fuera imprescindible para cumplir con la misión que le habían encomendado. También contaba con varias recomendaciones para el conde de Aranda, el duque de Losada, José Fernández de Miranda, y para el marqués de Mora y Pignatelli.

Sin embargo, de lo que carecía era de la fuerza necesaria para cumplir a la perfección con lo que le habían pedido. La reciente muerte de su amiga Charlotte, casi al mismo tiempo que la pérdida de su amado protector, el senador veneciano Bragandin, una persona que se había sacrificado siempre para ayudarle en cualquier circunstancia arriesgando su fortuna y hasta su prestigio, le habían sumido en la tristeza y debilitado en exceso. El senador había sido como un padre para él y el mejor aliado que tuvo.

Estaba desolado ante el cúmulo de lamentables acontecimientos que se habían precipitado, en los últimos meses, a su alrededor. Acaso su vida espoleada al límite y moviéndose sin descanso por diferentes lugares le habían causado bastante daño y carecía de las fuerzas necesarias para enfrentarse a cierto tipo de problemas. Es lo que pensaba mientras soportaba el vaivén de la carroza y los innumerables baches del camino español horadado por las torrenteras de lluvia.

Le irritaba haberse visto obligado a abandonar París, su más apreciada ciudad después de su querida Venecia. En la capital francesa había disfrutado de todo lo que un ser humano puede desear, y por ella había deambulado como conquistador y señor de muchos distritos y palacios. Lo que más le dolía era haber sido desterrado mediante una acusación falsa; él jamás engañó a su discípula d'Urfé, la sirvió como ella esperaba que lo hiciera mostrándole muchos de los conocimientos secretos a los que pocos masones o rosacruces eran capaces de aspirar. La intransigencia del sobrino más medroso de la marquesa había provocado la situación cuando, por el contrario, él había mantenido una gratísima amistad con los otros familiares de la dama que reconocían la extraordinaria labor terapéutica que había aplicado a d'Urfé. Él la había convertido en otra mujer, en un ser capaz de acariciar el elixir de la vida y ahondar en la transformación de la materia.

¡Qué distinta era Charlotte! La inocencia y la candidez personificada. Lo ocurrido con la joven había sido terrible. Era un ángel, una delicia de muchacha que fue seducida por un desalmado dejándola encinta y que, cuando cayó enferma, la abandonó a su suerte. Él había luchado con todas sus fuerzas para salvarla y fracasó. Difícilmente lograba borrar de sus recuerdos más amargos su imagen, los esfuerzos que hizo por sobrevivir y su agonía, al final, desangrándose entre sus brazos. Luego, él tuvo que dejar a su hijo en un hospicio.

En pocas ocasiones se había sentido tan atraído por una mujer como lo estuvo por Charlotte, no viendo exclusivamente en ella el objeto de sus apetencias sexuales o un puro divertimento, como había sucedido con frecuencia en su relación con las personas del sexo opuesto.

La herida por la pérdida de Charlotte, la ausencia de la belleza serena de esa joven y de su bondad sin límites permanecía en su corazón, al igual que el recuerdo del hombre que durante veinte años le trató como si fuera su propio hijo, el senador Bragandin. Nunca le faltó su dinero y su apoyo sin condiciones ni

63

reservas. Incluso cuando fue encarcelado en Venecia con falsas acusaciones y múltiples mentiras vertidas contra su persona, Bragandin arriesgó su fortuna y honor para intentar rescatarle de aquel sufrimiento. Estaba tan desolado con la desaparición de esos dos seres tan queridos que, en un primer momento, al recibir la *lettre de cachet* del rey, apenas le importó su contenido y la injusticia por la medida desproporcionada que había dispuesto su majestad contra él. Cecco le hizo entrar en razones mostrándole la gravedad de la situación y las ventajas que representaba aceptar la misión en España.

Sebas le observaba desde su asiento en el interior del carruaje.

«Ya no es el arrogante y seductor de otro tiempo —pensó, sin dejar de mirarle, mientras el amo dormitaba envuelto en una gruesa capa de paño flamenco, de color carmín—. No, no es aquel guapo mozo, de piel suave, vital y arriesgado que admiraban por igual hombres y mujeres, que lucía siempre una espesa cabellera de rizos, con ardiente mirada y facciones dulces. Ni siquiera va cargado de diamantes como en el pasado, aunque continúa engalanado de encajes y se esmera mucho en cuidar su aspecto.»

—Espero que me ayudes en estas tus tierras y que me enseñes las costumbres de los lugareños para que pueda moverme con soltura —pronunció como en un susurro, sin abrir los párpados por completo.

El criado se sobresaltó al escucharle, temiendo que hubiera leído sus pensamientos, un poder que creía que poseía su señor, uno de sus muchos dones y capacidades que tanto impresionaban a los que tenían la suerte de llegar a conocerle de veras. Pero el veneciano nunca se jactaba de sus hazañas y proezas, y no eran pocas. Sebas le tenía como modelo y, por lo tanto, silenciaba las suyas, que eran menos.

Se acercaban a Pamplona y el trayecto se hizo más incómodo después de coronar una interminable elevación del terreno donde hallaron abundante nieve, y más complicado por el deterioro del firme. En pocos lugares había encontrado el caballero veneciano unos caminos en tal mal estado como en España.

Estaban agotados, tanto ellos como los cocheros y los caballos. Pidió que se desplazaran con más calma. El plazo para dejar Francia se había cumplido y, por lo tanto, la urgencia no era la misma para llegar hasta Toledo, destino final de aquel viaje. Sin embargo, Sebas pretendía que hicieran noche en Pamplona donde hallarían, seguramente, mejor acomodo que en la ruta, y por esa razón atosigaba, de vez en cuando, a los cocheros.

Después de atravesar la frontera, el criado había visto más reanimado a su señor y consideró llegado el momento de intentar esclarecer las razones que le habían llevado hasta España; con anterioridad, había rehuido ser explícito sobre esa cuestión.

—No entiendo cómo se os ha ocurrido venir a mi país. Yo mismo dejé Burgos hace quince años, disfrutaba por entonces de estocada fácil y tuve la mala suerte de atravesar, desde el haz hasta el envés, a un recaudador que hacía doble bolsillo con la plata de los pobres, y a mí no quiso devolverme lo que me pertenecía. A ninguna persona humilde le está permitido hacer justicia, pues si algo así fuera posible, rodarían demasiadas cabezas de señores e hidalgos. Bueno, es algo que ocurre en todas partes, vos lo sabéis mejor que yo. Me gustaría saber, como os decía, qué es lo que nos ha traído hasta este lugar, don Jaime. Así es como os nombrarán por aquí, recordadlo; nadie os llamará Jacques ni, por supuesto, Giacomo, vuestro nombre de cuna, que me parece que no lo he vuelto a oír desde que estuvimos por Alemania y Austria.

El caballero apenas atendía aquel anochecer a los comentarios de su criado, aunque reconocía que su tosca cordura debía ser siempre tenida muy en cuenta. Meditaba sobre la decisión de desplazarse a España para resolver un encargo que tenía menos fuste que los recibidos en el pasado y en un país que apenas le interesaba por lo que había oído sobre el mismo. Años atrás, escuchó al propio Voltaire decir que era un país atrasado, bárbaro y dominado por el irracionalismo católico, un lugar lleno de peligros y donde la Inquisición controlaba a las gentes en todas sus costumbres. Lo suyo era pisar salones aristocráticos o de la realeza en Londres, Viena, Varsovia, San Petersburgo y, por supuesto, París. Ahí se movía a placer y lograba resultados rápidos, espectaculares, y las colaboraciones imprescindibles para culminar las misiones que le proponían sus hermanos masones o rosacruces; y mientras cumplía a la perfección con lo que le habían solicitado, no menos importante era lograr la admiración de las damas que pugnaban para disfrutar de sus favores y habilidades por su verbo y dominio inusual de las artes amatorias. Al mismo tiempo era envidiado por nobles y poderosos que buscaban tenerle cerca para escucharle o hacerle partícipe de buenos negocios. Pero todo aquello pertenecía a otro tiempo, era muy consciente de que empezaba a encontrarse en esa edad en la que de ordinario las mujeres muestran indiferencia hacia uno, pues la galanura ha desaparecido y el poder que emana del cuerpo es escaso, de sugestión anodina para ellas; a la mayoría ni siquiera les embelesa la experiencia porque saben que la energía ha ido desapareciendo. Tenía la certeza de que los excesos ensamblados con el paso del tiempo resultaban demoledores, ajando al más esbelto mancebo. La suerte de la que siempre había gozado le daba la espalda; lo sucedido en París era una buena muestra de su declive, por primera vez se vio impotente para modificar el destino que otros tejían.

66

A pesar de su altura y corpulencia, ya no destacaba tanto entre un grupo de personas porque el peso de lo vivido le cargaba la espalda y le reducía. La piel se le había vuelto cetrina, le escaseaba el pelo, tenía los dientes picados y, para colmo de males, sufría de unas hemorroides dolorosas. A sus cuarenta y tres años el cansancio se había alojado en su médula por disfrutar a grandes tragos y sin respiro. Había perdido su atractivo y el otrora irresistible amante debía hacer milagros para apoderarse de una conquista, incluso había llegado a pagar para satisfacer sus deseos y comprado niñas vírgenes a padres sumidos en la miseria cuando, en el pasado, eran los mismos progenitores quienes se las ofrecían en bandeja al considerarle la mejor pareja a la que podían aspirar sus hijas. Sin embargo, las recientes experiencias que había tenido con algunas jóvenes le habían resultado insatisfactorias, porque lo que le entusiasmaba era el juego de la seducción al considerarlo la argamasa de una existencia plena y lúdica, contraria a cualquier clase de satisfacción rápida y fugaz.

Si existía algo que rechazaba con firmeza era la rendición, el abandonarse por completo, y prefería esforzarse hasta el lí-

EN EL CORAZÓN DE LA CIUDAD LEVÍTICA

mite antes de declararse vencido. Tenía pensado, cuando recibiera el oro que le habían prometido por hacer el trabajo, y que le entregarían en Barcelona, coger un barco en ese mismo puerto con destino a su adorada Venecia que, seguramente, le insuflaría nuevo empuje y optimismo, renovándole por completo. Aquella esperanza le mantenía en pie: encontrarse de nuevo con la ciudad donde disfrutó de las mayores alegrías y donde protagonizó aventuras de todo tipo hasta que fue injustamente encarcelado por un sujeto llamado Manuzzi, obsesionado con su persona.

Apenas le atraía lo poco que sabía de las gentes españolas. Los hombres eran escuchimizados de fibra y con barrigas prominentes que deformaban su silueta, como el orondo Sebas, vestidos por lo general de oscuro y con capas para ocultarse ante los demás, prestos a la bronca y con abundancia de prejuicios. Le dijeron que, en los últimos meses, se habían exacerbado los ánimos contra los nobles y, en muchos lugares, se produjeron motines del populacho. Al parecer, las mujeres eran más vivaces y desenvueltas, pero unas y otros consideraban enemigo a todo lo extranjero. Poseían los naturales de aquellas tierras pasiones desaforadas que solían impedirles el razonamiento juicioso. También le habían dicho que la intolerancia se practicaba de manera feroz y cruel, o que resultaba una dificultad insuperable para un forastero el procurarse la entrega de una mujer, puesto que sus dones los protegían con todas sus energías, aunque en el supuesto de abrir las puertas a la pasión, la entrega era inconmensurable.

—Señor don Jaime…

La voz ronca de Sebas le hizo abandonar sus pensamientos. Entonces, se percató de que la oscuridad se había adueñado, en pocos minutos, del entorno y que las sombras convertían en algo siniestro el paisaje que podía vislumbrar desde la reducida ventanilla del carruaje. Sintió mucho frío en los huesos arropando las piernas con una manta y envolviéndose con fuerza con el paño que cubría su cuerpo. Tenía mala cara y el criado lo advirtió con preocupación.

—Avisaré a los cocheros para detenernos en la primera venta que aparezca en el camino o ¿prefiere aguardar hasta que lleguemos a Pamplona?

Le dolía todo el cuerpo al transitar por aquella calzada de ruedas en mal estado y su corazón rumiaba penas y sinsabores. Por suerte, una agradable laxitud comenzaba a impregnar su espíritu. Anhelaba reposo y algo de paz, el perdón de sus enemigos y la reconciliación con Venecia…

—Señor…

—Sí —respondió distraído—, me parece bien, paremos en cuanto sea posible.

—Mañana partiremos de madrugada para hacer noche en Corella. Luego, otra jornada hasta Almazán y desde allí tal vez hasta Alcalá, y en tres o cuatro días, a lo sumo, llegaremos a Toledo, sin detenernos en Madrid, tal y como es vuestro deseo.

Don Jaime asintió con un movimiento de la cabeza. De inmediato, cerró los párpados, mas no la revelación íntima de todo aquello que le venía aquejando en el extraño viaje; necesitaba sosiego, desplazarse con más quietud por el mundo, paladear la vida lentamente. Es lo que había aprendido y la conclusión a la que había llegado después de recibir los últimos golpes.

¿Hallaría rastros de la edad de oro de la cábala en la ciudad de Toledo? Él era un devoto de lo cabalístico desde que estudió la obra de Ulrich Poysel, el maestro de Paracelso, de la búsqueda de los misterios cosmológicos y cosmogónicos, de la *Maasé Bereshit*, y también de la *Merkabá* que permitía al hombre superarse en la perfección y dejarse arrastrar por el *carro de Dios,* así como iniciarse en los secretos del futuro. Precisamente, el auge y extensión de la cábala se había producido durante la Edad Media a raíz de *El Zohar,* una obra escrita en arameo y en hebreo por un judío español en la decimotercera centuria, inspirándose en las enseñanzas del rabino Simón ben Yohay. *El Zohar* se convirtió en el libro esencial del misticismo judío para que los iniciados pudieran descifrar lo oculto, y sus esencias surgieron en España. Fue lo que más le deslumbró cuando Willermoz, el venerable maestro lionés, le propuso desplazarse a aquel país; lo único, y no lo suficiente, para aceptar la misión, a pesar de contar con antepasados españoles: uno de ellos llegó a ser consejero del rey Alfonso V de Aragón que, durante la decimoquinta centuria, conquistó Sicilia y Nápoles, reuniendo una de las cortes más brillantes del Renacimiento y

68

hasta pretendió reconquistar Constantinopla encabezando una cruzada contra los turcos. Lo sabía bien porque había estudiado su genealogía y se interesó mucho por Jacobo, su antepasado aragonés, que fue mano derecha de un monarca tan activo y brillante como Alfonso V.

Tenía mucho interés por la historia, por el pasado, pero de no haber mediado el castigo del rey francés, nunca hubiera dejado París, el lugar donde había disfrutado de lo mejor y también padecido lo más doloroso: la pérdida de Charlotte. En la capital francesa permanecía su hermano Cecco y contaba con el apoyo de ilustres y deslumbrantes señoras que aceptaban a ciegas sus postulados para inundar los corazones de un misticismo del que estaban tan necesitadas, ellas lo proclamaban, y otros carentes de esa vida espiritual le daban la espalda por temor a la exigencia de una vida inquieta con lo sublime. El estúpido marqués de Lisle, el sobrino de Jeanne de Lascaris, le había despojado cruelmente de lo que más amaba después de Venecia. Esa era su conclusión, a pesar de que Cecco le advirtió de que todo se debía a una posible conspiración para sacarle de Francia. Le resultaba increíble que existiera algo de ese cariz, no recordaba ninguna reciente aventura de alcoba con dama de alto nombre y alcurnia, casada con un respetado poderoso que habría movido todos los hilos a su alcance por despecho y para ver al amante de su adorada mujer lo más lejos posible. Tampoco había arruinado a incautos, al menos en los últimos meses, con hábiles operaciones y patrañas para obtener abundante oro mediante una lotería o extraños juegos de los que tanto experimentaba con sus constantes elucubraciones para mantener la bolsa bien llena, y una residencia con los lujos necesarios para vivir como se merecía alguien de su donaire e inteligencia.

De cualquier manera, aquellas eran unas difíciles jornadas transitando entre siniestras sombras por un destierro al que le habían arrojado sin conocer las razones. Únicamente, la afirmación del misticismo que tenía alojado en su esfera más íntima le mantenía alerta para continuar con las búsquedas espirituales que, de tarde en tarde, afloraban desde lo más profundo de su alma y le permitían continuar sin amarguras por un mundo cada vez más hostil para un hombre con sus habilidades e inclinaciones.

Embajada de Venecia (Madrid)

22 de noviembre

Desde el balcón de la sede diplomática se apreciaba, con todos sus elementos, la construcción de la nueva Casa de Correos, un armonioso edificio que estaba a punto de inaugurarse en el cogollo madrileño. El rey Carlos III se había empeñado en transformar la capital de España reformando, casi al completo, su fisonomía. Por fin, Madrid iba adquiriendo el aspecto de una importante urbe para notoriedad de una monarquía que no había sabido, hasta entonces, resaltar su esplendor y poderío en el núcleo del reino de la metrópoli. Hasta la llegada al trono de Carlos III, la mayoría de las barriadas se asemejaban a los arrabales provincianos, excepto algunas calles cercanas a palacio.

El embajador de Venecia, Alvise-Sebastian Mocenigo, discutía con el joven conde Manuzzi. Llevaban enzarzados en una acalorada diatriba casi toda la mañana y apenas dedicaron unos segundos a admirar la reluciente central de correos que se levantaba frente a la Legación. El debate era de enjundia, no en vano se trataba de intentar saltarse la legalidad del reino ante el que estaban acreditados, algo así resultaría de consecuencias muy graves para la República. Pero era la mejor oportunidad que habían tenido, en muchos años, para hacer pagar al caballero de Seingalt, a Giacomo Girolamo, su osadía y desvergüenza. En Francia, los diplomáticos lo intentaron sin ninguna clase de éxito, se les prohibió intervenir a pesar de su insistencia para obtener el beneplácito de las autoridades, y también se echaron atrás debido a la protección con la que contaba el prófugo de importantes personajes de la aristocracia. Por el contrario, en España nadie le conocía, viajaba casi de incógnito y había sido desterrado por orden del monarca francés. Si había caído en desgracia en el vecino país, era el momento de ir a por él sin aguardar a que volviera a desaparecer, o a que se hiciera con algún respaldo que les impidiera moverse.

Giovanni Manuzzi tenía además una motivación personal para detenerle, ya que Giacomo se había burlado de su padre, obsesionado en su persecución durante muchos años. La única reserva y limitación para actuar, de inmediato, procedía del propio embajador Mocenigo:

—No, queridísimo, no —remarcó el canciller a su hombre de confianza, a quien todos consideraban como su amante—, de ninguna manera voy a autorizar algo semejante. Y atentar contra su vida, ¡jamás! Algo así repele a mi conciencia y no podría soportar esa carga.

En la corte madrileña todo el mundo sabía que Alvise-Sebastian Mocenigo era de los de la puñeta, como se denominaba en España a los que se comportaban como una mujer en sus actos más reservados, pero eran menos los que conocían la infinita inclinación que tenía por su hermoso ayudante, Giovanni Manuzzi. Este poseía una extraordinaria figura, tan llamativa que provocaba espasmos y ahogos en muchas damas madrileñas de buena posición. Ninguna había logrado ser calmada en sus deseos, más o menos explícitos.

La íntima relación antifísica existente entre el embajador y su consejero ni siquiera permitió aquel día que las posturas de ambos llegaran a acercarse lo más mínimo. Alvise-Sebastian pretendía, como mucho, una vigilancia discreta de su paisano, perseguido desde hacía más de diez años por los venecianos y, en el supuesto de que cometiese alguna tropelía, denunciarle de inmediato a las autoridades. Por el contrario, el conde exigía un castigo ejemplar, considerando incluso la contratación de sicarios que le propinasen una buena tunda o acabasen con su vida si fuera menester. Manuzzi reforzó sus argumentos ante el embajador mostrándole su perfil más masculino, era consciente de aquella debilidad de su pareja.

—Sebastian, te lo ruego y te lo exijo al mismo tiempo. Debes permitirme que castigue, como se merece, a ese mal nacido. Nunca tendremos una oportunidad como esta, ni será tan fácil como ahora. Si actuamos con rapidez, no habrá problemas y, lo más importante, en el Consejo te lo agradecerán. Le estamos siguiendo los pasos desde que cruzó la frontera, pero debemos hacer algo más. El correo que nos llegó desde París hace dos semanas avisándonos de su próxima llegada a España nos recordaba que Venecia le tiene puesto precio a su cabeza desde el preciso instante que huyó de la prisión de Los Plomos. Y nosotros, por fin, podemos cumplirlo, ejecutar su condena, limpiamente y sin grandes dificultades. Demostraremos que la leyenda era solo eso.

El embajador gruñó para sus adentros emitiendo un sonido sordo, a la vez que hacía un gesto de fastidio que empeoró su desagradable fisonomía, en ningún modo perfeccionada por los numerosos afeites con los que cubría la piel de su rostro desde primeras horas de la mañana. Era un hombre avejentado por sus dolencias estomacales y por sus excesos en la mesa, entre otros.

—¡Qué despropósito! ¿Pretendes que sea expulsado de este país como un vulgar delincuente, o que nos convirtamos en sus verdugos, así sin más? Por favor, querido Giovanni —expresaba su ruego el jefe de la Legación veneciana con voz atiplada y ojos enrojecidos—, entra en razón.

—Aguarda, voy a llamar a Soderini.

El conde Manuzzi salió casi corriendo del despacho en busca del secretario de la embajada, Gaspar Soderini. El canciller Mocenigo aprovechó la ausencia del ayudante para recuperar el resuello y limpiar su frente de sudor con un espectacular pañuelo de encaje que le había regalado un consejero del rey español que tenía idénticas inclinaciones a las suyas en el dormitorio. El obsequio era uno de sus complementos favoritos, del que nunca se desprendía, al igual que del collar de perlas negras, un presente de su compañero de juegos amorosos. Ajustó su levita de color rosa adornada con abundante pedrería y condecoraciones y, seguidamente, rehízo el trenzado del pañuelo que llevaba anudado al cuello. El embajador era muy esmerado y atildado en su aspecto, lo consideraba indispensable para ejercer las funciones diplomáticas en nombre de la República Serenísima de Venecia. Frotó, a continuación, sus piernas, pues en ellas se había concentrado la tensión de las dos últimas horas. Estaba preocupado por la insistencia de su joven amante. Nunca discutían, era frecuente que él se plegase a todos sus deseos; sin embargo, en esta ocasión no lo permitiría porque estaba en juego su prestigio y su buen nombre. Afrontaría las consecuencias del enfado de su pareja antes de ceder en algo tan fundamental.

Manuzzi regresó acompañado por el secretario, que sujetaba varias carpetas. El primero se acomodó en un sillón frente al embajador, que seguía sentado detrás de su mesa, mientras que Soderini permanecía de pie en medio de la sala inundada por los rayos del sol.

El secretario era un hombre muy prudente debido quizás a su avanzada edad y a la larga experiencia que tenía en la embajada madrileña. Era reconocida, además, su honestidad y contaba con la admiración y el mayor respeto del jefe de la Legación; entre otras razones porque era la persona que se ocupaba de tramitar la mayoría de los asuntos. Para Manuzzi también era alguien incuestionable y un colaborador eficacísimo.

—Soderini, entrégueme la carpeta roja —solicitó. El ayudante se la pasó al consejero; luego, el conde extrajo una hoja arrugada—. Ahí conservo una copia de la acusación redactada por mi padre. —El conde blandió el papel amarillento, dañado por el tiempo, y comenzó a leer—: «Y siendo veneciano, mantiene contactos sospechosos con ministros extranjeros, principalmente franceses y austriacos; abusa de la incredulidad de la buena gente, a la que hace perder la cabeza con las historias de la cábala y de los rosacruces; logra persuadirles de que no han de morir y que por el camino de la Vía Láctea, mediante un viaje celeste, entrarán en la región reservada a los adeptos. Es peligroso por su carácter ambiguo y rapiñador...».

—Querido conde —interrumpió Mocenigo—, si me lo permites, por lo que estoy escuchando, y que desconocía, debo reconocer que resultaría interesante mantener una conversación con él. También dicen que sedujo a vuestra madre para salir de prisión. Pero, son leyendas ¿no es cierto?

La observación indignó a Manuzzi, tanto que llegó a enrojecer de ira.

—Considero poco apropiada la chanza, señor embajador —resaltó con énfasis el tratamiento, con intención de molestar—. Gaspar, deme la otra carpeta, hay más cosas que conocer sobre ese personaje.

73

El secretario Soderini recogió la carpeta roja y entregó a Manuzzi otra similar, de color verde. El ayudante, con gesto airado, extrajo nuevos documentos.

—Aquí tengo informes de la Inquisición veneciana que demuestran, sin lugar a dudas, que es un estafador, un sablista, un individuo libertino y muy peligroso.

—Pero lo que fue en el pasado no debería importarnos. En España no ha cometido ningún delito, lo que nos impide intervenir, ni siquiera solicitar ninguna clase de colaboración a las autoridades de este reino, debemos ser rigurosos en ese particular —resaltó el embajador.

—No ha tenido tiempo aún, ya veremos. Y lo cierto, y eso sí debe importarnos, es que huyó de la cárcel de Los Plomos y es un prófugo perseguido por nuestra justicia, el expediente que conservo sobre él debería ser suficiente para solicitar su detención —afirmó con contundencia el conde—. Y yo estoy dispuesto a hacer algo, con tu autorización o sin ella.

En ese preciso instante, Manuzzi se percató de la presencia de Soderini y de que sus expresiones habían sido inoportunas con un testigo delante de ellos. Enmudeció mientras comprobaba, de reojo, la reacción del secretario. Este, como era habitual en él, no solía modificar su semblante aunque escuchase alguna barbaridad o inconveniencia. Era una de sus normas y formaba parte de lo que él entendía como su cometido. Por esa razón, era el mejor secretario, el que sabía guardar como nadie todos los secretos, y nada de lo que sucedía en aquella Legación era para él desconocido. Anticipándose a la indicación del embajador Mocenigo, hizo una reverencia y salió del despacho. Al cerrar la puerta, se detuvo unos minutos detrás de ella. El vocerío de sus superiores atravesaba sin dificultad la compacta madera y así pudo escuchar, sin ningún esfuerzo, las instrucciones que recibía Giovanni Manuzzi con el timbre atiplado de su jefe y rendido amante:

«En primer lugar, quiero estar al tanto de sus actividades, conocer qué es lo que le ha traído a España. Y, por supuesto, cortar sus andanzas y entregarlo a las autoridades locales si hiciera algo que contraviniese las leyes de este país, ¿entendido? Pero hasta que no tengamos más información, no solicitaremos la intervención de los españoles. Esa es mi orden y como tal debe ser ejecutada…»

La réplica, algo violenta, de Manuzzi no se hizo esperar:

—Dudo de tener paciencia para tales ceremonias y dilaciones, Sebastian. Prefiero verle atado con cadenas cuanto antes mejor. Es un tipo pernicioso al que no se le puede permitir que haga lo que le plazca. Espero que comprendas que yo se lo debo a mi padre que ha dedicado muchos años de su vida a perseguirle.

La tensión fue aumentando y fueron muchas las palabras fuera de tono que utilizaron los dos representantes venecianos ante la corte española.

El secretario Soderini lo interpretó como una ciega pelea entre los dos enamorados, era algo habitual entre ellos, aunque supuso que esta vez un tercero terminaría pagándolo.

75

Prisión del Santo Oficio (Toledo)

30 de noviembre

*E*l oficial de la Hermandad que se hacía cargo de la custodia de los reos que le entregaba el Santo Oficio no pudo dar crédito a lo que veía cuando irrumpió en su cubículo aquel individuo cubierto de plumas y ataviado con calzones de seda, hebillas enjoyadas en sus zapatos y camisa de encajes que se desbordaban por los extremos de una reluciente levita de color oro viejo. Estuvo a punto de decirle en broma que si estaba ciego porque se había equivocado de palacio, pero se contuvo y prestó la máxima atención a sus palabras, pronunciadas con un fuerte acento extranjero.

—Le hago entrega de esta autorización que me permite visitar al preso.

Sin tener necesidad de romper el lacre del documento, el jefe de los vigilantes adivinó de quién se trataba el recluso con el que deseaba encontrarse tan refinado visitante en aquel húmedo subterráneo de la ciudad.

—¿Preguntáis, seguramente, por el veneciano?

—En efecto —asintió el peticionario, un hombre de bastante edad, que portaba una peluca ampulosa, poco frecuente por aquellos lugares y que ocultaba con los rizos una buena parte de su rostro. El guardián, por fin, abrió el escrito para leerlo.

—¿Giacomo Girolamo? Es lo que dicen sus papeles.

—Eso es. Giacomo Girolamo, caballero de Seingalt por la gracia y designio del papa Clemente XIII.

El oficial afinó las puntas de sus mostachos mientras crecía su asombro por lo que acababa de escuchar y por el tono rimbombante con el que se había expresado el viejo que tenía enfrente. Tensó sus párpados e hizo una mueca de desagrado antes de hablar.

—Pues precisamente en este mismo instante, ese tipejo al que queréis ver recibe en su celda a un caballero, es lo que parece la persona que está con él, todo un caballero —insistió el vigilante—. Sí, de nombre Adolfo Mendizábal —confirmó la identidad al mirar un cuaderno que tenía sobre la mesa.

—¿Y qué debo hacer, si puede saberse?

El jefe del cuerpo de guardia sonrió al comprobar cómo incomodaba a su atildado interlocutor la imposibilidad de celebrar el encuentro de manera inmediata. Nunca había visto a alguien con sus trazas en las mazmorras y tampoco lo creía probable por las calles de la rancia capital primada.

—Pues debéis aguardar a que finalice la visita y, si el encarcelado lo acepta, os dejaremos pasar ya que esta autorización —el oficial blandió el documento que le había traído el peticionario— os permite hacerlo en cualquier momento. Pero debéis tener en cuenta que solo os estará permitido hablar en nuestro idioma con el preso.

—¿Y si no fuera posible hacerlo por dificultad del recluso para comprenderlo?

—Decídmelo y regresaréis con un intérprete que lo solucione. Es vuestro problema.

Gaspar Soderini, secretario de la Embajada de Venecia, no estaba dispuesto a pasar noche en Toledo y decidió arriesgarse. Estaba destrozado después del viaje y, especialmente, tras las tensas conversaciones que había mantenido con los inquisidores, correosos hasta extremos que jamás imaginó.

—Si me lo permitís, me acomodaré hasta vuestro aviso en aquel recinto.

Soderini señaló un cuarto en penumbra que había detrás de una verja que ocupaba el frente de pared a pared, y donde él había vislumbrado la existencia de un banco de madera.

—Por supuesto, si es vuestro agrado y deseo, pero os advierto que no está muy limpio, ahí metemos a los detenidos hasta recibir las acusaciones que nos permiten distribuirlos convenientemente por las celdas del subterráneo. Si queréis más luz, os alcanzo un candil.

El venerable anciano, que frisaba ya los sesenta y cinco

años o más, rechazó con un gesto el ofrecimiento y empujó la cancela dejándola entreabierta después de acceder a la mugrienta sala. Depositó la capa en una esquina del asiento de madera negra, puso encima su sombrero de plumas y, nada más sentarse, sintió un fuerte cansancio en las piernas. Aspiró, con disimulo, un pizca de rapé para reanimarse. Aquella jornada había comenzado para él antes del alba. Serían las cinco de la mañana cuando cruzó el Manzanares camino de Toledo. Poco después del mediodía fue recibido por los inquisidores junto al Palacio Arzobispal. Tuvo que convenirles con firmeza para que atendieran las razones del embajador, en contraposición con las que habían recibido de Manuzzi y que les llevaron a encarcelar a Giacomo.

«Aceptamos vuestros argumentos, a priori —le dijeron a Soderini dos dominicos tozudos y secos en el trato—, sobre la confusión de identidad que llevó al consejero de la Legación a pedir nuestra intervención, pero tiene cargos ese Jaime Girolamo instados por la autoridad civil. Confiamos en lo que nos decís y entendemos que el mago y endemoniado no es este individuo; sin embargo, vino a la ciudad con un verdadero arsenal y documentos que consideramos falsos, por lo tanto deberá presentarse ante la justicia, aunque no sea ya competencia nuestra.»

· A pesar de los razonamientos, los inquisidores habían iniciado un proceso y se resistían a anularlo hasta que el alguacil mayor aceptase el cambio de jurisdicción sobre el detenido y se hiciera cargo de él. Todo aquel proceloso sistema sonaba a excusa para retenerle y era evidente la argucia dirigida por Manuzzi para apresar a quien su padre consideraba su peor enemigo, una especie de bestia negra.

Tras una ardua negociación, el diplomático obtuvo permiso para visitar a su compatriota y una providencia de absolución del Santo Oficio, pero tuvo que vérselas después con el alguacil. Este se negaba a conceder la libertad hasta que el reo testificase ante el juez tras la pertinente investigación. Finalmente, optó por dejarle salir cuando recibiera confesión jurada, y por escrito, del acusado que le tomaría el propio secretario de la embajada, y un compromiso de la representación veneciana para hacerse responsable de lo que pudiera ocurrir hasta el momento de la vista.

Evocaba Soderini en la oscuridad de la prisión lo que había

supuesto aquella interminable jornada, cuando vio de repente aparecer a un sacerdote con una banda roja ajustada a la cintura, por lo que supuso que se trataba de un dignatario de la Iglesia, que entraba en el garito del oficial de guardia. El secretario contemplaba la escena sin dificultad desde el lugar donde se encontraba, también podía oír la conversación.

—Quiero ver, inmediatamente, al preso veneciano.

La sonrisa forzada del oficial mostraba su desconcierto, endureció su semblante observando fijamente al recién llegado.

—Esto no es una plaza pública, señor canónigo —expresó con firmeza—. Hay serias restricciones para lo que me solicita. ¿Tiene en su poder algún requerimiento que me obligue a autorizarle la visita?

—Soy Ramón Benavides, archivero del Palacio Arzobispal, miembro del cabildo catedralicio y podría exigirle…

—Supongo que en ese supuesto —intervino presuroso el vigilante— la superioridad le concederá el pase, y no supondría para mí ninguna obligación o exigencia, sino el cumplimiento del deber el facilitárselo.

El canónigo enmudeció. En ese preciso instante, apareció una persona que procedía del sótano, iba algo embozado con la reluciente capa que colgaba de sus hombros. Solo se apreciaban sus medias blancas, unos zapatos de charol de color granate y una pequeña parte de su rostro, desde la nariz hasta la frente. Tenía abundante pelo y llevaba el sombrero oscuro, de raso, entre sus manos. Caminaba muy deprisa, como queriendo rehuir cualquier encuentro o conversación. Subía raudo, por las escaleras, en dirección a la calle.

—Vaya con Dios —gritó el oficial, a modo de despedida.

Ni siquiera un murmullo salió de los labios del individuo que se cruzó, sin desviar la mirada al frente, con el guardia y el canónigo; este observó la escena con el máximo interés.

—Cuando quiera, ya puede visitar al prisionero…

Soderini no tuvo ninguna duda de que el carcelero le hablaba a él, había elevado el volumen de su voz lo suficiente para que se le escuchase con claridad. El diplomático recogió sus cosas, empujó la verja y se encaminó hacia los sótanos. El oficial se levantó para acompañarle mientras despedía a Ramón Benavides, el canónigo-archivero.

79

—Y bien, ya lo sabe, cuando me presente una autorización válida, le permitiré hablar con el preso. Lo siento, ahora debo acompañar a este señor a una celda.

Soderini sintió en la nuca la mirada escrutadora del eclesiástico. Seguramente, pensó, debía de estar enfurecido al comprobar el trasiego que había en la prisión, sin que a él se le hubiera permitido hacer lo que pretendía. Ramón Benavides, como miembro del cabildo, lo consideraba un derecho y mucho más siendo colaborador de la Inquisición. De todas maneras, él ya había logrado lo que deseaba solo con acercarse a la cárcel.

Don Jaime, Jacques en Francia, o Giacomo, según la procedencia del que le nombrase, no tenía buen aspecto. Estaba muy desmejorado, con la barba sin rasurar desde varios días atrás y con unas ojeras violáceas que afeaban su rostro, producidas, con toda probabilidad, por su estancia en aquel agujero maloliente. Tenía el gesto mohíno y un rictus de desagrado en sus gruesos labios. Sin embargo, al secretario le impresionó su altura que superaba el metro noventa, la reciedumbre de su cuerpo y, sobre todo, la intensidad de la mirada. A pesar de las limitaciones del encierro, consideró a su paisano, tras un primer vistazo, como alguien excepcional por su presencia, correspondiendo a su fama que se había extendido a lo largo y ancho de Europa.

De entrada, el preso rechazó atender al secretario de la Legación veneciana diciendo que sus problemas con la justicia estaban resueltos, hasta el punto de negarse a mantener cualquier clase de conversación con él.

—Mi querido amigo, yo solo quiero ayudaros. No es cierto que vayáis a salir de aquí sin que intervengamos nosotros.

El gesto airado preocupó a Soderini. Había violencia en su mirada y temió que lo echara de la celda de inmediato, sin permitirle ninguna otra explicación. El secretario se vio obligado a utilizar algo más para conseguir que entrara en razones.

—Me he reunido con los inquisidores y con el alguacil mayor y están empeñados en manteneros aquí hasta presentaros delante de un tribunal. ¿Qué armamento portabais para que os hayan detenido y qué papeles extraños os encontraron?

—Lamento insistir, pero no pienso hablar con vos, ni quiero recibiros.

Al escuchar al reo, el oficial hizo ademán de forzar a Soderini para que saliera de la celda. Fue entonces cuando, a su pesar, el secretario tuvo que mencionar a Manuzzi. Las instrucciones del embajador le obligaban a ello porque debía protegerle, como fuera, de las intenciones malévolas expresadas por su perseguidor.

—Al parecer, Manuzzi, el consejero de la Legación, tiene cuentas pendientes con vos y está empeñado en crearos problemas. Él argumentó en vuestra contra, claro está, que sois un prófugo de la justicia veneciana, lo cual es cierto. Y pensamos que ha sido él quien ha amañado las cosas para que os detuvieran en Toledo. No es sencillo hacerle renunciar a sus insidias contra vos, pero lo estamos intentando. Para ello, sería conveniente que colaboraseis.

La mención del consejero modificó el semblante del cautivo.

—De acuerdo, podéis quedaros un rato conmigo —asintió.

—¿Y, en verdad, tenéis la certeza de que se arreglarían sin más vuestros problemas? —preguntó el secretario una vez quedaron solos en la celda; por fuera, a escasos metros, permanecía un carcelero atento a la conversación, siguiendo las órdenes del oficial de guardia que había regresado hasta su covachuela.

—Desde luego; habréis visto a la persona que antes salía de aquí. Pues bien, él llevará un mensaje al presidente del Consejo de Castilla para que intervenga a mi favor y estoy seguro de que todo se va a solucionar. —Soderini no tuvo más remedio que darle la razón, y lo confirmó con un movimiento de la cabeza, al conocer la instancia y el cargo de quien, quizá, mediaría por el detenido—. Pero, habladme de Manuzzi, ardo en curiosidad por saber qué hace en España.

—Es un joven impulsivo…

—¿Un joven? —inquirió con extrañeza el arrestado.

—Sí, que os odia porque, al parecer, se la jugasteis a su padre en el pasado.

Afloró una leve sonrisa en los labios del preso. Respiró con ansiedad el aire viciado de la celda y, al expulsarlo, se mostró más relajado.

—¿Os referís a un joyero, Giovanni Battista Manuzzi, que hizo de mi persecución el sostén de su triste y amargada existencia? Era un fervoroso espía de la Inquisición en la República.

—Creo que es él, en efecto, el padre del conde.

—¿Conde? ¡En la nobleza, un Manuzzi! Dios mío, bien pagado está —concluyó moviendo su cabeza de un lado a otro, molesto por lo que acababa de conocer—. ¿Y vos y el embajador intentáis frenar sus impulsos asesinos, las manías heredadas de su enfermo progenitor?

—Con la protección del conde de Aranda que me habéis revelado no tendréis muchas dificultades a partir de ahora, de eso estoy completamente seguro. Asimismo, el embajador Mocenigo impedirá que se os perturbe por cuitas de otro tiempo, salvo que cometáis alguna tropelía por estas tierras. El embajador no intervendrá, os lo puedo confirmar.

Al caballero le resultaba agradable aquel compatriota de aspecto apacible, bonachón, de maneras delicadas y poseedor de una voz sosegada, con la apariencia de ser una persona experimentada que rechaza las dobleces, y que al mismo tiempo domina la finura para el trato diplomático. Era alguien del que se podía fiar uno sin necesidad de tener un trato de amistad con él. Parecía cansado y le ofreció una banqueta, la única que había en la celda.

—De ninguna manera, no lo acepto —repuso Soderini—. Debéis sentaros vos y rellenar una confesión para el alguacil. Con ella, lograré vuestra libertad de inmediato, creo que mucho antes de que llegue una posible orden de Aranda. Es preciso que digáis por escrito por qué llevabais esa cantidad de armas. A mí también me sorprende que viajéis con tanta defensa.

—Las llevo siempre conmigo, sirven para protegerme de los asaltantes y cierto es que me han salvado la vida en numerosos trances. He tenido que recorrer, en diferentes ocasiones, caminos y lugares por los que nadie se atrevería a moverse salvo que estuviera acompañado por una buena escolta. Tuve que aprender a buscar la manera de defenderme ante cualquier peligro y, por lo tanto, estoy preparado para afrontar las amenazas con armas extraordinarias, fabricadas siguiendo mis indicaciones, y que son envidiadas por los que nunca las han tenido entre sus manos. Es lo que ha pasado aquí, que los hombres del alguacil las querían para ellos y han utilizado una extraña disposición para apropiárselas.

—Está bien, explicad esa costumbre vuestra e incorporad las alegaciones que consideréis oportunas sobre los documentos que portabais.

—Eran cartas de presentación que me habían facilitado mis amistades de París...

—¿Y cuál es el delito? —planteó Soderini.

—Que van dirigidas a personas de tanta relevancia que les parecieron imposibles, una falsificación. ¡Son unos ignorantes! —exclamó el de Seingalt.

Soderini abrió su bolsa y entregó al caballero utensilios de escritura y papel. El centinela trajo la tinta después de que el diplomático le diera algunos escudos para que les facilitase la tarea.

—¿Cómo habláis tan correctamente el español? —preguntó Soderini mientras el preso escribía apoyado en una tabla que sujetaba con las piernas.

—Durante muchos años tuve un sirviente español bastante negado para hablar otras lenguas y, como yo precisaba sus servicios, pues es placentero en el trato y muy eficaz, me esforcé para aprender la suya. Por cierto, que ahora viaja, de nuevo, conmigo. Este criado ha sido mi maestro, y de los buenos para la conversación, os lo aseguro, pero únicamente en su idioma. Por cierto, a él también se lo llevaron a una prisión, en las afueras de la ciudad, y sin ninguna causa que yo supiera. Desconozco dónde está, al menos no creo que sea una mazmorra como esta en donde nos encontramos, con este tufo ácido que circula por los pasillos y con el eco de los continuos lamentos de las personas que la Inquisición tiene aquí encerradas.

Durante unos segundos, los dos venecianos enmudecieron. Soderini afinó el olfato y comprobó, con desagrado, que Giacomo tenía toda la razón; el olor era bastante desagradable y él no se había percatado del mismo debido a los perfumes que esparció por la ropa antes de entrar en la prisión. De lo que había sido consciente desde que llegó a los calabozos del Santo Oficio era de los gemidos que procedían de todos los rincones de aquel antro. Debía ser una buena manera de tener amedrentados a los acusados para que terminasen confesando ante los verdugos.

—Bien, me ocuparé también de que vuestro criado sea liberado —dijo, al fin, el secretario—. ¿Y qué os ha traído a España?

83

—Mis estudios sobre lo arcano —replicó sin levantar la cabeza del papel.

Soderini comprendió de inmediato, por lo cortante de la respuesta, que no iba a contarle nada más sobre los motivos del viaje. Lamentó que fuera así porque le impediría satisfacer la curiosidad del embajador y la oportunidad de ayudarle más durante su estancia en España.

Cuando terminó de escribir, el diplomático le ofreció polvo perfumado para los cabellos y una cajita de rapé. El preso se lo agradeció con una sonrisa y, seguidamente, se levantó del asiento para acariciarle el brazo mientras le miraba de frente, de una manera tan franca que impresionó al funcionario.

Gaspar Soderini llevaba muchos años destinado en Madrid y había intervenido en operaciones de diverso cariz, la mayoría de ellas de escasa importancia, como los trámites burocráticos ante las autoridades españolas, aunque hubo actuaciones que rozaron la legalidad; por lo demás, trabajos corrientes en una legación diplomática. A la embajada llegaban mandatos de todo tipo. Sin embargo, pocas veces se había sentido tan a gusto con una intervención como la llevada a cabo en Toledo para salvar a un compatriota que había sido tratado injustamente por una ofuscación de carácter personal.

Antes de la medianoche, don Jaime y su criado Sebas fueron liberados. Después de la rápida y eficacísima actuación del secretario de la Embajada de Venecia, el caballero de Seingalt había sido advertido de que los peligros eran mayores de los que pudo imaginar para aquel viaje.

Por su parte, Soderini decidió afinar la vista y los oídos para no perderse ningún movimiento de Manuzzi. Supuso que el consejero y amante de Alvise-Sebastian Mocenigo volvería a actuar para tener bajo control al caballero y que, a partir de aquel día, sería más peligroso en sus movimientos, tras fracasar en su primer intento para vengarse del enemigo de su padre.

84

Posada de El Carmen

5 de diciembre

*E*ra como si un cataclismo o una maldición hubieran asolado aquella apagada y durmiente ciudad, como si hubiera llegado a ráfagas una tempestad porque solo algunos barrios, y no en su totalidad, estaban destrozados, con montones de ladrillos, piedras y tejas rotas donde antes había casas. Existían, no obstante, lugares que habían sobrevivido mejor al abandono secular y al olvido que se sumaban a la carencia de una pujante actividad comercial, pues esas eran las causas de la aparente desidia, sin que ninguno de ellos llegara a salvarse por completo del castigo forjado con el desamor.

Le dijeron al extranjero veneciano que *en otro tiempo* la ciudad fue un enclave bullicioso, que la vida resonaba por cualquier esquina, que gozó de mucha vitalidad industrial y que fue corazón de todo un imperio, también cabeza de una región romana y capital de España con los visigodos. Y lo más importante: enclave y foro de distintas formas de pensamiento y creencias que se habían fundido en un sincretismo que caracterizaba el espíritu más profundo del solar. Había comprobado que a sus habitantes les gustaba referirse al *otro tiempo* cuando hablaban del incierto presente con algo de amargura y melancolía, de lo último había mucho en el alma de sus gentes, pero insistían en que era una de sus características y que, de ninguna manera, les limitaba, sino todo lo contrario, pues era el perfil sobresaliente de su idiosincrasia.

La ciudad se había ido despoblando desde que el rey Felipe II buscó paisajes más hermosos y abiertos, cerca de las montañas, para instalar sus fueros. A partir de ese momento, comenzó el declive. Y ahora el número de sus habitantes apenas alcanzaba los veinte mil, la tercera parte de los que llegó a tener doscientos años antes. Se veían religiosos por doquier y gran cantidad de pobres y jornaleros maltrechos. La mayoría de las viviendas eran propiedad de la Iglesia, una institución poderosa en lo económico y con fuerte influencia en la vida de las personas que deambulaban con el vaivén definido y marcado por los que vestían sotanas.

Los intentos para recuperar las manufacturas sederas, que tanto empuje dieron en el pasado glorioso, no habían tenido éxito. Por suerte, el actual monarca, Carlos III, había fundado una fábrica de espadas logrando así que renacieran las ilusiones por rescatar el esplendor armero que fue admirado a lo largo y ancho de Europa.

Sebas se había encargado de proporcionarle abundante información sobre la ciudad que el propio veneciano fue completando en conversaciones con la propietaria de la posada donde se habían instalado.

Muy pronto, el extranjero había establecido con la dueña una excelente relación. Doña Adela era una viuda con bastante remango, exuberancia de peonía y excelente disposición para manejar su negocio; una mujer bastante juiciosa, por edad y oficio, y que disfrutaba charlando con un individuo que desprendía experiencia mundana por todos sus poros. Pocas veces había tenido un cliente con la extraordinaria apariencia de don Jaime. Le extrañó que fuera detenido días atrás por el Santo Oficio, aunque todo se debió a un error, como ella había imaginado. El señor que, más bien parecía francés por sus modales y maneras, iluminaba con su presencia el establecimiento situado a pocos metros de la plaza de Zocodover, y en el que se alojaban frecuentemente ganaderos y ricos agricultores de la provincia que venían a hacer sus tratos a la capital.

Sebas entró, sin llamar antes, en la habitación de su amo para avisarle de la hora. Los rayos del sol cortaban la estancia de lado a lado. Por el amplio balcón se veían los perfiles del muro norte del Alcázar, el palacio que ordenó construir el emperador Carlos V. Aquella imagen contuvo al criado unos instantes, a pesar de que hubiera sido más lógico que se detuviera por la postura llamativa que mantenía don Jaime en el interior de sus aposentos.

Apenas le sorprendió verle de aquella guisa, estaba acostumbrado a encontrárselo en pleno trance, con los ojos cerrados y como si estuviera en otro lugar con el pensamiento y el alma. Su señor le insistía desde siempre en que la meditación era la única senda para llegar a comprender la existencia de Dios y unirse a él, con el fin de acercar lo «de arriba hasta nosotros, porque lo de aquí es igual a lo que hay en lo alto si se quiere encontrar». Para Sebas era como un mago, le había visto hacer cosas extraordinarias como, por ejemplo, quedarse casi sin respiración y sin pulso, con la sangre sin circular por sus venas durante un buen rato. Lo había comprobado por sí mismo y, por lo tanto, no dudaba de sus poderes especiales y comprendía que las personas que llegaban a conocerle quedaran atrapadas por él.

—¡Don Jaime, se hace tarde! —gritó para sacarle del embeleso.

No reaccionaba, estaba de rodillas con el cuerpo doblado echado hacia delante sobre sí mismo, con la cabeza casi rozando el suelo. Sebas se acercó hasta él y, con suma delicadeza y cuidado, le acarició la nuca; detectó en la yema de los dedos la potencia con la que palpitaba su señor en esos instantes. Supo, entonces, que iba a *regresar* en unos pocos segundos. En otras ocasiones, la sangre casi detenía su curso y tardaba en despertar para salir de su *Klaus*, de su claustro interior, como él lo llamaba. Su *Klaus* siempre lo acompañaba, podía encerrarse en cualquier momento y circunstancia en ese mundo íntimo de éxtasis, a veces ni siquiera los que estaban a su lado se daban cuenta de ello. A Sebas le parecía un ser extraordinario y, a pesar de sus devaneos, él sabía que su señor era un auténtico místico.

—¡Venga! Ayúdame a vestirme. ¿Qué haces mirándome como un lelo? —dijo don Jaime casi por sorpresa, nada más abrir los ojos y comenzar a expandir sus músculos que había mantenido adormecidos.

—Todo está preparado y tenéis la ropa limpia encima de la cama —replicó Sebas forzando una leve reverencia.

Mientras se colocaba la camisa con botonadura de piedras semipreciosas y repleta de encajes, como si fuera el plumón de

87

un pato, tal y como al señor le gustaba esa clase de vestimenta, el criado pretendió explorar el alma del veneciano.

—Cada vez son más frecuentes vuestros encierros por lo que he podido comprobar.

—Sí, son más necesarios.

—¿Por lo de Charlotte?

Jaime de Seingalt hizo una mueca con los labios y guiñó un ojo como muestra de complicidad con su sirviente.

—Cierto es. Por lo ocurrido con ella, con ese ángel con el que se cebó la mala suerte y porque ansío acercarme más al Ser Supremo, destruir el Mal que nos desvía del camino acertado, Sebas. —Al decir aquello se le formó en el centro de su frente una profunda arruga con la apariencia de una cicatriz que aún le hiriera. Cerró los párpados y apretó los puños. Encerrado en sí mismo, como si buscase una respuesta que ni él mismo ni nadie era capaz de atisbar, prosiguió—: Esa lucha nos desgasta y solemos darla por perdida, abandonándonos al cruel destino. Yo me resisto a dejarme vencer. Después de la pérdida de mi protector y de Charlotte necesito con más intensidad hallar respuestas, intentar comprender lo que me hizo deambular dando tumbos por esta vida. Y busco también interpretar los símbolos, y para ello preciso de la máxima concentración, pues es la única manera de llegar a descifrar, como es debido, las manifestaciones de Dios. El mundo entero es un *corpus symbolicum*. Tú y yo —profirió mirando fijamente y con intensidad a Sebas—, nosotros lo somos…

—¿Somos, qué? —inquirió extrañado Sebas mientras alisaba los calzones que se iba a poner su señor.

—Lo que nos une expresa mucho. Es la afinidad que se percibe incluso entre dos personas como nosotros, tan diferentes en todo y con un vínculo que permanece. Es un símbolo de que los polos opuestos crean energía y llegan a dar sentido armónico. Lo que tú representas: lealtad y servicio para que yo pueda desarrollar mi labor en este mundo.

Sebas restregó con fuerza su propia coronilla intentando incorporar comprensión a su mente. Le resultaba difícil entender a aquel maestro en toda la extensión de sus ideas, pero resultaba un placer escucharle cuando estaba inspirado. Era la voz de un sabio.

88

Y

Salió a la calle tan majestuoso en los atavíos como si fuera un cortesano principal en la corte de Versalles. En la plaza de Zocodover le recogió Adolfo Mendizábal, tal y como le había anunciado un mensajero el día anterior.

—El conde de Aranda atendió de inmediato a las súplicas y me facilitó el salvoconducto para vos, pero luego he sabido que todos los cargos fueron retirados. No cabe duda de que tenéis amigos importantes —resaltó el venerable maestro de la logia madrileña con admiración. Era un joven de tez oscura, ojos negros, pelo rizado y de mucha altura aunque desgarbado; resultaba a primera vista una persona sensible, con muchos deseos de aprender y alerta a lo que tuvieran que exponer sus interlocutores.

—Hasta en el Averno cuento con amigos, y no os asustéis por lo que os digo, son necesarios en cualquier lugar, ya que los enemigos surgen por doquier alimentados por los instintos más deleznables —sostuvo el veneciano.

—Tengo aquí mismo mi carruaje, pero queda tiempo y, si os place, podemos dar un paseo hasta palacio y caminar un rato por las calles —propuso Mendizábal.

El caballero dio su conformidad y los dos ajustaron sus capas para protegerse de la brisa fría que se había levantado.

—Como os decía, la carta que teníais bien oculta y no os requisaron la entregué al secretario del presidente del Consejo y surtió un efecto sorprendente. Fui recibido en persona por Aranda, algo que jamás pensé que ocurriera. Él es alguien fundamental para nosotros porque entiende nuestra causa y puede sernos de utilidad para que el rey modifique su postura recalcitrante —comentó Mendizábal mientras atravesaban la plaza de Zocodover encaminándose hacia una calle con abundantes tiendas de ropa—. Aranda soporta fuertes presiones de todos nuestros enemigos, que son muchos y constantes en los ataques.

—Me gustaría saludarle antes de dejar España, agradecerle su interés y hablarle de mi amigo, el señor Voltaire. Me consta que se tienen una admiración mutua.

—¿Conocéis en persona a ese gran filósofo y pensador?

—Me vi con él varias veces en Suiza y, aunque discutimos mucho sobre poesía, terminamos, eso creo, siendo amigos.

89

—¿Discutisteis? —planteó con asombro el cabecilla masón.

—Sí, hasta lograr que reconociera la valía del poeta Ariosto por encima de la de Tasso:

> Los papas, los césares, calmando su disputa,
> juran sobre el Evangelio una eterna paz.
> Les veréis, uno de otro enemigos…

A Jaime de Seingalt se le iluminaron los ojos al recitar los versos, relucía aún más su mirada de un intenso azul que no pasaba desapercibida para nadie que estuviera cerca de él. Llamaba la atención de los transeúntes debido a su altura y donaire; asimismo, por su vestimenta de un colorido poco habitual en las adustas calles de la ciudad castellana. Pensó Mendizábal, fugazmente, que tal vez hubiera sido mejor que sus hermanos franceses le hubieran enviado a alguien menos pinturero, más comedido, para la misión.

> Cuando ella pudo soltar la brida a su dolor,
> se quedó sola sin temer a nadie,
> salió de sus ojos, regando sus mejillas
> un río de lágrimas que se esparció por su pecho.

En esta ocasión, el veneciano hizo el recitado casi en un susurro. El venerable maestro de la logia matritense le inquirió al finalizar la declamación con un gesto de extrañeza muy marcado en su rostro, sin necesidad de palabras.

—El divino Ariosto me llena de emoción —resaltó el caballero.

—Conocía vuestra fama como cabalista y rosacruz.

—Se pueden tener esas devociones y conmoverse con la poesía, hermano Mendizábal. Es más, yo diría que constituye una ayuda imprescindible para ser primoroso en la apreciación de la belleza y de las cosas que nos rodean que merezcan la pena. La Creación nos envuelve y es una suerte estar despiertos para disfrutarla y perfeccionarnos, pues los seres humanos estamos llamados a mejorar las cosas, ya que tenemos albedrío. Y si no lo hacen los que tienen los dones necesarios, no serían dignos de vivir en plenitud, y tampoco si no somos capaces de apreciar lo mejor que nos rodea o la Creación que nos abraza con suspiros y reclamos.

—Tengo entendido que la cábala es hermana nuestra por el secreto.

Agradó al caballero el comentario de Mendizábal, pues le daba la oportunidad de exponer unas ideas que defendía con pasión.

—Así es. En primer lugar, debo deciros que cuando el hombre es asaltado en los últimos reductos de su ser por las cuestiones fundamentales, la reacción es similar al margen de cuál haya sido su formación en cualquier aspecto. Es entonces cuando considera imprescindible estimular su espíritu para intentar hacer visible lo que es inaprensible. Su curiosidad le lleva a descubrir que existen misterios ocultos, secretos desconocidos para la mayoría de los hombres que los santos sabios han preservado porque no están hechos para ser revelados. Y es así para que no sean manoseados y se produzca el error y la falsedad en su interpretación. El secreto va pasando de unos hombres a otros mediante el estudio y el misticismo que despiertan a algunos seres del sueño profundo de la ignorancia. De esta manera, se abre la puerta de la iluminación para cuando llegue la hora y el momento de la revelación del secreto.

—¿Y a cualquiera le es permitido alcanzar el secreto?

—A cualquiera, sí, siempre que se esfuerce y quiera atrapar lo esencial con todas las consecuencias que eso representa.

—En efecto, hay mucho que nos hermana —asintió el madrileño—. Lo importante es escoger bien el maestro y ser merecedor de que te enseñen.

—Esa es la razón por la que el ingreso en nuestras sociedades místicas debe hacerse con cuidado. El conocimiento será revelado a aquellos que sepan aprovecharlo.

Caminaban despacio, de tal forma que el extranjero pudiera deleitarse con el bullicio que había por las callejuelas, los figones y en el interior de los adarves.

—¿Sabíais que en esta ciudad floreció, como en ningún otro lugar, el misticismo, la cábala, entre la decimotercera y la decimocuarta centuria? —expuso el veneciano.

—No exactamente.

—Al final es lo que me decidió…

—¿A qué?

—A venir hasta aquí.

—Me dijeron que también necesitabais el dinero...

—Mejor sería decir la recompensa. Aunque lo que más me mueve es el Amor porque es lo que nos perfecciona y hace eternos.

—Pero ahora lo que precisáis es el perdón del rey de Francia, como algo indispensable para haceros feliz. He oído muchas cosas sobre vos que no me atrevo a pronunciar.

—Os ruego que lo hagáis, disfruto con la franqueza, sin límites.

—Pues creo que os arrebatan especialmente las alcobas de París y los negocios con buenos resultados en un plazo... muy breve.

Sonrió burlonamente ante la ironía expresada por el masón español.

—Me prometieron el perdón si resuelvo este misterio, y no tengo por ventura necesidad de estar enemistado con un rey. Y debo deciros que no hay alcoba mala si el reclamo quiere ser regado y es digno de ello, tampoco rechazo el oro si está a mi alcance.

El caballero parecía disfrutar con el paseo y la conversación; se detenía para observar los detalles de pórticos, celosías y la configuración de los edificios. Con frecuencia levantaba la cabeza para admirar los aleros que estrechaban tanto el espacio, en algunos tramos, impidiendo que la luz del cielo alcanzara el suelo. Estaba atento a todo lo que le rodeaba, sin perder el hilo del diálogo que mantenía con su hermano masón, y contemplaba, sin ningún recato, el rostro de algunas mujeres o se giraba, con disimulo, para seguir los movimientos en su caminar de las más jóvenes.

—Son de amplias caderas y poseen una mirada tentadora.

—Si vos lo decís —musitó Mendizábal.

—Os aseguro que mirándolas comprendo, como nunca, que todo es reflejo de todo y que lo que nos rodea está vinculado con lo superior, con la Creación. Debemos disfrutar de lo que se nos ha dado, ¿no creéis?

El madrileño no supo qué responder. Llegaban al comienzo de la calle Hombre de Palo.

—Extraño nombre el de esta callejuela. Creo que esta ciudad contiene misterios que nunca han sido revelados o, al menos, forman parte de capas invisibles que se encargaron de ocultar por temor o por la incomprensión de gentes intolerantes y ciegas para algunas verdades.

—¿Por qué llegáis a esa conclusión? —planteó Mendizábal.

—La dilatada presencia de judíos y árabes es evidente que ha sido soterrada. Apenas quedan huellas visibles o están tapiadas y, por lo tanto, entiendo que están enmascarados sus espacios de culto y de reunión, los círculos filosóficos y alquimistas que debieron existir. Y temo que gran parte de ese legado fue eliminado a conciencia.

Mendizábal movió su cabeza asintiendo, asombrado al escuchar a su hermano masón.

—Habéis captado a la perfección, y en pocos días, lo que ocurrió en esta ciudad, vuestra perspicacia es admirable, don Jaime. Y es probable que se pretenda hacer algo similar con el descubrimiento del archivo en el palacio del arzobispo —insinuó Mendizábal—. Y, en esta ocasión, no debemos permitirlo…

—¿Tenéis alguna certeza de la importancia de esos manuscritos?

—Sí, por lo que comentó un ayudante del canónigo. El joven que, a todas luces, fue asesinado.

—¿Y podéis afirmar que su muerte no fue fortuita? —remarcó mirando fijamente a Mendizábal.

—Nos cabe alguna duda. Creemos que le dieron una pócima venenosa, seguramente arsénico. El médico del seminario no certificó que fuera un homicidio, pero el galeno que llevamos nosotros lo examinó antes de que recibiera sepultura y dijo que podía considerarse el envenenamiento como causa probable de la muerte.

Después de descender por una pronunciada cuesta, alcanzaron la plaza de la Catedral. El pórtico principal aparecía a su izquierda y justo enfrente se hallaba la sede del primado de las Españas.

—Espero que encontréis algún momento para hablarme de los rosacruces.

Υ

El gran salón donde iban a ser recibidos por el cardenal sorprendió al veneciano. Ya estaba acostumbrado a la austeridad, convertida por lo común en escasez, que se había encontrado por toda la ciudad y, por esa razón, la estancia del palacio tapizada de terciopelo carmesí y seda encarnada, con sillones, consolas y cómodas talladas con maderas orientales, le resultó un lujo que chocaba con el sobrio entorno palaciego y con lo que había visto hasta el momento en Toledo. En un lateral del salón, bajo un dosel, se hallaba el estrado del arzobispo, como si fuera un trono de la realeza, con un butacón dorado y escabel forrado de primorosos tejidos e hilo de oro. Detrás, un paño de sitial con las armas, supuso, del conde de Teba, con varias fajas de gules. Fue advertido de que el prelado utilizaba su título nobiliario y estimaba que se dirigieran a él haciendo uso de ese tratamiento. También le previno Mendizábal de que Luis Fernández de Córdova había sido, durante el reinado de Fernando VI, una especie de arzobispo cortesano por su pertenencia al Consejo de Estado, pero que había perdido dicho privilegio por decisión del actual monarca Carlos III, debido a los enfrentamientos que mantenía con el rey para defender la autonomía de la Iglesia y por su disconformidad con la expulsión de los jesuitas. De todo ello dedujo el visitante la firmeza de carácter del primado.

Permanecía tan distraído analizando una pintura bastante siniestra debido a la paleta oscura utilizada por el artista y por la escena sangrienta que representaba a un mártir descuartizado que no reparó en la llegada del arzobispo.

—Señor...

—¡Don Jaime!

El prelado reclamó su atención, al mismo tiempo que Mendizábal le había apercibido de su presencia. De inmediato, anfitrión y visitante cruzaron miradas ávidas de curiosidad e intercambiaron una sonrisa. Don Jaime se apresuró a hacer una reverencia, volteó suavemente su sombrero de plumas y, a continuación, besó el anillo de Luis Fernández de Córdova. De súbito, ambos parecían haber simpatizado y en ello colaboró el despiste inicial del extranjero.

—Así que fue el papa Rezzonico quien os concedió la cruz de la Espuela de Oro y os nombró protonotario apostólico *extra urbem*...

—Creo que inmerecidamente —afirmó el caballero, con el entusiasmo reflejado en su rostro por el recibimiento y el comentario del cardenal—, y dudo haber cumplido como es obligado con la prerrogativa que tuvo a bien concederme su Santidad.

—Seguramente sois injusto con vos mismo.

Desde su llegada a España, se había encontrado incómodo rodeado de personas a las que tenía que mirar doblando su espalda; por fin conocía a alguien cercano a su estatura. Además, los rasgos y herencias físicas del cardenal asemejaban a las de los individuos centroeuropeos. Sin embargo, lo que más le interesó de aquel príncipe de la Iglesia, al poco de ser presentados, era su actitud bondadosa y deseaba disfrutar de su probada sensatez, tal y como le había indicado Mendizábal al describir los pasos que había dado el prelado a lo largo de su vida.

—Venid por aquí…

El cardenal les invitó a entrar en una salita adyacente al lujoso salón de recepciones. Era una especie de cuarto de estar muy acogedor, en uno de los laterales existía una amplia galería que daba a un patio recoleto, una estancia luminosa y apacible para mantener una conversación.

Al poco de acomodarse, apareció sigilosamente y por sorpresa una monja con una bandeja, como si hubiera estado alerta a la llegada de los invitados. Sirvió tres copas de vino dulce y depositó un plato con pastas sobre una mesita.

—Las propias hermanas hacen estos dulces. Debéis probarlos, pero si deseáis otra cosa…

Mientras el veneciano mojaba sus labios con el vino de un intenso aroma, don Luis Fernández de Córdova preguntó:

—¿Quiénes son los rosacruces, qué buscan, cuáles son sus intenciones?

Mendizábal abrió los ojos de par en par sorprendido por la coincidencia en la curiosidad que él mismo había manifestado a don Jaime antes de acceder al palacio. Y, desde luego, asombrado por el hecho de que el arzobispo tuviera conocimiento de las inclinaciones del caballero.

—*Rose-Croix!* —exclamó él extendiendo los brazos, luego ajustó sus puñetas e inclinó la cabeza pensativo; transcurridos unos pocos segundos, prosiguió—: Compruebo que hay un

95

elevado interés por aquí en conocernos. —Miró de soslayo a sus dos interlocutores, mostrando en los labios una sonrisa irónica—. Bien, no tengo ningún problema en explicaros lo que somos, aunque debe ser somera mi exposición para no aburriros. Los rosacruces creemos en el supremo valor que tiene la naturaleza, pues en ella todo madura hacia la perfección y la pureza. Es, por ello, que pretendemos desvelar sus leyes, dominar en la medida de lo posible sus fuerzas sin alterar su propio equilibrio en el que todos nosotros debemos incluirnos, respetando su evolución sin alterar nada para lograr la máxima armonía y, por supuesto, estudiar el Universo para entender su funcionamiento. *Ni plus ni moins.*[1] Como veis, somos gentes de elevadas intenciones y aspiraciones casi ilimitadas; nada extraño, por cierto, ya que es lo mejor que puede hacer el hombre mientras permanece en la tierra: intentar responder a las preguntas fundamentales para conocer el sentido de nuestra existencia, ¿no lo creéis así?

—¿Y en dónde se halla Dios dentro de vuestras búsquedas? —remachó el arzobispo—. A vos os sitúo, como no podía ser de otra manera, bajo el influjo de las corrientes ilustradas francesas, próximo a las ideas de Spinoza, imbuido de su panteísmo.

—La idea de Dios no se encuentra siempre, y en todas partes, de la misma forma, como supongo que me aceptará su eminencia.

—Creo que me habláis de un Dios filosófico, no del Dios de la fe.

—Dios nunca es una hipótesis, sino una certeza, ciertamente los filósofos, como el inglés Locke, consideran que la revelación no es contraria a la razón, pero rechaza enérgicamente la fe fanática, que tiene más de superstición que de fe —replicó el veneciano con una sonrisa, turbado por el debate que le estaba planteando el cardenal.

—Ya entiendo, ahora me diréis que se puede demostrar la existencia de Dios mediante fórmulas matemáticas, que se puede explicar racionalmente, ¿no es así?

—No, eminencia, voy más lejos, su existencia se demues-

---

1. Nada más y nada menos.

tra con el sentido común, sin necesidad de especulaciones metafísicas, ni siquiera con alambicadas operaciones matemáticas. Queda probado con dos palabras: hay un efecto; por tanto, tiene que existir una causa. La materialidad del mundo se rige por unas leyes perfectas, las que animan la naturaleza, y desde luego que no reniegan de Dios, porque en la propia naturaleza, y en nosotros mismos, está presente la obra del gran Creador sin duda. En esas huellas que Él nos ha dejado podemos hallar respuestas esenciales, las vías para acercarnos a Él y perfeccionarnos como seres humanos.

—Volvéis a vuestro panteísmo, don Jaime. Y decidme: ¿por qué no facilitáis los rosacruces a los demás vuestros descubrimientos? ¿A qué teméis?

El veneciano comenzaba a sentirse algo incómodo, pero le agradaba que el cardenal fuera insistente a pesar de que el motivo de la visita había quedado relegado por el momento. Mendizábal era incapaz de reprimir el entusiasmo que le producía la conversación y daba la impresión de estar atrapado con la misma.

—Antes de desvelar nuestros avances, aquello que vamos obteniendo tras superar innumerables dificultades, siendo generosos por la dedicación y entrega de los hermanos que nos facilitan su sabiduría, debemos estar completamente seguros de que esos conocimientos no caerán en las manos de codiciosos que los utilicen para hacer el mal, de que serán comprendidos y servirán para el bien común. De cualquier manera, lo fundamental... —reclamó la máxima atención a sus dos interlocutores con una dilatada pausa—, lo fundamental, insisto, para un rosacruz, es la transmutación de sí mismo en una persona mejor y las experimentaciones constituyen el mejor método para lograrlo, os lo aseguro. Nuestros estudios se hacen con el *Liber Mundi*, porque es la naturaleza la que nos enseña casi todo lo que hay que saber, ahí están las huellas de la Creación, sus reglas que deben ser respetadas, y los secretos que nos permitirán hacer un mundo mejor para todos y hasta comprender por qué estamos aquí.

Se hizo el silencio tras las explicaciones del adepto. El arzobispo meditaba sobre lo que acababa de exponer. El maestro masón estaba gratamente satisfecho con su hermano. Los tres

97

bebieron casi al mismo tiempo de sus copas. Luego, Luis Fernández de Córdova colocó su mano en el antebrazo del veneciano y con un gesto cariñoso comentó:

—Espero que tengamos otra ocasión para debatir sobre esa visión de las cosas que tenéis. Hay ideas que, desde luego, no comparto con vos aunque percibo en ellas buenas intenciones y un fundamento que no es desechable, mezcla de atavismo e ilustración de la moderna filosofía. Pero, don Jaime, vayamos a lo que os ha traído hasta aquí. Me dijo Mendizábal que tenéis la esperanza de encontrar rastros de la ciencia del pasado en nuestros archivos, y que en esta ciudad florecieron los estudios en diversas materias por la coincidencia de algunos grandes hombres dentro de su espacio, ¿no es así?

—Eso es, eminencia —ratificó entusiasmado porque se abordaba el asunto que le había llevado hasta allí—, esta ciudad representa mucho en la historia de las ciencias secretas, tanto que en la Edad Media se las conoció como Arte Toledano y, debo decirlo, cuando la Iglesia tuvo un poder que alcanzaba todo, las cosas cambiaron…

—No os entiendo, os ruego que seáis más explícito —interrumpió el cardenal con su habitual delicadeza y también con su forma directa de plantear las cuestiones que le interesaban, sin dejar cabos sueltos.

—Me refiero a las mancias, a las ciencias que no eran aceptadas por una Iglesia convencional que, muchas veces, convertía en brujería y magia todo aquello que repugnaba a su sentido del orden y de las ideas, a sus dogmas consagrados y que debían ser aceptados a ciegas. Aquellos que buscaban explicaciones diferentes sobre cualquier materia de las que estaban encerradas en los libros sagrados eran tachados de enemigos y, por lo tanto, perseguidos para llevarlos a la hoguera. A eso me refiero.

—Correcto, aclarada la cuestión —señaló el conde de Teba—. Es cierto que ha habido excesos y, también, todo hay que decirlo, es imposible en ese magma distinguir lo que merece la pena de lo que se mueve con malas intenciones y bajo el error. Confío en que no vengáis a añadir más confusión. Aceptaría daros mi permiso para explorar en nuestros archivos, si vuestra intención no es hacer daño a la Iglesia.

—Creo que podríamos entendernos, eminencia, y os garantizo que, de ninguna manera, quiero perjudicar vuestra labor y lo que representáis; lo que pretendo es aclarar lo que pudo ocurrir en otro tiempo, nada más, y si queda algún rastro que confirme mi hipótesis —afirmó don Jaime con una amplia sonrisa mostrando su dentadura mellada y verdinegra. Mendizábal respiró más tranquilo, ya que durante el último rifirrafe temió que la misión se echara a perder.

—¿Y qué alimenta vuestra esperanza de encontrar algo que os sirva entre los fondos documentales que conservamos en los sótanos de este complejo?

—Mi amigo —intervino Mendizábal— considera que en el archivo podrían conservarse manuscritos que resultaron extraños en su día y que, probablemente, fueron ocultados entre la maraña extraordinaria de papeles que hay en el palacio.

—Pero ciñéndonos al supuesto que mencionáis, tal deseo de ocultarlos habría llevado a su destrucción completa, ¿no lo creéis más razonable? —apuntó el arzobispo.

—Sí, es probable que ocurriera como decís —reflexionó el veneciano—, siendo ese el resultado del desprecio e, incluso, de la ignorancia. Pero también algún antepasado suyo en la silla primada pudo considerar que aquí estaban a buen recaudo y bien conservados para ser revisados algún día al considerar que podía tener interés proteger los conocimientos de los brujos y heterodoxos. El mayor esfuerzo en todas las sociedades ocultistas se concentra en el mantenimiento y protección de lo que sus fieles han logrado descubrir. Desde los sacerdotes egipcios en la Antigüedad, pasando por los maestros griegos o los masones medievales, no ha habido nada más importante para todos que defender y vigilar que no salgan de sus reductos los conocimientos que muy pocos podían llegar a alcanzar y comprender. Y al menos en Roma, y sé lo que digo, porque lo conocí durante mi estancia allí trabajando junto a algún purpurado, el comportamiento de la organización de la Iglesia es bastante similar al del resto de las organizaciones ocultistas. Yo os pregunto: ¿por qué Roma no desvela, de una vez por todas, lo que tiene protegido, el conocimiento que nos permitiría entender muchas cosas del pasado? Es idéntico a lo que me planteasteis con anterioridad.

99

El primado hizo una mueca de complicidad, asintiendo con un ligero movimiento de la cabeza como si diera su conformidad a lo expuesto por el veneciano y le golpeó cariñosamente la mano.

—Curioso, don Jaime, lo que afirmáis. Pero tened en cuenta lo siguiente: la Iglesia debe defenderse también y es lógico que aprenda de otros los métodos más convenientes para permanecer y conservar lo que tiene un gran valor para las generaciones futuras.

Jaime de Seingalt frunció el entrecejo, sin perder su expresión afable.

—Está bien —añadió el prelado frotándose las manos—, haremos lo que nos pidió vuestro introductor, Adolfo Mendizábal. Os facilitaré una autorización especial para que podáis indagar en nuestros archivos sin ninguna clase de limitaciones o cualquier tipo de restricción. No creo que encontréis fácilmente lo que estáis buscando, ni siquiera hemos terminado la reforma para que sea posible trabajar en las instalaciones con cierta comodidad. Hablaré personalmente con el canónigo-director para que os ayude en vuestra tarea.

—Es un gran honor el que me concedéis, eminencia —agradeció el veneciano inclinando su cabeza.

Tras abandonar el palacio, expresó su satisfacción a Mendizábal por el encuentro que habían mantenido con el cardenal.

—Es un hombre cercano, comprensivo y tolerante, y creo que os podría haber ayudado a resolver este enigma sin que fuera necesaria mi presencia si le hubierais planteado, sin subterfugios, el problema. Tengo la impresión de que habría intervenido a vuestro favor. Al menos es lo que deduzco tras conocerle hoy.

—Es probable, pero solo alguien con vuestros conocimientos es capaz de interpretar los documentos y moverse entre tipos que se manejan en el engaño con habilidades refinadas. El arzobispo ya intentó indagar si se ocultaba algo en los archivos, pero está obligado a creer a su gente. Él está observado permanentemente por sus enemigos y arriesga mucho con mi amistad. No le podemos pedir más…

—Pero, como decís, podría haber sido asesinado un ayudante que trabajaba en el archivo y él está obligado a intervenir.

—Os insisto que el primado no puede dudar de la información que le suministran los miembros del cabildo y lo que se deduce de cualquier pesquisa interna, debéis entenderlo, don Jaime. Vuestra presencia es conveniente, llegáis de fuera y no os conocen. Perfecto para la misión. ¡Lástima lo de la detención por llevar armas! Tal vez haya puesto en aviso a algunas personas. Por suerte, vuestra embajada actuó con eficacia y en poco tiempo.

De súbito, y tras las palabras del maestro masón, percibió un escalofrío por el cuello al pensar en su situación. Estaba obligado a intervenir a la fuerza en una labor que le resultaba difícil de llevar a cabo y lo único que deseaba, en aquellos instantes, era salir de allí, regresar a París cuanto antes. Tal vez debió negarse, huir en otra dirección antes de aceptar el acuerdo que le había llevado hasta España.

Se cubrió con la capa antes de montar en el carruaje de Mendizábal para regresar a la posada de El Carmen. Miró a su alrededor. Había demasiada piedra en aquella desoladora plaza y muy poco palpitar del pueblo. Alguien le explicó en París que las revoluciones que estaban modificando la vida intelectual y científica en la sociedad europea no habían calado en España, donde durante siglos las autoridades eclesiásticas habían dominado el pensamiento y seguían haciéndolo con el beneplácito de su pueblo. En los tiempos que corrían la Iglesia no era el centro, sino el propio ser humano para quien no existían límites conocidos y cuyos horizontes se expandían de continuo. Muchas respuestas anheladas por las gentes ya no dependían, exclusivamente, del ágora teológica del catolicismo. Ahora, el propio individuo estaba inclinado a buscar él mismo las respuestas.

El inmenso poder de la Iglesia española sobre la existencia y las costumbres de las gentes y su poderosa influencia habían apartado a mercaderes y comerciantes de los lugares próximos a los templos, como aquel que tenían enfrente del palacio arzobispal. La mezcolanza de lo profano y lo religioso, tan característica del Medioevo y que se había prolongado a los tiempos presentes en Francia, apenas se detectaba en aquel país. El gótico nació con esa idea. Y era frecuente cuando, por ejemplo,

101

caía un aguacero que el mercado se trasladase al interior de las catedrales y los claustros, en una fusión que a él le resultaba deliciosa.

La plaza de la catedral en Toledo era de lo más llamativo que había en la ciudad y, al mismo tiempo, de lo más triste y gélido porque le faltaba la vida que se podía contemplar en las plazuelas de Francia. En la urbe que fue capital del Imperio español había varios edificios de arquitectura extraordinaria como el Ayuntamiento y una catedral manca, es decir, con una sola torre donde, seguramente, antepasados masones implantaron numerosos secretos entre las piedras, de la misma forma que lo habían hecho en los edificios franceses. El arte gótico era grandioso, provenía del art-got, como bien sabía el veneciano. Y encerraba las claves de la sabiduría popular, la más excelsa. Un libro abierto para aquellos que se preocupasen de estudiarlo con esfuerzo y dedicación.

Cigarral La cruz dorada

10 de diciembre

*L*orenzo exponía, sin ahorrar detalles, lo que el criado le había contado en un figón donde solían encontrarse a altas horas de la noche.

—Resulta casi inverosímil lo que dice de su señor. En una ocasión le habló de la inmortalidad y de que por la Vía Láctea él llegará a un lugar reservado solamente para los adeptos. El criado le cree a pies juntillas, a pesar de que le resulta difícil entenderle del todo. Al parecer, los que llegan a conocerle terminan por considerarle un sabio o un mago, alguien poseedor de poderes especiales y capaz de hipnotizar a las personas que él desea que caigan en sus redes.

—¡Es un hereje! Eso es lo que es —exclamó el canónigo Benavides con el rostro encendido y los párpados en tensión.

—No os equivoquéis —rechazó Lorenzo con un vozarrón que retumbaba en las paredes—, estuvo a punto de ingresar en un convento benedictino, en Suiza. Luego, consideró que no estaba preparado para encajar con la disciplina del claustro, aunque insiste con frecuencia en esa inclinación y que le gustaría algún día entrar en la vida monacal. Hasta para Sebas es extraño su comportamiento, contradictorio en lo que hace y en sus apetencias. Pero me ha dicho que es muy creyente y que con frecuencia recurre a Dios mediante la oración.

—¿Y acaso os fiáis de ese tal Sebas? Lo más probable es que tenga la mente nublada debido a la influencia perniciosa de su amo. Esa clase de individuos suele anular la voluntad de los acólitos y dominarlos fácilmente.

El archivero hizo el comentario buscando con la mirada la

aprobación y el respaldo de don Luis Medina de la Hoz que, desde su butacón, atendía con sumo interés al vivo diálogo que mantenían sus esbirros. Evitó expresar su punto de vista para no inclinar la balanza a favor de uno u otro por considerar que la controversia resultaba conveniente para aclarar algo sobre la personalidad del extranjero. A todos les había sorprendido su aparición en la ciudad y precisaban dilucidar a qué respondía su presencia y quién era en realidad tan curioso, como excéntrico, personaje. Encargaron a Lorenzo Seco seguir su rastro y no perderle de vista. Lorenzo estaba habituado a realizar labores sacrificadas, no en vano perteneció a la guardia real hasta que intervino en una pelea callejera para defender a una dama y salió mal parado del envite. De regreso a su ciudad, fue captado por el grupo encabezado por Molina de la Hoz que deseaba impedir que gentes o ideas opuestas al dogma afectaran al reducto toledano donde, según ellos, debían conservarse las esencias de la España por la que corría la pureza de sangre y el pensamiento acrisolado para defender las virtudes católicas.

104 El que fuera cabo de la guardia del rey había sido muy hábil para congraciarse con Sebas. Y gracias al criado del veneciano, tenían a su alcance información de primera mano sobre un individuo que en pocos días había protagonizado comportamientos poco habituales para un forastero que, únicamente, afirmaba visitar la ciudad para su solaz. De hecho, eran poquísimos los extraños que se acercaban hasta allí, y mucho menos por un motivo como aquel.

—Sabe distanciarse de su señor —replicó Lorenzo ante la observación que le hiciera el canónigo—. De hecho, durante un largo tiempo no le prestó sus servicios, molesto porque no recibió lo acordado entre ellos. Sebas estuvo con él viajando por numerosos lugares del continente cuando, al parecer, perseguía únicamente la riqueza y el placer con las mujeres. Más tarde, el tal don Jaime sufrió alguna crisis que le hizo volcarse en la búsqueda del amor verdadero, ajeno al goce físico que tanto le había atraído con anterioridad.

—¡Tonterías! No sé, a mí me da muy mala espina ese individuo —comentó perplejo el canónigo, abocinando sus labios ya de por sí puntiagudos.

—¿Cuál de ellos? —quiso discernir el excabo.

—Al que todos llaman caballero o don Jaime de Seingalt —aclaró Benavides—. Deberíamos dar cuenta al Santo Oficio con lo que sabemos ahora de él y encerrarlo una larga temporada bajo tres candados, hasta que conozcamos más cosas y cuáles son sus verdaderas intenciones, lo que ha venido a hacer a Toledo. Tuvo suerte hace unos días cuando se libró de la mazmorra por la intervención de su embajada, entonces no se le pudo acusar de materias susceptibles de ser perseguidas por la Inquisición. Pero si los inquisidores pudieran escuchar el testimonio de ese criado, lo tendrían fácil.

Don Luis acarició su mentón pellejudo. Saboreó despacio el vino que habían servido con anterioridad sus doncellas y recapituló sobre la conveniencia de intervenir, tal y como pretendía el canónigo.

—Lo mejor es dejarle que se mueva sin que sospeche nada —dijo, al fin—. Si forzáramos su encarcelamiento, es probable que no lográramos saber qué intenta en realidad, quién le da las órdenes y hasta puede ocurrir que salga libre, nuevamente, sin cargos, pues parece que tiene respaldos al más alto nivel y su embajada es influyente.

El señor del cigarral fijó su atención en unas rapaces que sobrevolaban plácidamente los terrenos plantados de albaricoqueros, almendros y olivos. Estaba orgulloso de su propiedad, desde allí dominaba por entero el conjunto urbano, aquel lugar que tanto agradaba a quienes lo podían contemplar desde su atalaya. Era el enclave perfecto para apreciar la grandiosidad de una ciudad encerrada sobre sí misma debido a la orografía peculiar sobre la que se había asentado desde su fundación. A esas horas Toledo dormitaba y débiles teas iluminaban sus quiebros fantasmales invitando al recogimiento. Don Luis deseaba, con todas sus fuerzas, que nada pudiera enturbiar la calma de un solar sobre el que se había encaramado como si fuera su máximo protector.

Lorenzo y don Ramón hicieron como el anfitrión, enmudecer con el fascinante espectáculo del conjunto amurallado, con su quietud e inmovilidad de las que tanto disfrutaban. No iban a permitir que merodeasen forasteros por sus calles sin conocer lo que pretendían. Aquel territorio les pertenecía a ellos y lo defenderían con uñas y dientes, no fuera a ser ensuciado con ideas erradas traídas por tipos aviesos.

Don Luis se levantó del butacón y abrió, de par en par, los ventanales de la galería. Les llegó el suave rumor del Tajo y una brisa estimulante inundada de aromas silvestres de tomillo y romero.

—Estáis en lo cierto —pronunció el archivero sin dejar de mirar a la ciudad; hablaba protegiendo su boca con la mano—. Tiene amigos muy poderosos como, por ejemplo, el mismo cardenal. Me llamó para darme instrucciones muy precisas, sin permitirme ninguna réplica, obligándome a facilitar las pesquisas del veneciano con la sugerencia de que me pusiese a sus órdenes. Jamás me había hablado con esa firmeza y me irritó hasta extremos que no os podéis imaginar escuchar algo así. ¡Es indignante! Ahí reside el mayor peligro.

—¿Y qué os pareció él? —preguntó don Luis mientras alargaba su brazo tirando del avisador para llamar al servicio.

—Avispado, elegante en exceso, sagaz; y en las formas, delicado…

—¡Vaya don Ramón! Sí que os atrajo —alertó el que fuera regidor de la ciudad.

—Es lo que afirma Sebas —intervino Lorenzo forzando su vozarrón y en tono jocoso—, que pocas personas son capaces de sustraerse a sus encantos.

El canónigo hizo una mueca de desagrado y examinó al exguardia sin ocultar su dentadura agresiva e hiriente. Caviló Benavides sobre el deterioro físico de las personas cuando se apartan de su actividad primordial, tal era el caso de Lorenzo, que había transformado su galanura y trazas apolíneas en un comienzo de obesidad, aunque conservaba aún cierto aspecto fiero.

—Esa es la amenaza, sus encantos, como dices. Su impresionante palabrería heredera, seguramente, de los modernos que consideran que todo es materia.

—¿Os referís a esos pensadores franceses de tan nefasta influencia en la corte de Madrid? —suscitó el cabecilla.

—En efecto, don Luis. Los que dicen que la materia lo explica todo y, como mucho, consideran a Dios como una fuerza mecánica, un primer motor, el artífice de un universo-máquina.

—Sí, he oído algunas sandeces de ese tenor que llegan de la vecina Francia y de los malditos ingleses.

—Es el comienzo de una era de ateísmo que nos llevará al desastre —se dolió el archivero.

—No, en esta ciudad —dijo el excabo, hasta ese momento atento a la conversación, aunque incapaz de comprender con precisión el sentido de la misma.

—Haremos todo lo que podamos para mantener aquí las benditas creencias que han hecho de este lugar un reducto sagrado —pronunció con solemnidad don Luis.

—Por eso me preocupa la presencia de ese voluptuoso individuo y es molesto, por decir algo, tenerle en el archivo fisgoneando. Además es muy arriesgado cuando aún no hemos decidido lo que vamos a hacer con lo que descubrí en la galería, me preocupa.

—No debéis perder los nervios. Contamos con Lorenzo para seguirle y comprobar cuáles son sus intenciones.

Don Luis comenzó a caminar por la sala, su figura escuálida recordaba al canon estético empleado por El Greco, a los modelos de un artista que repudiaba el canónigo al considerarle un loco y un pintor incomprensible. La habitación, por el contrario, estaba repleta de bodegones pintados por los maestros toledanos de los siglos XVI y XVII, especialmente Sánchez Cotán y Blas de Prado. Era el género pictórico predilecto de don Luis; el canónigo-anticuario se las veía y deseaba para conseguir obras de calidad con el motivo de las naturalezas muertas. Por suerte, el coleccionista iba aceptando otras cosas, como el retrato pintado por Bartolomé Esteban Murillo de un gentilhombre, la reciente adquisición que hizo para don Luis.

Entraron dos doncellas portando varias bandejas con embutidos y algo de queso. Lorenzo se abalanzó hacia las jóvenes con intención de ayudarlas. El rostro del soldado se había iluminado de entusiasmo nada más verlas, sobre todo con Rosario, la sobrina de doña Adela, la dueña de la posada de El Carmen, donde se alojaba el extranjero con su criado.

—Se ha hecho tarde y, antes de iros, debéis tomar algo. —Ofreció don Luis la pitanza como si fuera un menestral. En cuanto salieron las sirvientas prosiguió—: Hay que ser prudentes, el veneciano no ha pasado desapercibido en la ciudad y de él se habla en los mentideros. Por lo tanto, cualquier cosa que le ocurra será conocida, de inmediato, por muchas personas. Lo que tenéis que hacer es darle largas, ganar tiempo —subrayó dirigiéndose al archivero; este enarcó una ceja para observar de reojo a don Luis mientras devoraba con ganas unas rodajas de chorizo.

—¿Y yo? —planteó Lorenzo.

—Ya he notado tu admiración por Rosario…

—¡Vaya! Sí que es usted avispado, don Luis. —Se hizo un largo silencio, hasta que Lorenzo pareció darse cuenta de lo que le sugerían—. ¡Ah! Quiere que me trabaje a la niña para llegar hasta doña Adela y algo más, supongo.

—Eso es, tienes que ganarte la confianza de la posadera y acceder a los propios aposentos de ese extranjero y fisgonear allí, sin desdeñar otras acciones.

No eran solo las maneras señoriales lo que Benavides y Lorenzo admiraban de su cabecilla, le respetaban por su sutileza e inteligencia. Después de apurar el ágape, los invitados recogieron sus pertenencias para abandonar el cigarral. El encuentro les había animado para tener controlada la situación. Eso creían hasta que el archivero planteó una duda cuando se encontraban en la misma puerta, a punto de salir.

—¿No habrá venido ese extranjero enterado de lo que hemos hallado en el archivo? Tal vez deberíamos destruirlo cuanto antes…

La incertidumbre hizo mella en todos. Don Luis, nuevamente, atinó con su razonamiento:

—La única persona que husmeó en los arcones no puede decir nada. Gracias a la habilidad de Lorenzo esa pista fue eliminada de raíz, como las malas hierbas. Y sería absurdo concluir que lo que llegó a conocer ese incauto seminarista hubiera podido llegar tan lejos. Ni siquiera tuvo tiempo de hablar con alguien para contar lo que vio.

Palacio Arzobispal

13 de diciembre

*E*l cardenal hubiera preferido un lugar en el que entrara mucha luz del exterior, en una zona alta del edificio, a los subterráncos donde se alojaba el legado histórico de la iglesia primada. Pero nunca obtuvo el respaldo imprescindible para cumplir con sus deseos. Unos y otros le ofrecieron numerosas razones para impedir el cambio de emplazamiento. Que si los rayos del sol son dañinos para los legajos, que se trabaja mejor en la penumbra de los sótanos, que el peso descomunal del papel no perjudicaría así a los encofrados haciendo peligrar la estabilidad del edificio, que es preferible para'el acceso del público a las dependencias palaciegas una cntrada directa desdc la plaza sin que se desplacen por zonas interiores de la residencia y las oficinas… y algunas pegas más. Don Luis Fernández de Córdova con su paciencia infinita y bonhomía había atendido a todos sus colaboradores cercanos hasta reconocer en su fuero más íntimo que, en realidad, tenía una capacidad limitada para adoptar una decisión porque, sin estar de acuerdo con lo que le expusieron para el traslado del archivo, había terminado por ceder para no crear problemas. De cualquier manera, en lo que se había mostrado inflexible era en la necesidad de mejorar las instalaciones de lo que él consideraba como una covacha, un lugar escasamente apropiado para trabajar, atender al público y a los estudiosos, y conservar la ingente documcntación que recibía la sede arzobispal primada que extendía su administración desde tierras palentinas hasta Granada, de norte a sur, y desde Ávila hasta el Levante, desde el oeste al este peninsular. Y, asimismo, consideró una labor urgente, quizá más impres-

cindible que el cambio de localización, llegar a desvelar y catalogar la mayoría de los fondos almacenados. En sus salas se
amontonaba, pues no se podía emplear otra expresión más favorable, correspondencia entre los reyes y los arzobispos de la
ciudad, que constituía el soporte fundamental para desvelar y
comprender las relaciones entre la Iglesia y la monarquía; se
hacinaban cuadernos en vitela con privilegios, códices y bulas
de los reyes desde Alfonso VI, y también, entre otros documentos importantes, los protocolos que permitían discernir
sobre el gobierno de una diócesis que dominaba los territorios
de media España: diezmos, inventario de bienes, ordenaciones,
expedientes matrimoniales, fundaciones o libros de cuentas,
amén de publicaciones diversas dignas de un museo bibliográfico. Un bagaje riquísimo que era necesario preservar en las
mejores condiciones.

El caballero veneciano fue informado someramente de la
situación en la que se encontraba el archivo por el secretario
del primado, Rodrigo Nodal. Este poseía la virtud de ser un
excelente anfitrión, dispuesto siempre a agradar a los visitantes que llegaban a palacio, y parecía carecer de recovecos a la
hora de expresarse con cualquier interlocutor. Hubo algo que
le resultó familiar del sacerdote y decidió entablar, de inmediato, una conversación más allá de la mera cortesía y fuera del
motivo que le había llevado hasta la ciudad. El clérigo le recordaba a él mismo en sus años jóvenes por la vitalidad y el entusiasmo que transmitía, aunque estaba casi seguro de que el
ayudante del primado jamás sucumbiría a una vida errante
como la suya. Él también ejerció funciones similares a las de
Rodrigo después de recibir la tonsura, cuando tenía tan solo
diecinueve años y permaneció al servicio del cardenal Acquaviva
en Roma. A punto estuvo de seguir la carrera eclesiástica, pero
abandonó la sotana por las armas y se hizo escolta del embajador Vermier, lo que le permitió conocer varios países. Siempre
le atrajo la actividad frenética, la aventura y lo más desconocido, como si huyera de algo, acaso de sus propias raíces debido a
una infancia poco satisfactoria alejado de sus padres que representaban teatro en Londres. Como consecuencia de ese aban-

dono en Venecia, bajo la tutela de su abuela, tuvo que afinar todos sus sentidos al máximo, y especialmente tras haber nacido con la expresión en su rostro de un enfermo idiotizado que generaba rechazo en todos los que se le acercaban, un defecto parecido, al menos en los labios, al que tenía el canónigo-archivero. Por suerte, él fue sanado por una bruja que resolvió en buena medida la deformidad. Algo quedaba aún en su expresión de aquel pasado, transformado con el tiempo y la curación milagrosa en un rictus con atisbo infantil que tanto inquietaba a las damas inclinadas inconscientemente a protegerle, con lo que a la postre caían atrapadas entre sus piernas. Una chispa de compasión es lo que suele debilitar más a las mujeres.

Los inquietos ojos de Rodrigo y su carácter despierto le hicieron evocar, por un instante, la vida ajetreada que tuvo en su juventud, de búsquedas y extravío, hasta que se inclinó, sin reservas, por la riqueza y el amor mundano, por la diversión y el placer. Entre tanto, de tarde en tarde, a ese comportamiento le sucedía o se entremezclaba una profunda reflexión sobre el más allá, por lo que nos hace tan vulnerables y nos aleja o acerca a un ser Supremo.

111

Tenía la certeza de que el joven sacerdote nunca se desbocaría, como lo había hecho él, por el dinero o el amor carnal. El ayudante del primado daba la impresión de haber encontrado la paz y el sosiego en sus creencias elevadas, lejos de las tentaciones prosaicas que obsesionan a los seres comunes. Lo percibió mientras conversaba con él en el amplio vestíbulo del Palacio Arzobispal.

—¿Qué os ha parecido la ciudad, don Jaime?

—Me ha llamado mucho la atención encontrarme con tanta pobreza y mendicidad por las calles, y puedo aseguraros que he conocido bastantes lugares, he viajado por toda Europa y nunca vi nada comparable en una ciudad que se supone un centro de poder y con tanta historia a sus espaldas. Y es frecuente tropezarse con menesterosos por algunas barriadas o arrabales alejados del cogollo de las ciudades, pero aquí los hay por todas partes —respondió el veneciano—. Y resulta más chocante con una Iglesia que rezuma oro por los cuatro costados —indicó desviando el cuerpo y alzando las manos para resaltar la riqueza que les rodeaba.

—Os aseguro que la mayor preocupación del cardenal es atender a los débiles y a los que carecen de lo más imprescindible. A eso dedica muchos de sus esfuerzos y también una gran porción de sus bienes. Es nuestra obligación como cristianos, ¿no os parece?

El visitante esbozó una sonrisa maliciosa mientras observaba los muebles, tapices, lámparas, jarrones, pinturas y esculturas que adornaban los rincones y las paredes en la entrada al palacio. Nada de lo que había allí indicaba desprendimiento o la generosidad que el sacerdote describía. No pretendió el forastero entresacar más comentarios porque en lugares de similar boato la respuesta que le daban siempre era idéntica: «La institución precisa de tales adornos y complementos para ser respetada y admirada por los fieles».

Él se consideraba creyente y, a pesar de sus innumerables errores y faltas, en mayor cantidad que el resto de los mortales, pero de menor gravedad que los que cometen pecados que valen por cientos, era un cristiano fortificado en la filosofía primigenia de la religión, lo que le llevaba a inclinarse por reductos de sensibilidad franciscana o muy austeros para la práctica de las disposiciones emanadas de las Sagradas Escrituras. Y se repetía con frecuencia que le haría feliz encerrarse con devoción en el retiro de un cenobio y, desde luego, en cuanto considerase estar preparado para ello, desaparecería de aquel mundo en el que se había volcado con entrega enfermiza para degustar de una felicidad efímera. Al mismo tiempo, era partidario del misticismo germinado en la cábala, pues en ella había descubierto un plan para hallar la mano de Dios en cada persona y descubrir que el destino de cualquier hombre, de las criaturas creadas a semejanza del sumo hacedor, es alcanzar la perfección subiendo peldaños en la escalera que nos lleva hasta el Creador, de tal forma que si el alma no lo lograba con un cuerpo, seguiría su destino en otra encarnación. Pero eran tantas y tan diversas sus contradicciones que debido a las mismas permanecía enfrascado en peleas y ambiciones mundanas.

Viéndole con vestimentas llamativas y de colores refulgentes, como si fuera un figurín, con una levita verde claro adornada con incrustaciones de aguamarinas, camisola con vistosos encajes de blonda, calzones de seda dorada y hebillas con pe-

112

drería incrustada en los zapatos de terciopelo negro, era difícil imaginarle dedicando algo de su tiempo a los rezos y a la meditación.

Mirándole de hito a hito, don Jaime preguntó al joven clérigo:

—¿No os apetecería modificar vuestra vestimenta alguna vez, disfrazaros de algo? Ganaríais bastante porque tenéis buena armadura para ello.

La observación dejó anonadado a Rodrigo Nodal, tanto como el hecho de ser analizado por un personaje con unas trazas que nunca habían visto por palacio. Lo que perturbaba al sacerdote-secretario de la moda que se iba afirmando en los últimos años, debido a la influencia francesa de la que el veneciano era un fiel exponente, es que iba igualando a mujeres y hombres en el aspecto y cuidado personal; por ejemplo, unos y otros se maquillaban la piel de la cara y utilizaban toda clase de pelucas. La del veneciano era especialmente escandalosa por su tono blanco rutilante, el amplio cardado y los lazos de colores que sujetaban el extremo de la coleta.

Rodrigo tardó un poco en reaccionar, pero lo hizo con fluidez y soltura, sin amilanarse por el descaro del forastero.

—Tengo la certeza de que el hábito no hace al monje, pero ayuda a mantenerle firme y hasta le protege. Los embozos confunden a los fieles que precisan de símbolos inconfundibles. Y de esta guisa, evito gastar un tiempo valioso para decidir qué me pongo o cómo ir a la última. Nosotros debemos dar ejemplo de sencillez en todos los sentidos, lo requiere el esfuerzo que exigimos a los creyentes para que sigan unidos por la fe y en el amor al prójimo.

—Bien expresado —subrayó el veneciano mientras abría una cajita de marfil de la que extrajo una pizca de rapé—. ¿Queréis? —Rodrigo lo rechazó con un movimiento de la cabeza—. Pero estoy seguro de que envidiaréis en más de una ocasión la libertad de la que gozamos los demás.

Aspiró con fuerza el excitante que, previamente, había depositado en el dorso de su mano y, a continuación, estornudó con estrépito, tanto que unas monjitas aparecieron al fondo del vestíbulo alarmadas por el ruido.

—La libertad puede esclavizarnos si nos creemos dueños de

113

hacer cuanto queramos. Las pasiones dominan, don Jaime. La sabiduría debe estar rodeada de calma y con el respaldo de una conciencia tranquila, evitando abandonarnos al impulso del viento que sopla sin dirección.

—Tenéis razón, Rodrigo. ¡Con qué acierto os supo elegir el cardenal! Yo he sido consciente muchas veces de que estaba equivocado y, a pesar de ello, insistía en el extravío. Pretendemos vivir con el aliento de la juventud, volcados en el entretenimiento y la diversión, y sin arrepentirnos jamás ni sacar lecciones de nuestras locuras. Especialmente cuando se tiene un temperamento sanguíneo como el mío y se cultiva el placer de los sentidos. Pero siempre he pensado que quien nunca experimentó la fuerza de un amor apasionado por una mujer no podrá apreciar el alma femenina de Dios. En esto, el celibato es una limitación. Habría que ser ordenado sacerdote cuando se hubieran vivido antes las experiencias que nos ofrece el mundo.

Rodrigo arrugó el entrecejo al escuchar aquel razonamiento.

—Sí, con la formación acorde para ello —asintió el secretario, pasados unos segundos.

—La mejor manera para adquirir esa preparación es vivir, querido Rodrigo. ¿Conocéis Oratorio?

El secretario dudó antes de responder.

—Sí, algo he oído sobre ellos.

—Bien, como sabéis, Oratorio fue creado en Italia por san Felipe Neri, se ha desarrollado mucho en Francia en los últimos años, y está formado por congregaciones de sacerdotes que no están ligados por votos. Es una organización muy abierta, hasta el punto de que se suele decir que «entra el que puede, pero sale el que quiere». Su espiritualidad reaviva los orígenes del cristianismo, pero vincula el orden natural, la razón, con ese universo místico…

—¿Qué pretendéis decirme? —planteó Rodrigo.

—Que ha llegado la hora de iluminarse con la razón, de rebelarse contra la autoridad dogmática de la vieja Iglesia y la superstición de la metafísica. Que el hombre puede valerse por sí mismo…

El sacerdote permaneció pensativo unos instantes, hasta que al fin pronunció con algo de solemnidad:

114

—*Nemo laeditur nisi a seipso.*

—¡Acertada sentencia, querido amigo! Cada uno es el artesano de su propia desgracia —reafirmó—. Sois de los míos, Rodrigo. Quiero decir que sois una persona que saber mirar más allá de sus napias.

—Dios sabe apreciar el arrepentimiento y perdonar —sugirió el joven secretario.

—Yo tendré que dedicarme de pleno, algún día, a esa labor.

El veneciano susurró las últimas palabras al secretario del cardenal mientras descendían hacia los sótanos. Rodrigo Nodal estaba sorprendido de la conversación sin trabas que habían mantenido los dos durante un buen rato en la entrada de palacio. No tenía muchas oportunidades de hablar con alguien tan directo y extrovertido como don Jaime y con sus ideas alimentadas en la vecina Francia.

Bajaron tres niveles hasta dar con un recibidor recubierto con un zócalo de mármol verde y paredes forradas de madera oscura. Al abrir una puerta de cristal les alcanzó una corriente de aire cálido, espesado por el aroma que desprenden grandes cantidades de papel e innumerables soportes de vitela, dentro de un espacio donde no hay suficientes salidas que permitan la renovación de la atmósfera. Accedieron a una sala gigantesca, sin demarcaciones visibles, iluminada a la derecha por algunos pequeños ventanucos que daban a un patio interior; la luz resultaba escasa, tenue, debido a que las múltiples estanterías formaban pasillos angostos cortando la escasa claridad. En los anaqueles se amontonaban carpetas y legajos, y numerosos atadillos de documentos se esparcían por el suelo cubierto con una espesa capa de polvo. La sensación era de caos y desorganización. Era factible perderse por aquel laberinto donde incluso podía permanecer una persona sin que se percataran de su presencia.

—En efecto —susurró don Jaime—, con esta primera impresión es suficiente: el cardenal está en lo cierto. Este no es el mejor lugar para el archivo ni para algo que merezca la pena ser cuidado.

Fueron desplazándose, casi a tientas, por un corredor limitado por estanterías y vieron a su izquierda otras dependencias, de dimensiones reducidas, en las que trajinaban jóvenes seminaristas. En estos habitáculos se hacía imprescindible la utilización de faroles y candiles. Todo el lugar era lúgubre por la ausencia de luz y el aire casi irrespirable. Se precisaba un tiempo de adaptación al espacio viciado.

Al fondo de la sala principal se hallaba el despacho del archivero mayor, Ramón Benavides. El secretario del cardenal golpeó la pesada puerta con los nudillos. El canónigo se asomó por una rendija forzando una sonrisa.

—¡Vaya! Sed bienvenidos, compruebo, señor don Jaime, que hoy os traéis compañía, y nada menos que el ayudante del arzobispo. Pasad...

El canónigo estiró las mangas de su sotana, que tenía remangadas e, inmediatamente, sacudió la tela con fuerza porque estaba tiznada de polvo y salpicada de lamparones.

—No os podéis imaginar la porquería que van cogiendo los papeles —comentó mientras invitaba a los recién llegados a que se acomodasen en unos sillones de tijera, frente a su mesa de trabajo—. Señor don Jaime, tengo buenas noticias...

Abrió el cajón de la mesa con una llave y extrajo un mazo de varias hojas sujetas por una ancha cinta de color rojo. Lo mantenía en alto con ambas manos mientras hablaba a los visitantes, rehuyendo mirarles fijamente.

—Ya sabréis que el Santo Oficio a partir del 1500 tuvo que ocuparse, aquí en la ciudad, y con bastante dedicación por la abundancia de gentuza que insistía en la perdición, de iluminados varios, luteranos, moros, judaizantes, bígamos y de otras perversiones que hacían las delicias de los pecadores. De hombres y mujeres depravados, claro está —expresó con firmeza depositando en la mesa los documentos, y golpeándolos de vez en cuando para afirmar lo que exponía—. Pero también hubo mucha actividad entre los años 1493 y 1499, como ya os referí en la primera visita que hicisteis al archivo. En aquel tiempo, la Inquisición reconcilió con la Iglesia a casi cuatro mil apóstatas y extirpó, arrancando de raíz, los vestigios, reliquias y lugares de culto o reunión que habían tenido judíos y moros. Un trabajo excelente, queridos amigos. —Finalizó ufano su exposición, como si él mismo lo hubiera llevado a cabo—. Una limpieza, como Dios manda...

—Sí, es cierto que me comentasteis tales actividades —reafirmó don Jaime apremiando al canónigo— pero ¿adónde queréis llegar?

—Paciencia, señor, que ya estamos. Hemos revisado los procesos más importantes de aquella época y estoy seguro de que este... —Blandió las hojas con el lazo rojo, de nuevo, mientras se contenía y hacía una mueca de disgusto al mirar a los visitantes de los que pretendió protegerse tapando su cara—. Sí, este proceso en concreto os interesará. Creo que responde a lo que buscabais. Hemos trabajado con denuedo para encontrarlo, pues es mandato de su eminencia el cardenal que seáis bien atendido.

Enfatizó las últimas palabras y observó, de reojo, la reacción del secretario mientras ocultaba su desagradable boca puntiaguda con los dedos. Sus ojos de color verde de hoja seca resultaban opacos y emitían un brillo inquietante. El archivero era incapaz de controlar el disgusto de tener allí husmeando al veneciano y hacía grandes esfuerzos para que no aflorara su malestar.

—Os entrego este material, pero tenéis que revisarlo aquí mismo, en una de las salas de lectura —ofreció el canónigo levantándose y dando por finalizado el encuentro.

—Habéis dicho que el caballero debe ser bien atendido —interrumpió el joven sacerdote—, por lo tanto ¿podéis permitirle que lo lea tranquilamente en la posada donde está alojado?

—También es mi obligación cuidar de los fondos del archivo y de la biblioteca y es mi responsabilidad lo que pueda suceder...

—Está bien —intervino el veneciano apartando la silla y dispuesto para salir del despacho—, lo leeré aquí mismo, no hay problema.

Al poco de acomodarse en el recinto reservado a los estudiosos que lograban una autorización, vieron salir al canónigo. Entonces, Rodrigo se asomó al pasillo para comprobar si Benavides abandonaba el lugar. Al regresar, unos segundos más tarde, observó desde el quicio de la puerta que don Jaime curioseaba por la sala explorando todos los rincones y, espe-

117

cialmente, por detrás de algunas estanterías. Permaneció el sacerdote un buen rato, oculto tras la puerta, extrañado por la actitud del extranjero, y mucho más al descubrir que ni siquiera había retirado el lazo de los manuscritos que le entregó Benavides.

—Creo que os interesa muy poco ese expediente…

—¡Ah, Rodrigo! —exclamó Seingalt sorprendido mientras se separaba de un mueble que había intentado desplazar de la pared—. La verdad es que me interesa todo lo que hay aquí, también este proceso, os lo aseguro.

Don Jaime se acercó a la mesa y recogió los papeles. Desanudó la lazada que los protegía y los examinó pasándolos a mucha velocidad, daba la impresión de que retenía en su mente el contenido de cada hoja antes de revisar la siguiente. Apenas respiraba.

—Tiene razón el encargado del archivo —dijo, al fin, después de hojear el expediente durante unos pocos minutos—, esto está muy relacionado con lo que yo busco. Aquí, por ejemplo, se condena a morir en la hoguera a un grupo de personas que se reunían en la cueva de San Ginés. ¿Conocéis ese lugar? —El sacerdote negó con la cabeza tal conocimiento—. Mirad cómo lo describen los instructores de la causa. —Comenzó a leer en un tono solemne acercando un candil para ver mejor el texto—: «Un santuario hermético de hechicerías donde se llevan a efecto celebraciones del Arte Mágica, un aula donde se enseña la ciencia que emana de Hércules, *gymnasio* de la Nigromancia para los encantamientos raros y la exaltación del arte demoníaco». ¿No os resulta extraordinario, Rodrigo?

El sacerdote no reaccionaba, permanecía dubitativo con el asombro marcado en su rostro, sumido en un mar de confusiones ante la presencia de alguien tan singular como el veneciano. De súbito, pareció despertar del letargo.

—Don Jaime, decidme la verdad y yo os podré ayudar: ¿habéis venido a esta ciudad, a nuestro archivo, siguiendo la pista de algún secreto, movido por algo que ha llegado a vuestros oídos recientemente? ¿Alguien os ha enviado? Me resulta inconcebible que hayáis viajado desde Francia con la única pretensión de buscar el rastro de persecuciones a brujas y magos. De eso hay mucho en otros lugares de Europa, no creo que tenga nada especial lo que se hizo por aquí. Si debo ser sincero, tal y como creo que os agrada, y perdonadme el atrevimiento pero nuestra conversación en el vestíbulo me acerca a vos, yo tengo la impresión de que esas búsquedas son, en realidad, un pretexto y conocéis lo que está pasando en este palacio.

El sacerdote habló todo el tiempo con un ligero temblor en sus labios. Entre tanto, don Jaime tensó sus párpados para observarle fijamente. Su mirada salina, luminosa, desconcertó aún más a Rodrigo. Luego, fijó la mirada en el documento.

—Los miembros del Santo Oficio que prepararon la acusación que tengo entre mis manos —Seingalt prosiguió la lectura, nada más terminar el sacerdote de plantearle las dudas, como si ignorase lo que le había expuesto— llegaron a una sala en la cueva de San Ginés, que estaba labrada de primoroso artificio, y en medio de ella, como señala el auto de acusación, se encontraron con una estatua de bronce de espantable y formidable estatura, puestos los pies sobre un pilar de hasta tres codos de alto, y con una maza de armas, que tenía en las manos. El guerrero hería la tierra con fieros golpes, moviendo con esto el aire, y causando un espantoso ruido, que aturdió, y amedrentó, a los que entraron primero. Entraron, pues, estos bravos, y a cosa de pocos metros toparon con más estatuas de bronce, puestas sobre una mesa como altar, y reparando en mirar en una de ellas, que sobre su pedestal estaba severa y grave, se cayó, e hizo notable ruido, causando a los indagadores grande miedo. «Hemos pues calafateado —indican en el escrito— y limpiado la puerta, porque todo esto es magia», concluyen los que estuvieron allí. ¿Os dais cuenta, Rodrigo? Aquí está una de las respuestas que buscaba —se dirigió con contundencia—. Aquí tenemos la confirmación de que existe una ciudad tapiada donde se hallarían las huellas de la ciencia antigua, de un verdadero libro de los arcanos que podríamos conocer si no fuera por la persecución encarnizada que sufrieron y por la acumulación de sedimentos que han cerrado la puerta de la sabiduría. Aquí se ha impedido que relumbre el libro del esplendor, del misticismo más profundo. Y todo esto es más irritante porque estamos en una de las cunas de lo esotérico, en un lugar donde se buscó con ahínco una comprensión más profunda sobre el origen del mundo, la esencia de Dios y nuestra relación con Él y con lo que nos rodea, un conocimiento para hacernos mejores y más comprensibles los secretos que entregó nuestro Señor en el Sinaí al primer cabalista, a Moisés. Aquí, en esta ciudad, estuvo el centro de estudios y discusiones místicas sobre la naturaleza de Dios, el origen del Universo, los atributos de las almas, sobre el bien y el mal…

Sus mejillas enrojecían con las palabras pronunciadas con emoción. Era un fenómeno inesperado ya que, por lo general, su piel transparente y blanquísima apenas modificaba su apariencia. Pero cuando algo le apasionaba, dejaba un rastro sanguíneo en su rostro. Rodrigo había seguido con entusiasmo la exposición sobre los secretos vedados en la ciudad.

—Necesito una respuesta, os lo ruego.

—¿A qué? —preguntó el veneciano con fingimiento muy evidente.

—Al principal motivo que os ha traído hasta aquí. Perdonad que os insista pero puedo ser útil para vos. Yo fui quien trasladó al cardenal las sospechas sobre el posible asesinato de un amigo que vio o encontró algo que sigue escondido, sin aparecer, en este archivo. Y fue, entonces, cuando su eminencia habló con el masón.

—¿El masón?

—Sí, con Adolfo Mendizábal. Vuestro hermano, con él vinisteis.

Dudó el caballero de Seingalt, aunque la duda fue cercenada al instante, nada más brotar en su mente. Tenía instrucciones muy concretas. No le estaba permitido trabajar junto a otros, ni desvelar sus planes a nadie. Él tenía que actuar solo, ya que su obligación consistía en rescatar un material que pasaría a manos de sus maestros después de que fuera analizado por él mismo para sopesar su importancia. Vaciló ante Rodrigo porque en absoluto recelaba de él y tenía la certeza de que podría ayudarle eficazmente. Sin embargo, después de dar tantos tumbos por el mundo, había llegado a la conclusión de que era preferible, siempre que fuera posible, hacer las cosas por uno mismo. Había soportado demasiados desengaños y traiciones. Quizás, en esta ocasión, hiciera algo excepcional, arriesgándose debido a que el sacerdote le resultaba una persona fiable, alguien dotado de un don maravilloso: la lealtad.

—Y bien, don Jaime, ¿qué os ha parecido el proceso que os he facilitado?

La irrupción en la sala del canónigo Benavides, acompañado de dos seminaristas, les sobresaltó. El caballero reaccionó de inmediato, estaba seguro de que no había podido escuchar la última parte de su conversación con el ayudante del cardenal.

—Habéis acertado y os lo agradezco. Tendré que regresar para estudiarlo a fondo, con más tiempo. Y, por cierto, ¿hay más autos del mismo tenor?

—Sí, supongo —subrayó el archivero abocinando lateralmente sus labios, de tal manera que parecía a punto de rasgarse la piel de los carrillos—, eso es lo que hemos localizado en una rápida revisión. Aquí tenemos tanto material que no podemos afirmar que no existan más expedientes de vuestro interés. Seguiremos buscando.

—¿Este expediente que me habéis entregado es de lo más interesante, en vuestra opinión, de los documentos que conocéis del archivo? ¿Podéis afirmarlo categóricamente?

—Desde luego, señor don Jaime, caballero de Seingalt —aseguró el canónigo Benavides mientras hacía una ligera reverencia—. Es de lo más valioso que yo conozco en este archivo para vos, aunque tenemos sin catalogar, y pendiente de revisión, algo así como las dos terceras partes de los fondos. Por lo tanto: ¡a trabajar!

Dio una palmada y se despidió. Los seminaristas salieron detrás del superior.

—Continuaremos también nosotros con la tarea otro día, Rodrigo. ¡Ah! Y con la charla, por supuesto.

El secretario no había captado el doble sentido que tuvieron las preguntas que había hecho el de Seingalt al archivero sobre la existencia de documentos de su interés. Quiso el veneciano estudiar las reacciones de su interlocutor y detectó el desparpajo y descaro del canónigo, pues mentía a sabiendas y sin ninguna clase de pudor.

Rodrigo le acompañó hasta la salida de la biblioteca.

—Perdonad que insista otra vez, don Jaime, quiero deciros que, si por cualquier causa, precisáis de orientación y auxilio en vuestras investigaciones, aquí me tenéis.

—Lo tendré en cuenta —respondió él con una amplia sonrisa, agradecido por la buena disposición del sacerdote—. En esos subterráneos hay que andarse con cuidado para no perderse y el archivero no es muy colaborador, como ya he comprobado.

—Recordadlo. Podéis contar conmigo y, si fuera necesario, trasladaríamos vuestras necesidades al propio cardenal.

Se despidieron en las escaleras de la plaza. Hacía frío y lloviznaba débilmente. Sebas salió raudo del carromato, que había situado casi en el mismo arranque de la escalinata, para colocar una capa de grueso paño sobre los hombros de su señor y protegerle de las inclemencias del tiempo.

—Creí que terminaríais antes, llevo esperando más de dos horas. Y me preocupaba por vos —dijo el criado.

—Ya sabéis, Sebas, que hierba mala nunca muere…

Un resplandor blanquecino tamizado por las delgadas nubes descendía del cielo envolviendo los muros de la catedral. La luz era de tal suavidad que, juntando algo los párpados, daba la impresión de que el templo gótico flotaba entre la bruma de aquella tarde de invierno. Era una visión mágica, deliciosa. Algunos operarios montaban en el atrio un nacimiento con grandes figuras de barro y abundantes ramas de olivo.

Al moverse el carruaje y cruzarse con los obreros que preparaban el belén, Giacomo Girolamo Casanova, caballero de Seingalt por la gracia del papa, pensó por un instante y sin saber muy bien por qué en su Venecia natal y entornó completamente los ojos.

—¡Venecia! ¡Cuánto te echo de menos! —susurró.

—¿Qué decís, señor? —preguntó Sebas.

—Nada —respondió—. Bueno, el otro día tuve un sueño… Pásame la petaca de aguardiente.

Sebas sacó de su refajo un pequeño recipiente de metal. Don Jaime lo vació casi de un trago y, a continuación, carraspeó aclarando la garganta.

Camino de la posada, relató a su criado la visión que había retornado a su mente.

—Me encontraba de noche al borde de un solitario canal, era muy tarde. Paseaba distraído por la orilla cuando a lo lejos, entre la bruma, vi una góndola. Algo me hizo acercarme a aquel lugar, estaba lejos pero era una fuerza poderosa, irresistible, la que me lo exigía. Comencé a caminar rápido, cada vez más deprisa, como si fuera empujado por un huracán o algo extraño. Nada me detenía, tropezaba con las piedras de los pretiles, con las vallas, pero el dolor no me frenaba, un impulso alocado me arrastraba en volandas. Dejé de sentir mi cuerpo, yo era como ceniza arrastrada por el viento. Al llegar cerca de donde estaba la góndola, la descubrí a ella, a Charlotte, reposando en la embarcación mientras se deslizaba suavemente por aguas tranquilas; una de sus manos acariciaba la superficie. Me sentí feliz, salvado de angustias y pesares, elevado, flotando de alegría por encontrarme, de nuevo, con ella. Era una sensación maravillosa…

Sebas le acercó un pañuelo. Don Jaime sudaba por todos los poros y miraba hacia su interior con las pupilas muy dilatadas, rebuscando acaso en los pensamientos de aquella noche de pesadilla, pues tal fue como comprobaría enseguida el criado.

—Ella estaba resplandeciente —prosiguió don Jaime con la mirada perdida mientras secaba la frente con el pañuelo—. Hasta el entorno refulgía con su piel blanca y con sus ojos como esmeraldas que brillaban en la oscuridad. Llevaba un vestido rosa, de amplísimo vuelo, y engarzadas en su rubio pelo, piedras preciosas y perlas. Los labios relucían con el carmín oscuro que los hacía resaltar. Todo en ella era reclamo y tentación. Amor…, amor puro, por completo. El gondolero desplazó la embarcación hacia donde yo estaba, en la misma orilla, junto a un puente. Mi corazón palpitaba durante la espera y se fue acelerando a medida que la góndola con Charlotte se acercaba. Ella me sonrió y avanzó sus manos hacia mí. No tenía duda de que era mi salvación, así lo sentía; y ella, revivida, me inundaba de felicidad. Cuando estuvo tan cerca que podía tocarla, fui a acariciarla y entonces mi mano cruzó su cuerpo, ¡era una imagen, nada más! Un recuerdo que se había materializado como vapor que resultaba imposible apresar. Me desperté enfermo…

—Siempre os enloqueció la belleza —susurró Sebas impre-

123

sionado por el sueño que tuvo su amo—. Y la de esa mujer debía de ser algo especial...

—Lo era en todos los sentidos.

—Sí, eso quería decir.

—¡Ah! ¡La belleza femenina! —exclamó, por sorpresa, el veneciano con los ojos entornados y una amplia sonrisa en sus labios—. Es un estúpido y un ciego todo aquel que renuncie a sus dones, a cualquier clase de belleza, con lo que representa para hacernos mejores y estimular nuestra sensibilidad. ¡Ah, querido Sebas! Lo mejor son ellas, con esos cuerpos imprescindibles para hacer de los nuestros algo valioso, cada vez más perfectos y sin envejecer gracias a sus estímulos. Añoro sus espacios engalanados que nos reclaman para introducirnos con gran aparato y poder. En ocasiones, hay engaño y sus quiebros y actitudes nos desorientan y confunden. Pero ¡qué importa si es un juego que nos enriquece! El premio de la conquista es inmenso. El amor es de lo poco que está a nuestro alcance, y el placer que conlleva nos concede una gran felicidad, de las mayores que puede alcanzar el ser humano.

124

—Escucharos anima a no cejar ni desmayar en la seducción, a pesar de que resulte, en ocasiones, algo difícil.

—Esos esfuerzos no son tales, pues también el intento satisface y, a veces, el premio es elevado. Abrir lo oculto y reservado es un gran deleite. Rasgar camisolas o que se te abran por tu delicadeza y saber hacer, mediante el verbo y las caricias, y lograr el acoplamiento es perpetuarse como hombre. Hay que alimentar el deseo para no desfallecer y no dejarse arrastrar por la corriente de lo aburrido y monótono.

Entusiasmó al criado el pronunciamiento de su señor y la intensidad con que le hablaba utilizando palabras hermosas y sentidas. Por fin, volvía a ser el mismo. Para celebrarlo, Sebas recogió del asiento la petaca y dio buena cuenta de lo poco que quedaba de aguardiente.

Posada de El Camen

22 de diciembre

—*S*ebas, cierra la puerta, harto estoy de escuchar la letanía del mielero que se incrusta en mi cabeza como una aciaga noche.

En el patio permanecía desde la madrugada un vendedor de arrope y miel que depositó junto al aljibe las orzas y capachos que trajeron sus dos mulas. El alcarreño salía a la calle, cada media hora más o menos, y durante un buen rato no cesaba de gritar a los viandantes que pasaban por la cuesta del Carmen, a los que bajaban hacia el río y a los que se cruzaban camino de Zocodover. Doña Adela solía permitir a algunos de sus proveedores tales licencias, a pesar de las molestias que producían a los huéspedes. Era el precio que pagaba por un suministro de calidad y a buen precio.

Don Jaime llevaba postrado casi una semana recuperándose de las heridas producidas por unos asaltantes en una callejuela cercana a la catedral, y estaba cansado del reguero de visitas que había transitado por sus dependencias privadas que ocupaban tres de las mejores habitaciones en la planta principal de la posada. En los últimos días pasaron por allí el alguacil mayor para conocer los hechos en boca de la víctima, dos sanadores parientes de la posadera, personal de la embajada con Gaspar Soderini a la cabeza, Adolfo Mendizábal en varias ocasiones, el secretario del cardenal, doña Adela casi de continuo, explayándose en carantoñas de mujer honesta poco dada a retozar sin más, y alguna vez acompañada por su sobrina Rosario, que encandiló mejor los ánimos del paciente; y hasta algún curioso hospedado en la posada que se asomaba por las rendijas estimulado por la reata de personal tan diverso que hacía las delicias de los fisgones. Por esa razón, cuando Sebas le anunció la llegada de Rodrigo Nodal, el caballero a punto estuvo de echarle de su habitación con malos modales, cansado como estaba esa mañana de escuchar al arropeño airear su mercancía con un volumen de voz estridente.

—Os pido que no os alteréis y que tengáis algo de paciencia —reclamó solícito Sebas—. Escuchadme un momento y me lo agradeceréis. Al sacerdote y apuesto secretario le acompaña un ángel, os lo aseguro. Ella es una de esas obras de la Creación que antaño os hacían afinar los sentidos para que nadie más que vos pudiera desflorar sus bendiciones, después de gozar con el chichisbeo previo que tanto os agrada. Yo, en estas tierras ásperas, en estos secarrales, no he visto una belleza igual en plena flor, presta a rezumar el néctar en el momento que alguien sepa estimularla.

—Ya veo que exageráis, Sebas —refutó el enfermo con forzado disimulo, pues en verdad se había incorporado de la cama y escuchaba al criado con la mente bien despierta. La obsequiosa descripción sobre la acompañante de Rodrigo resultaba, cuando menos, digna de interés.

—En este asunto, señor, no añado nada. Ella es lo contrario a lo que habéis visto con abundancia y reiteración en esta ciudad donde se dan los albaricoques jugosos, pero las damas en su mayoría se asemejan a las ortigas. Rodrigo me ha preguntado si estáis en condiciones de bajar hasta el patio porque no estaría bien visto que una doncella, supongo que aún retiene su virtud incólume, se presentara aquí, así por las buenas, con su alcurnia. En caso contrario, él subirá hasta el cuarto. Haced un esfuerzo porque tenéis la oportunidad de gozar con la visión de una Venus. Un estímulo que os sacará de este letargo y, a buen seguro, os lanzará hacia el cortejo del que tanto disfrutáis.

El criado conocía como nadie la debilidad principal de su señor, la clase de jóvenes que le incitaban a la correría por cualquier precio, a pesar de que los avatares de la vida y los excesos hubieran limado sus facultades amatorias y la capacidad para embelesar con el hábil y sutil galanteo. La reacción de caballero sorprendió a Sebas, no se lo esperaba.

—¡Rápido! Decidles que aguarden —urgió—, y avisad a

doña Adela para que vengan a ayudarme a vestirme. Haremos un esfuerzo, pues son pocas las alegrías que me ha dado tu país.

A Sebas le entusiasmó la disposición de su señor recordándole los buenos tiempos, cuando estaba presto a descender hasta el Averno si la presa era de primera. Desde que salieron de París había permanecido taciturno, sin atender a ninguna clase de estímulos, ni siquiera a los que en otro tiempo dedicaba tantos esfuerzos. Sebas había sido cuidadoso para no perturbarle porque Cecco, su hermano, le advirtió de la congoja que le produjo la muerte de Charlotte después de alumbrar aquel niño fruto de la violación. Su pérdida le había destrozado y era evidente que el dolor permanecía alojado en su interior, como comprobó cuando le describió el sueño con la visión de la joven en la góndola igual que si fuera un vaho nocturno por los canales de Venecia. Sebas notaba que *il signore Giacomo*, su don Jaime, ya no era el mismo de antes: un águila para atrapar en sus dulces garras a las inocentes y jugosas víctimas femeninas, preferiblemente vírgenes, sin permitir que nadie se anticipase a él, ni que nada le impidiera obtener la presa. Era ducho en la materia y había demostrado poseer unas capacidades felinas, insuperables, como el más diestro seductor. Pero tenía reglas morales estrictas y jamás perdonaba que se forzase a una mujer como hicieron con Charlotte, la joven que él quiso más allá del deseo carnal, a la que consideró su guía, la compañera idealizada, como para Dante lo había sido Beatriz Portinari.

Cuando Sebas vio entrar en el zaguán de la posada a la mujer que acompañaba al secretario del primado, no tuvo la menor duda de que ella reunía las virtudes que más apreciaba su señor. Nunca le habría perdonado en caso de omitirle su presencia.

A pesar de haber comenzado el invierno, la mañana era luminosa y algo cálida. La joven se despojó de su capa y se adentró por los soportales del patio mientras aguardaban a que bajase el herido. Los zagales que ayudaban a los viajeros a arrinconar carros y carromatos debajo de la balaustrada se frotaron los ojos ante la elegancia de aquella dama ataviada con un vestido azul de vuelo sedoso. La belleza de la condesa de

Montijo resultaba una visión inusual, pocas veces había entrado allí una mujer con idéntico porte.

El mielero se marchó a la plaza de Zocodover siguiendo las instrucciones de doña Adela. Por lo tanto, el albergue había recuperado su tranquilidad habitual. Y en verdad, era un lugar apacible y bien cuidado, de lo mejor de la ciudad. Todos los muros relucían bien enjalbegados. El patio tenía una hermosa columnata de piedra, con capiteles dóricos, que soportaban el corredor de la planta alta en la que el huésped veneciano ocupaba mucho espacio, cuatro habitaciones contando la de su criado español, e incluso tuvieron que guardar algunos de sus baúles en el sótano, pues su equipaje era semejante al de un noble de mucho copete y con abundante plata, comentó la posadera el día que llegó a Toledo.

—Mi señor, ¿bajamos? —se escuchó decir a Sebas.

Todos miraron al piso superior. Don Jaime había esmerado sus indumentarias para la ocasión y llevaba uno de sus mejores trajes, de color cereza, con un largo chaleco dorado, y una de sus pelucas más llamativas y en mejor estado. Resultaba curioso con sus andares, casi como los de un cervatillo, parsimonioso, suave en el caminar como si evitase tocar el suelo, con zapatos de medio tacón y hebillas repletas de pedrería.

Descendía por la escalera igual que si fuera un príncipe, espectacular debido a su altura, y, con la levita sin abrochar dejando al descubierto una de sus camisas de primoroso encaje y con un tocado en el cuello espectacular por la calidad y abundancia de la blonda. El brazo izquierdo lo llevaba en cabestrillo y sus ojeras indicaban una lenta recuperación de las heridas sufridas una semana antes. Por suerte, el rasguño en las nalgas que le hicieron los agresores había cicatrizado en poco tiempo y pudo despojarse del vendaje, lo que le permitía llevar con holgura los calzones y que su andar no se viera afectado por la desgracia.

—¿A qué debo este honor y la fortuna de hallaros aquí, en este lugar que no os corresponde por lo que aprecian mis ojos, querida? —pronunció con descaro, besando la mano de la joven, sin esperar a que fueran presentados; ella no pudo controlar el rubor en sus mejillas—. Soy Giacomo Girolamo, caballero de Seingalt, y estoy a vuestro servicio desde este mismo instante. Podéis llamarme Jaime, como hacen vuestros paisanos. Y vos, querida dama, ¿cuál es vuestro nombre?

La condesa sonrió por el atrevimiento y quedó embelesada con los delicados modales del extranjero. Resultaba casi un anciano a su lado, ni siquiera los afeites que se había dado disimulaban su avanzada edad. Ella tenía quince años y la distancia entre los dos era evidente, pero pocas veces tenía ocasión de tratar con alguien de su distinción, con vestimenta tan peculiar y con una presencia imponente por su tamaño y apostura. Y mucho menos imaginar que lo encontraría en una posada como aquella. Quedó impresionada, además, por la frescura de su mirada y la delicadeza de su sonrisa.

Por su parte, él, tras realizar un primer y rápido examen, tuvo que dar la razón al criado. Tenía enfrente a una joven de talla mediana, perfectamente formada, de rasgos delicados, casi rafaelescos, pensó, con el pelo de color azabache y muy rizado, ojos vivaces, negros, largas pestañas y labios carnosos, excelentes para inflamar el deseo de acariciarlos con los suyos.

La fascinación en la que estaba sumida la joven le impidió tomar la iniciativa, fue Rodrigo quien intervino en su nombre.

—Hoy salimos de palacio para que ella, la condesa de Montijo, sobrina del cardenal, visitase a una amiga suya en el Colegio de las Doncellas Nobles. Don Luis, el conde de Teba, sugirió que después viniéramos aquí para comprobar vuestro estado. Él no ha podido hacerlo en persona porque en estas fechas apenas puede dejar la residencia y ha querido enviaros a doña María Francisca de Sales Portocarrero y Zúñiga. —Nada más escuchar el nombre, el caballero hizo una pequeña reverencia a modo de saludo—. Por cierto, ¿cómo os encontráis?

—¡Qué gran regalo el de vuestro tío! —enfatizó él sin dejar de mirar a la joven, ignorando a su acompañante—. Le apreciaba mucho, ahora le estoy más agradecido, doña María. ¿Por qué no os he conocido antes?

La intensa mirada del veneciano, su voz timbrada, profunda, hicieron que la joven se ruborizase de nuevo; no obstante, su boca mantenía una constante sonrisa demostrando encontrarse bien con el encuentro. La condesa mordió el labio inferior, gesto que extasió a don Jaime al permitirle disfrutar con la obra maestra de la naturaleza iluminando aquella mañana toledana.

129

Hasta la palidez del herido había desaparecido y su rostro adquiría mayor viveza. El veneciano no dudaba de ser un afortunado al recibir la visita de una mujer que poseía todo cuanto él podía desear, y lo que cualquier hombre admira con los ojos bien abiertos.

—Estoy en la ciudad pasando unos días con mi tío el cardenal. Permaneceré aquí hasta la fiesta de los Reyes Magos, luego debo regresar a mi colegio en Madrid.

—Sois un regalo para esta ciudad tan adusta y todos debemos dar las gracias al cardenal por vuestra presencia.

Rodrigo estaba atónito contemplando la escena. Sebas, feliz por ver recuperado a su señor, satisfecho al confirmar que aún no había perdido sus facultades y que sus deseos permanecían intactos. La condesita apenas podía desprenderse de la atracción que ejercía sobre ella, le observaba fijamente, aunque con modestia, porque los ojos azules, de mirada limpia y directa del caballero, le resultaban muy hermosos.

—Bien, debo deciros —don Jaime se dirigió, por fin, al sacerdote— que las secuelas del ataque perdurarán algún tiempo en mi cuerpo, pero como podéis comprobar no harán mella en mi ánimo. Y visitas como la de hoy son la mejor medicina —concluyó, haciendo una ligera reverencia a la joven y luciendo una de sus mejores sonrisas.

—Por favor, pasad al interior —quien hablaba así era doña Adela, que se acercó al grupo limpiándose las manos con el delantal.

—Os lo agradecemos —respondió Rodrigo—, pero se nos hace tarde. Debemos regresar ya a palacio.

Salieron todos hacia la calle. Había pocos transeúntes. Los palafreneros abrieron las puertas del carruaje y extendieron los peldaños para que la condesa se acomodase en el vehículo. Ella se detuvo antes de subir para preguntar:

—Don Jaime, ¿dónde os atacaron? Tengo entendido que fue cerca de la catedral.

—Así es. Estáis en lo cierto. Decidí conocer la calle en la que se rinde homenaje al diablo y allí mismo me esperaban los forajidos, aunque lo más probable es que siguieran mis pasos y, entonces, al ver que era un lugar poco movido, decidieron acabar conmigo. No les creo tan avispados…

—¿Al diablo? —comentó extrañada mientras ajustaba sus guantes de encaje.

—¿No sabíais que en la ciudad existe una calle en honor a Belcebú? Yo jamás imaginé algo así, ni he conocido nada igual.

—No, no tenía idea...

—Pues se encuentra detrás de la catedral, justo frente a la cabecera del templo. Y esa calle, la del diablo, hace esquina con la calle del Locum, ahí tenéis una barriada tenebrosa...

Percibió un ligero ahogo en el pecho redondo y bien formado de la condesita y su hermosa boca se entreabrió descubriendo unos dientes blancos y preciosos como gemas. Él se vio forzado a controlar un impulso que renacía en su interior, pues quería evitar que los demás se dieran cuenta, era una pulsión que hacía tiempo que no afloraba con tanta intensidad. Estaba contento por lo que había sentido al conocer a aquella delicia de muchacha. De nuevo, crecía un deseo que creía tener apagado.

Doña María se despojó de un guante y le tendió la mano. La suavidad de su piel y los dedos alargados que se posaron como el plumaje de un cisne entre los suyos le encendieron más. Posó sus labios en la epidermis dulzona de la condesa.

—Espero volver a veros.

—Depende de vos y de vuestra curación, estaré encantada si os reponéis enseguida —afirmó ella con picardía, un guiño que demostraba su habilidad para controlar cualquier situación.

Permaneció un buen rato en la calle, hasta que el carruaje del arzobispado desapareció por el Alcázar. Su corazón estaba alegre y las heridas que le había producido el plomo al desgarrarle el hombro habían encallecido un poco más con el encuentro.

Casa del marqués de Ocaña

24 de diciembre

*E*l veneciano estaba ensimismado mientras admiraba los relieves mudéjares de estuco que decoraban, casi al completo, los muros del singular patio. El trabajo de los alarifes moriscos le tenía deslumbrado preguntándose, al mismo tiempo, si el esfuerzo, laboriosidad y singularidad artística que dejaron aquellos hombres por toda la ciudad era suficientemente reconocido. Él había comprobado el nulo entusiasmo que originaba en algunas personas, empeñadas en despojar de sus viviendas la huella de los impíos con revocos iconoclastas de pésimo gusto.

La residencia del marqués de Ocaña, don Rafael Chacón, era muy diferente, en sus muros y decoración lucía un verdadero muestrario de la excelencia mudéjar. Los capiteles de las esbeltas columnas de su casa estaban realizados con atauriques al modo musulmán y paseando por el interior se tenía la impresión de haberse trasladado a un palacete oriental, pues por doquier se reproducían elementos de aquellas latitudes con la finura de la cultura islámica. La escasez de estos trabajos artísticos en el continente europeo hacía de Toledo un lugar delicioso para cualquier visitante y él lo estaba aprovechando, ese era su mayor deseo después de conocer a doña María. Aquella joven le había animado haciéndole apreciar su estancia de diferente manera, ya no suponía una obligación forzada por la necesidad de buscar la recompensa consistente en el perdón del rey de Francia y una buena cantidad de plata. Ahora deseaba permanecer allí para tantear a la condesa y chichisbear con ella. Le apetecía el juego de la seducción que, en el pasado, había sido una de sus principales aficiones.

Mendizábal le había pedido que se viesen el día de Nochebuena, una fecha que se celebraba con mucha agitación por toda la ciudad, y escasamente apropiada para algo que no fuera lo acostumbrado durante la festividad. Para aquel encuentro urgente, el maestro masón eligió la residencia del marqués de Ocaña puesto que, según le indicó, sería más seguro hacerlo allí que en cualquier otro punto de la ciudad.

Rafael Chacón era un sencillo hermano, casi la única llama masónica contumaz capaz de oponerse a los vientos de la intolerancia en aquel lugar que fue, precisamente, foro para el enriquecimiento intelectual, el intercambio y fusión de culturas e ideas, y de apertura de miras para explorar las capacidades del ser humano en la búsqueda del secreto mediante la sabiduría.

Llegó pronto a la cita. El marqués le recibió afectuosamente y sin demandarle demasiadas explicaciones sobre lo sucedido en la calleja del Diablo, puesto que ya había sido advertido de cómo le habían herido en el hombro. Lo que sí hizo fue advertirle en la misma puerta de que Adolfo Mendizábal aún no se encontraba allí. Pero fue así como acordaron hacerlo: aparecer por separado para evitar problemas. Después del atentado que había sufrido, tenían que ser cuidadosos con los encuentros y extremar las precauciones. En eso era más precavido Mendizábal, intranquilo y muy asustado desde el asalto al señor de Seingalt.

Rafael Chacón era la viva imagen de un castellano recio. Vestía ropas oscuras, sin adorno de ninguna especie, pero de excelente calidad y muy aseadas. Tenía el pelo bastante rapado de color blanco y poseía las facciones de un campesino, pellejudo y magro, con la piel poco cuidada, curtida por el sol y la intemperie. Las manos asemejaban las raíces de un arbusto de secano. Demostró al veneciano que había adivinado la impresión que le había transmitido nada más conocerse; era un viejo perspicaz.

—La mayor parte de mi tiempo transcurre en las fincas que tengo en Aranjuez, cerca de Madrid —precisó—. Suelo ocuparme personalmente de muchas labores del campo porque es algo que me gusta y me distrae, también es bueno para motivar a los jornaleros...

—Echaréis de menos esta casa, supongo —sostuvo el visitante.

—Sí, don Jaime, claro que me acuerdo de este lugar, todos los días, como podéis comprobar, he intentado preservar sus elementos decorativos, su estilo más característico. Y en esta casa hay todo lo necesario para encontrarse a gusto, pero mi señora prefiere el campo, pues aborrece la vida de esta ciudad donde está mal visto cualquier divertimiento. Suelo venir solo a echar un vistazo y cuidar de las plantas. En ocasiones, hasta me quedo algún día para descansar y leer un poco lejos del ajetreo de la finca.

El marqués le dejó unos minutos mientras bajaba a la bodega para recoger algo de vino que él mismo cosechaba en sus tierras, dijo ufano. Durante la espera, el caballero disfrutó del vergel que Rafael Chacón había creado en el patio: helechos y una gran variedad de enredaderas tamizaban con diferentes verdes las paredes de los cobertizos y corredores. Imaginó, paseando entre las fuentes, que el agua calmaría ansiedades y calores durante la difícil temporada de estío y que la sensación de frescor convertiría aquel lugar en un edén. Había repartidas por el patio numerosas esculturas con la pátina del tiempo en su superficie, todas talladas en piedra y cubiertas de verdín. Le llamaron la atención unos leones y figuras femeninas con tocados exuberantes, eran matronas muy hermosas.

En el mismo instante en el que apareció Rafael Chacón, acompañado por un sirviente que portaba una bandeja con el vino, vasos y algunas viandas, sonó la campanilla de la puerta. Era Adolfo Mendizábal, traía cara de preocupación, y no tardó mucho en demostrar cuál era la causa, después de los saludos de rigor.

—Don Jaime, debemos actuar con rapidez.

—Lo primero es lo primero —intervino el marqués—. Sentémonos a disfrutar de este caldo.

Se acomodaron en unos sillones de tijera, bajo el corredor, para degustar el vino de un color cárdeno. Les cobijaba una techumbre de madera policromada con dibujos de reminiscencias moriscas. Las filigranas eran de una delicadeza asombrosa. Los débiles rayos del sol concentraban en el soportal la energía haciendo cálida la atmósfera. En una esquina, el marqués había instalado un nacimiento con pequeñas figuras de barro, algo que últimamente se había puesto de moda por toda la ciudad.

Bebió de su copa y notó en la garganta el arañazo hiriente del líquido. Era un vino fuerte, de sabor contundente e intenso aroma.

—El jamón, y preferiblemente el queso de oveja, son imprescindibles para disfrutar como Dios manda de una cosa y de la otra, suponen un maridaje perfecto. Y, luego, algo de mazapán casero, que en estas fechas es obligado —sugirió Rafael Chacón ofreciendo los manjares de la tierra a los compañeros en creencias e inquietudes—. Ahora les dejo, para que hablen en confianza.

Nada más salir el anfitrión, Mendizábal volvió a precipitarse con sus cuitas, a expresar sus deseos en tono angustioso.

—Don Jaime, debéis partir sin demora. Es arriesgado que permanezcáis más tiempo en la ciudad e, incluso, en España.

El veneciano le observó con asombro y disgusto por el agobio que emanaba del maestro de la logia madrileña.

—¿A qué tanta prisa? ¿Deseáis que abandone la búsqueda que me ha traído hasta aquí y que salga corriendo asustado? Por nada del mundo haría algo así, salir con el rabo entre las piernas. No es mi estilo y me niego a comportarme de esa manera.

—Pues sí, tenéis que hacerlo.

—¿Y, por lo tanto, perder la recompensa y el perdón del rey de Francia? No, ¡nunca!

Adolfo Mendizábal reaccionó aturdido ante la contundencia del caballero que había apartado, por un momento, la suavidad de sus modales. Lo que desconocía el madrileño, que tanto se había esforzado para que don Jaime viniese a Toledo, era la tentación consagrada en una joven de la nobleza que impedía al veneciano plantearse un rápido regreso o comportarse como alguien asustadizo y temeroso por el ataque que había sufrido en una solitaria calle. Doña María era un reclamo poderoso que limaba las dificultades.

—Peor es perder la vida o acaso la tenéis en poca estima. Porque es evidente que se os persigue con saña. En esta ocasión han fallado en el intento, pero me temo que volverán a intentarlo. Mis gestiones no han tenido el éxito deseado para lograr desvelar dónde y quién decidió el macabro mandato y poner algún remedio rápido a tamaña determinación para acabar con vos.

135

El venerable maestro de la agonizante logia Tres flores de lys no daba crédito a lo que veía: el caballero lamía sus dedos después de degustar varias lonchas de jamón, como si estuviera indiferente ante lo que él había expresado. Para colmo, sonreía como si las amenazas le fueran ajenas.

Mendizábal apretó los párpados y se esforzó en buscar argumentos que conmovieran a su interlocutor. Estaba muy afectado por lo ocurrido, más que la propia víctima, como era fácil comprobar viéndole disfrutar de la colación que les había ofrecido el marqués de Ocaña. Mendizábal se restregó las sienes pobladas de un cabello acaracolado con la pretensión de relajarse. En ese instante el veneciano le invitaba a brindar. Una espesa bruma se precipitaba en el patio oscureciendo el día; el aire se iba enfriando.

—Bebamos por la sabiduría que encierra la propia existencia y los dones que nos rodean, pues la vida debe ser vivida con todos sus riesgos y bendiciones —recalcó don Jaime levantando su copa. Temió Mendizábal que la bebida estuviera afectando en exceso a su hermano—. Porque siempre nos alcanza algo bueno cuando nos asolan los peligros —concluyó.

Unieron sus copas y el tintineo del cristal retumbó en las paredes talladas de filigranas y con gusto por la exuberancia.

—Ocurrió algo milagroso en el callejón endiablado. La luz no nos abandona jamás si la buscamos con ahínco.

El madrileño abrió los ojos de par en par y brillaron como aceitunas negras. Casi no podía hablar y fue un susurro lo que brotó de sus labios.

—Decidme, no os entiendo…

—Cuando los dos esbirros iban a rematarme en aquel callejón siniestro… —Se detuvo para agotar el contenido de su copa, luego volvió a llenarla, la botella estaba quedándose vacía—. Sí, recuerdo sus rostros enrabietados por haber errado los tiros en el primer intento, uno de los plomos se alojó en mi hombro, el otro me rozó el muslo; entonces, en el mismo instante en el que yo me desangraba derrumbado en unas escaleras de ladrillo, a la espera de una muerte segura, puesto que uno de los matarifes apuntaba hacia mi cabeza y el compinche al centro de mi pecho para darme el paseo sin posibilidad de retorno, apareció gritando desde lo alto del callejón una especie de gigante. Y tal fue su desmesura en las amenazas y su arrojo que los dos mercenarios no tuvieron tiempo de darle al gatillo o pensaron que era arriesgado hacerlo, aunque supusiera perder el botín.

—Dudo, como os he dicho, que únicamente les interesara robaros, y me lo confirma vuestro relato: querían acabar con vuestra vida, ese era el encargo que tenían. Me parece algo evidente.

—Bien, no importa. Lo esencial para mí es que se detuvieron y hoy puedo disfrutar de la vida, maestro Mendizábal. Aquel grandullón gentilhombre, que debieron enviarme mis ángeles protectores, surgió de la nada como mi salvador, permitiéndome que yo os pueda contar esta historia…

El maestro de la logia madrileña transformó, a medida que escuchaba el relato, la cara de asombro inicial en una expresión ladina.

—¿Por qué nunca hablasteis de esa persona?

—Porque fue milagroso.

—No os entiendo —musitó Mendizábal.

—A mí me lo pareció. Era grande, como os dije, pero como un fantasma lo recuerdo, completamente desdibujado en mi mente, yo estaba debilitado. Sé que corrió detrás de los bellacos y que nunca regresó a mi lado para atenderme. Milagroso y extraño, ¿no os parece?

—Desde luego —afirmó pensativo el madrileño—. Y, sin embargo, esa casualidad no os garantiza nada si hay otra ocasión de peligro, como todo parece indicar, puede volver a producirse porque, salvo que encontremos a ese salvador, es imposible atajar la amenaza ante la impunidad de la que gozan los asesinos en este momento.

—Adolfo, no hay certeza de nada, ni de que vuelva a repetirse algo así. Y prefiero pensar que, si una vez tuve un protector, es probable que lo tenga para siempre. De cualquier manera, decidme: ¿ya no queréis que indague en los secretos del archivo arzobispal? Fue vuestra demanda la que me hizo llegar hasta aquí.

El caballero volteó su mano derecha apuntando al rostro de Mendizábal. Tenía los dedos repletos de anillos y sus reflejos hirieron las pupilas de su compañero. Este intentaba compren-

137

der las motivaciones del extranjero para arriesgar su propia vida en el intento. No tardaría mucho, esa misma mañana, en desvelarse una de ellas, acaso la principal de todas.

—Sé que os atrae la misión, pero nada indica que logremos descubrir el secreto que nos ha unido, nada sabemos de cómo localizar los arcones, ni siquiera sabemos si es real su existencia o fue fruto de la enajenación de un joven seminarista. Por lo tanto, ¿por qué permanecer en la ciudad, don Jaime, cuando os persiguen sin piedad las alimañas?

—¡Hombre de poca fe! Solo con hablar un rato y tratar al archivero resulta evidente que ese canónigo, mal encarado, esconde algo importante, que carece de escrúpulos y conciencia. —Llenó de nuevo las copas dejando casi vacía la botella. Después de dar un largo trago, prosiguió—: Además, hoy tenemos la misa del gallo en la catedral y la condesa asistirá. Allí estaré para disfrutar de este día.

—Por Dios, ¿qué tiene que ver lo que me contáis con las pesquisas en el archivo? —preguntó Mendizábal con el estupor marcado en su rostro.

—Mucho, querido amigo, muchísimo. —El veneciano hizo un gesto de dolor producido por la profunda herida que tenía en su hombro—. En primer lugar, sospecho que estabais en lo cierto y el archivero nos oculta muchas cosas y que, mientras investigo, voy a implicarme en estas festividades como cualquier vecino, especialmente después de conocer a la sobrina del cardenal, doña María Francisca de Sales Portocarrero. Ella ilumina esta ciudad y yo deseo recoger la luz si fuera posible.

—¿Dónde pasaréis la noche, con quién cenaréis? Yo debo partir inmediatamente a Madrid para acompañar a mi familia.

—Yo estaré en la posada de El Carmen, con doña Adela y nuestros sirvientes. Seguro que nos divertimos. Desde esta mañana, nada más amanecer, allí solo se escucha el sonido de las zambombas y panderetas acompañando a hermosos villancicos que cantan las doncellas y los zagales en el patio de luces del edificio. Hacía una eternidad que no vivía algo tan familiar y me siento feliz. Nada me estropeará la fiesta…

Catedral Primada

Madrugada de Navidad

*E*l primado bendijo con movimientos incesantes del hisopo a todos los que le rodeaban y, seguidamente, acompañado por los que habían concelebrado la ceremonia con él, se acercó hasta los fieles que se habían congregado en el espacio existente entre las escalinatas del altar mayor y la verja del coro. Allí, de pie, y ocupando un buen espacio de las naves laterales, estaban agrupados casi tres centenares de personas, casi el mismo número que el de los religiosos que ocupaban los lugares destinados para ellos en el coro y en la gradería del altar.

El conde de Teba esparció agua bendita por doquier que iba recogiendo de unos recipientes que portaban cuatro monaguillos. Cuando finalizó de rociar a los presentes, avanzó de espaldas hasta el retablo mayor acompañado por los obispos y diáconos; se arrodilló ante la Virgen sedente, de madera policromada y recubierta casi en su totalidad de plata, situada en el centro de la predela, y oró en silencio unos segundos. Al levantarse, y mientras le colocaban la mitra y ajustaban su casulla de finos bordados en oro y con abundante pedrería, observó con devoción la escena del nacimiento de Jesús, colocada encima del Tabernáculo. Todas las miradas se dirigieron hacia ese lugar del impresionante retablo. El cardenal Fernández de Córdova se volvió hacia el coro, bendijo de nuevo a los fieles, a los religiosos y a las monjas, y salió con su séquito por una puerta lateral que le llevaría, cruzando la girola, hasta la sacristía.

La celebración del gallo finalizaba así cerca de las dos de la madrugada y fue, entonces, cuando don Jaime subió los peldaños que conducían a la bancada del altar mayor. En una de las zonas reservadas para las personalidades civiles se hallaba la condesa de Montijo acompañada por jóvenes ataviadas con trajes negros de seda y toquillas blancas pertenecientes al colegio de Doncellas Nobles, institución muy querida por el cardenal y que fundó Martínez Siliceo, un antecesor suyo en el siglo XVI, y a la que entregaba importantes sumas de dinero procedentes de su pecunio personal, como le había descrito doña Adela cuando se interesó por ese centro.

Doña María Francisca fue decidida nada más descubrir al veneciano entre el gentío; se despidió de sus amigas y se acercó a él con una amplia sonrisa que expresaba el entusiasmo que le suscitaba encontrárselo en la catedral al finalizar la celebración de la misa del gallo. Acompañaba a la condesa, sin perderla de vista y a pocos metros de distancia, una joven religiosa que se cubría con una toca almidonada gigantesca, lo que no afeaba sus facciones, en las que destacaban una bonita boca y sus grandes ojos.

—Mi tío sabe que tengo que dar un recado a este caballero, hermana Sonsoles —advirtió la condesa—. Por lo tanto, aguardad aquí unos instantes hasta que finalice la conversación con él y, después, regresaremos a palacio, ¿os parece?

La monja no discutió las órdenes, se retiró hacia un rincón habiendo mostrado, previamente, su conformidad con una ligera inclinación de la cabeza.

Don Jaime comprobó que la espléndida figura de doña María y la elegancia con la que realzaba todos sus movimientos llamaba la atención. Él, que había tratado y conocido a reinas y emperatrices, reconocía subyugado la gracia sin par que emanaba de la aristócrata española.

—¡Feliz Navidad! —exclamó él cuando se le acercaba—. Sois una dicha para los ojos y es un placer contemplaros.

—Siempre tan atento, don Jaime —añadió la joven posando su mano desnuda entre las del hombre. El veneciano se inclinó y acarició despacio, con sus labios, la piel de la condesa.

—Me gusta decir lo que siento sin demasiados artificios cuando contemplo la obra de Dios en la mujer, la que nos hace más dichosos y gozar de…

—¿Cómo os encontráis de vuestras heridas? —interrumpió ella con ánimo de derivar la conversación hacia asuntos menos íntimos o comprometidos, a la vez que señalaba con la mirada el maltrecho hombro de don Jaime.

—Voy recuperándome, aunque temo que perderé movilidad durante algún tiempo. Hay otras heridas que me limitan y acosan más, son las que se enquistan en el alma después de una vida vehemente, algo excesiva. Pero nada de esto es importante al veros, vuestra presencia me renueva, vuestra mirada es un descanso para un corazón fatigado, señora.

Los fieles comenzaban a abandonar el templo y el murmullo de sus voces o el leve roce de las pisadas en el suelo adquiría una brillantez inusual al rebotar en las bóvedas, desplegándose, a continuación, por las naves con suavidad. La acústica era perfecta, como habían comprobado durante la misa solemne al escuchar las melodías que manaban del órgano mayor, semejantes al sonido de un coro de ángeles, tal y como lo percibiría un devoto al hallarse en la plenitud de su fervor. En aquel momento, y bajo la influencia de la atmósfera que le rodeaba, evocó brevemente a sus hermanos que en el Medioevo aplicaron lo mejor de sus conocimientos y sabiduría para construir templos como aquel, edificios irrepetibles por los mensajes y símbolos que escondían, por su argot secreto para mayor gloria del Señor y de los hombres despiertos, que tienen cien ojos y lo ven todo al igual que Argos, como el personaje mitológico.

Los empleados del templo iban recogiendo butacas y enseres del altar mayor. La condesa hizo una señal al capataz para que mantuviera encendidos los cirios y faroles.

—Don Jaime, podemos disfrutar de una ocasión única para contemplar a solas esta zona de la catedral.

Se acercaron al frontis ocupado por el retablo de incorruptible madera de alerce recubierta de oro que reunía la representación de diversos pasajes de la vida de Cristo. Las hermosas tallas de cada una de las escenas estaban enclavadas bajo calados doseletes. El oro bañaba el conjunto y parecía chorrear por las paredes marcando incluso las juntas de los sillares.

—En el retablo trabajaron Copín de Holanda, Almonacid, Petit-Juan, Borgoña, Gumiel, Egas, Amberes o Rincón, todos ellos renombrados artistas de la época. A los lados del altar —detalló doña María— reposan eterno sueño los restos del cardenal Mendoza, del rey Alfonso VII, Sancho III, Alfonso X *el Sabio*...

141

—De ese monarca, el Sabio, tenía abundantes referencias por mis lecturas, un personaje admirable.

—Desde luego —confirmó ella—. Gracias a él se conservó la memoria de las diferentes culturas que coincidieron en esta ciudad, aunque el legado de su escuela de traductores se fuera perdiendo. Bueno, estamos rodeados por las tumbas de los antiguos reyes de Castilla y hasta debajo del presbiterio existe una capilla con los restos momificados de una santa, de santa Úrsula.

Todo lo que les ceñía estaba plagado de figuras: santos, profetas, reyes, ángeles, monstruos, animales, escudos... Durante un rato permanecieron deambulando por el altar.

—Se necesitaría más tiempo para analizar con detalle el portentoso trabajo de los numerosos artesanos que mencionasteis y que han intervenido en decorar este espacio.

—Bueno, por hoy puede que ya sea suficiente, don Jaime, continuaremos en otra ocasión admirando esta joya. El deán me indica que debemos salir, ya es hora de interrumpir por esta noche la vida en el templo —urgió la condesa mientras hacía un gesto de saludo con la mano a la autoridad catedralicia, un religioso bastante regordete y malencarado, que les observaba desde la escalinata.

—Hay algo en esta catedral española que me confunde y desconcierta —comentó el veneciano mientras se encaminaban hacia el crucero—. Creo que es la aglomeración de imágenes de todo tipo, de construcciones tales como el inmenso coro que tenemos enfrente, inconcebible en los edificios de Francia, de donde procede este estilo como bien sabéis, y de las capillas que hay por todos los rincones alterando la perspectiva original y que, por lo tanto, nos reducen la posibilidad de un diálogo directo y diáfano con lo esencial.

—No os comprendo, don Jaime.

—*La liberté avant tout.*[2] Quiero decir con ello que reniego de supersticiones y milagrerías, de los mediadores que se hacen dueños de la verdad cerrando los ojos a los creyentes.

—En eso estamos de acuerdo: la libertad para elegir o rechazar.

2. La libertad por encima de todo.

—Así debe ser, doña María, pues las mujeres poderosas por naturaleza, cuando permanecéis en un régimen donde predomina la libertad, con permisividad en las costumbres, os erigís como las principales protagonistas.

La condesa detuvo sus pasos para contemplar, con descaro, la claridad de los ojos de su acompañante. Este se giró para hacer lo propio con ella.

—A vuestro lado se aviva el riesgo de idealizaros —dijo el caballero—. Sois como una pequeña Venus con una inteligencia y una belleza a flor de piel.

Nuevas sensaciones afloraban en el alma del hombre. Sonrió y con su dedo índice acarició el entrecejo de la joven. Ella se estremeció con el contacto y descubrió a sor Sonsoles, unos metros atrás, observándoles con los ojos encendidos por la sorpresa y un ligero enrojecimiento en sus mejillas.

—Bien, salgamos… —indicó con firmeza doña María señalando a los servidores del templo que aguardan para echar el cerrojo al altar mayor y al deán que les observaba con gesto de pocos amigos.

Nada más bajar las escalinatas del crucero, los empleados se dispusieron a cerrar la verja de hierro forjado con barrotes negruzcos y manchas de estaño que protegía la zona del altar, una maravillosa obra de arte que fue encargada en su día, según subrayó doña María, por el cardenal Tavera. Debajo de uno de los dos púlpitos situados junto a la cancela, aguardaba Sebas.

De súbito, el veneciano se detuvo en seco como si hubiera atisbado un peligro y avanzó unos pasos dejando sola a la condesa y haciendo caso omiso a la presencia de su criado, al que ni siquiera saludó. Era como si algo le hubiera llamado poderosamente la atención. Contrajo los músculos de su rostro. Su mirada se concentró en la puerta del Reloj, la más antigua de la catedral, situada en uno de los brazos del crucero; por allí salían unos pocos fieles, los que habían sido más remisos a la hora de abandonar el templo. Entonces, casi sin dejar de mirar al mismo punto, llamó a Sebas y se lo llevó hacia el centro de las naves laterales.

—Debes seguir —alertó con contundencia en la voz— a aquel hombretón alto. El que lleva la capa negra y se cubre ahora con un sombrero de plumas azules y blancas.

143

—Sí, le veo, señor. ¿Y por qué?

—Estoy casi seguro de que es el tipo que ahuyentó en el callejón del Diablo a los que pretendían asesinarme. Hazlo con discreción sin que advierta que le vigilas. Yo debo atender a la condesa. Nos vemos en la posada. ¡Rápido!

—Comprendo… —asintió el criado encaminándose hacia el exterior del templo.

—Perdonad, doña María, la descortesía —pronunció al regresar a su lado. Ella aguardaba extrañada y con gesto mohíno por el anormal comportamiento que había tenido su acompañante—. Lo vais a entender, era muy importante que hablase con Sebas, sin perder un segundo, después de ver a alguien que podría esclarecer la identidad de los que me atacaron.

—¿Estáis seguro?

—Creo que sí.

—Comprendo y disculpo vuestra ausencia, claro está. Bien, se ha hecho algo tarde y nosotras debemos regresar al Palacio Arzobispal.

—¿Cuándo tendré la suerte de volver a veros?

—Hoy, por la tarde, tengo previsto visitar el Tránsito, sobre las cuatro.

En primer lugar, el trasiego de numerosas personas por la empinada cuesta de Chapinería que regresaban a sus hogares después de asistir a la misa del gallo, de beodos y pedigüeños por los alrededores de la plaza de las Cuatro Calles, y de cantantes de villancicos y coplas variopintas, cargados de aguinaldos alcohólicos, que discurrían por la calle Hombre de Palo, permitieron a Sebas avanzar con la máxima discreción a escasos metros de la persona que no debía perder de vista, según le había ordenado don Jaime que hiciera.

El tipo era ancho de espaldas, de buena planta aunque algo obeso, e iba embozado desafiando las medidas de Esquilache, el ministro que había prohibido el año anterior el uso de capas largas. Había en su forma de caminar y de dar empujones abriéndose paso unas maneras reconocibles que resultaron familiares para Sebas.

El individuo parecía tener mucha prisa y no se distraía por

los reclamos diversos con los que se cruzaba. Se adentró por la calle de la Trinidad rozando la minúscula acera que perfilaba la fachada trasera del Palacio Arzobispal. Por aquel lugar había menos transeúntes, casi todos beodos tras la celebración en sus casas de la Nochebuena, que ingerían un copioso ágape regado con bebidas de diferente grado alcohólico; era una jornada en la que se aceptaba ese comportamiento estimado como normal al ser reflejo del entusiasmo que debía provocar la festividad. Los más bebidos, casi hasta la extenuación y que pasaban la noche deambulando por las calles, solían ser personas solitarias o indigentes que recibían sustanciosos aguinaldos de almas piadosas, a pesar de que estas conocían la utilización que harían los más desgraciados con los presentes navideños. Resultaba curioso que la fiesta religiosa sirviera de excusa para tales licencias. Uno de los ajumados, y además enfermo de enanismo, que iba dando traspiés portando una zambomba casi del tamaño de su cuerpo, golpeó sin propósito a la persona que perseguía Sebas. Recibió el achispado un fuerte empujón y cayó rodando por el suelo de guijarros al tiempo que estallaba en mil pedazos el instrumento musical navideño de barro cocido que llevaba. El embozado no detuvo su marcha, aunque se volvió a mirar el estropicio que había provocado sin atender a los lamentos del enano.

145

En ese mismo instante, Sebas estuvo tentado de emitir una exclamación al apreciar una parte de las facciones del individuo. ¡Creyó reconocer a Lorenzo Seco!, el soldado con el que tomaba chatos de vino algunas tardes cerca de la posada, cuando no tenía que acompañar a su señor. Se contuvo porque le sorprendió el comportamiento violento que había tenido con el borrachín y, sobre todo, porque quizá se tratara de otra persona. Decidió ser precavido y no darse a conocer. Era extraño que de ser Lorenzo nunca le hubiera dicho nada sobre lo ocurrido en el callejón del Diablo con don Jaime, si aquel hubiera sido su salvador. Y, sin embargo, el parecido era asombroso.

De repente, desapareció de su vista al doblar hacia la izquierda, en un quiebro de la calle que no se apreciaba claramente, era como si hubiera atravesado el muro de recia mampostería. Tanto es así que al llegar Sebas a ese punto lo único que apreció fue una estrechísima calle en pendiente y ni rastro del perseguido. Era un desnivel pronunciado, un terraplén que bordeaba las dependencias arzobispales, pues el amplísimo perímetro del palacio ocupaba varias manzanas. El problema, y grave, es que al individuo parecía habérsele tragado la tierra. Sebas comenzó a encontrarse mal, intranquilo por su despiste. El señor se molestaría y, cuando regresara a la posada de El Carmen sin ofrecerle nada nuevo sobre la persona que hizo huir a sus atacantes, se sentiría muy decepcionado. Y para colmo, al haber perdido el rastro del embozado, persistiría la incertidumbre sobre su verdadera identidad.

En esas cuitas estaba cuando oyó chirriar algo metálico. Hacia la mitad de la cuesta, completamente a oscuras, creyó atisbar una especie de trampilla que se desplazaba en un lateral del muro ciego. Lo intuyó, porque apenas podía ver lo que ocurría a unos treinta metros de distancia de donde se encontraba por la falta de luz. Pasados unos segundos, oyó un golpe sordo de algo muy voluminoso que caía al suelo; supuso que un enorme saco había sido lanzado a la calle. Se pegó a la pared de ladrillos para que nadie pudiera darse cuenta de su presencia. Casi contuvo la respiración para no hacer ruido, a pesar de que el bullicio en las calles adyacentes era tan intenso que un simple rumor en la cuesta quedaba amortiguado. Por el hueco de la pared que estaba protegido con la rejilla salió alguien que no llevaba sombrero ni capa. Por su silueta dedujo que podía tratarse de Lorenzo y, de cualquier manera, lo más seguro es que fuera el individuo que había perseguido desde la puerta del Reloj de la catedral. Respiró más tranquilo, lo había pasado mal creyendo que había perdido su rastro. El tipo recogió el bulto que permanecía en mitad de la cuesta y lo cargó sobre sus espaldas descendiendo, a continuación y apresurado, hacia la plaza de la Catedral bordeando las paredes del palacio del cardenal primado.

La plaza estaba vacía y no había mucha luz porque la luna se encontraba en cuarto menguante y aún restaban más de tres horas para que amaneciese. Dos guardias con camisas blancas abullonadas, capas negras, botas altas y picas entre sus manos, que patrullaban junto a los muros de la casa consistorial, saludaron a Lorenzo; las farolas permitieron verle mejor y ahora Sebas estaba casi seguro de que se trataba del cabo. Los centinelas debían de tener un trato frecuente con él, pues rieron alguna gracia suya y le desearon buenas fiestas con mucha efusividad. Cuando la pareja de piqueros entró en el edificio que custodiaban, Lorenzo se desplazó raudo hacia la calle del Cardenal Cisneros moviéndose sigilosamente, pegado a los muros de la capilla mozárabe de la catedral. Del mismo pórtico de la casa del deán desató un pollino que se hallaba sujeto a una argolla mirando a su alrededor para comprobar que nadie le veía. Luego, vació el contenido del saco en los serones que colgaban del jumento y protegió lo que había depositado con unas mantas.

Sebas empezó a notar cansancio.

Se había ocultado para observar los movimientos del individuo en los jardines que quedaban junto a la fachada de la casa de la villa, protegido por la trasera de un pretil de granito y con una botella de anís entre las manos que había recogido del suelo para no levantar sospechas. Se preguntaba por el hecho de que en la residencia de una autoridad eclesiástica alguien hubiera dejado un animal de carga para trasladar lo que él entendía que eran papeles valiosos de palacio, puesto que la basura no se movía con tanto cuidado, nocturnidad, y en una fecha tan señalada. ¿Y qué hacía allí un tipo que fue cabo de la guardia real actuando con tanto secretismo, dedicado a esas tareas en vez de divertirse en la festividad como el resto de sus conciudadanos? Parecía evidente que trataba de ocultar algo. Comenzaba a resultar interesante aquella persecución, pensó Sebas, a pesar de estar agotado, y determinó que no se daría a conocer hasta tener mayores certezas sobre lo que hacía Lorenzo y dominar la situación.

El anormal comportamiento del cabo durante esa madrugada, sumado a su huida del callejón del Diablo cuando evitó que remataran al caballero de Seingalt, entrañaba algo inquietante que debería ser desvelado, y él haría cualquier esfuerzo con tal de conseguirlo. Había hecho bien su señor, concluyó Sebas, pidiéndole que no perdiera la pista de aquella persona cuando lo descubrió en la catedral al finalizar la ceremonia del gallo.

Durante unos segundos, se relajó con las consideraciones sobre la utilidad de su persecución y se olvidó de husmear los movimientos de Lorenzo, tanto fue así que al incorporarse de

147

su escondite se alarmó. ¡Había desaparecido! Afinó el oído y oyó en la lejanía el eco de los cascos de la cabalgadura golpeando en los guijarros, trufado, a su vez, con el griterío de un borracho que deambulaba por el lugar. Salió corriendo de los jardines de la casa de la villa y, después de moverse velozmente, llegó hasta el comienzo del Pozo Amargo donde pudo avistar, al fondo de la pendiente, a Lorenzo. Aquella era una zona populosa, una barriada de gente humilde que él apenas había transitado.

La inclinación de la calle era muy pronunciada y el cabo tiraba de las riendas del asno con cautela para evitar resbalar en el piso húmedo.

Por suerte, había en la interminable bajada hacia el río numerosos quiebros, plazoletas, adarves y callejones que fueron utilizados por Sebas para no ser descubierto. Descendían hacia las playas del Tajo y para ello debían hacer un recorrido con un desnivel profundo de casi doscientos metros.

Cerca de los rodaderos, a pocos metros de la pequeña iglesia de San Sebastian, uno de los templos sagrados más antiguos de la ciudad perteneciente a la época visigoda, Lorenzo se detuvo acercándose a besar un pequeño crucifijo situado junto a la puerta del templo. Tuvo la precaución de acompañarse por el animal para vigilar que nada le ocurriera a la preciosa carga que transportaba con tanto esmero. Después de hacer una reverencia se puso el sombrero y se embozó con la capa. Hacía bastante frío y la humedad del río calaba hasta los huesos. En aquel inhóspito paraje ribereño, con escasa arboleda, se oían cánticos navideños que procedían de algunas cuadrillas de muchachos que merodeaban por el lugar disfrutando de un trasnoche festivo sin final. También se escuchaba el curso del Tajo horadando, sin descanso, la estrecha garganta; el avance del río generaba un sonido envolvente por los cerros que lo habían encajonado. Era un eco penetrante y monótono.

Lorenzo tiró del borrico hacia un terraplén que llegaba casi hasta la misma orilla del agua. Sebas le vio entrar en una sencilla construcción de piedras, una especie de garita que supuso que sería utilizada para controlar los accesos a la ciudad desde aquel lugar. El cielo iba clareando deprisa.

El cabo salió al exterior y retiró los serones al pollino lle-

148

vándoselos dentro. Poco después unas llamas iluminaron la caseta, el fuego alcanzó tanta intensidad que el resplandor se propagó por los alrededores reflejándose hasta en la superficie del río. Sebas comprobó que no se encontraba nadie por las cercanías; con mucha precaución se acercó hasta el refugio y al mirar por el ventanuco acreditó, ahora sin ninguna reserva, la identidad de Lorenzo Seco mientras este lanzaba a una chimenea libros, fascículos y lo que parecían códices manuscritos. Aquello era una locura, no entendía nada de lo que estaba ocurriendo. Dudó qué hacer, pero decidió salir de allí cuanto antes.

Al retirarse de la garita descubrió en la misma entrada, junto al animal, dos volúmenes tirados en el suelo y los recogió. El pirómano seguía distraído con su labor.

Sebas aceleró el paso cuanto pudo hasta coronar el terraplén dirigiéndose, a continuación, por la empinada cuesta del Pozo Amargo. Apenas podía respirar por el esfuerzo y por el agobio que le había supuesto el seguimiento. Quería llegar pronto a la posada de El Carmen, antes de que amaneciera por completo. Ni siquiera se entretuvo en curiosear los manuscritos que había salvado de la quema. Deseaba contar a don Jaime lo que había visto y urgía hacerlo porque imaginaba la preocupación de su señor por su retraso. Pensó que tal vez se disgustase al saber que no había intentado abordar al cabo, pero creía haber hecho lo adecuado. Ya tendrían ocasión de tirar de la lengua de aquel malandrín. No se les podía escapar ahora; le tenían bien pillado y debería responder de sus actos inconcebibles y extraños.

Posada de El Carmen

Día de Navidad

El propio Lorenzo Seco, con su acción incendiaria, había confirmado la existencia de un archivo secreto, o algo de ese tenor, que el canónigo Benavides manejaba a su antojo y sin darlo a conocer como era de obligado cumplimiento, al trasladar durante la noche más importante del año en el orbe cristiano documentos y manuscritos desde la trasera del Palacio Arzobispal hasta un horno purificador situado en la ribera del Tajo. Seguramente, el cabo secundaba órdenes de personas poderosas para actuar con tanta alevosía. Esa fue la conclusión a la que llegó don Jaime tras escuchar con mucha atención a Sebas.

Algo tendrían que hacer, y lo más rápido posible, porque de lo contrario cuando alcanzasen la cámara subterránea, si es que llegaban a ella, podría haber desaparecido todo lo que contenía. Lo más importante era evitar la alarma para que, al menos, los incendiarios no acelerasen el saqueo. Por alguna razón incomprensible en ese momento, el canónigo había decidido eliminar cualquier rastro del archivo y daba la impresión de que la mejor manera de conseguirlo era arrojar a las llamas la memoria de un pasado que él deseaba borrar entre cenizas para que las generaciones futuras permaneciesen en la ignorancia de algunos hechos.

El veneciano no había dormido durante la noche anterior esperando a Sebas, ni siquiera se recostó un rato en la cama. Estuvo dando vueltas por sus habitaciones, salió de vez en cuando al pasillo, e incluso permaneció unos minutos en la puerta de la posada con la esperanza de ver llegar al criado bajar desde Zocodover.

Sebas apareció con la amanecida, sudoroso, a pesar del frío, y muy irritado. Le explicó con el máximo detalle todo lo que presenció en las cercanías del Palacio Arzobispal, el viaje de los documentos y los libros a lomos de un borrico por la cuesta interminable del Pozo Amargo y, finalmente, cómo fue testigo de la barbarie que se cometía junto al río. No intervino por desconocimiento de lo que pretendía llevar a efecto el cabo Seco. «Me habría enfrentado a él para impedírselo de haber sabido cuál era la carga del animal. Al principio, supuse que eran desperdicios lo que arrojaba al fuego, aunque suponía un comportamiento de lo más extraño», comentó Sebas. Su señor consideró que era mejor así, que les daba cierta ventaja e impunidad para actuar.

Las obras recuperadas venían a demostrar el especial significado de lo que se escondía en los sótanos de la residencia cardenalicia y la acción criminal que suponía su eliminación. Resultaba indignante que algo así pudiera estar sucediendo, comentó don Jaime a su criado tras escuchar el relato de lo que presenció a orillas del Tajo.

La ira fue creciendo en el veneciano al revisar someramente los libros salvados de la destrucción. Uno de ellos pertenecía al arquitecto Juan de Herrera y otro estaba escrito por Basileus Valentinus.

Cuando Sebas se retiró a descansar para recuperarse de una noche tan ajetreada, el caballero fue acariciando las páginas de la obra de Valentinus. Pocas personas habían gozado del privilegio de tocar el mismo pergamino sobre el que el monje benedictino del siglo xv describió con delicada letra gótica algunos de sus experimentos alquímicos. El veneciano se emocionó. Aquel monje francés era bien conocido por él, y su *Scripta Chimica*, publicada recientemente en París, constituía una de sus obras más apreciadas, uno de los manuales que utilizaba con frecuencia para sus estudios. Basileus Valentinus, conocido por los Hermanos como «rey poderoso», pues a esa denominación correspondía su nombre griego que aludía a su poder como alquimista, era uno de los grandes maestros al haber descubierto con sus ensayos el antimonio y el ácido clorhídrico. Y

151

en otro orden de cosas, sus trabajos le habían llevado a mejorar los procesos de elaboración de diferentes tipos de alcoholes.

En concreto, el tratado de Valentinus conservado en la cripta secreta del Palacio Arzobispal se ocupaba de la extracción del cobre y otros metales a partir de distintos compuestos. Aquello era un tesoro del que nadie se habría desprendido jamás. Solo la más profunda ignorancia o ceguera podía promover una acción criminal como la de convertir en cenizas un tratado tan valioso para el conocimiento.

El de Seingalt depositó el manuscrito del monje sobre una mesa y dirigió su mirada hacia el cielo grisáceo que recortaba la sólida construcción del Alcázar. Abrió el balcón de par en par con intención de refrescarse. Anhelaba calmar su irritación ante el despropósito mayúsculo que se estaba dando en aquel solar. ¿Cómo había llegado hasta allí el manuscrito de Valentinus? ¿Y por qué querían destruirlo? Solo alguien muy trastornado era capaz de propiciar esa catástrofe.

Con el paso de las horas las incógnitas se fueron amontonando. ¿Cuáles serían los trabajos, las obras de los sabios que habían usurpado ya a la memoria colectiva de las gentes? ¿Qué ceguera podía alimentar algo tan canallesco? ¿Por qué actuaban así? ¿Qué les movía a comportarse como unos vulgares criminales?…

Le indignaba que pretendieran soterrar el conocimiento de los avances que unos pocos habían logrado con sus búsquedas y su entrega a lo largo del tiempo. La misión que le habían encomendado en París, a iniciativa de Mendizábal, cobraba ahora más sentido y no debía fracasar. Hasta aquel día, lo único que le había movido era alcanzar el perdón del rey francés y la recompensa en oro, sin sospechar la magnitud de lo que debía resolver. Ahora estaba irritado por la tropelía que se pretendía cometer. Y tamaña vileza debía ser impedida.

Bien entrada la mañana se dispuso a examinar el segundo manuscrito que Sebas protegió de las llamas, una extraña obra surgida de las manos de un arquitecto español que respondía al nombre de Juan de Herrera. Para conocer más del personaje, había pedido a doña Adela que le buscase algún texto o referencia sobre él.

La dueña de la posada regresó al poco rato con un libro.

—Señor, mi biblioteca no es digna de alguien con vuestros conocimientos —resaltó doña Adela con el volumen deshojado y maltrecho entre la manos, pegado a su mandil. La mujer tenía el rostro ajado por el cansancio de las últimas horas festivas, pero nada perjudicaba la viveza de sus ojos y la buena disposición para atenderle—. Sin embargo, conocéis lo mucho que me agrada la lectura y tengo por costumbre conservar lo que los viajeros olvidan o me regalan. Y fue precisamente un comerciante francés quien me dejó este libro curioso en el que se compara Les Invalides de París con nuestro Escorial. Supongo que os será útil, porque incluye una extensa semblanza del arquitecto Herrera que os permitirá conocerle algo mejor. Es todo lo que os he podido conseguir hoy, no es el mejor día para encontrar según qué cosas.

Agradeció a doña Adela su esfuerzo y perspicacia. Siempre estaba dispuesta a ayudarle, de tal manera que se encontraba excelentemente servido en la posada. Debió de ser una mujer hermosa y atractiva en sus años jóvenes pero ahora, ya viuda, descuidaba en exceso su aspecto; en caso contrario, a buen seguro que tendría una numerosa legión de pretendientes. Estaba volcada en poner todos los medios a su alcance para que los clientes no desearan cambiar de alojamiento y echaran de menos El Carmen a su partida.

El libro que le trajo era un detallado estudio, como ella le había anticipado, sobre la influencia del monasterio-palacio de El Escorial en Les Invalides, demostrando con numerosos grabados, de extraordinario realismo, la indiscutible relación existente entre ambos edificios. De igual manera, abordaba el simbolismo existente entre el recorrido en espiral del palacio de Versalles con la obra de Herrera, destacando la influencia del arquitecto español en construcciones levantadas durante el reinado de Luis XIV.

Los autores del libro consideraban a Herrera como el mago del rey Felipe II por la afinidad existente entre los dos hacia lo esotérico y por la inclinación de ambos hacia las ciencias ocultas.

Le llamaron poderosamente la atención las referencias que hacían los autores a Llull como inspirador del pensamiento filosófico del arquitecto renacentista español. No en vano, el

153

mallorquín Llull era uno de los personajes más admirados por el veneciano, uno de los grandes maestros herméticos cuya obra precisaba todavía de análisis más certeros y abiertos para comprender su visión de lo metafísico.

Por lo que pudo deducir, posteriormente, en el texto del propio Herrera que había permanecido enterrado en los subterráneos del arzobispado toledano, el arquitecto, matemático, filósofo e ingeniero había reducido todas las figuras geométricas utilizadas por Raimundo Llull para alcanzar una especie de entendimiento racional de la Creación mediante formulaciones matemáticas —pienso, luego existo y, por lo tanto, existe Dios— a una sola: el cubo. Para Herrera, tal y como se comprobaba en las páginas amarillentas y bastante dañadas que había recogido Sebas a las puertas del horno incinerador, con el entendimiento del cubo se llegaba al entendimiento del Universo. «La matriz de existencia del cubo es el propio cubo —señalaba el arquitecto de Felipe II—, por ello nos lleva al nivel superior de la Creación con mayor perfección que cualquier otra figura o superficie.» Consideraba Herrera al cubo como la raíz del Arte, especialmente cuando maneja volúmenes como en la arquitectura. La exaltación del cubo, explicaba Herrera, genera una arquitectura de expresión severa. «Ha de ser una arquitectura de planos, de escuadra y arista, de huecos rotundos, de geometría contundente; una arquitectura de la determinación y permanencia, una obra telúrica que brote del paisaje, al igual que los templos de la Antigüedad, aquí, y más allá de los océanos, cuya máxima expresión son las pirámides egipcias: la obra de arte como resultado de una operación mágica.»

En otro apartado del libro, exponía Herrera: «El cubo es fundamento de todo lo que existe porque la figura geométrica es el resultado de la triple operación sobre sí misma de una misma cantidad, lo que indica la profunda semejanza con la Trinidad y la Unidad Divina». La postura de Herrera se sustentaba en la filosofía de Llull y al igual que el maestro mallorquín concedía a las figuras geométricas una cualidad que permite entender tanto la realidad como la dimensión oculta de las cosas.

Evocaba don Jaime, en esos instantes, con la lectura del texto del arquitecto, la postura del maestro Llull, que él había analizado en otro tiempo, al considerar que por el número somos instruidos para no equivocarnos, la hermenéutica matemática permite alcanzar la verdad revelada: la ciencia del número como la clave para interpretar el mensaje divino. Era algo extraordinario. Llull destacaba los números que resultan de la triple operación de una misma cantidad, pues son reflejo de muchas cosas, tales como el nueve. De hecho, calculaba, el nueve incluso contiene al ángel caído. $6+6+6=18=1+8=9$.

Nueve es divisible por tres, número perfecto que representa la Trinidad. Nueve fueron los caballeros enigmáticos que fundaron el Temple. Y nueve son los sabios y maestros *rishis* quienes, desde los tiempos remotos del rey hindú Asoka, protegen el conocimiento secreto para salvar la humanidad, y son mencionados como los Nueve Desconocidos, ya que a muy pocos, más allá de ellos mismos, les está permitido saber dónde se encuentran en cada generación.

Por suerte, concluyó el veneciano tras una somera lectura del texto de Herrera, la *mathesis*, la matemática hermética del arquitecto deudor de Llull, sería, al menos, salvada para las gentes gracias a la intervención de su criado. Pero no dejaba de preguntarse por las maravillas que aún permanecerían dentro del archivo secreto y que él debía recuperar cuanto antes.

Halló una de esas maravillas en el interior del libro de Herrera. Eran varios dibujos del sistema solar en los que figuraban, con bastante minuciosidad, los movimientos de los seis planetas y de otros cuerpos celestes próximos a ellos. Era el trabajo de un astrónomo, sin duda, porque uno de los esquemas mostraba la situación de las constelaciones en el firmamento con una precisión extraordinaria.

Le llamó la atención la fecha de 1534 que aparecía junto a la firma del autor, un tal Juanelo Turriano. Resultaba asombroso que alguien en aquel tiempo y lugar tuviera una visión heliocéntrica del espacio, establecida después por Copernicus y considerada herética, contraria a la geocéntrica, y que aún tardaría varios años en ser derrotada definitivamente gracias a los avances de científicos como Galileo y Kepler.

En los dibujos que el arquitecto y visionario Juan de Herrera había conservado dentro de su manuscrito se detallaban a la perfección las posiciones relativas de los astros y se indicaban las leyes que rigen sus movimientos alrededor del Sol, tal y como lo describiría el polaco Niklas Koppernigk, que fue considerado un herético por manifestar algo opuesto a la teología cristiana.

Herrera indicaba, de su puño y letra detrás de uno de los dibujos, que «los conocimientos astronómicos y la habilidad en la mecánica de Juanelo le permiten construir extraordinarios ingenios, tales como relojes que muestran las horas españolas, italianas, francesas y de muchas naciones, con las fases de la Luna, el crecimiento y decrecimiento de las mareas; en suma, máquinas que contienen tantas cosas que no alcanza el tiempo a verle, ni memoria para recordarle, ni palabras para describirle».

Los esquemas del sistema solar realizados por Turriano venían a confirmar su asombrosa capacidad para la astronomía y demostraban la clarividencia de los hombres que convivieron en el ámbito toledano donde, en el pasado, habían florecido todas las ciencias. Quizá Juanelo y Herrera fueron los últimos de aquella estirpe, porque luego sucedió el silencio y un pensamiento dogmático.

Paseo del Tránsito

Día de Navidad

$\mathcal{H}$oras más tarde, don Jaime caminaba por el barrio judío acompañado por su criado y reflexionaba sobre el extraordinario valor de lo que contenía el archivo arzobispal horadado en las cavernas de la plaza matriz de la población, de lo que él sospechaba que podía esconder. Las dos muestras recogidas por Sebas revelaban el significado e importancia del legado que pretendían arrasar, ¡que ya estaban convirtiendo en pavesas! Estaba impresionado con el manuscrito de Valentinus, con el *De figura cubica tractatus* de Herrera y con los dibujos de Turriano que había tenido la suerte de admirar.

Inquietaba imaginar lo que harían los carceleros de aquel tesoro en el supuesto de enterarse de cuál era la misión que le había traído hasta la vieja ciudad española. Al menos tenía la certeza de que aún lo desconocían porque, en caso contrario, Lorenzo Seco nunca le habría salvado la vida en el callejón del Diablo. Eso creía.

—Tenemos que actuar, con mucho sigilo —le dijo a su criado cuando se acercaban a El Tránsito donde esperaba encontrarse con la condesa de Montijo—, pero sin poner freno a lo que ambicionamos, pues estoy plenamente convencido de que aquí existe una trama escabrosa, por su brutalidad y cerrazón sin límites para hacer el mal. Lo primero sería intentar sonsacar al tal Lorenzo, y cuanto antes, sin que pueda entrever lo que sabemos para impedir que conozcan nuestras intenciones.

—Tengo una manera de hacerlo —resaltó Sebas envanecido.

—Dime, ¿cuál?

—Lorenzo Seco está embobado con la Rosario, la sobrina

de doña Adela, y resulta que ella precisamente bebe los vientos por mí…

—Bebe los…, no te entiendo.

—Que ella hará lo que yo le pida y nos ayudará, de eso estoy seguro.

Permaneció un rato pensativo. Aquel criado tozudo carecía de dotes para menesteres refinados, pero era hábil y, sobre todo, era leal. La propuesta para incluir a una tercera persona en la trama, la sobrina de la posadera, resultaba una complicación más que una oportunidad, aunque decidió dejarle hacer, no se perdía nada con el intento.

El paseo por el viejo barrio judío era placentero, a pesar de que aquella tarde de Navidad parecía un lugar fantasmal o tal vez por eso mismo, por las ausencias que les rodeaba, algo que les vino bien después de una noche tan ajetreada. Lo más probable era que los vecinos estuvieran descansando en sus hogares tras disfrutar de una larga sobremesa. Durante las festividades se acumulaban las comilonas desmesuradas y había escasos momentos para el reposo. Solo encontraron algunas personas en las cercanías de la iglesia de Santo Tomé, después ni un alma se cruzó con ellos, a medida que se acercaban a los rodaderos.

A medida que avanzaban por las callejuelas oían el eco de sus pisadas retumbando en los paramentos ciegos del barrio que en el pasado habitaron los sefarditas. Redujeron por un instante el ritmo de su caminar y fue entonces cuando oyeron algo que asemejaba al trasiego de unos pasos detrás de ellos.

—No es nada señor, el efecto de esos zapatos de medio tacón que lleva hoy y que son algo escandalosos —susurró Sebas al no ver a nadie por las cercanías.

—No, no… Escucha —respondió don Jaime tapando con su mano la boca del criado—. Oye…, ¿te das cuenta?, ahora, ahora se detiene, cuando nosotros lo hemos hecho. Ni es un fantasma, ni mis tacones, desde luego. Es alguien que está cerca y que nos sigue. Vamos a organizarnos para descubrirlo. Yo continuaré hacia el Tránsito y tú te ocultas en ese patio —señaló la entrada de un edificio donde se apreciaba una cancela abierta que facilitaría el acceso al interior— y, cuando aparezca, le persigues. Luego, le adelantas por algún callejón, evitándole, y nos encontramos en el parque, donde yo estaré aguardando a la condesa.

A partir de ese momento, cada uno de ellos actuó según lo hablado.

A pesar de la alerta, don Jaime intentó disfrutar con el paseo por el barrio. De hecho, percibió resonancias que le conmovieron al bordear la sinagoga de Samuel-Ha-Levi; su propia mente vigorosa las estimulaba al hallarse en un lugar para él de evocación intensa y arrebatadora. Era consciente de ello y lo estimulaba sin reservas, hasta el punto de acariciar con las manos los muros y apoyar la frente en las piedras, como intentando atrapar las huellas que contenía aquel cofre de su glorioso pasado sefardí.

Resultaba casi imposible sustraerse a la evocación adentrándose por aquel laberinto de codos y recodos que envolvían el alma en un recogimiento singular. Al descubrir la cercanía del Tránsito, su corazón se aceleró y la vibración de los salmos místicos se fue borrando de su mente.

«¡Sea Dios con nosotros y lo ensalcemos…!», había sido el cántico que se repetía en su interior mientras estuvo anclado a las paredes de la gran sinagoga.

Había transcurrido casi un cuarto de hora desde que se separó de Sebas y durante ese tiempo casi se había olvidado de él y del seguimiento que debía estar llevando a cabo. Por primera vez, desde que se distanciaron, miró a su alrededor, hacia atrás con interés. No vio ni escuchó a nadie y, seguramente, tendría que esperar unos minutos a que apareciera por allí doña María Francisca, mujer que él consideraba de palabra y empuje. Muy pocas de las que había tratado a lo largo y ancho del continente europeo tenían un nervio parecido. Ella podía sanar alguno de los males que se le acrecentaron a raíz de la muerte de Charlotte. La condesa reunía todas las virtudes que admiraba en una joven virgen: belleza e inteligencia y la posibilidad del juego que más le incitaba: el cortejo y la conquista posterior, si es que llegaba a producirse. Aquello era lo que estimulaba con fuerza sus sentidos haciéndole sentirse vivo y vivir la existencia como él prefería, con una pasión en la que cabían además las sutilezas y el arte del chichisbeo.

Durante la espera, caminó entre los álamos del parque hasta

alcanzar el borde de los rodaderos que descendían en un profundísimo terraplén hasta la misma orilla del río. Desde el lugar donde se encontraba podía escuchar el rumor de las aguas en su avance. La panorámica era espectacular, tenía a su alcance las colinas que rodeaban la ciudad y los cortados del Tajo encajonado entre riscos. El foso natural del río convertía al conjunto urbano en un recinto inexpugnable, un espacio protegido de influencias externas que, de alguna manera, se aislaba del mundo.

Hacía una buena temperatura, a pesar de que el cielo estaba cubierto de nubes poco densas con algunos claros. Se despojó de la capa antes de acomodarse en un banco de madera. El brazo ya lo tenía liberado del cabestrillo. Llevaba sus mejores galas y adornos para la ocasión; la pedrería era abundante en el ropaje y restalló con la luz rojiza del atardecer. Permaneció un buen rato concentrado en disfrutar con lo que tenía delante de sus ojos. Se sentía reanimado, recuperado del cansancio tras una noche llena de sorpresas. De súbito, escuchó alguien a su lado y se sobresaltó.

—Mi señor, os va a sorprender…

—¿El qué? —preguntó molesto por haber sido interrumpido en sus pensamientos.

—Pues que es Lorenzo —afirmó rotundo el criado.

—¿Lorenzo?

—La persona que os vigila y nos sigue sin descanso. Ahora mismo le tengo localizado. Si dieseis la vuelta, con algo de disimulo, le veríais en una esquina de la sinagoga, al otro lado del parque.

—No hace falta, te creo —aseguró el veneciano mientras intentaba recuperarse de la sorpresa. Respiró profundamente—. Y, claro, ahora lo entiendo, por esa razón, porque le han encargado no perderme de vista, apareció en el callejón del Diablo.

—Pero, don Jaime, es factible que le veáis sin problemas, os lo aseguro.

—¡Os he dicho que no preciso hacerlo! Os creo —insistió con vehemencia—. Ya sé que está ahí y que cumplía idéntica misión el día que pretendieron asesinarme. Él se vio obligado a salvarme, pero no quiso dar la cara porque su intención, su trabajo, es sórdido, como tú mismo comprobaste esta misma madrugada. Y, sin embargo, creo entender lo que está pasando, ni él ni las personas para las que esté trabajando ese Lorenzo quieren matarme, supongo. Son otros…

—Por supuesto, don Jaime. Él nunca hubiera ahuyentado a los asesinos si estaba en la trama.

—Sí, pero esta no es una conclusión tranquilizadora —razonó con un gesto de preocupación—. Por un lado, tenemos a alguien o algunos, de los que no sabemos nada, que desean verme bajo tierra y, por otro, a quienes quieren evitar que cumpla con mi misión, lo que sería desmoralizador porque supondría que me han descubierto, o están ahí persiguiéndome sin que sepamos cuáles son sus verdaderas intenciones, entre los que hay que incluir a ese cabo incendiario. El panorama es bastante desolador, ¿no crees?

Sebas carecía de una respuesta. Permanecieron unos segundos en silencio, casi hipnotizados por el vaivén de las luces y sombras que acariciaban los montículos situados en la ribera opuesta del río, dependiendo del movimiento de las nubes en su travesía por el cielo.

—¡Don Jaime!

—Otra vez, ¿qué pasa ahora, Sebas?

—¡La dama, vuestra condesa! —anunció el criado señalando con su brazo derecho hacia una de las entradas del parque—. Viene por allí, y con esa deliciosa y atractiva monja pegada a sus faldas. Son dos mujeres excelentes, ¿verdad? —concluyó Sebas rascándose la coronilla y ajustándose después los pantalones y el chambergo como si fuera a ser examinado por ellas—. ¡Lástima que una ande con hábitos!

Avanzaba doña María como si acariciara con los pies el suelo de arenisca. Los rasgos delicados, aniñados, de su rostro y, al mismo tiempo, sensuales por sus labios carnosos y ojos igual que si fueran ascuas de mirada pícara, curiosa e intensa, encendieron los sentidos del veneciano propenso sobre todo a las doncellas vírgenes, desde que decidiera explorar el mundo femenino hasta el límite de sus posibilidades. Al verla aparecer por el Tránsito, despejó cualquier preocupación, olvidándose de su misión, de que su vida estaba amenazada, de que a pocos metros un cabo fortachón como un animal fiero seguía sus pasos y hasta de lo que habían encontrado la noche anterior. Él renacía con la presencia de la dama, reforzaba su estima casti-

gada por recientes desengaños. Al contemplar a la joven condesa acercarse con una dulce sonrisa, complaciente, se daba cuenta de que aún no estaba acabado para el escarceo.

En esos instantes, oía el fluir del río por su escarpada trone-
ra y el rumor lejano de la ciudad como una caricia en el golpear
misterioso de la vida. Ninguna otra reverberación le alcanzaba,
aparte del latido de su corazón, mientras permanecía de pie
aguardando que doña María llegara a su lado.

Sebas se separó de su amo con una ligera inclinación de la
cabeza, sin dejar de admirar y asombrarse por los atavíos de
la aristócrata. Ella llevaba un vestido de color verde con plie-
gues desde la cintura que asemejaban una cascada de seda, cubría los hombros con una medio capa del mismo tono y sobre
el cuello destacaba un collar de perlas negras, las mismas que
adornaban los extremos de sus orejas. Todo sencillo, liviano,
sin adornos recargados como solía portar su señor, que en ella
lucían fantásticamente. Eran culturas diferentes, costumbres
que chocaban, no así en la forma de pensar y en la atracción
mutua. A eso ya estaba acostumbrado Sebas, a contemplar
cómo mujeres de diferente educación, edad o compromiso eran
atrapadas por el buen hacer de su amo.

Sor Sonsoles adoptó idéntico comportamiento al de Sebas,
alejándose unos metros en el mismo instante en el que el caballero tomó la mano de la condesa, enfundada en un largo guante negro, para saludarla con devoción.

—Admiro vuestra decisión para convocarme en este vergel
y darme la oportunidad de seguir conociéndonos —expuso él
sin reprimir el entusiasmo y con un tono de voz dulce y firme,
envolvente igual que la espuma.

—Debéis saber que rechazo las limitaciones que impone
esta sociedad a las mujeres. Hay una igualdad natural entre los
dos géneros y es intolerable la subordinación histórica que hemos sufrido —afirmó ella mientras avanzaba unos pasos. Él se
colocó a su lado, sorprendido por la contundencia de la que
hacía gala la joven. Tenían una estatura dispar, aunque la de la
condesa era bastante fuera de lo común por lo que había observado el veneciano en la ciudad—. No he olvidado lo que dijisteis sobre la influencia y predominio de las mujeres cuando
existe un régimen donde tienen alguna libertad.

—Estoy seguro de ello, doña María. Y la presencia de las mujeres fomenta la dicha y el goce de vivir.

—No me refería a ese particular. Creo que nosotras somos jueces perspicaces y el mundo sería mejor, más moderado, si se atendiesen nuestras opiniones.

—Cuando se os da juego, sois osadas, desde luego. Ocurrió en Francia, con Luis XIV; entonces se llegó a acusar a las damas de constituir un estado dentro del Estado.

—Pienso que es conveniente *afeminar* un poco a la sociedad, ¿no creéis?

—Tenía otra opinión de las españolas, fogosas pero sin poner trabas a diversas formas de servidumbre, aceptando que su vida esté condicionada por el mandato que imponen sus esposos o padres.

—Pues estáis equivocado, don Jaime. Hay que profundizar en Descartes, señor —añadió con voz melodiosa y media sonrisa—. Aquí, algunas lo hacemos, os lo aseguro. El filósofo destaca que no es posible reducir la mente humana, la de los hombres y la de las mujeres, por supuesto. Y en esa creencia debemos mantenernos para que nadie limite nuestras posibilidades, pues no cabe duda de que somos iguales en la mayoría de los aspectos —insistió la condesa, observando de reojo a su acompañante y resaltando con firmeza las últimas palabras.

—No puedo estar más de acuerdo con vos, y yo diría que nos superáis en algunas cosas para compensar que nosotros lo hacemos en otras, lo que, ciertamente, nos iguala y complementa. Pues, como señalaba el barón Montesquieu, paradójicamente, la falta de libertad de las mujeres contribuye a fomentar los peores vicios que es necesario evitar: la mentira, el engaño y hasta la perversión del deseo.

—Bien es cierto, don Jaime, pero Montesquieu llega más lejos, si cabe. En *De l'Esprit des Lois* resalta que las mujeres somos más perspicaces que los hombres para analizar diversos comportamientos, como os señalé, y, por lo tanto, debemos acceder a cualquier oficio o profesión, *qu'en dites vous, monsieur?*[3]

—Lo que os dije: que nos superáis, especialmente en los sentimientos, en la generosidad y también en el egoísmo. Y sois

163

3. ¿Qué os parece, señor?

soberanas a la hora de la entrega, cuando así lo disponéis; también en la fortaleza, vuestra biología os ahorma para ello. Y, bien, compruebo que estáis atenta, como es evidente, a todo lo que ocurre a vuestro alrededor e, incluso, más allá. ¡A la última, querida condesa! *Moi, bien sûr, je me rends à vos charmes.*[4]

No se amilanó ante la exhibición de doña María, avispada y con una excelente formación, como pocas entre las mujeres de su corta edad y experiencia, salvo que estas, según la opinión del caballero, residan en la capital de las luces y convivan en un ambiente refinado y repleto de oportunidades intelectuales. Lo de la española era inaudito, desde luego, aunque a él no le sorprendió porque ya intuyó en ella trazas de una mujer especial. Había conocido a algunas jovencitas como la condesa y la dificultad que suponía su conquista le obligaba a ser más vigoroso y lúcido. Y, así, saludó con un gesto de admiración y respeto cada muestra de desenvoltura de la sobrina del cardenal.

Se encaminaban hacia una sencilla fuente donde jugaban dos niños arrojando piedras a un estanque repleto de carpas rojizas y blanquinegras.

—También concluye Montesquieu en sus *Pensées* que la felicidad es posible en este mundo, doña María. —El caballero deslizó su mano, con la máxima delicadeza y levedad, por la espalda de la joven; ella recibió gustosamente la caricia demostrándoselo con una sonrisa y bajando ligeramente los párpados—. Y para ello hay que saber disfrutar del momento, de esos instantes que no desearíamos cambiar por ningún otro.

Enmudecieron en sus cavilaciones, solo se oía el discurrir del río y su sonido golpeando las pendientes cubiertas de pequeños matorrales. Caminaban observándose por el rabillo del ojo. Ella se desprendió de uno de los guantes y posó la yema de los dedos en el brazo herido del veneciano. De inmediato, azorada por la vivencia que estaba experimentando junto a un hombre casi anciano para ella, se separó de su lado y corrió hacia el estanque; allí cogió una piedrecilla y la arrojó al agua. Los niños sonrieron con su presencia imitándoles en el juego.

Lo presintió en ese momento mientras ella, con disimulo, no le perdía de vista. Aquella damisela estaba a su alcance si

4. Yo, desde luego, me rindo ante vuestros dones.

afilaba los sentidos y se esforzaba, con suma habilidad, en la conquista. Se había establecido una ligazón entre las dos almas que lo permitía, a pesar de que aún tendría que superar algunas barreras para lograrlo.

De repente, la condesa desapareció en un laberinto formado por tupidos setos de poda regular. Antes de seguir sus pasos, él comprobó lo que hacían Sebas y la monja. Conversaban, a mucha distancia, cerca de la sinagoga, y el cabo perseguidor no se encontraba por las cercanías. Entró en el dédalo de arbustos y no tuvo que caminar mucho para dar con ella. Esperaba semioculta su llegada. Parecía un animalillo necesitado de protección, era como si toda su furia y empuje se hubieran sosegado súbitamente. Por el contrario, la sangre golpeaba con fuerza las sienes del hombre, y no pudo ni quiso resistirse, apaciguar el deseo, y la cogió por la cintura. Tuvo dudas de si se estaba precipitando, pero no, ella entreabrió la boca y estalló el resplandor de su dentadura blanquísima y la humedad en los labios…

Él todavía titubeó, aguardó unos segundos, fue durante una mínima porción de tiempo, ella no se retiraba. La ayudó a elevarse un poco del suelo, tomándola por la cintura; sintió algo de dolor en el hombro y la besó rozando livianamente sus labios. Eran jugosos, frescos… Los de él, ardientes.

Fue un contacto breve, pero sentido con intensidad por ambos, sellado para siempre en sus recuerdos.

El caballero permitió que ella apoyara la planta de sus zapatos en el suelo. La condesa no oponía ninguna clase de resistencia para el juego. Entonces, él posó su mano ávida sobre uno de los pechos de la condesa, palpando lo que no podía besar por estar protegido con el corpiño. Era redondo, firme, contundente y dilatado. Seguidamente, intentó abordar con cuidado, por encima del vestido, el atrio del templo de la joven. Doña María sonrió, sus ojos vibraron mostrando una mezcla de asombro y perplejidad por participar, sin recelo, en las caricias de aquel hombretón. Él se contuvo, decidido a no darse un homenaje en aquellas circunstancias. Frenó su ardor y se retiró. Ella respiraba agitadamente, azorada… Evitó mirarle durante unos segundos. Cuando se recuperó, dijo:

—Suelo venir muchas tardes por aquí. Y me quedo un rato en una casa del arzobispado que está encima de la roca Tarpeya.

Es la mejor vista de los montes que rodean la ciudad —susurró, dubitativa, con algo de rubor en sus mejillas—. Os gustaría conocerla...

—Sí, me gustaría ver ese lugar. ¿Hoy, o podemos encontrarnos en otra ocasión?

—No lo sé...

Respondió turbada, confundida por una situación que preveía complicada y que ella había favorecido irresponsablemente, pero que contaba con innumerables mercedes. La más excelsa era compartir el vigor y distinción del caballero, su maestría con la palabra y su voluptuosidad. Le agradaba también el calor de su respiración, de sus manos y su cuerpo; su mirada refrescante y, al mismo tiempo, cautivadora; el perfil aguileño, los rasgos aniñados en un hombre maduro, ya casi en la vejez, pero con un cuidado en lo físico y en el trato que reducían el declive, aportándole fortaleza. A todo ello había que sumar su anchura viril, protectora y envolvente.

Estaba aturdida por la vivencia experimentada en el laberinto y por la mezcolanza de sensaciones, en gran medida contradictorias. Le tenía cerca, podía presentir las sacudidas de su corazón, de una potencia descomunal. Percibió en él agotamiento y observó la profusión de los surcos en su frente y las arrugas que rodeaban sus ojos, algo cansados, demacrados. En las huellas de su epidermis se plasmaban con nitidez muchos de sus sufrimientos y alegrías.

Doña María pretendió desmenuzar, en un rápido examen, su comportamiento considerando que acaso se había precipitado y sido imprudente. No, no se arrepentía de nada, pero al escuchar la voz de sor Sonsoles, se alejó deprisa de su lado y, sin mediar palabra, le dejó entre los arbustos.

Él permaneció un buen rato caminando por los setos, rumiando sobre el inevitable discurrir del tiempo y las heridas que iba marcando en su alma. Quizá debido a su edad la condesa había salido huyendo. Tal vez no lo conociera todo sobre las mujeres y su complejidad fuera mayor de lo que él imaginaba. A pesar de la destreza que había demostrado en múltiples suertes con ellas, no dominaba por completo el conocimiento de sus almas; poseían una red con extremidades que abarcaban lo físico y lo mental alcanzando una sensibilidad superior, en cualquiera de sus facetas, a la que tenían los hombres.

Claustro de la catedral

27 de diciembre

Salieron juntos a la calle Arco de Palacio en plena diatriba. Era casi la hora del mediodía y habían estado revisando sin descanso, desde las nueve de la mañana, montañas de papeles hechos trizas, un enorme revoltijo de telas con cortinajes apolillados, objetos de culto convertidos en añicos y un largo sinfín de trastos arrojados al cuarto de basura, entre ellos numerosos libros de culto en buen estado iluminados con delicados dibujos, y algún que otro lienzo de correcta factura.

Rodrigo, sois de una ingenuidad que me alerta y preocupa —expresó don Jaime al abandonar el Palacio Arzobispal acompañado por el secretario.

—Pero es que nos faltan las pruebas que nos permitirían actuar como queréis y, sobre todo, contar con el apoyo del conde de Teba. A él no le vamos a convencer con lo que tenemos, es demasiado bondadoso para pensar que la gente es aviesa hasta semejante extremo. Hay que extremar la prudencia antes de dar un mal paso. El archivo y la biblioteca han pasado, últimamente, a un segundo plano en las preocupaciones del cardenal. Las obras avanzan, como él deseaba, y ahora todos sus esfuerzos se encaminan a dar más protección y ayudas a las religiosas conventuales. Dice que todos se han olvidado de esas mujeres y que residen en edificios en completa ruina. Que la oración de ninguna forma justifica el abandono que las rodea. Así que debemos olvidarnos de su respaldo, salvo que logremos una prueba definitiva y concluyente de que Benavides está actuando con mala fe.

Por encima de sus cabezas se elevaba el amplio pasadizo que daba nombre a la calle, y que ordenó construir el cardenal

Sandoval y Rojas para servir de paso hacia la catedral a los cardenales y a su cortejo para evitar el tener que cruzarse con los viandantes. Enfrente de ello, estaba la puerta de acceso al claustro bajo y partiendo casi de sus pies, la imponente torre con mas de ochenta metros de altura.

—¿Sabéis que espesor tienen aquí los muros? —planteó el secretario cambiando de asunto y acariciando los sillares de piedra.

—Supongo que serán cimientos de un ancho singular para soportar la torre. Decidme.

—Casi seis metros.

—¿Y qué hacen esos sacerdotes en la puerta con cestos repletos de panecillos?

—Atender a los necesitados. Acercaos...

Comprendió al instante lo que había comentado Rodrigo al ver a unos andrajosos recibir la limosna de pan blanco, con forma ovalada, para calmar las necesidades de supervivencia de aquellas personas.

—Esas piezas de pan se conocen como molletes y por eso todo el mundo llama a esta puerta la del Mollete —explicó el secretario, convertido en guía improvisado con la intención de calmar el disgusto del veneciano por haber rechazado su petición para que el cardenal interviniese y detuviera la actividad del archivero de palacio.

A continuación, bajaron por unos escalones de piedra, muy desgastados, y llegaron al claustro de la catedral, un perfecto cuadrado de aproximadamente sesenta metros a cada lado que delimitaba un vergel que ocupaba todo el espacio que, en su día, tuvo la Alcaná hebrea, según le fue explicando el ayudante del cardenal.

El cielo estaba medio nublado y el sol pugnaba, sin demasiada fortuna, por abrirse algunos huecos que posibilitarían desalojar la humedad de las piedras. La luz reverberaba con fuerza en los sillares blanquecinos de los muros y en las bóvedas. El claustro invitaba a la conversación tranquila debido a la ausencia de trasiego de fieles aquella mañana. El caballero aprovechó el sosiego reinante para recuperar la cuestión sobre la que estuvieron reflexionando en palacio.

—Asombra que nadie se preocupe de lo que se arroja a la

168

basura, de que objetos de gran valor se puedan perder de esa manera. En el archivo he visto códices griegos, hebreos, siríacos, arábigos e incluso chinos. Y los hay en corteza de papiro, en planchas metálicas y de pizarra. Asimismo, he visto devocionarios orlados con exquisitas miniaturas y manuscritos de todas las épocas, piezas que podrían admirarse en palacios, en grandes colecciones y en museos...

—Sí, y lo sabemos, sabemos de su importancia —afirmó Rodrigo—. Y todas esas piezas, las que tienen mayor valor artístico y escasa utilidad para la administración del arzobispado van a ser trasladadas aquí mismo, se depositarán en unas salas de la catedral. Allí arriba, en el claustro alto que tiene su entrada por la calle Hombre de Palo.

Levantaron la cabeza y escucharon entonces, con mayor claridad y diáfanas, las voces de numerosos niños que procedían de las galerías superiores. El secretario se apresuró a explicar:

—Ahí, en la parte alta, tienen sus viviendas los empleados seglares al servicio de la catedral, el personal que resulta imprescindible para que el templo funcione durante todo el año, no solo en lo que a la vida litúrgica se refiere, sino también en su cuidado, limpieza y vigilancia; esta última es muy necesaria para que no se deterioren las innumerables riquezas que atesora en su interior. Y lo de ahí arriba es casi como un pueblo, incluso tenemos una escuela. Ahora los niños están de vacaciones por las fiestas y juegan por las galerías.

—¿Les obligáis a vivir aquí dentro, como si fuera una cárcel?

—¿Os parece una mala casa la propia catedral con estos maravillosos jardines y sin tener que rascarse el bolsillo? Ellos están felices, os lo aseguro, y pueden salir cuando lo deseen, fuera de su horario de trabajo, como es natural.

—¿Y cómo se os ocurrió hacer algo así, tener a los sirvientes dentro del templo?

—La verdad es que el claustro alto se hizo porque lo quiso el cardenal Cisneros, el confesor de la reina Isabel *la Católica*. ¿Sabéis de quién os hablo?

Confirmó tener conocimiento del personaje asintiendo con un movimiento de la cabeza y con evidentes muestras de estar interesado en la historia.

—Cisneros era una persona austera y sobria, como buen

169

franciscano, y mandó hacer esas viviendas con el fin de establecer una vida regular para los miembros del cabildo, que se comportaban de manera poco modélica; la mayoría vivía en un concubinato escandaloso o con una cohorte de barraganas.

—¿Lo construyó para controlar a los canónigos?

—Sí —susurró el joven sacerdote.

—Pero se negaron, ¿no es cierto?

—Les gusta vivir sin demasiadas ataduras y un poco a su aire, es difícil meterles en cintura.

—En cintura…, ya entiendo —remachó el caballero—, como el responsable del archivo, Ramón Benavides. ¿Os fiáis de él?

—Don Jaime, no os puedo ser más claro dada mi posición —remarcó el secretario meneando la cabeza y alejándose unos metros para terminar recostándose en una barandilla que daba paso al jardín—. Debéis comprenderlo…

—¿No sospecháis de él? Supongo que sí. Pienso que si él es el principal responsable de la conservación de los fondos documentales, él debe mantener esos fondos cuidados y en perfecto estado, evitar que sean quemados…

Aún no había desvelado al secretario la aparición del cabo salvador en el callejón del Diablo, ni el plan que había preparado con Sebas para dilucidar sus intenciones y al servicio de quién trabajaba aquel individuo que nunca le perdía de vista y que, seguramente, estaría deambulando por los alrededores a la espera de que saliera del templo. Prefería, por el momento, mantener el secreto de esa operación. Sí le había comentado, sin embargo, lo que descubrió su criado después de la misa del gallo.

Rodrigo Nodal permanecía de espaldas con las manos apoyadas en los barrotes de una verja, como si estuviera prendado de la exuberante vegetación del patio.

—Os dije que son muchas las personas que acceden a ese almacén de desperdicios y que no sabemos exactamente lo que se llevó anteanoche el tipo al que siguió vuestro criado. Quizá sea alguien de los que recogen basura para calentarse o para revender si tiene algo de valor. Es frecuente que incluso nos lo pidan abiertamente. No es nada extraño y, desde luego, no hay ninguna relación con el canónigo Benavides, al menos resulta imposible probarlo y, como os advertí, el cardenal ni siquiera me escuchará si le voy con esta historia.

—Pero los libros que pudo hojear Sebas antes de ser arrojados a las llamas no eran precisamente basura.

El veneciano había evitado contar al secretario que dos de los manuscritos obraban en su poder y que, por suerte, Sebas los había salvado de las llamas.

—Ya habéis comprobado que en ese lugar se arrojan cosas de valor que, en un momento determinado, pueden estorbar.

—Se dio la vuelta para mirar de frente al caballero, le cohibía por su tamaño, tanto como por la fortaleza de su carácter, a pesar de considerarle una persona muy cordial, de modales exquisitos. Y, sobre todo, le admiraba por su preparación e inteligencia.

—¿Quién, o quiénes lo hacen?

—Cualquiera. El palacio es muy grande, se desalojan habitaciones, se hacen reformas, limpiezas, cambios de todo tipo y en algún lugar hay que almacenar lo que estorba. Puede constituir un error, una confusión sin mala intención el que lleguen allí algunos documentos de valor.

—¿Quién es Juanelo?

—¿Juanelo? —El secretario mostró su extrañeza frunciendo el ceño.

—Sí, un tal Juanelo Turriano que vivió en la ciudad en torno al año 1540 o 1550; no sé concretaros con mayor precisión cuándo estuvo aquí, era amigo de un arquitecto que se llamaba Juan de Herrera.

Al escuchar el nombre completo de la persona por la que el caballero solicitaba información y la de su amigo, pareció que Rodrigo caía en la cuenta de quién se trataba.

—Ya sé, sí…, debéis referiros a Juanelo, el italiano, uno de esos personajes de leyenda que nunca se sabe si son producto de la imaginación o se trata de alguien real, de carne y hueso. Desconozco que tuviera alguna clase de amistad con el arquitecto de El Escorial, no lo sabía. Algunos dicen que era una especie de mago y en esto puede que tengan razón.

—No os entiendo.

—En esta ciudad son muy dados a inventarse cosas, mitos y héroes a los que se reviste de poderes extraordinarios y por lo que dicen de él tiene pinta de que fuera un hechicero o algo parecido.

—¿Qué clase de poderes? —insistió don Jaime mirando fijamente al sacerdote.

—Decían que era capaz de hacer ingenios casi sobrenaturales que asombraban a las gentes y que incluso su fama traspasó las fronteras y venían de muchas partes del mundo a conocer sus inventos; se le atribuían capacidades casi milagrosas y la construcción de muñecos que se movían por sí solos y hasta hablaban y pedían limosna para ayudarle a soportar su miseria.

—¿Vivía en la miseria?

—Sí, al parecer nadie le pagaba por su trabajo, ni el municipio, ni la corona. Le encargaron construir un sistema para abastecer de agua a la ciudad y él adelantó el dinero que nunca le fue devuelto.

—¿Y lo hizo, cumplió con su tarea, funcionaron esos mecanismos de los que habláis?

—Bueno, creo que puso en marcha dos especies de acueductos con sistemas muy originales y avanzados para elevar el agua, y tengo entendido que funcionaban a la perfección superando lo que se había previsto.

—Entiendo, con ello, que era capaz de realizar cosas auténticas y extraordinarias. ¿Y por qué harían algo así con él, dejarle en la miseria?

—¡Quién sabe! La leyenda en torno a él dice que, como fue el rey quien se servía del agua, la ciudad se vengó con Juanelo incumpliendo con el compromiso de mantener la instalación hasta que quedó completamente destruida. Y, desde luego, no es fácil distinguir lo que hay de verdad o de invención en esa historia. Existen cerca del puente Alcántara unas ruinas y los paisanos afirman que pertenecen a la obra que hizo para proporcionar agua corriente a la ciudad. Si os dais una vuelta por allí, seguro que se acerca alguien y os cuenta lo mismo. Lo asombroso es que solo permanezcan en el lugar unas cimentaciones y ningún resto de los armazones y engranajes que debieron sujetar la conducción que subía el agua a la ciudad. Realmente, es extraño que todo haya desaparecido si era eficaz y beneficioso para los habitantes, aparte de que tendría unas dimensiones gigantescas. Tal vez lo que hay junto al río sean únicamente los restos de un molino. Creo que en esta historia hay demasiada imaginación y la gente ve más allá de lo que es real

172

porque le encanta inventarse historias sobre personajes del pasado, le viene bien entretenerse con fantasmas y mucho me temo que ese Juanelo es uno de los más destacados de la ciudad.

El secretario levantó la cabeza y miró al cielo brumoso que se iba espesando con las horas, pareció alertarse por algo.

—Perdonadme, se me hace tarde, tenemos en una hora la visita de un enviado del rey y debo estar presente junto al cardenal.

—¿No sabéis más de ese Juanelo?

Cuando parecía que Rodrigo iba a continuar hablando sobre el personaje se detuvo de súbito y respiró profundamente, como si le faltase el aire; abrió los ojos de par en par, eran grandes y muy negros. Cambió, por sorpresa, de asunto:

—¿Cuándo os animaréis a decirme el motivo que os ha traído a Toledo y por qué tenéis esa inclinación por investigar en el archivo del palacio? ¿Y a qué se debe vuestro palmario interés en el canónigo Benavides? Son cuestiones sencillas de responder, don Jaime, y os vendría bien hablar conmigo; creo que os sería de provecho hacerlo y no vais a perder nada por intentarlo.

—¿Os gustaría saberlo? ¿Qué gano con ello? —planteó el caballero con una mueca amable dibujada en sus labios.

—Ya os dije que podía ayudaros en vuestras búsquedas. Y lo más importante: sospecho que un amigo mío murió por meter las narices en lugares vedados de ese archivo. Eso es algo que quiero desvelar y creo que tenemos motivos para trabajar juntos. Pero hay algo más: no me gustaría que atentaran, de nuevo, contra vos; el aviso del otro día ya supuso algo serio y os conviene tener amigos…

Cruzaron sus miradas y cuál no fue su sorpresa al advertir, al mismo tiempo, que dos mujeres mayores, a pocos metros de donde estaban ellos, escudriñaban al extranjero con mucho descaro. Jamás habían visto por la ciudad a alguien con sus trazas, ni siquiera en la procesión del Corpus cuando llegaban dignatarios de la corte con un aspecto muy distinto a lo que estaban acostumbradas a encontrarse a diario.

Don Jaime llevaba una levita de color rosa, chaleco muy largo de lentejuelas doradas, zapatos, medias y calzones del mismo tono que la levita y pañuelo y puñetas de blondas llamativas por sus bordados y exagerado tamaño. El gesto firme de los dos hombres asustó a las curiosas que se alejaron santi-

173

guándose, singularmente por el hecho de la compañía complaciente del joven clérigo con lo que ellas consideraban un estrafalario personaje.

—Os diré lo que puedo deciros, que no es mucho, y no me preguntéis —expresó el de Seingalt, una vez que las mujeres desaparecieron por el interior del templo—. Debo localizar, cuanto antes, lo que esconde ese canónigo, al parecer en unas salas protegidas a las que solamente puede llegar él. En una palabra, lo que debió de encontrar vuestro amigo seminarista. Y mi intención es salvar esos manuscritos para la posteridad, antes de que sean destruidos por razones que me resultan incomprensibles de entender.

—¿Y quiénes y por qué os envían?

—Me envían porque creo saber interpretar lo arcano, se me considera un experto en el análisis de escritos relacionados con el misticismo. Es todo lo que puedo contaros…

Rodrigo Nodal expulsó el aire de sus pulmones e hizo una mueca de satisfacción que se añadió a su gesto de asombro. Por fin, el veneciano confiaba en él. Tal vez no fuera el mejor aliado, pero estaba contento de que hubiera aparecido por la ciudad.

—Es suficiente —remató—. Por el momento, no quiero saber nada más, si es todo lo que queréis contarme, don Jaime.

Habían llegado al portalón de entrada a palacio por el que se accedía a un amplio patio en el que se guardaban las carrozas junto a los establos para la caballería.

—Os agradezco vuestra postura y colaboración, Rodrigo.

—Escuchadme bien, don Jaime: venid otro día a palacio, lo mejor será este domingo, es preferible que sea festivo. Os acompañaré al despacho del canónigo Benavides. Quiero enseñaros algo que podría aportaros bastante luz en vuestra misión.

Poco después de la conversación que había mantenido en la catedral con Rodrigo Nodal, el veneciano cruzaba Zocodover acomodado en un pequeño carruaje de relucientes maderas barnizadas y forrado de terciopelo verde en su interior. Se trataba de un coche de punto que le proporcionaba doña Adela cuando lo precisaba, con un chófer discreto y de toda confianza. Era perfecto para desplazarse por la ciudad, más apropiado que el vehículo con el que hizo el viaje desde Francia.

En un primer momento, quedó decepcionado con el resultado de su exploración por el almacén de desperdicios en palacio; llegó a pensar que, acaso, lo que halló Sebas en el río no era una muestra representativa de lo que había transportado el cabo hasta aquel horno. Quizá los serones contenían en gran parte papeles sin importancia. Sin embargo, la disposición del secretario para introducirle en el despacho del archivero le había resultado muy generosa y conveniente, y ni siquiera tuvo que explicarle con detalle las razones que le habían llevado hasta Toledo y los motivos personales que le habían empujado hasta la ciudad. Tenía la esperanza de que aquello le proporcionase una buena pista para esclarecer el misterio de la cámara secreta.

Al acercarse a la posada, solicitó al cochero que le llevase antes al río.

—¿A qué lugar, señor? —respondió el hombre que superaba con mucho los sesenta y nunca ponía trabas a las indicaciones que le hacía, ni mostraba cansancio en las esperas que debía soportar para dar un buen servicio al veneciano.

—¿Conocéis lo de Juanelo? ¿Las ruinas junto al puente de Alcántara?

La dilatada pausa indicaba su ignorancia.

—Perdonad, señor…

Detuvo el coche frente al viejo hospital de Santa Cruz y preguntó a unos viandantes. Don Jaime escuchó que alguien exclamaba: «¡El artificio, sí!».

Paco regresó al pescante y por el respiradero confirmó haber identificado el lugar al que tenían que encaminarse.

A pocos metros de El Carmen la pendiente del terreno se hacía muy pronunciada y daba aprensión descender por los terraplenes repletos de vegetación y escombros; por suerte, Paco dominaba el manejo del vehículo y sabía atemperar el doble tiro de las cabalgaduras con pulso medido. En los descampados existentes junto al cauce del Tajo no había ninguna clase de edificaciones, salvo los restos de la muralla árabe, precisamente en la zona quedaban los lienzos más antiguos del perímetro defensivo de época musulmana. Uno de los accesos a la ciudad, inaccesible para algunos carruajes, era la puerta de Alcántara,

175

frente al puente del mismo nombre, y constituía una fortaleza de configuración oriental con estructura acodada que se encontraba en estado ruinoso, al igual que otros lugares de la ciudad que permanecían en una situación de abandono lamentable.

No muy lejos del puente, y por encima de unos rodaderos, detuvo Paco a los animales. Inmediatamente, abrió la portezuela.

—Aquí, don Jaime, aquí me han dicho que podrá ver el artificio de ese Juanelo. Pero tenga cuidado porque el suelo está resbaladizo con las lluvias de anoche y se pondrá perdido de barro. Estoy por colocar alguna tela en el suelo…

—No, no…

El cochero no dejaba de observar los zapatos de seda con lazos blancos, temeroso por el deterioro que iban a sufrir en cuanto el veneciano diera unos pasos. Él no lo tuvo en cuenta, a pesar de que daba pena ver su calzado con solo caminar un poco por el barrizal.

El río tenía un imponente caudal y sus laderas estaban cubiertas por espesa vegetación. El murmullo del agua en su avance resultaba algo tranquilizador con su monotonía. Era un lugar apacible, aunque la humedad se metía en los huesos. Don Jaime se embozó con la capa para protegerse, había dejado el sombrero en el asiento.

Por encima de sus cabezas, y a gran altura, aparecían los muros del Alcázar. Don Jaime revisó las orillas y apreció los restos de algunas construcciones que no indicaban lo que buscaba.

—¿Dónde está lo de Juanelo?

El cochero se asomó al precipicio y tras observar un rato las orillas se desprendió de la boina y movió su cabeza de un lado a otro, negando tener conocimiento de ello. De súbito, hizo una señal levantando la mano:

—¡Ya está, señor! Seguramente el guarda del puente lo sepa. Espere, que voy a preguntarle.

Paco no tardó mucho en regresar y lo hizo acompañado por un joven que, a buen seguro, era la misma persona a la que había ido a preguntar.

—Ha habido suerte, don Jaime. Aquí tiene a este estudiante, Fernando Castrillo, que se gana un jornal, a ratos, con la vigilancia en el puente. Y está versado en lo del artificio, según he podido atisbar.

176

—Así es —confirmó el estudiante haciendo una pequeña reverencia y sin mirar de frente al extranjero. Llevaba una vestimenta lamentable: chambergo repleto de agujeros, calzas muy deterioradas y botines por los que asomaban algunos dedos descalzos. Iba despeinado y con algunos tiznones en las manos; sin embargo, cuando levantó la cabeza, don Jaime pudo observar su mirada ávida de curiosidad y una sonrisa muy agradable. Tendría entre dieciocho y veinte años—. Me interesa mucho lo de Juanelo.

—Y, bien, ¿dónde estaba su acueducto, Fernando?

—No queda prácticamente nada. Estaban aquí, porque fueron dos, separados por algunos metros. El primero funcionaba bien, pero él quiso hacer otro todavía más perfecto y con materiales de mayor calidad, también pretendía que el suministro del agua fuera suficiente para abastecer a la ciudad regularmente y con la capacidad para necesidades del futuro.

Don Jaime y el cochero miraron en derredor suyo con algo de desconcierto y asombro.

—Ya, ya. No hay nada y es asombroso que estuvieran aquí mismo y subieran una buena cantidad del agua del río hasta aquella altura, hasta el mismo Alcázar, lo que supone un recorrido desde el nivel del agua de más de trescientos metros ajustándose a un terreno en elevada pendiente, como estamos viendo —aseveró el joven—. Por eso eran tan fantásticos. Lo habían intentado otros ingenieros, los mejores de los Países Bajos y de otros lugares de Europa, pero nadie terminó por aceptar el encargo, salvo Juanelo, porque él era un genio y se atrevía con casi todo.

Paco se rascaba la coronilla, sin entender aquello, como si escuchara una historia de la más pura fantasía.

—Y de una obra tan gigantesca solo hay unas piedras junto al agua. —Señaló don Jaime unos arcos medio destruidos en la suposición de que allí estuvieron los cimientos.

—En efecto, son los restos del primero de sus ingenios, del segundo no hay ningún rastro, a pesar de que se utilizaron cuatrocientos carros de madera y una buen cantidad de metales, y de que todo estaba cubierto por construcciones de piedra que llegaban hasta el Alcázar para proteger los ingenios. Como si alguien hubiera querido que desapareciera la huella de aquellas maravillas.

—Es un misterio, sí... —susurró el veneciano.

—No creáis, lo que ocurrió es que había que mantenerlos para que funcionaran bien y la ciudad, eso sí inexplicablemente, decidió abandonarlos y no quiso ocuparse de su cuidado. Y, luego, fueron saqueando el material.

—¿Y cómo sabéis tanto de esto?

—Porque mi bisabuelo trabajó en los ingenios y de padres a hijos se han ido transmitiendo los hechos en mi familia.

—¿Te dijeron cómo funcionaban?

La cuestión entusiasmó al joven, era evidente que le agradaba rememorar las historias que había recibido de sus mayores.

—Claro, tengo alguna idea. Juanelo utilizaba como motor de todo ese mecanismo unas ruedas hidráulicas que hacían funcionar una combinación de armaduras con movimiento de vaivén y torres de cazos solidarios. Al oscilar cada uno de los cazos vertía sobre el siguiente, así se elevaba y transportaba el líquido que procedía de la primera fase. Eran recipientes que iban repitiendo un movimiento alternativo hasta alcanzar la altura del Alcázar. Un mecanismo insólito por las dimensiones que tenía el conjunto, desde luego. Creo que nadie había logrado algo así y que, hasta entonces, el abastecimiento de mayor altura era el de Augsburgo, que no superaba los treinta metros.

La explicación de Fernando resultaba algo compleja de entender, aunque se hacía más comprensible gracias a los giros de sus manos intentando reproducir el sistema utilizado por el ingeniero italiano.

—¿Y qué más puedes decirme, Fernando, sobre Juanelo? ¿Qué otras cosas sabes de él?

—Mi padre me contó que nadie como Juanelo era capaz de leer las estrellas...

—¿Leer?

—Sí, interpretar los astros; es decir, saber cuáles son, dónde están, sus movimientos... Y que dominaba otras ciencias, pero que todo eso es un misterio mayor.

—¿Por qué, Fernando, por qué es un misterio mayor?

—Bueno, por lo que cuentan, era muy libre en su forma de ser y de pensar, y sus conocimientos eran tan ilimitados en muchas ciencias que no gustaba a los poderosos, a todos los que asusta lo nuevo o diferente. Le cortaron las alas, dijo mi padre...

Y

Llegó entristecido a la posada de El Carmen. Durante el camino de vuelta desde el río pensó con amargura en la historia de Juanelo. En efecto, había sido una suerte encontrar al joven Francisco, bisnieto de alguien que conoció en primera persona los ingenios del italiano cuando todavía funcionaban y no habían sido destruidos por completo. El estudiante debía ser la única persona que no le consideraba un fantasma en la ciudad, uno de los muchos que se movían a sus anchas dentro del recinto amurallado. Juanelo era una especie de espectro, adornado con poderes extraños, irreales acaso por incomprensibles, tanto para Rodrigo, el secretario del cardenal y persona instruida, como para Paco, el discreto y humilde cochero, aunque este no tenía ninguna idea sobre él, al igual que la mayoría de sus vecinos, como comprobaría en los días siguientes al indagar sobre tan misterioso personaje. Le sorprendía el hecho de que en la ciudad aún se conservaran vestigios tan antiguos que se perdían en los anales del tiempo, de la época romana o de la ocupación árabe y, sin embargo, de una obra tan descomunal como los ingenios de Juanelo, con soluciones técnicas asombrosas, apenas construidos poco más de un siglo y medio atrás, no quedaran sino unas simples piedras. Debía encontrar una respuesta, la razón por la cual se había decidido castigar a aquel ingeniero borrando cualquier rastro de su memoria, arrasando de un plumazo con su legado, destinado a mejorar la vida de los toledanos. Desde que leyó la descripción que de él hiciera Herrera su curiosidad había ido en aumento: «No alcanza el tiempo a verle, ni memoria para recordarle, ni palabras para describirle». Era evidente que el arquitecto lo consideraba alguien excepcional por sus habilidades, alguien muy real, pero difícil de ser entendido por cualquiera. Intuía que el cataclismo en torno a Juanelo tenía alguna relación con la misión que le había traído hasta España, con los manuscritos que debía proteger y salvar aparecidos en el archivo del arzobispado. Ardía en deseos de llegar hasta el lugar donde estaban esos documentos y despejar las dudas.

Sebas aguardaba en el zaguán charlando con doña Adela. Se apresuraron a ayudarle para bajar del carruaje.

—Señor don Jaime, hoy os tengo preparada perdiz, con el mismo guiso que tanto os deleitó hace unos días.

La dueña no perdía ocasión de agradarle. Mientras subían por la escalera hacia la planta alta donde se hallaban sus habitaciones, admiró las formas generosas y firmes de la posadera y, como en el pasado, se despertaron sus deseos, lo cual resultó muy estimulante para él al considerar que iba curándose de amarguras recientes. Pero no, no intentaría nada con ella, temía que le creara una dependencia nada conveniente mientras tuviera que permanecer bajo su techo y era demasiado pronto para volver a las andadas. Además, doña Adela resultaba una mujer de una pieza, incapaz de dejarse manejar por el primero que llegara con delicadezas, de tal forma que era mucho suponer que accediera con cualquiera a ciertos trajines del cuerpo.

La posadera les acompañó hasta la misma puerta de las habitaciones y se despidió de ellos, no sin antes anunciarles que, de inmediato, Rosario les llevaría unos refrescos.

—No necesitamos nada, os ruego que, de ninguna manera, molestéis a la muchacha —rechazó el criado ante el asombro de su señor.

—Doña Adela, no le hagáis caso, yo tengo seco el gaznate, os lo agradezco de corazón —rectificó el caballero de Seingalt.

—No me gusta… —farfulló molesto Sebas cuando la mujer cerró la puerta dejándoles solos.

—¿El qué? —preguntó don Jaime mientras se despojaba de su capa y arrojaba el sombrero encima de un sillón.

—Que venga Rosario. Hoy no trabaja en el cigarral, mala suerte.

—¡Pues, según creo, habéis pasado la noche juntos, y no creo que te haya ido mal! Ardo en deseos para que me cuentes lo que ella te ha dicho.

—Precisamente por esa razón, tenemos que cuidarnos y debería haber rechazado que ahora viniese aquí. Está muy reciente nuestro encuentro y tuve que forzarla un poco para que hablase. Al vernos juntos resultará muy evidente que lo hice por vos —se lamentaba Sebas dando vueltas por la sala.

—¡Tonterías! Y suspicacias sin mucho sentido. Ella sabe muy bien que trabajas para mí. ¡Cuándo te quitarás esas sombras que suelen rondar por tu cabeza y te confunden, querido Sebas…!

Llamaron a la puerta y el caballero se precipitó para abrir él en persona. El criado se fue al dormitorio de su señor con la pretensión de esconderse allí, como si algo así fuera posible; el cortinaje que separaba las dos estancias no era lo suficientemente amplio como para lograrlo.

El veneciano ya conocía a Rosario, una muchacha espléndida por juventud y volúmenes rotundos, con un busto armonioso y firme, del que mostraba una buena proporción sin rubor, y caderas amplias, usuales en las mujeres españolas desde temprana edad. En otro tiempo, él habría pugnado con quien fuera para ser su amante, al menos para probarla una noche.

La chica depositó en la mesa una jarra con naranjada y algo de anís, una combinación que doña Adela sabía que era apreciada por el veneciano. Al colocar los vasos, se le derribó la bandeja al suelo. Al agacharse para arreglar el estropicio, descubrió a Sebas que se había asomado al oír golpear el metal contra el entarimado. Ella se ruborizó encendiendo sus mejillas y con gesto casi instintivo desplazó su melena, negra y ensortijada, para proteger el rostro de la curiosidad de los dos hombres. Pidió disculpas y salió con un movimiento del cuerpo admirable.

— Esa Rosario es toda una llamada a la acción, un fuego que reclama a voces ser consumido con la pasión. Repito vuestras palabras, ¿eh?, que tantas veces he escuchado —dijo Sebas sujetando con ambas manos el cortinaje que separaba las habitaciones, aparentemente más tranquilo, y con la mirada incrustada en la puerta por donde había salido la doncella.

—Ya compruebo cómo te trastorna la niña, ¿eh? Te comprendo sin tener que esforzarme en ello, pero ahora: a desembuchar, Sebas.

Sugirió con un gesto a su criado que se acomodase a su lado en la mesa, un mueble oscuro como todo el mobiliario que tenía el establecimiento regentado por doña Adela. El veneciano tuvo que renegar de sus preferencias para soportar una decoración tan tétrica. Un sacrificio impagable, repetía con frecuencia.

—Me he tranquilizado al verla. Es de las que no abandonan fácilmente al hombre que han elegido, si reciben lo que quieren y precisan.

—Bonito pensamiento, Sebas. Resulta curiosa tu ingenuidad, nunca aprenderás.

181

Prefirió el criado no recordar a su señor que, en efecto, contaba con un pasado magistral en el dominio del chichisbeo y la conquista de las mujeres, pero en los últimos años había sido engañado por más de una debido a su exceso de confianza.

Sebas llenó los vasos con el refresco preparado por doña Adela y, al terminar, el veneciano tuvo que forzarle para que se sentara en una butaca, puesto que evitaba acomodarse a su lado para no alterar las reglas de la servidumbre.

—Rosario —dijo al fin Sebas, después de beber la naranjada— trabaja en una finca que está en los alrededores, al otro lado del río, en una zona repleta de albaricoqueros y almendros. Allí, en un hermoso cigarral, que es como llaman por aquí a las mansiones del campo, vive el que fuera alcalde mayor de la ciudad. Lo mejor es lo que viene a continuación…

Sebas dio otro trago a su vaso antes de proseguir. Don Jaime le urgió con el gesto para que adelantase lo esencial de lo que tuviera que explicarle.

—… ¡Lorenzo está a sus órdenes! —pronunció, de repente, el criado con tono triunfal, después de calmar la sed.

—¿Quieres decir que trabaja con Rosario? Por esa razón se conocen. ¿Y qué?

—No me explico bien.

—Desde luego —replicó con una mueca complaciente en los labios don Jaime mientras retiraba su peluca y la dejaba sobre las rodillas. A continuación, frotó con los dedos hacia atrás su pelo canoso, poco espeso y con unas entradas tan amplias que despejaban la frente de una forma excesiva. Luego, aspiró un poco de rapé y estornudó varias veces—. Por favor, te ruego que continúes —solicitó después de limpiarse la nariz. Sebas aguardaba que finalizase el trajín del amo para hablar.

—Lo importante, lo que quiero deciros es que en esa casa Rosario ha visto reunido varias veces al que fuera regidor de Toledo con Lorenzo y nuestro canónigo.

—Eso es algo, sí.

—Y allí el que da las órdenes, como os decía, el cabecilla es Luis Medina de la Hoz, que es como se llama el dueño de la casa, el regidor, ¿me explico?

—Sin duda ahora lo haces, y bien…

—Rosario me ha contado que escuchó en una ocasión, reunidos todos, comentar algo de un caballero extranjero, libertino, con ideas aventuradas y de vida licenciosa, al que había que impedir que se moviese a su antojo por la ciudad, como él pretendía. ¿Y a quién pensáis que se referían?

—Ya… Entiendo —musitó pensativo.

—Ella me ha dicho que están excelentemente relacionados con las fuerzas vivas de la ciudad, que acaban de organizar su tinglado y todavía son pocos, que su forma de pensar es… —dudó buscando la expresión conveniente—. ¿Cómo decirlo? Antigua, intolerante… Les desagrada, según cree Rosario, lo que viene de fuera, lo diferente. No sé si ahora me sigue bien, señor.

—Te sigo, sí. Supongo que son como una organización —añadió el caballero— que desearía preservar las esencias del pasado, bueno, del pasado que a ellos les parece mejor, con un pensamiento uniforme. No creo que acepten rescatar ni promover la diversidad que hubo en esta ciudad para las mancias, ni aceptar a cualquier persona que llegue desde otro lugar con ideas diferentes a las suyas, a su dogma ya establecido desde y para siempre.

—Es algo así, como lo decís, al menos es lo que pude entrever de la conversación que mantuve con Rosario —aseveró el criado.

—Este es un lugar maravilloso, Sebas, y muy poco conocido. Aquí se cultivó la magia ancestral y la mística cabalística, herederas de la que Tubaal, Tu-it-it, Hércules, Hermes y otros grandes sabios enseñaron después del gran diluvio. Aquí florecieron los poseedores del secreto de la piedra filosofal, la clavícula de Salomón y el Génesis de Henoch, amén de otros reservados conocimientos del pasado más glorioso de la humanidad. Y fueron esenciales las escuelas establecidas por toda la ciudad durante el Medioevo para la mística y las ciencias, que desarrollaron mentes privilegiadas congregadas en este espacio santificado por la sabiduría de los grandes maestros de antaño. Y me temo que ese grupo que se reúne en el cigarral donde trabaja Rosario desea todo lo contrario: enterrar la huella de aquel tiempo, que nunca aflore en esta ciudad y que sus enseñanzas se diluyan, se pierdan hasta el fin de los tiempos.

Sebas atendió con admiración la descripción que hizo su señor y asentía con la cabeza y mirada de asombro, a pesar de su ignorancia para interpretar conceptos tan elevados con los que se expresaba. Él se consideraba su más fiel seguidor, el primero, aunque la mayoría de las cosas que decía o hacía el veneciano se escapaban a su comprensión. Pero tenía la certeza de que poseía el don de la palabra para atrapar a cualquier mujer e, incluso, a los hombres que quisieran escucharle. Era la envidia de todos porque siempre tenía a su alcance la palabra precisa para iluminar en medio de la confusión, y sus conocimientos parecían ilimitados.

—¿Y cómo ha logrado Rosario interpretar el significado de lo que se dice en esa casa donde trabaja, de las intenciones de los que asisten a las reuniones que convoca el regidor?

—Sonsacándoselo a Lorenzo —dijo el criado.

—¿Y cuál ha sido la moneda a cambio? Nada es gratis.

—Ella debe facilitarle que husmee por nuestros aposentos.

Arrugó el entrecejo mientras meditaba sobre lo que acababa de desvelar el criado. Al cabo de un rato, exclamó:

—¡Perfecto! Preparemos el terreno para que no consiga ninguna clase de información y tanto él como sus jefes permanezcan en el desconcierto. Y tú, Sebas, vas a perseguir al enemigo, igual que hace Lorenzo, día y noche. Serás la sombra del canónigo Benavides, con la misma dedicación que el cabo cuando sigue mis pasos.

—Pero debo atenderos, ocuparme de vuestras necesidades... —expresó el sirviente pesaroso.

—No te preocupes por mí. Permaneceré más tiempo en mis habitaciones, a partir de ahora. Necesito descanso, todavía no me he recuperado por completo de las heridas, y pretendo esbozar un libro sobre el cubo como medida áurea, y buscaré también algo de placer...

—¿El placer? ¿Cómo? —preguntó el criado rascando su coronilla calva, sin entender la postura de don Jaime. Seguidamente, se restregó la cara que llevaba sin afeitar desde hacía dos semanas, lo que por otra parte era bastante frecuente en él.

Don Jaime observó un buen rato a su querido sirviente antes de proseguir:

—No comprendo cómo una muchacha tan bien puesta como Rosario pierde los aires o, ¿cómo se dice...?

—Be-be-los-vien-tos —remachó Sebas el dicho que el amo no lograba recordar.

—Bueno, pues eso, bebe cuando eres un zarrapastroso, creo que lo decís así. *Qu'est-ce que j'ai fait pour mériter un valet si malpropre?*[5] —Se levantó y caminó hasta el ventanal. De espaldas a Sebas, añadió—: Hoy te lavas, rasuras esa barba y espero que dejes de oler a chorizo y vino. De lo contrario, te reduciré la paga. No puedo permitirte ese aspecto tan…,¡tan español!

—De acuerdo, de acuerdo, don Jaime. Pero respondedme, ¿cómo buscaréis placer dentro de esta posada? No será la dueña la que os quita el sueño…

—¡Cómo eres de limitado! Siempre estás con lo mismo. Lo que quiero es descanso, mucho descanso, para tomar aliento y rehacerme. Entonces, el placer se convierte en imaginación. Existe el placer reflexionando en la tranquilidad, deshaciéndose de todo y elevándose…

—No os conozco. Me engañáis, me gustaría veros de esa guisa…

—¿Guisa…?

—De esa manera. Placer con la imaginación, decís. ¡Qué tontería, señor!

—Sebas, tienes demasiados prejuicios, y un granito de ignorancia, para llegar a ser uno de los nuestros.

El criado volvió a restregarse la coronilla, se levantó de su asiento ajustando el ceñidor de los pantalones y antes de salir del cuarto se despidió de don Jaime prometiéndole hacer todo lo que le había pedido.

La habitación de Sebas estaba separada de la de su señor por una pesada puerta, por lo que para llegar a ella no tenía necesidad de salir hasta el corredor. Aquella tarde, el criado dejó abierta una rendija para observar lo que hacía don Jaime. Transcurridos unos pocos minutos, vio cómo se incorporaba de la butaca y, lentamente, se fue tumbando en el suelo boca abajo, con el cuerpo completamente extendido y descalzo. Al igual que en anteriores ocasiones en las que había presenciado a su amo en idéntica actitud, este comenzó a recitar con los ojos

185

---

5. ¿Qué he hecho yo para tener un criado tan sucio?

cerrados y los labios acariciando el entarimado una serie de plegarias y a repetir alguna divisa cual letanía sin desenlace.

In eo movemur et sumus.

Lo pronunció varias veces y Sebas lamentó no saber latín para entender lo que decía. A continuación, insistió en otro rezo, esta vez expresado en su propio idioma.

Con le ginocchie della mente inchine.

Sebas tradujo: «Arrodillándose con el espíritu».

Después no hubo más palabras, ni movimientos de su cuerpo o cualquier indicio de que el caballero respirase. Parecía muerto. Por fin, extendió los brazos que antes tenía pegados al tórax y hubo más silencio. Los segundos se hicieron interminables para el criado; aguardaba expectante, haciendo él mismo esfuerzos para que sucediera algo como lo que había contemplado años atrás.

¿Fue una visión, una alucinación o algo real? Lo había visto en alguna otra ocasión y dudaba de lo que veía por lo increíble que resultaba. Era probable que su imaginación recrease la imagen.

Lo cierto es que Sebas, tras varios minutos de incertidumbre, de percibir cómo don Jaime se diluía con la luz, igual que un espíritu de ultratumba, como si estuviera en otra parte, fue testigo de cómo su cuerpo se separaba levemente, muy levemente, y se elevaba del suelo. Muy poco, al igual que otras veces. El criado restregó sus ojos atónito y con aprensión por presenciar algo más propio de espectros. Tuvo miedo…

Zona conventual

29 de diciembre

*L*o que conoció Sebas con minuciosidad vigilando al canónigo fueron sus horarios y el trasiego en su negocio de compraventa de objetos artísticos. Durante los dos días que había permanecido sin perderle de vista, el archivero jamás alteró sus hábitos y en ellos había pocas cosas que llamaran la atención.

Nunca se perdía Ramón Benavides, al mediodía, la comida en su propia casa, situada en la calle Ave María, haciendo esquina con el callejón del Cubo, ya que distaba tan solo poco más de cinco o siete minutos de su lugar de trabajo en el arzobispado. Era una construcción baja, de una sola planta y ventanas muy pequeñas. Y, por lo que pudo apreciar Sebas recorriendo su perímetro, contaba con un jardín bastante extenso y un patio con caballerizas. Por suerte, frente a la vivienda encontró una tasca donde servían pescado del río con una fritura excelente, de tal manera que Sebas podía tomar algo mientras controlaba la puerta de Benavides. El cantinero, un tal Perico por más señas, hablaba en demasía y ya en la segunda jornada que permaneció allí el criado no perdió la ocasión de explayarse con él manejándose en un atrevimiento inaudito.

—Veo que escudriñáis la vivienda del canónigo casi sin descanso...

—No, no... —rechazó Sebas, mientras inclinaba avergonzado su cabeza hasta casi golpearse con el mostrador de metal que tenía el local.

—A mí no me vengáis con esas. No sois el primero, ni el último que lo hace, os lo aseguro. No tenéis que preocuparos porque yo… ¡chitón! ¿También os debe algún dinero? Como a todos los demás.

—No, nada de eso… —insistió el criado sin moverse un ápice, mirando de soslayo al dueño de la cantina.

—Debéis confiar, ¡hombre de Dios! Y levantar la chola porque yo no iré con el cuento a ese cura grajo. Es mi enemigo, ha intentado por todos los medios liquidar mi bar. Está chiflado y quiere echarme de aquí, le jode tenerme enfrente y que me entere de sus desmanes. ¡Ah! Y tenéis suerte porque ahora sus sirvientes no aparecen con palos que os muelen sin avisar, ¿eh? Menuda tropa, amigo.

—¿Qué queréis decir? —preguntó Sebas mostrando estupor en la expresión de su rostro.

—Pues que le cubren las espaldas una pareja que, tiempo atrás, cuando tenían más fuerza, sobre todo el bestia del mayordomo, salían de la casa como fieras para proteger al cuervo y limpiar la calle de las personas que deseaban cobrar deudas pendientes. A mí, para que os enteréis, me pagan mal y tarde lo que se llevan de la cantina para el grajo, y, si me pusiera gallito, me cortarían el pescuezo, seguro. —El cantinero hizo con la mano el gesto de abrirse el gaznate—. El cura ha dado esa orden más de una vez, me lo han dicho. Y tened cuidado con él porque saldríais perdiendo, tiene amigos poderosos.

Sebas había conocido el día anterior a uno de los sirvientes que mencionaba el cantinero, era un hombre mayor que manejaba el carromato que utilizaba el canónigo para el comercio vespertino, el que solía poner en marcha después de la acostumbrada siesta.

—Ella —explicó Perico restregando la barra de latón con el extremo de su mandil verde con la pretensión de incrementar el brillo— atiende a los clientes cuando el grajo se encuentra fuera.

Aquella información debía aprovecharla si se presentaba una buena ocasión para hacerlo, pensó Sebas. Estaba atónito escuchando a Perico, no entendía cómo seguía con su negocio, a pocos metros de la casa del canónigo, si soltaba la lengua de esa manera con cualquier parroquiano. El mayor enemigo del archivero lo tenía enfrente de su casa y, por alguna extraña razón, había confiado en Sebas.

Unos pescadores que jugaban a las cartas en una esquina del local llamaron al cantinero en el preciso instante en el que Sebas salió a la calle para continuar con su labor de persecución. Cuando Perico se dio la vuelta para continuar charlando con el nuevo cliente, este había desaparecido.

Al igual que hiciera durante la jornada precedente, al filo de las cuatro de la tarde, el canónigo abandonó la casa acompañado por su cochero que manejaba el vehículo desde el pescante, siguiendo a Benavides que hacía el recorrido a pie. A partir de esa hora, a Sebas le resultaba muy fácil vigilar al archivero, podía ocurrir que se despistase pero no tardaría en localizar el carromato a la puerta de algún convento.

Mantuvieron idéntica ruta que el día anterior, hacia la zona norte del recinto amurallado, junto a las potentes defensas que quedaban aún de la época gloriosa de la ciudad. Era el lugar menos habitado de todo el conjunto, ni siquiera transitaban por allí mendigos, pordioseros o hambrientos; nada podían recibir del mundo silente, inanimado y sepulcral que pululaba por el entramado de calles estrechísimas y cobertizos que configuraban el barrio. Las puertas permanecían cerradas a cualquier hora si no había santo y seña reconocible de por medio, y los altos murallones de mampostería asemejaban barreras de protección sin troneras o huecos, salvo una hilera de celosías en la parte superior, inabordable para una persona que no llegara con una escala. La única señal de vida que asomaba hacia el exterior procedía de los jardines interiores y los huertos. La vegetación era tan fértil que sobresalía vigorosa por encima de las elevadas tapias.

Ramón Benavides era bien conocido de las hermanas que cuidaban las puertas. Solían franquearle el paso en cuanto hacía sonar la campanilla en los austeros vestíbulos de edificios que permanecían guarecidos con tornos para impedir el contacto directo con los que llegaban a aquellos centros de recogimiento.

El canónigo entró primero en un convento y salió, al poco tiempo, con las manos vacías. Luego, repitió idéntica operación mientras su criado avanzaba varios metros con el carromato

189

hasta detenerse junto al pórtico de la iglesia de Santo Domingo el Real que daba a una plaza. En esta ocasión, el canónigo, después de varios minutos, se asomó alertando al cochero para que entrase con él en el templo. Sebas observaba la escena desde la esquina de una estrechísima callejuela, con suma precaución para evitar ser descubierto.

El silencio hormigueaba en los oídos y erizaba el vello.

Al cabo de un buen rato, salieron cargados con un saco y dos pequeñas columnas revestidas con paño de oro que llevaba el sirviente, y con un cuadro que trasladaba Benavides. En su cara se percibía satisfacción. El portón de entrada a la iglesia se cerró de golpe y el eco retumbó como la explosión de un mortero en la plazoleta. En segundos, sobrevino otra vez el mayor de los silencios, casi sepulcral.

Ya sabía Sebas lo que ocurriría después, el canónigo acudiría al palacio para trabajar en el archivo hasta las siete de la tarde mientras el criado transportaba *la cosecha*, después de hacer algunas entregas, hasta al almacén de la calle Ave María.

Decidió adelantarse y visitar las posesiones privadas del comerciante con sotana.

190

Una persona de aires cansinos y avanzada edad, la mujer del cochero sin duda, le abrió la puerta. Iba vestida casi con harapos, era lamentable ver su ropa de color negro deslucida y repleta de remiendos. Tenía el rostro perfilado por una maraña de surcos. Toda ella era una arruga de lo seca que estaba.

—Me dijo don Ramón que me enseñaría las tallas. Que fuera viéndolas, y más tarde cerraría ya el trato con él, pero que debía adelantarme para estudiar la mercancía.

—No me advirtió de vuestra llegada, pero, en fin, si lo dijo…

Había acertado en el planteamiento. No obstante, la mujer le analizó de hito en hito y dada la impresión de no entusiasmarle la apariencia del imprevisto visitante, a pesar de que había obedecido a don Jaime esmerándose en el arreglo y rasurando convenientemente su faz. Lo que menos agradaba a la empleada del canónigo y le hacía sospechar de las intenciones del individuo con expresión avispada, que tenía frente a ella en el quicio de la entrada, eran el chambergo raído y las medias calzas con agujeros que llevaba, revelando así su parvedad para trapichear con obras de arte. Sebas reaccionó de inmediato.

—Bueno, yo me encargo de buscar objetos para decorar la hermosa mansión que tiene mi señor en Olías del Rey; es tan imponente y primorosa que hasta los más refinados aristócratas de la capital vienen a visitarla con intención de inspirarse para sus palacios. Él apenas tiene tiempo de hacerlo y…, entre nosotros —Sebas se aproximó al ama y en tono confidencial, añadió—: mi señor es algo ignorante, aunque con mucha plata, muchísima, la tiene porque así nos trata —resaltó haciendo ver el descuido en sus ropas—, y prefiere que sea yo quien decida por él para no equivocarse, pues estudié en Alcalá las Artes.

La mujer pareció quedar convencida con la perorata y acompañó al supuesto comprador hasta el almacén. Transcurridos unos pocos minutos, como Sebas había previsto, llamaron al portalón del patio de la vivienda. Era el cochero que llegaba con las adquisiciones de Santo Domingo el Antiguo después de finalizar con algún reparto. El ama salió, dejándole solo, a sus anchas.

Afinó todos sus sentidos y se dispuso a no perder el tiempo. Intentó revisar cada rincón de la almoneda, que tendría una superficie de más de cien metros cuadrados, con la máxima precisión, algo que resultaba imposible. Allí había amontonados cálices, cruces procesionales, tapices, decenas de objetos en orfebrería de plata, códices miniados, copones, esculturas en piedra y madera y numerosos cuadros de varias épocas. Le llamó la atención una mesa de caoba sobre la que había numerosos papeles bien ordenados y un precioso candil de varias mechas. Supuso que sería el lugar desde el que Benavides controlaba el negocio y llevaba las cuentas. No lo dudó ni un instante y comenzó a husmear sin saber lo que buscaba realmente.

Después de revisar inventarios y registros con ristras de cifras incomprensibles para él, consideró que allí no había nada que mereciera la pena. Intentó abrir los cajones laterales, estaban bien cerrados, miró a un lado y otro para localizar una ganzúa o alguna cosa que le sirviera para forzarlos sin hacer marcas que le denunciaran. No tuvo éxito. Entre aquel berenjenal de trastos era imposible encontrar algo que le ayudase en su propósito. Empezó a ponerse nervioso, sobre todo por la oportunidad que iba a perder. Escuchaba las voces de la pareja de criados en el patio y hasta alcanzaba a verles desde una ventana cercana; no tenía, por lo tanto, que preocuparse de ser sorprendido.

Se sentó en el sillón del canónigo y, de repente, avistó una rendija en el cajón del centro. No, no había tirado de él. Lo hizo, ¡y se abrió! Había en el interior numerosas monedas antiguas, dagas de distinto tamaño y cartas. Le llamó la atención un grupo de misivas atadas con un bramante rojo. Las acercó a su cara y las olió; era una señal casi infalible, pensó. Deshizo el nudo que las protegía y desplegó una de ellas, luego otra, y otra… Todas tenían la misma firma. Se guardó dos misivas en la faltriquera y volvió a dejar el paquete en el mismo lugar, atado como antes de su manipulación. Cerró el cajón y se puso a pasear por el depósito. Casi de inmediato, apareció el ama.

—¿Qué? ¿Ya ha encontrado lo que quería?

—Sí, desde luego. Nos pueden interesar, definitivamente, esas tallas de Adán y Eva policromadas con tanto gusto, son adecuadas para el salón del palacete de mi señor —dijo señalando dos figuras de unos cuarenta centímetros de altura.

—Creo que están a buen precio, son de un pintor extranjero, cretense por más señas, conocido como El Greco, que no gusta mucho por aquí, aunque estas figuras son de lo más logrado, ¿eh?

—Me han hablado de ese Greco —advirtió el criado—, y es del agrado de mi señor.

—Tenemos muchos cuadros de ese artista, y en Santo Tomé hay una obra de grandes dimensiones, la mejor que pintó, seguro que os suena. Es de un enterramiento, el del señor de Orgaz. La ciudad está repleta de cuadros suyos, muchos son de una legión de discípulos que tuvo. Pero tened en cuenta que las tallas son algo excepcional, supongo que ya tenéis una idea del precio por lo que hablarais con don Ramón…

El criado se dio cuenta de que la vieja estaba bien enterada de lo que se trajinaba en el almacén. Le señaló un grupo de lienzos del pintor que había mentado. Sebas los contempló con desgana, en su mayoría eran crucifixiones de esbozos casi idénticos y paleta muy oscura, algo tétrica.

Poco después de las siete apareció el canónigo Benavides por la escalinata del Palacio Arzobispal. Parecía cansado por la forma de caminar arrastrando los pies. Además, se le marcaba su joroba, un defecto que, seguramente, se hacía más ostensible cuando estaba fatigado. Sebas le aguardaba en la plaza junto a la puerta del Perdón del templo catedralicio, protegido por varios fieles que admiraban la impresionante fachada gótica. Estaba rodeado de menesterosos, chiquillos vociferantes, algunos artesanos que pretendían colocar su mercancía a los transeúntes, y numerosas señoras vestidas con diferentes hábitos como cumplimiento a toda clase de promesas y devociones. Los más numerosos eran los indigentes y tres de ellos se lanzaron sobre el canónigo, pero este indiferente a sus peticiones subió la cuesta del Arco de Palacio acelerando el paso cuanto pudo. Sebas se extrañó del camino que había emprendido, seguía una ruta opuesta a la del día anterior. Le fastidió que fuera así porque creyó que repetiría el paseo habitual hasta su casa y se encerraría allí hasta la mañana siguiente, lo que le habría permitido finalizar la vigilancia y regresar a la posada.

Benavides, a pesar de su agotamiento, se esforzaba para avanzar deprisa, como si llegara tarde a alguna cita. Se dirigió hacia la cota más alta de la ciudad y, después, continuó por una maraña de calles solitarias que obligaron a Sebas a aplicarse para no ser detectado y, al mismo tiempo, no perder su pista. Al poco rato, comenzaron a descender una pendiente pronunciada, atravesaron por un cobertizo ruinoso que amenazaba derrumbarse y, de súbito, el canónigo desapareció en un recodo que había a la derecha de la callejuela. Justo enfrente se alzaba el lateral de un recio edificio renacentista con fachada principal a una espaciosa plaza. Sebas revisó con mucha atención el lugar.

Resultaba insólito que el archivero se hubiera esfumado delante de sus narices. Por fin, localizó una pequeñísima puerta en un chaflán de la calle. No había campanilla ni aldaba, y supuso que alguien le estaba esperando en la misma entrada o el canónigo abrió con su propia llave. De cualquier manera, la maniobra fue rapidísima. Examinando la zona, comprobó que el edificio por el que había desaparecido el canónigo era una dependencia de la construcción señorial, que estaba al otro lado

193

de la calle, y que ambas se comunicaban mediante un pasadizo elevado recubierto de cristales opacos, de colores llamativos y emplomados.

Aguardó a que saliera armándose de paciencia. Transcurrieron pesarosas dos…, tres horas…, y no dio señales de vida. Tampoco por la calle vio a mucha gente durante la larga espera: dos labriegos que regresaban a sus hogares y una señora cargada con un capazo repleto de verduras.

Se encontraba en una zona apartada del centro, con pocas casas de vecindad y algunos conventos para no variar. Comenzó a inquietarse, la noche era bastante fría y con el cielo casi cubierto. Debido a la tensión que suponía la espera y sin poderse mover para no ser pillado en un despiste, comenzaron a dolerle casi todos los músculos, los pies se le estaban congelando. Había mucha humedad en el ambiente. La vega del río estaba próxima, una calima brumosa se fue apoderando de la barriada y soplaba una brisa gélida que se aceleraba con los altos murallones. Tenía que persistir, de lo contrario no se lo perdonaría don Jaime, y decidió pasar el rato revisando las misivas que había sustraído de la casa de Benavides. Eran cartas de amor. Nada mejor para distraerse.

Le dio un vuelco al corazón al terminar de leer la correspondencia que recibía el canónigo, había hecho bien en retirar las cartas de la mesa donde guardaba sus papeles. Con ellas no tenía ninguna duda de que obtendría los parabienes de su señor, ya que representaban un material excelente para desvelar la vida secreta del canónigo. Seguramente, don Jaime sabría cómo actuar cuando conociera lo que Benavides hacía en sus ratos libres y la clase de aventuras que reclamaban su interés. ¿Acaso estaba en ese instante el clérigo disfrutando de una de sus correrías?

A eso de las once y media de la noche, oyó algo de jaleo al principio de la calle, en la parte alta. Se retiró unos metros del lugar desde el que tenía controlada la puerta por la que se esfumó el canónigo, pero no consiguió saber qué era lo que estaba pasando ni la procedencia del ruido. No quiso alejarse mucho, ya que la neblina difuminaba los perfiles de las casas y temía perder a Benavides.

Transcurridos varios minutos, volvió a sumirse la calle en el más absoluto silencio.

194

Al rato, oyó el golpear de unas cabalgaduras y el rodar de un carro. Se detuvieron donde anteriormente detectó voces. Decidió asumir el riesgo y acercarse para conocer lo que estaba pasando.

Era una panadería, los trabajadores descargaban sacos de harina de una carreta. Sebas se dirigió al encargado, un individuo joven y con aspecto afable.

—Buenas noches, ¿sabéis qué es aquel edificio de allí abajo?

El panadero se asomó al centro de la calle para observar la construcción a la que se refería el desconocido.

—Sí, el de allí —señaló Sebas los muros de aspecto palaciego.

— Es el Colegio de las Doncellas Nobles.

—Y el otro, el que hay justo enfrente —apuntó al edificio por el que había desaparecido el canónigo.

—Es para el servicio del centro. ¿Lo veis?, están unidos por ese pasadizo elevado.

—¿Y a estas horas se puede visitar a las doncellas? —remarcó el criado.

—¡Claro que no! Eso es imposible. Debéis venir mañana al mediodía, salvo que haya alguna urgencia y entonces debéis hablar con la portera. Nosotros lo sabemos bien porque, como veis, somos vecinos y les suministramos el pan.

Sebas agradeció las explicaciones, deseó a todos los presentes una buena jornada de trabajo nocturna y se fue hacia la posada con la intención de cenar algo; estaba necesitado especialmente de descanso. Lo hacía con la conciencia tranquila porque podía asegurar que el canónigo pasaría allí toda la noche. Y creía saber quién sería su acompañante.

Acarició el bolsillo donde había guardado las cartas que recogió de la mesa de Benavides en su almacén y aceleró el paso hacia el centro de la ciudad. Era consciente de que la tarde había dado unos frutos excelentes para lo que pretendía don Jaime y estaba deseoso de trasmitirle noticias que le iban a agradar.

195

Archivo-Biblioteca del Arzobispado

30 de diciembre

*E*n la hora del descanso vespertino, de la siesta tan querida por los españoles en cualquier estación del año, don Jaime llegó a palacio. En la entrada principal aguardaba el secretario.

—¿Este es el mejor momento?

—El mejor —respondió Rodrigo—. Jamás aparece por aquí el canónigo en domingo y, desde luego, nunca a esta hora, salvo que le llame el conde de Teba para tratar algún asunto. Ni siquiera se acerca para cumplir con las obligaciones propias de los miembros del cabildo, cuando hay actividades relacionadas con su cargo eclesiástico.

—Desde luego, podéis estar seguro de que hoy no viene por aquí, lo sé de buena tinta, creo que es la expresión que utilizáis.

El veneciano realizó esa afirmación levantando la cabeza antes de atravesar el poco agraciado pórtico del edificio. Manos inexpertas habían realizado en granito aquel pegote, como lo calificó el primer día que entró en la sede del arzobispado. En el exterior había muy poca luz, el cielo amenazaba tormenta cubierto de espesas nubes de color negruzco. No se decidió a cruzar el umbral hasta terminar de echar un vistazo a la plaza. A su izquierda, justo en un lateral del Ayuntamiento, se ocultaba, sin lograrlo por completo, su persistente sombra: Lorenzo Seco. Pensó que le gustaría encontrar el momento para agradecer al cabo que le hubiera salvado la vida en el callejón del Diablo y que, de algún modo, fuera el responsable de que llegaran hasta sus manos dos excelentes manuscritos.

Hoy poco podría hacer el esbirro para sorprender a don Jaime y apenas importaba su presencia en la plaza de la catedral, ya que carecía de la posibilidad de alertar sobre la visita que iba a hacer al archivo. El canónigo había partido hacia el mediodía con destino a su torre medieval en un pueblo de la provincia. Sebas se había enterado de ese viaje en la taberna de Perico, ya que este había sido requerido por el ama del eclesiástico para rellenar varias botas de vino, una de ellas la que utilizaría Benavides para refrescar el gaznate por los caminos de tierra que tendría que atravesar con su cabalgadura. Y el tabernero, como era su costumbre, había hablado sin cortapisas con su nuevo parroquiano.

Rodrigo dirigió a don Jaime hacia los sótanos del palacio para explorar las dependencias privadas del archivero.

—Os guardaré gratitud por lo que hacéis en mi ayuda.

—Yo deseo desenmascarar a quien se sirve a sí mismo, y no a la Iglesia a la que debe fidelidad y respeto —respondió el secretario—. De cualquier manera, aguardad todavía, no sé si seré capaz de facilitar vuestras indagaciones. Solo tengo una intuición y, por lo tanto, no es más que una posibilidad remota.

La puerta del despacho de Ramón Benavides tenía dos hojas de madera maciza y grandes cuarterones tallados con figuras de condenados quemándose en las llamas del infierno. El secretario movió varias veces el tirador sin lograr que se abriera. El caballero recapacitó si no se habría anticipado en las muestras de agradecimiento que acababa de manifestar hacia el joven sacerdote. Rodrigo le hizo un gesto indicándole calma, introdujo la mano en el bolsillo de su sotana y extrajo una reluciente llave que, de inmediato, colocó en la cerradura encajando a la perfección.

—*Tiens, il fallait bien m'en prévenir! Vous étiez en train de m'inquiéter...*[6]

—¿Cómo decís? —preguntó el secretario al mismo tiempo que lograba liberar el pestillo.

—Que podríais haber avisado, me llevé un susto tremendo, no sabía que teníais una llave.

197

6. ¡Dios mío, esto se avisa! Me estabais preocupando...

—Las monjas tienen duplicados para abrir cualquier puerta del edificio. Benavides se hizo de rogar para no cumplir con esa exigencia, pero es un mandato del cardenal y nadie está exento de la misma.

Accedieron a la sala de trabajo del canónigo, una espaciosa estancia carente de luz natural al igual que gran parte de las salas que componían el archivo y la biblioteca. Lo primero que hicieron fue encender las velas y candiles que encontraron, era la única manera de poder moverse entre las montañas de papeles y libros que había esparcidos por todas partes. La anterior visita que hicieron juntos al canónigo fue breve, y la presencia de Benavides solo permitió que apenas tuvieran tiempo para escudriñar por encima lo que había en su despacho.

—Y, bien, ¿qué queríais enseñarme? —preguntó el caballero.

—Debemos esperar unos minutos —respondió Rodrigo cerrando los párpados y concentrándose—. Aguardad y lo sentiréis. Cuando permanezco aquí un rato con la puerta cerrada, me doy cuenta de que entra aire por algún sitio y, por ello, deduzco que debe existir un acceso, una entrada a algún pasadizo.

—Vaya, os descubrís entonces. Habéis intentado fisgonear antes.

—Para qué negarlo… —dijo el secretario—. Y menos, a vos.

—Pues no hay nada a la vista, desde luego. ¿Y no tenéis ninguna idea?

—No, ninguna. Esperad a que entre los dos podamos dar con esa corriente.

Se despojó de su capa y de la casaca para apreciar mejor lo que le describía el secretario; asimismo, comenzó a desplazarse alrededor de la habitación con las palmas de las manos abiertas para sentir el aire que pudiera proceder de otro recinto anexo.

Rodrigo quedó deslumbrado con las ropas del caballero. Llevaba un chaleco largo, casi hasta las rodillas, de su color favorito, el rosa, adornado con bordados florales muy delicados que cubrían la mayor parte del tejido. Era algo espectacular, nunca había visto el sacerdote un atavío de tanta calidad y belleza. Al caer en la cuenta de la impresión que había producido su indumentaria, don Jaime comentó acariciando su vestimenta:

—Todo es de París, querido amigo. Estoy seguro de que os

gustaría llevar algo así, en España sois de una gran tristeza con la ropa...

—Nos preocupan otras cosas.

—¿Acaso pensáis que soy un frívolo? No, disfruto de todos los placeres, ninguno causa penas si se sabe manejarlos.

—Entiendo, don Jaime, pero yo me debo a otras exigencias.

—Mejor dejemos esta charla para otro momento.

—Por supuesto, ahora debemos permanecer en silencio, concentrarnos en lo que buscamos —propuso Rodrigo—. Por ejemplo, cada uno debe explorar una parte de la sala.

El secretario comenzó a revisar la zona de la entrada, mientras el veneciano hacía lo propio en la pared opuesta, detrás de la mesa de trabajo del canónigo.

Debían desplazarse con lentitud y cuidado para no tropezar, puesto que había esparcidos por el suelo numerosos rollos de papel ahuesado atados con cintas de colores y bastantes libros. El muro que inspeccionaba don Jaime estaba cubierto por una estantería de caoba, de unos quince metros de largo, con varias secciones. Sus anaqueles atesoraban algunas joyas cuyos lomos iba acariciando mientras repasaba en silencio lo que había escrito sobre ellos: *Le roman de la rose* del siglo XIII, una Biblia de la misma época, el *Codex Justinianus*, dos obras de Séneca, un leccionario maronita, una edición impresa de *La ética* de Aristóteles del siglo XV, otra de la gramática latina de Juan de Pastrana, un libro de milagros escrito por el obispo de Tuy, otro de medicina del siglo anterior perteneciente a Andreas Versalius, una obra de Diego de Covarrubias, un atlas de Gerardus Mercator...

Precisamente, el atlas interesó al caballero y lo retiró de la estantería. Estaba impreso en 1602 y contenía numerosos mapas magníficamente coloreados. Se acomodó en el sillón del canónigo para admirar la edición. Justo a la altura de su nuca quedaba el lugar vacío de la repisa que antes ocupó el grueso tomo. Se detuvo en la representación del mapamundi con el dibujo del Polo Norte, era la primera vez que un cartógrafo había señalado la posición de los hielos y, por lo tanto, su existencia en ese lugar del planeta. El veneciano tenía referencias de la publicación, pero nunca había llegado a tener en sus manos la obra de Mercator.

De repente, comenzó a sentir frío en la espalda y un leve

flujo de aire, a ráfagas, en el cuello, a pesar de llevar anudado un pañuelo de encaje con varias vueltas. Dedujo que era la impresión que le estaban provocando los mapas de Mercator. El frío se hizo algo más intenso y, entonces, apartó el atlas para observar al sacerdote. Rodrigo permanecía arrodillado en una esquina de la sala tocando con sus manos el suelo.

La sensación de frescor se hizo continua, giró un poco la cabeza hacia atrás. En el espacio que ocupaba el libro de Mercator, la madera del fondo estaba partida. Se levantó deprisa y enfrentó su mano a la rendija. Por allí entraba una débil corriente de aire que circulaba sin parar.

—Es aquí... —pronunció—. Teníais razón, Rodrigo. Creo que he dado con ello.

—Y tenemos algo similar cerca —reveló el sacerdote tras comprobar lo que decía don Jaime y colocó su mano, inmediatamente después, en la balda que se encontraba a la altura de sus rodillas—. Fijaos.

Retiraron algo agitados una buena cantidad de libros y, a medida que progresaban, la corriente de aire se iba intensificando. Era casi inapreciable, se precisaba poner la máxima atención para detectarla, pero estaba allí y les animaba en la tarea para despejar las repisas.

—Mirad: ¡unas bisagras! —alertó Rodrigo una vez retirados bastantes volúmenes.

En el lateral de una de las secciones aparecieron negros remaches sobre la madera. Fueron apartando los libros con cuidado hasta vaciar todos los estantes del módulo.

—Deberíamos dejarlo todo como estaba al terminar —advirtió el veneciano—, y nos va a suponer un buen esfuerzo.

El sacerdote comenzó a desplazar el mueble sin dificultad tras la descarga de lo que contenía. Y don Jaime demostró estar recuperado de sus heridas, él solo movió la mesa del canónigo y su silla facilitando que el estante girase noventa grados para descubrir al completo el hueco de la pared.

Apareció ante ellos una sólida plancha de metal negruzco, sin aberturas o espacio para las cerraduras, tampoco había asideros de ninguna especie. Era una puerta ciega. Cruzaron miradas de asombro. Uno de los perfiles verticales y esquinados de la placa tenía una espaciosa holgura, de casi un centímetro, por la que se colaba el aire, muy frío, que seguramente procedía de una galería interior. Rodrigo empujó con fuerza sin que cediese lo más mínimo.

—Yo creo que es de hierro y no entiendo cómo se abre porque en el quicial tiene herrajes para su movimiento —comentó el sacerdote mostrando los elementos que había descrito.

—Ya, y para esta puerta las monjas carecen de llave, me temo.

Don Jaime la examinaba con esmero y mucha atención, casi de cuclillas, y con todo su corpachón ocupando una amplia extensión de la pieza, casi sin dejarle ver a Rodrigo. Al aproximarse el sacerdote pudo observar al caballero girando con la yema de los dedos unas pequeñas ruedas que tenían números grabados en su superficie.

—¿Qué es eso? —preguntó.

—Sorprendente. Una coincidencia maravillosa para aquel que tiene vocación de viajero y curiosidad de águila. Hará unos tres años que estuve en San Petersburgo —cavilaba sin modificar su posición y con la mirada fija en los cajetines con las ruedas que no dejaba de acariciar, igual que si estuviera palpando algo mágico—, y fue allí dónde encontré, por primera vez, este invento, en el equipaje de una princesita, por más señas. Ay, ¡qué mujer! Si yo os contara…

—¿Y de qué se trata el invento? —insistió Rodrigo con asombro.

—Pues, no quiero decepcionaros, pero este tinglado nos indica que la puerta solo se abrirá si llegamos a conocer una clave secreta, de seis cifras… ¡Mejor dicho! Las dos claves secretas para los dos rodillos que han instalado en esta fortaleza. Cuando lo sepamos, podremos explorar lo que protege, lo que hay detrás. Y debe ser algo muy importante, pues se han tomado muchas molestias.

—¿Sin llaves?

—Exacto. Nos lo han puesto difícil, Rodrigo. El canónigo sabe lo que hace o, simplemente, aprovechó la existencia anterior de este montaje para sus cosas. Los códigos que precisamos puede tenerlos fuera de nuestro alcance, en un sitio difícil de encontrar, o conservarlos sin más en su propia memoria. Y es probable que los lleve encima. Complicado lo tenemos, puede que aquí termine nuestra aventura…

201

Comenzó a desplazar su mirada por toda la sala como si estuviera buscando el escondite de los códigos. Seguidamente, se puso a revisar sin muchas esperanzas la mesa del canónigo. El secretario del cardenal permanecía inmóvil, paralizado, sin saber cómo actuar.

—Nos la ha jugado —comentaba Rodrigo ausente—, y lo peor de todo es que el conde de Teba está contento con su labor, nunca bajará hasta aquí, yo no tengo argumentos para denunciarle y, si habla con él, dará por buenas sus palabras, creerá incluso que lo que he descubierto no es más que para proteger los documentos confidenciales del arzobispado o cualquier cosa que se le ocurra.

Don Jaime apenas atendía, revisaba con insistencia, palmo a palmo, los cajones del archivero. Estaban prácticamente vacíos. Pasados varios minutos, se dio por vencido.

—Rodrigo, aquí no hacemos nada. Por hoy es suficiente, y es bastante lo que hemos avanzado. Hay que estar satisfechos, os lo aseguro, a pesar de las dificultades que hemos encontrado…

—¿De verdad, don Jaime? —preguntó más animado.

—Por supuesto, ahora sabemos qué es lo que precisamos para entrar, dónde se hallaría lo que buscamos y que se trata de algo importante. Eso es mucho más de lo que conocía antes de bajar hoy aquí, os lo agradezco. Ya descifraremos el enigma. Encontrar una barrera es un estímulo, algo que tenemos que doblegar. Si fuera fácil, resultaría aburrido. —El caballero finalizó su parlamento mientras se cubría con la capa.

Juntos pusieron en orden el despacho para evitar que el canónigo detectara la visita que le habían hecho y, por supuesto, que llegara a sospechar que conocían la entrada al escondrijo de la supuesta galería secreta.

Una vez en el recibidor del palacio, hicieron tiempo hasta que dejó de llover. La tormenta que había caído sobre la ciudad impregnó de agua los muros de la catedral y sus perfiles destacaron sobre el cielo de grisura.

En las escaleras de la plaza, don Jaime se despidió de su compañero en la aventura que habían compartido aquella tarde. Después, con una amplia sonrisa y un intenso brillo en los ojos, dijo:

—Lo único que lamento es tener que dedicarme a localizar

202

túneles dentro del despacho de Benavides, en vez de atender a la joven condesa y buscar la manera de encontrarme con ella.

—Hoy no está aquí, en palacio, por las tardes suele ir a una residencia del arzobispado que está junto al río. De cualquier manera, debéis ser prudente y cuidadoso con doña María, es casi una mujer por su aspecto, se ha desarrollado rápido y con fortaleza, mucho más de lo que podíamos imaginar hace unos meses, pero carece de la preparación y de la experiencia para responderos con las mismas armas que vos poseéis. Ella, como se suele decir, acaba de salir del cascarón, no sé si me entendéis...

Asintió con un ligero movimiento de la cabeza y evitó replicar a la insinuación que le hacía el sacerdote. Y, de ninguna manera, se le pasó por la cabeza comentarle que, precisamente, la candidez de la joven era lo que le incitaba con más ardor para volcarse en ella.

203

Posada de El Carmen

1 de enero de 1768

*S*ebas celebró sin agobios el Año Nuevo al conocer que el canónigo tardaría en regresar desde Casasbuenas, la aldea donde tenía por costumbre refugiarse una vez por semana, o como mucho cada quince días. Perico, el cantinero, fue explícito al detallarle algunas de las costumbres del vecino traficante de obras de arte, las menos públicas y nunca imaginadas por el resto de los miembros del cabildo.

—Conozco a su ama desde hace mucho tiempo, de cuando yo vivía con mis padres aquí en el barrio del Pozo Amargo y ni siquiera sabía a lo que iba a dedicarme en esta asquerosa vida. Pascuala era muy amiga de mi madre, que en paz descanse, y, por eso mismo, me habla algunas veces, las que le deja el animal de su marido, de sus preocupaciones y también de don Ramón, porque hay cosas de él que no le gustan ni una pizca.

—¿Qué cosas? —preguntó el criado con la garganta escocida por el vinazo de barra que servía el tabernero en su establecimiento.

—Pues dice que compró una especie de castillo, y que poseer tantos bienes no está bien en un religioso, y mucho menos cuando se tienen para esconderse con su barragana. Ella, al parecer, va por allí algunos fines de semana con él, a la torre de Casasbuenas. ¡Todos son iguales! ¡Sanguijuelas! Estaríamos mejor sin ellos.

El cantinero escupió al suelo del que emanaba un aroma agrio que se expandía por todo el local. Perico expresaba a su manera la opinión que tenía sobre los que vestían sotana, un punto de vista sobre los curas algo desaforado pero que, en su caso, fue avivado a raíz de los intentos de Benavides para quitarle el local.

—Él es de los peores. Esquilma a las pobres monjas para vivir como un ricachón y en buena compañía de mujeres, sin respetar lo que prometió cuando se hizo sacerdote. No, no es tonto. Él mete más que muchos de nosotros y sin compromisos de ninguna especie. Así cualquiera. Está bien lo de pasar las fiestas encamado, ¿eh?

El cantinero confirmó a Sebas que Benavides y su concubina regresarían a la ciudad en la tarde del primer día del año nuevo, según le había dicho su ama. Sebas trasladó, de inmediato, a su señor lo que le había expuesto el vecino del archivero.

Don Jaime maquinaba la forma de romper el cerco organizado por el habilidoso canónigo para proteger los supuestos fondos secretos; dedujo que la existencia de una amante representaba una circunstancia que debía explorar e intentar aprovechar para culminar la misión que le había llevado hasta Toledo. Precisaba más información sobre Valeria, ese era el nombre de la mujer, y de la relación que mantenían ambos. Las cartas que robó su criado en el almacén del archivero habían sido un avance importante para ratificar lo que existía entre los dos; aquello era un paso en falso de Benavides que podía serle de gran utilidad.

205

En El Carmen la festividad de Año Nuevo fue especial, mucho más que la Nochevieja. Doña Adela contrató a unos músicos que actuaron toda la mañana en el patio para ir creando un ambiente adecuado para comenzar el año con alegría. Luego, con la ayuda de sus empleadas, asó dos corderos lechales en el hogar de la cocina y pidió a don Jaime, un cliente especial para ella, que se sentara con todas las mujeres en la misma mesa.

El caballero terminó por hablar de sí mismo y de su pasado forzado por las comensales, asimismo, por la ingesta de caldos extraordinarios que él nunca había probado en España. La posadera había rebuscado en la bodega para agasajarle convenientemente con unas bebidas que conservaba para celebraciones especiales.

—Son de la zona del Duero, más al norte —dijo con una

pizza de orgullo—. Me los trae un vinatero solo para mí. Los vinos de esta tierra, de por aquí, de La Mancha, son ásperos.

En la sobremesa fueron más lejos con la bebida y probaron distintos tipos de aguardiente. La dueña tenía una gran variedad de licores y brebajes que llegaban a su cueva de la mano de viajeros y vendedores procedentes de muchas partes del país.

El de Seingalt terminó por entregarse al festejo ante la mirada curiosa de los preciosos ojos de Rosario que no dejaba de observarle.

—Cuéntenos, señor don Jaime. ¿Cómo son las mujeres en otros lugares? ¿Habéis conocido a muchas y por diversos países? Ya me entiende… —insinuó pícara la sobrina de doña Adela.

—Como las de aquí, mi querida niña, os parecéis bastante y las distancias no significan nada en vosotras. Todas sois poseedoras de idénticos dones, muchas veces protegidos innecesariamente, y reducidos a la nada; otras, por desconocimiento de vuestro extraordinario poder para cambiar el mundo y a los hombres. Y yo, lo digo claramente y sin circunloquios, he nacido para honrar con devoción al sexo opuesto, os he amado siempre y he hecho cuanto he podido para lograr que me amaseis. Sobre este particular, apenas pongo reparos, cualquiera de vosotras me haría feliz —dijo clavando sus pupilas en Rosario mientras acariciaba su mano—, y yo os compensaría como mejor sé hacerlo.

Las doncellas se rieron, Sebas escuchó atónito la plática de su señor, expuesta con emoción y calidez, acaso por los efectos de la buena mesa. Rosario enrojeció con el sentido que expresaban las palabras del caballero, dichas con el descaro que estimulaba el aguardiente, pero también con su buen gusto para el chichisbeo. El rostro de don Jaime resplandecía aquella tarde con una piel sonrosada, de aspecto saludable, y resaltaba aún más su expresión aniñada. En las últimas jornadas, era frecuente verle feliz, con una dulce sonrisa dibujada en sus labios carnosos y con una mirada más transparente. Durante el ágape preparado por doña Adela dio muestras de entusiasmo, como si hubiera recuperado el vitalismo y la astucia para tratar a las mujeres. Contaba con la mejor compañía para celebrar el nuevo año, como si él mismo hubiera dispuesto la mesa: además de doña Adela y su sobrina, había dos empleadas de la posada, unas jóvenes que habían llegado de pueblos cercanos a la capital para buscarse la vida.

—¿Y qué os llama más la atención de las mujeres, qué apreciáis más en nosotras? —insistió Rosario, empeñada en no cejar en su curiosidad sobre tan curioso personaje.

—El misterio que tiene siempre lo que hacéis y el placer que dais si os ponéis a ello; si decidís entregaros, no hay mayor felicidad terrena.

—¿Y por qué nunca os casasteis? —planteó una de las doncellas, la menos agraciada. El veneciano levantó los hombros extrañado por el atrevimiento. Ella, insistió— : Nos lo dijo Sebas...

—El matrimonio suele ser la tumba del amor, lo que lo encadena sin posibilidad de redención; y, si se persiste en él, es destrozando, la mayoría de las ocasiones, a la pareja. Supone un precio muy alto y sus menguados beneficios se pierden por completo cuanto más se permanece en esa situación.

La chica reaccionó con gesto mohíno, de sorpresa, y molesta, no pareció agradarle la respuesta.

—La libertad es un bien maravilloso —continuó don Jaime con la intención de ayudar a que la doncella le comprendiera—, el mejor de todos los que recibimos. El matrimonio nos limita a un solo manjar que, con el paso del tiempo, se agria. Y creo que la monotonía seca, además, la mente de los hombres y de las mujeres.

—Bueno, Lorenza, ya lo irás comprendiendo —terció doña Adela.

La joven aún no había cumplido los dieciséis años y compartir mesa y charla con don Jaime era un privilegio para ella. Le contaría a Sebas más tarde, cuando quedó a solas con él, que su señor le había resultado como el párroco de su pueblo, pero en libertino, lo que inducía escuchándole a tener sueños de intenso vigor erótico.

Desde el momento que llegó a la posada el extranjero, Lorenza y sus compañeras de servicio estaban pendientes de todo lo que hacía. No era especialmente hermoso, llegaban allí hombres con mayor atractivo físico, pero les atraía por sus maneras y excelente educación, por su porte elegante, su desenvoltura y sus vestimentas sin igual por aquellas latitudes. Y, especial-

207

mente, por las historias que circulaban sobre sus hazañas con las damas que, sin duda, propalaba el criado.

El día de Año Nuevo no llevaba la peluca y, sin el aditamento que le protegía, se veía que le faltaba abundante pelo y parecía mayor. Pero como en cualquier otra ocasión, se cubría con una camisa de finos encajes (la planchadora de la posada se había quejado del trabajo que suponía tener preparada la delicada y abundante ropa del veneciano), calzones de seda, de color violeta, y zapatos negros, altos de tacón, con hebillas de oro.

—¿Y qué pensáis de la amistad? —preguntó la otra doncella, una morena de mirada ardiente, pechugona y de labios jugosos.

—¿Con una mujer?

—Eso quiero saber —confirmó la muchacha.

—¡Vamos, niñas! ¡Ya está bien de monsergas y de molestar al señor! —intervino doña Adela.

—No, os lo ruego, dejadlas. Si hay algo que aprecio es la curiosidad que viene espoleada por la inocencia —repelió mientras daba vueltas con sus dedos a los rizos del pelo y afilaba sus pupilas por el contento que le producía conversar con las jóvenes. Ellas le miraban con admiración y respeto—. A mí me resulta difícil sentir solamente amistad por una mujer. ¿Te refieres a esa clase de amistad en la que no hay contacto físico?

—Sí... —asintió ella con un hilo de voz.

—Pues bien, tengo que ser sincero. La amistad, en su apogeo, se convierte en amor y, liberándose por medio del mismo dulce mecanismo que el amor necesita para alcanzar la felicidad, la amistad se regocija por encontrarse más fuerte tras consumar el tierno acto.

La doncella apenas comprendió la respuesta y enmudeció, pero viendo sonreír a Rosario y a doña Adela supuso que era hermoso lo que le había dicho el huésped. Bebieron todos en silencio. La posadera rellenó las copas con aguardiente de hierbas que le habían traído de Asturias. A través de los cristales de la cocina veían caer una fina lluvia que dejaba el patio como un espejo. Hacía mucho frío en la calle y los zagales se protegían en los soportales con mantas. Rosario echó más leños al fuego.

—Creo que vuestra atracción hacia algunas mujeres os ha llevado a hacer cosas sorprendentes —comentó la sobrina de la posadera después de atizar el fuego.

—Tenéis que saber que el deber de un amante es forzar el objeto de su amor a rendirse ante él.

—¿Y si no lo consigue o es rechazado? —puntualizó la dueña.

—Nunca es lícito violentar la voluntad de la pareja, cuando me refiero a forzar es utilizando los mecanismos para la conquista y la seducción. El respeto y la aceptación deben ser recíprocos como el único medio para coronar el deseo con felicidad, sin amargura. Entonces, si os importa mucho alguien y se fracasa, puede llegar a obsesionaros y haceros perder la cabeza. Me ha ocurrido más de una vez, por supuesto, porque siempre estoy buscando el amor desde que era un niño. Y puedo deciros que hubo una dama que me resultó inaccesible a pesar de mis esfuerzos para conquistarla y hacerle el amor. Ante esa situación tan desastrosa para mí, decidí curarme con sus cabellos, los confité, y me los comía para poseerla. Fue bastante complicado conseguir lo que pretendía, tuve que buscármelas con la ayuda de sus peluqueras.

—Hay cosas peores para comer y que hacen más daño —añadió jocosa Lorenza mientras soltaba una carcajada, las otras mujeres enmudecieron al escuchar la sorprendente historia del caballero.

Don Jaime sonrió ampliamente abriendo la boca, tenía los dientes destrozados y ennegrecidos por las caries y las dolencias venéreas que había padecido. A continuación, se frotó el estómago, muy castigado por los excesos de una vida errante y los mejunjes que había catado. Aquel Año Nuevo había bebido con exceso y probablemente sufriría, unas horas después o como muy tarde al día siguiente, de hemorroides. Era consciente de sus limitaciones y carencias, muchas de ellas surgidas por las diferentes enfermedades con las que se había contagiado durante el trasiego por dormitorios inmundos, pues nunca desechó una buena oportunidad, a pesar del camastro que debía utilizar para sus artes. Su piel había perdido tersura, sus músculos eran más reducidos, se cansaba más que antes cuando hacía un esfuerzo, pero aquel día el alcohol le animaba arrastrándole al olvido de los sinsabores.

Sorprendía ver a aquel hombretón reír sin parar, hacía meses que no se comportaba igual. Sebas quiso realzarle todavía más con la intención de que recuperase su confianza, la fortaleza de antaño para emprender aventuras que parecían imposibles.

—¿Sabéis que don Jaime ha sido la única persona que ha logrado escaparse de la cárcel de Los Plomos en Venecia? —pronunció el criado despacio, facilitando que las mujeres apreciaran el significado de lo que les decía.

—Bueno, es una historia vieja, no quisiera aburriros con ella —expresó con falsa humildad Giacomo.

Todas, al unísono, le hicieron el mismo ruego, querían saciarse con el relato de la proeza.

—Ocurrió hace mucho tiempo, hace ya más de once años que salí de allí por el tejado de la prisión como un avezado saltimbanqui. —Rosario y las doncellas le miraban como si estuvieran junto a alguien irreal, un personaje fantástico al que casi podían tocar; Sebas había logrado lo que pretendía—. Y tuve que hacerlo así porque me habían encerrado, quince meses antes, simplemente por tener aficiones incomprensibles para los espíritus ignorantes y limitados. Me robaron un gran espacio de mi vida sin delito conocido, con acusaciones sin fundamento. La envidia puede provocar injusticias inaceptables. Y es cierto lo que dice Sebas de *I Piombi*, de Los Plomos, que se encuentra en el mismo Palacio Ducal de Venecia, nadie se había escapado antes.

—¿Y cuáles eran vuestras aficiones, las que os llevaron a sufrir ese castigo? —curioseó doña Adela.

—¿Y cómo lograsteis salir? —interrumpió Rosario.

—De una en una, os responderé. Antes un trago. —Lo dio largo, agotando el aguardiente; después, golpeó el vaso contra la mesa pidiendo que se lo llenasen de nuevo. Tenía los ojos achispados y resaltaba más la congestión por su color azul clarísimo. Deshizo el lazo del pañuelo blanco que llevaba anudado al cuello para respirar sin presión—. Mis aficiones no hacían daño a nadie, ni eran delictivas en absoluto, me gustaba estudiar libros de ocultismo, de alquimia, de filosofía y de mística, algo bastante común por cierto y que aficiona a nobles y monarcas, como bien sabéis, doña Adela, y también me atraía el amor prohibido, que atrae a la mayoría de los hombres, no podemos negarlo, ¿verdad? Pero, en realidad, fui castigado como consecuencia de la envidia que me profesaba un personaje siniestro, que me odiaba y tenía mucha influencia con los inquisidores. Un pobre diablo, de nombre... ¡qué más da! Fue una experiencia que deseo relegar para apartarla eternamente.

—Y los amores prohibidos ¿no hacían daño a nadie? —puntualizó una de las doncellas.

—Claro que no. En aquel momento mi mayor amor era el de una monja de noble cuna y alcurnia, la superiora del convento de Santa Maria degli Angeli de Murano. A nadie perjudicaba nuestra relación, como podéis imaginar. Era recíproco, como os dije antes, y aceptado por ambos. No hacía daño, solo bien a los dos.

—Lo suyo es jugar con fuego —comentó doña Adela—. Y bien, ¿cómo lograsteis salir de esa prisión?

—Por el tejado de plomo que cubre el Palacio Ducal. Conseguí hacer una abertura con una pica que tenía escondida en mi Biblia. Me encomendé a mis oráculos, Ariosto y Horacio, y ellos me ayudaron en la arriesgada fuga. Y os aseguro que, de no actuar así, aún permanecería encerrado.

—Parece fácil como lo explicáis —dijo la dueña.

—Solo lo es con el apoyo de quienes te quieren y desean tu bien.

—No entiendo —dijo Rosario. El resto de mujeres expresaban en sus rostros idéntico desconcierto.

—Ya os dije que don Jaime es un sabio —concluyó Sebas.

Antes de marcharse a sus aposentos, disfrutó admirando los robustos senos de las doncellas y pronunciando algunas lindezas sobre las virtudes de las que hacían gala. El alcohol y el calor que desprendía la chimenea las había forzado a desprender las ataduras de sus blusas. Y ellas, mientras la dueña y la sobrina atendían en la puerta a unos viajeros que acababan de llegar a la posada, se animaron a hacer algunos arrumacos al veneciano.

Finalmente, se retiró a su cuarto.

«No le reconozco —pensó Sebas—, mucho es lo que le carcome el alma para desaprovechar la oportunidad que ha tenido al alcance de su mano. Lo que más le gustaba antes era dar las primeras lecciones de amor carnal a una joven, y Lorenza temo que aún no ha recibido ninguna.»

Cobertizo de las Doncellas Nobles

3 de enero

*L*as cartas firmadas por Valeria le dejaron intrigado. Le turbaba que ella hubiera caído en las zarpas de un individuo como el archivero. Y, seguramente, fue debido a la lamentable situación que padecía cuando conoció al, por entonces, capellán del Colegio de las Doncellas Nobles.

En una de las misivas, ella describía el viaje que tuvo que realizar desde Lyon su madre francesa para encontrarse con un soldado napolitano que servía en la guardia del rey Carlos III. Al parecer, ese hombre era el padre de Valeria y él las había llamado para comenzar juntos una nueva vida en España. El drama no se hizo esperar porque, a los pocos días del reencuentro, el militar falleció inesperadamente de una extraña enfermedad. La madre permaneció en el Palacio Real de Madrid asignada al personal de limpieza, pero tanta era su tristeza y decaimiento por lo sucedido que no pudo sobreponerse y murió al poco tiempo. Ante aquella tragedia, varias personas conocedoras de lo que había sucedido con la pareja de enamorados solicitaron ayuda al monarca para que atendiera a las necesidades de la huérfana y, como Carlos III era copatrono de la institución de las Doncellas Nobles de Toledo y tenía la potestad de proveer las plazas, una de ellas fue reservada para Valeria, a pesar de que la joven adolescente ni era española ni descendiente de cristianos viejos, ya que el padre era sefardí. Con el respaldo del monarca, nadie se opuso al ingreso de la francesa utilizando las normas por las que se regían las Doncellas Nobles y Valeria entró en el centro.

«Los problemas no fueron a menos debido a las murmuraciones a las que son tan aficionados en este país y sufrí mucho después en el colegio», escribía la mujer en su larga misiva a Benavides, cuando este era el párroco de la institución. «Durante algún tiempo estuve señalada por mis compañeras como si fuera fruto de algún desliz del rey, lo que significaba desconocer el comportamiento estricto y virtuoso de Carlos III. De cualquier manera, yo representaba una mancha en una institución que hacía ostentación de incorporar a jóvenes nobles con pureza de sangre, en su mayoría castellanas, y con antecedentes irreprochables. Para colmo de desgracias, mi desconocimiento del idioma y el retraso en los estudios, a los que había que añadir mi avanzada edad para ponerme al día con mis compañeras, llevó a las responsables del centro a ofrecerme una tarea subalterna, alejándome de mis compañeras, a tono con mi incapacidad y sospechas de origen. Pronto me hice cargo de la portería cayendo en un estado de tristeza que me llevó a intentar suicidarme. Pero llegaste tú...»

Comprobó, en las dos extensas cartas que su criado había sustraído de la mesa del canónigo cuando visitó su almacén de obras de arte, que Valeria consideró al sacerdote como un ángel de la guarda y su salvador; no en vano fue la persona que logró sacarla del agujero endiablado en el que se había refugiado para ir apagando su frágil vida, como ella misma reconocía en sus escritos.

Estaba derrumbada, sin ánimos para seguir —expresaba la guardesa del colegio con una letra redonda y preciosista—; creo que tenía fiebre a todas horas y tú, cuando apareciste, calmaste en parte mis angustias, mis temores y me hiciste despertar de nuevo.

Te lo explico, querido Ramón, para que me entiendas y permanezcas a mi lado, como tú desees. Yo no te exijo nada, para mí representas el soplo que alienta a una asustadiza y débil mujer en estas horas de desconcierto, aunque me has traído la esperanza que, poco a poco, se va introduciendo en mí y alejando el desánimo.

Al veneciano le había picado la curiosidad, pues la historia de la amante de Benavides no era para menos, e intuía que Valeria podía representar la solución al enigma que le había llevado hasta Toledo, que tal vez ella fuera la llave que le permitiría cumplir con su misión y regresar cuanto antes, con el perdón del rey francés, a su amado París.

Pidió a Sebas que investigase todo lo concerniente a aquella mujer y, por supuesto, que estuviese atento a los pasos que daba el bibliotecario del arzobispado, y comerciante de arte en sus ratos de asueto, cuando visitaba a la portera del colegio de las doncellas bien nacidas.

El 2 de enero, el canónigo repitió su rutina regresando directamente, al mediodía, a su casa de la calle Ave María, después de trabajar en los sótanos del Palacio Arzobispal.

Sebas tiró sin éxito de la lengua a Perico, el tabernero vecino de Benavides, ya que apenas tenía referencias sobre la amante de origen francés. El criado lo desconocía casi todo sobre Valeria, salvo el testimonio directo y muy expresivo recogido en las dos cartas que había robado a su protector y que había comentado con su amo.

Por la tarde, el archivero apenas modificó su ruta adentrándose por las callejuelas poco transitadas que conducían al cobertizo de las Doncellas Nobles. El criado tuvo que esforzarse para pasar inadvertido porque las pisadas retumbaban en los murallones y un simple roce se transformaba casi en una voz de alarma. Como en anteriores ocasiones, nada más atravesar la calle cubierta por el pasadizo alto, Benavides desapareció de su vista.

Sebas deambuló por la calle, de arriba abajo, buscando alguna persona con quien hablar un rato. No tuvo suerte, en más de dos horas solo se cruzaron con él unas ancianas que salieron de sus casas para llenar pequeños cántaros en la fuente de una plaza próxima. Antes habían correteado por allí unos chiquillos. Poco a poco, el silencio se adueñó de la zona, tan solo brotaban lejanos murmullos desde los jardines interiores. Comenzó a desanimarse pensando que sería difícil verificar lo que le había pedido don Jaime. El palacete que habitaban las doncellas tenía las puertas y ventanas cerradas como si fuera una clausura.

Sebas concluyó que tenía vedada la posibilidad de ampliar la información que precisaba sobre Valeria.

Daba vueltas por la calle rumiando la decepción, cuando escuchó ruido en la panadería y percibió movimiento a su alrededor. Se acercó hasta la puerta del establecimiento abierta de par en par. En el interior, tres jóvenes preparaban el horno, la harina y la mesa del obrador con diferentes utensilios; estaban tan concentrados en su tarea que no se dieron cuenta de su presencia. Debían estar acostumbrados a que algún curioso se detuviera en la calle para observarles mientras trabajaban. Uno de los panaderos vino hacia él mientras se limpiaba las manos con el delantal blanco.

—Hace unos días preguntasteis por el colegio de las doncellas. ¿Fuisteis vos, verdad?

El panadero estrechó afectuosamente la mano de Sebas. A este se le activó el cerebro. Tenía que aprovechar el momento y la buena disposición de aquel mocetón con expresión cordial e inteligente en su semblante.

—Sí, estoy preocupado —adelantó con gesto compungido—. Mi hermano pretende llevar al altar a una de las jóvenes, a una de esas doncellas...; ya se han visto un par de veces y se gustan, pero está preocupado porque le han dicho que las costumbres de ellas no son tan perfectas como cuentan por ahí.

El joven arrugó el entrecejo y desplazó de un lado a otro la cabeza, alarmado por lo que relataba el desconocido.

—La gente habla mucho sin saber nada de la verdad. Como ellas llevan una vida discreta, casi fuera del mundo, se inventan toda suerte de cosas sobre esas chicas. Yo sé que trabajan y las preparan para ser unas perfectas casadas. Es el mejor colegio que existe para esa formación. Aquí mismo, en el barrio, ha habido algún matrimonio y todo ha ido muy bien. La envidia es mala, ¿eh?

—¿Es cierto que viven como si fueran unas monjas?

—Bueno, sin exagerar. Salen poco, la verdad, y cuando lo hacen van acompañadas por las *tías*, que es como llaman a las mayores que tienen a su cargo a una compañera. En el colegio reciben la mejor educación para llegar al matrimonio en las mejores condiciones, ¿me entiende? Pero su finalidad es casarse y tener hijos, nada que ver con las religiosas. Os puedo decir que, si alguna decide meterse en un convento, le retiran la dote. Vuestro hermano puede estar tranquilo, se llevará una joya, ¿eh? —concluyó el panadero acariciando el brazo de Sebas. Era un joven fuerte, de mirada curiosa, y persona que parecía apreciar la conversación.

—Y de la portera, ¿qué me decís? —preguntó con la certeza de que el panadero estaba encantado con la charla. Los compañeros seguían concentrados en el trabajo sin echarle de menos.

—¿Qué pasa con ella? —inquirió con gesto tenso el amasador; daba la impresión de que había hurgado, de improviso, en algo que le afectaba personalmente.

—Hablan de que es la barragana de un cura. ¡Vaya modelo para las chicas! ¿No creéis? Tendrán una buena preparación, pero no pienso que sea un ejemplo para ellas mantener en la portería a una descarada.

—Es una buena mujer, y os lo digo porque trato bastante con ella. Yo le llevo el pan después del amanecer y ya está trabajando en el palacio a esas horas. Y así todo el día. Algunas veces hablo con ella y no sé por qué... —el joven panadero restregó su rostro con la mano, le costaba hablar del asunto—, esa relación que dicen que tiene, quién sabe, y... ¡Qué más da, hombre! Lo que le importa a vuestro hermano ya os lo dije: las doncellas llevan una vida conveniente para luego ser esposas... ¡Ya quisieran muchos tener a su lado a una mujer como las de ahí! Menuda suerte la suya. ¡Dejaos de bobadas! A mí me gustaría matrimoniar con una de ellas...

—¿Cuándo salen a la calle?

—En muchas ocasiones y siempre en grupo; van a la catedral, de visita a los hospitales y todos los mediodías se las puede ver por aquí cerca, en el paseo de la Virgen de Gracia, acompañadas por Valeria.

—¿Valeria? —fingió Sebas.

—Sí, precisamente con la portera, quien además se encarga de las compras y es responsable de miles de tareas en el colegio. Ahí todo funciona bien, la plata que reciben del arzobispado es suficiente y procede del legado del cardenal Silíceo, el fundador del centro, y también reciben todo lo que precisan del actual cardenal. Bueno, tengo que dejaros... —El panadero miró al interior del local donde sus compañeros se afanaban en la preparación de la hornada.

—Os agradezco mucho lo que me habéis referido, pues ello

le dará sosiego a mi hermano. Y espero no haberos complicado la tarea con el tiempo que me habéis dedicado…

—En absoluto, amigo —expresó el joven—, no sabéis lo aburrida que es la noche y lo extensas y dilatadas que son sus horas, se agradece una conversación, de vez en cuando, para acortar el tiempo y hacer algo diferente a estar siempre viendo a las mismas personas… —concluyó, guiñando un ojo a sus colegas que le respondieron con idéntico gesto. Después, volvió a estrechar la mano de Sebas y se despidió de él.

Permaneció en la calle durante un buen rato pensativo, meditando sobre lo que acababa de contarle el panadero. Buscó un poyete para sentarse, cerca de la portería del colegio. Apenas se veía nada por el lugar, la noche era muy cerrada.

Admiraba mucho a su señor veneciano, en eso no había ninguna clase de duda o resquemor, ahora recibía buena paga de él, pero estaba cansado de la vida que llevaba a su lado. Comenzaba a echar en falta su tierra burgalesa que lindaba con las Vascongadas. La dulzura de aquel paisaje y la excelente comida de aquellos pagos. Estaba decidido a pedirle a don Jaime que le dejara regresar a su terruño, del que salió hacía más de veinte años para ver el mundo y, si fuera posible, decirle a Rosario que se marchara con él.

De cualquier manera, al finalizar la misión que había traído al caballero hasta España, daría por concluidos sus servicios, este sería su último trabajo con él. Le dolía hacerlo porque el señor daba la impresión de estar agotado, necesitado de una mano amiga; en realidad a don Jaime también le vendría bien retirarse pronto de la vida errática y de las aventuras que habían caracterizado toda su existencia. Le resultaría difícil hacerlo porque siempre estaba maquinando una empresa o un viaje, muchos de ellos solicitados por sus amigos rosacruces o por los masones.

Encerrado en sus pensamientos, se sobresaltó al ver avanzar hacia él una sombra compacta. Reaccionó raudo regresando, a toda prisa, hasta la panadería, sin perder de vista a la persona que subía por la ligera pendiente de la calle.

—Perdona, se me olvidaba hacerte una pregunta —planteó

217

al tahonero que, en esta ocasión, permaneció trabajando sin apartarse de la mesa del obrador.

—Dígame…

—¿A todas ellas les entregan una dote cuando salen para contraer matrimonio?

—Por supuesto, desconozco la cantidad pero es bastante plata, salvo, como le dije, que eviten casarse. ¡Vaya suerte la de su hermano!

El agradecimiento y saludo de despedida a su salvador fue algo brusco. Salió casi corriendo a la calle para confirmar lo que había intuido cuando surgió la sombra debajo del cobertizo de las doncellas. Aceleró el paso cuanto pudo y tuvo suerte.

En un recodo de la recoleta plaza de la Cruz, junto a una farola, se había detenido el canónigo, con un comportamiento extraño. Abrió su sotana y sacó de la entrepierna un crucifijo de madera negra de casi medio metro. Miró a su alrededor con la intención de verificar fehacientemente que nadie pasaba por allí o estaba observándole desde alguna ventana. Era casi medianoche y por el lugar solo merodeaban algunos famélicos gatos. Benavides dio la vuelta al crucifijo acercándolo a la luz de textura aceitosa, suficiente para que la talla de marfil relumbrase en la noche como un fogonazo. Acurrucado en una esquina de la plaza y con la protección de un carromato, Sebas pudo distinguir a la perfección la escena.

Benavides, tras una revisión fugaz de la pieza que sujetaba entre sus manos, extrajo una tela de su faltriquera y envolvió cuidadosamente el crucifijo ocultándolo a la vista. Seguidamente, salió de la plaza con paso acelerado. Sebas no le perdió el rastro preguntándose por el extraño proceder del archivero. Si había adquirido la pieza o constituía un presente, ¿por qué la había llevado, en un primer momento, escondida debajo de la sotana? Y si conocía la escultura con anterioridad a la supuesta transacción, ¿por qué se detuvo en la plaza con aspavientos de malhechor para analizarla debajo de una tenue luz?

El canónigo hizo todo el camino hasta su casa dando grandes zancadas, a medio correr. Sebas terminó agotado, y llegó a la conclusión de que aquel hombre temía ser descubierto en medio de la noche.

Roca Tarpeya

5 de enero

En lo más elevado del profundísimo despeñadero se alzaba la construcción utilizada por el arzobispo-cardenal para su retiro; la mayoría de las veces para meditar solo frente a los montículos que rodean la ciudad y, en ocasiones, según le comentaron, para reunirse con obispos y administradores de los territorios que dependían del primado con objeto de revisar su actuación y mejorarla en lo posible. El lugar era de una belleza sin igual. En las balconadas de aquella plataforma se podía admirar un buen tramo del encajonamiento del Tajo desde su margen derecha y sobre las lomas del cogollo amurallado.

Mientras aguardaba en el jardín de la residencia la llegada de doña María, acodado en una barandilla colgada casi en el vacío, evocó para sí mismo la historia de Tarpeya, la joven romana hija del comandante de la fortaleza capitolina en tiempos de Rómulo. La caprichosa Tarpeya había aceptado abrir las puertas a los sabinos si le entregaban las ajorcas de oro que llevaban en sus brazos. Nada más entrar los guerreros, la ahogaron bajo sus escudos. A partir de entonces, los romanos arrojaron a todos los traidores desde la colina rocosa donde se hallaba el Capitolio, menos encaramada que la de Toledo y que, desde entonces, se denominó Roca Tarpeya, en recuerdo de la felonía cometida por la joven.

Don Jaime se asomó al precipicio. Daba grima contemplar la caída, imaginar el pánico de los que desde allí aguardaban ser ejecutados con tan horrible castigo, despeñados contra las rocas y, finalmente, arrastrados sus restos por el profundo cauce del río.

—Estoy impresionado —le dijo a la condesa nada más aparecer en el jardín—. Hizo bien el arzobispado en construir este vergel sobre las ruinas de lo que, en su día, debió de ser una cárcel romana.

—Os puedo mostrar lo que queda de las mazmorras, donde los detenidos esperaban su muerte y ser arrojados a los riscos...

—Mientras escuchaban, supongo, los gritos de horror y espanto de los que eran empujados al Tajo.

—Así es, claro. Podemos bajar a los sótanos...

—¡Oh, no, doña María! Basta de recordar a nuestros civilizadores sin piedad. Prefiero gozar de vuestra presencia y no perder ni un minuto en otras cuitas, pues en pocas horas esta ciudad carecerá de la luz con que ilumináis su tristeza. En la nota que me llevó a la posada un asistente del arzobispo, decíais que mañana finalizará vuestra estancia en Toledo. La festividad de la Epifanía, lamentablemente, marcará vuestro regreso a los estudios.

—Sí, después del mediodía partiré hacia Madrid.

La condesa lo confirmó mientras acariciaba con sus manos las del veneciano en una actitud muy afectuosa. Él las tomó dulcemente envolviéndolas con las suyas, disfrutando con el placer que le producía el tacto de la piel sedosa de la joven. Se alarmó por la intensidad de lo que sintió simplemente con la dulce caricia que había iniciado la condesa, y fue a más al descubrir los ojos encendidos de ella y sus labios entreabiertos.

Entonces, el corazón le dio un vuelco.

Detectó tanta excitación en la joven que le llevó a inquietarse de una manera casi inédita para él. Estaba renaciendo y descubriendo en su interior sensaciones nuevas. Se dio cuenta de que ya no gobernaba los preliminares amatorios como antes, que no era completamente dueño de lo que hacía. Aquello le preocupó bastante.

Intentó rehuirla, confundido, asombrado por lo que descubría de sí mismo. Ella le retuvo y le atrajo. Se besaron cadenciosamente, el tiempo se detuvo y los tímidos rayos del sol de un atardecer invernal elevaron aún más la temperatura de sus cuerpos. Saborearon juntos el momento, la entrega. Él aspiró con deleite el aroma dulzón de la joven. Poco después quiso despertar del ensueño que nublaba su mente. La separó con suavidad de su cuerpo, ella no opuso resistencia, aunque en su rostro candoroso se reveló el estupor por la distancia que oponía el hombre.

—Doña María —susurró con ternura y avergonzado por el desconcierto en el que se hallaba—, no soy digno de vos, no puedo complacerme de vuestra gentileza e inocencia; he cometido muchos errores en mi vida, de los que me voy arrepintiendo, y no quiero haceros daño, jamás me lo perdonaría. Aunque esto suponga renunciar a un sueño, porque yo os deseo, claro que sí, pero en esta lid saldríais perdiendo siempre. —Hablaba con parsimonia y afabilidad; en los ojos de ella afloraron la decepción y el enrojecimiento. Él decidió orientar su discurso por otros vericuetos—. Además, no podemos osar comportarnos como unos enamorados en este lugar. Por ejemplo, ¿dónde está vuestra dueña? Y por cierto, antes paseaban por aquí mismo unos guardeses. Imaginaos lo que dirá vuestro tío si se entera de que vivís un romance con un vetusto extranjero como yo que no os merece...

—Sor Sonsoles —dijo ella casi gimoteando— ha ido a visitar un orfanato que hay aquí cerca, y no sé lo que tardará en venir a buscarme, y por los guardeses no os preocupéis, que tendrán la boca cerrada, no se atreverían a decirle nada a mi tío, el conde de Teba.

Se puso de puntillas y se abalanzó sobre él, pero sin su ayuda solo alcanzaba a acomodarse en su amplísimo pecho.

—Os creí más sanguíneo y atrevido —susurró la condesa, en tono pícaro, medio divertida y completamente recuperada de su aflicción que, ahora, se comprendía que había sido forzada por ella misma para conseguir atraer al veneciano.

—Ya, lo fui, pero he aprendido a someterme. Os aseguro que he visto sufrir a muchas damas y penar por momentos de placer alocado, como el que nos llama ahora a los dos. No quiero ser culpable de algo que os podría hacer daño.

—¿Acaso no os complace estar conmigo? —replicó ella.

La mujer cedió algo la presión, don Jaime lo aprovechó para separarse unos pasos hasta alcanzar la baranda que protegía del precipicio contemplando los montículos cercanos cubiertos de un manto verde.

—Tenéis una belleza perfecta que seduce, sois lo mejor que

221

podía ocurrirme en estos tiempos de incertidumbre en los que me hallo, pero sería capaz de cualquier esfuerzo con tal de evitaros una desventura. Incluso me arrojaría por estas profundidades si con ello lo prevengo… —Súbitamente, se detuvo, había avistado algo en la casa—. ¡Mirad! —advirtió señalando el porche en el que se encontraba sor Sonsoles—. ¿Os dais cuenta? No estamos en las mejores condiciones para hacernos el amor. La entrega debe aguardar a otra ocasión, cuando sea posible, ¿no os parece? —La monja les envió un saludo al que respondieron los dos.

—Bien, entonces, debéis prometerme algo. —Doña María había recuperado por completo el ánimo y estaba decidida a aprovechar la posibilidad que le planteaba su amigo—. Iréis a visitarme a Madrid, allí tengo a mi disposición lugares donde no seremos importunados. Decidme: ¿estáis dispuesto en esas condiciones?

—A pesar de mis dudas, me sería imposible rechazar vuestra invitación, desde este mismo instante sueño con ese próximo encuentro para el que os dignáis convocarme, y contaré los minutos que restan hasta que sea posible vernos con completa libertad, mi señora… —concluyó con una ligera reverencia y pensando que no sería él quien pusiera límites a tan sugerente demanda de una mujer; hasta ese punto no había llegado aún.

Cruzaron sus miradas con entusiasmo y él se acercó a doña María, que en esta ocasión se había emocionado sin trucos, con intención de abrazarla. El veneciano se detuvo al divisar a la monja en el mismo jardín donde estaban ellos. La condesa se irritó e intentó dibujar una sonrisa en sus labios trémulos.

Fue incapaz de sustraerse a la esbelta figura de la monja y admiró sus movimientos mientras se acercaba al pretil. Tenía andares de mujer briosa, de largas piernas, que él supuso bien formadas. Los rasgos delicados de su rostro no se veían perjudicados al estar embutida en la toca.

Por un instante, se reconoció a sí mismo durante el examen que hacía a sor Sonsoles. Años atrás habría especulado con la intención de conquistar a la condesa y, sin perder un minuto, a su acompañante, a pesar de sus hábitos, o precisamente por ellos. Tenía delante a las dos clases de mujeres que más le excitaban, dos seres en los que confluían su avidez por explorar la dicha hasta el límite, que avivaban sus sentimientos por indagar en un mundo donde hallaría inocencia e inexperiencia voluptuosa que él enriquecería con su quehacer. Almas que deseaba dominar por entero.

—Doña Leonor de la Gándara os espera. ¿La traigo al jardín? —preguntó la monja inclinando ligeramente la cabeza y cerrando los párpados, como si le avergonzase interrumpir el escarceo de los amantes, o el hecho de ser analizada por el caballero con los ojos inflados de deseo.

—Sí, por supuesto, hacedla venir —confirmó la condesa.

En cuanto sor Sonsoles se dio la vuelta, notó el abrazo que doña María Francisca de Sales le dio por la espalda, agarrada a su cintura como un animalillo juguetón y asustado. Nada reconvenía la pulsión de una joven fogosa como ella. Tendría que animarse a degustar aquel manjar en cuanto pudiese desplazarse a Madrid. Entre tanto, sus ojos seguían las evoluciones de la monja. Sí, aquella curiosidad insistente por la religiosa le venía a confirmar su recuperación, otra cosa es cómo respondería su físico maltrecho en el supuesto de intentar dar el paso por la conquista. No en vano había sufrido una reciente herida de bala y, desde hacía meses, al levantarse por las mañanas le dolían todas las articulaciones. Demasiadas enfermedades llevaba a cuestas, demasiadas locuras y… ¡la maldita decrepitud de los años!

La condesa intentaba, por todos los medios, besarle el cuello pellejudo. Él se giró e introdujo sus dedos en el pelo brillante y rizado de la aristócrata. En ese mismo instante vio, de reojo, a su amiga avanzar entre los parterres. Modificaron, de inmediato, su actitud ante la presencia de la doncella.

Había visto a doña Leonor en la misa del gallo junto a la condesa. No podía pasar desapercibida para nadie con sus grandes ojos verdes, sus rasgos afilados, de nariz aguileña, y su curiosidad similar a la de un cervatillo. Era casi una niña, tendría dos años menos que doña María, aunque apuntaba ya formas de mujer suntuosa que podían adivinarse bajo un vestido de lo menos favorecedor.

Una vez hechas las presentaciones y tras las palabras de

cortesía habituales, las dos amigas se apartaron de él dejándole solo. Ellas se encerraron en cuchicheos que se soplaban mutuamente al oído sin parar, debido a que el potente curso del río producía un estruendo que ahogaba cualquier rumor.

Don Jaime se entretuvo en grabar en su retina los diferentes matices de verdes existentes entre la espesa vegetación, en disfrutar de las cambiantes luces que se iban formando con el paso de las nubes por el cielo. Aquel paraje de drama y dolor en el pasado se había convertido en un auténtico paraíso.

La exclamación de la colegiala le rescató de la contemplación del paisaje:

—¡Estoy indignada, doña María! ¡Resulta increíble que haya desaparecido de la capilla el crucifijo! Es una talla de marfil que tiene mucho valor para mí, fue un regalo de mi padre al colegio. Y nadie me da explicaciones convincentes…

Él, que aguardaba la ocasión propicia para entablar una charla con doña Leonor, entre otras cosas para hablar de Valeria, no tuvo ninguna duda de que había llegado el momento de intervenir. Conocía desde dos días antes cómo había huido el anticuario Benavides del colegio con una pieza similar a la que describía doña Leonor oculta bajo su sotana. Se acercó a las mujeres con los oídos bien abiertos esperanzado.

—Tranquila, estará allí dentro, habrá que buscar bien; con paciencia, seguro que aparecerá pronto… —comentó la condesa en tono tranquilizador. Doña Leonor tenía el rostro congestionado.

—No, no. Lo hemos buscado por todos los lugares del colegio, no hemos dejado ningún rincón sin revisar y…

—Perdón —carraspeó don Jaime anunciando su presencia y disculpándose por la interrupción—, he escuchado sin quererlo. ¿Os han robado alguna cosa?

—Sí, eso ha sido, no hay duda —dijo acelerada la doncella *noble*, como si estuviera aguardando oír algo de ese tenor—. Y estoy muy disgustada porque era uno de los pocos recuerdos que teníamos de mi padre. Mi madre lo donó al colegio con mucha generosidad…

—¿Tenía…, tiene mucho valor? —preguntó él.

—Desde luego, es una soberbia escultura de Alonso de Berruguete que recibió mi padre como parte de una deuda que tenía contraída el duque de Osuna con él, por su labor como administrador de las fincas de los Girón en Andalucía.

—Lo siento, si puedo ayudaros en algo, contad conmigo… Por cierto, en Urbino, vi pinturas de un tal Berruguete, ¿es el mismo artista?

—Ese debe de ser el padre —aclaró la condesa—, Pedro Berruguete. Su hijo era escultor y fue quien talló las sillas altas del coro de la catedral.

—¿Las habéis visto? —preguntó el caballero a las jóvenes.

—¿El qué? —señaló doña Leonor distraída y con los ojos enrojecidos.

—Los sillones de madera del coro. ¡Nunca imaginé encontrar escenas paganas y de amor carnal en un templo religioso! Es extraordinario el buen rato que deben pasar los miembros del cabildo mientras permanecen allí sentados.

Las dos sonrieron. El comentario del veneciano y su tono agradable, sosegado, relajó por un instante a las damiselas. Doña Leonor se abrazó a su amiga.

—No os preocupéis, aparecerá el maravilloso crucifijo, nadie puede ocultar en el colegio una obra como esa —dijo la condesa.

—De eso, estoy completamente seguro…

—¿De qué? —preguntó doña María sujetando contra su pecho la cabeza de la colegiala.

—De que va a aparecer —añadió él sin darse cuenta del alcance de lo que decía.

Lentamente, doña Leonor fue recuperándose de la zozobra.

—Allí hay otra compañera —indicó don Jaime señalando a una mujer joven que se hallaba en el porche con idéntica indumentaria a la de doña Leonor: vestido azul abotonado hasta el cuello, de muy poco vuelo, capa del mismo tono y guantes blancos.

—Es mi *tía*, le dije que solo venía a despedirme y estará preocupada. Tenemos que regresar al colegio, ya es la hora. Espero que nos veamos otra vez —sugirió doña Leonor al caballero con los ojos como luminarias.

—Yo también lo deseo —respondió él acercando la mano de la joven a sus labios y haciendo después una reverencia.

En cuanto desaparecieron las colegialas por el interior del edificio, habló a doña María:

—No os podéis imaginar lo que me habéis ayudado con este encuentro en Roca Tarpeya. Os lo agradezco de veras. Creo que estoy más cerca de cumplir con mi misión y pronto podremos vernos en Madrid. Una pregunta, ¿conocéis a Juanelo, un ingeniero italiano que trabajó en esta ciudad?

—No, en absoluto, ¿debería conocerle? —respondió ella—. Siempre buscando personajes extraños.

—Lo único que me interesa sois vos.

La condesa se sintió feliz escuchándole y entreabrió sus carnosos labios mientras echaba la cabeza hacia atrás y bajaba levemente los párpados. La besó y ninguno de los dos se preocupó de si alguien les estaba observando, alejaron sus prevenciones para disfrutar de aquel instante inolvidable...

Figón La Espuela

7 de enero

*T*ras el parón de las festividades, mercaderes de media España habían decidido congregarse en Zocodover y sus aledaños desde primeras horas de la mañana. La taberna de maese Aurelio constituía uno de los cogollos donde se llevaba a cabo el mayor número de tratos, no en vano en sus mesas se servían los mejores caldos de la región y las carcamusas más jugosas, lo que facilitaba las negociaciones a los comerciantes. El bullicio en el figón era tan insoportable que consideró un error haber elegido aquel lugar para conversar con el hermano Mendizábal.

La taberna estaba muy cerca de la posada El Carmen, en un esquinazo de la calle Santa Fe, un rincón tranquilo en cualquier fecha, menos cuando había mercadeo en la plaza y los trapicheos se expandían por los alrededores. Él era un asiduo visitante del local, solo o en compañía de su criado Sebas y de Rosario, la sobrina de su patrona.

Maese Aurelio le tenía en alta estima al considerar un honor contar con un parroquiano de su alcurnia, reconocible por sus maneras, por su habla culta y por portar vestimentas tan originales como valiosas. Debido a las atenciones que solía dispensarle, no le perdió de vista, ni a él ni a su compañero de mesa: un caballero venido de la corte, algo que se revelaba por sus trazas, ya que lucía un elegante traje oscuro, y, además, porque una de las camareras que les proporcionó el vino le sopló lo que había escuchado al acompañante sobre la delincuencia en Madrid. Aurelio decidió, por lo tanto, acercarse a ellos.

—Don Jaime, arriba tengo un reservado donde os encontraréis mejor y podrán conversar sin este escándalo que tenemos hoy en el local. Y por favor, avisadme si necesitáis cualquier otra cosa…

Maese Aurelio restregaba las manos en su mandil verde oscuro y se desplazaba lentamente por el figón arrastrando los pies, tenía una voluminosa barriga que le colgaba de la cintura como una especie de saco siendo lo que más destacaba de su figura poco agraciada. Llevaba algunos días sin afeitarse, su abundante cabellera, muy blanca, era un revoltijo y sudaba por los cuatro costados; condiciones todas ellas que no habrían favorecido el negocio de no ser por su dedicación y el excelente trato con el que dispensaba a toda la clientela. Acompañó a sus clientes de alcurnia hasta el altillo y accedieron a una pequeña sala abierta por uno de sus costados, una balconada desde la que era factible controlar, casi sin ser visto, lo que sucedía en el piso de abajo y en la barra. Dos camareras les trajeron almohadones para las butacas y sirvieron, a continuación, jarras con un vino que atesoraba el dueño para las grandes ocasiones y aperitivos variados.

Seingalt agradeció al tabernero sus atenciones. Por fin podría conversar con Mendizábal sin que les doliera la garganta por el esfuerzo. El venerable maestro de la logia Tres flores de lys decidió, nada más quedarse solos en el reservado de la taberna, ser más contundente y explícito para insistir en el motivo que le había hecho viajar esa misma madrugada hasta la ciudad primada. Ahora resultaba posible hacerlo sin que nadie a su alrededor escuchara sus razonamientos.

—Atendedme don Jaime, os lo pido con idéntico interés y vigor con el que, en su día, solicité ayuda a nuestros hermanos en la tenida colectiva de París donde me hablaron, por primera vez, de vuestras habilidades, algo que no pongo en duda, desde luego. Sin embargo, no os servirán de mucho con las amenazas que os persiguen. Debéis retiraros, salir de España cuanto antes, sin perder un minuto.

—Eso es imposible. Hemos avanzado bastante y creo que pronto obtendré resultados en la misión que me encomendaron, respondiendo a lo que pedíais. Y, bien lo sabéis, yo preciso el perdón del rey de Francia para recuperar la vida que llevaba en París. ¿Por qué no habláis con las personalidades para las que tengo cartas de presentación?

—Rogaría por vos y solicitaría clemencia para ayudaros, pero no creo que sirva de mucho ante la amenaza que os acosa. Y, de cualquier manera, es mejor abandonar y vivir con el baldón que perder la vida. Os insisto: es demasiado peligroso continuar. Tengo la certeza de que volverán a intentar asesinaros. Vuestros enemigos son muy poderosos y obstinados.

El veneciano restregó su arrugada frente. Hizo una mueca de disgusto. Le desagradaba el motivo de aquella reunión, escuchar las prevenciones y temores de Mendizábal empeñado en desistir en la búsqueda dentro del archivo arzobispal.

—Yo ahora estoy plenamente convencido de que estabais en lo cierto —replicó tras beber un largo trago del vino—. En los sótanos del palacio ocultan, casi con seguridad, documentos y manuscritos valiosos que debemos salvar. Al fin y al cabo, cuál es el fundamento de nuestra Hermandad sino proteger y conservar el patrimonio de los hombres que fueron más allá del común de los mortales, que lograron avances para profundizar en el conocimiento y mejorar la existencia de nuestros semejantes. Nosotros estamos aquí para que su obra no sea arrasada por la ignorancia de los intolerantes, por aquellos que se santiguan con horror a cada progreso que hace la humanidad. Nos hemos juramentado para proteger con todas nuestra fuerzas a los que nos precedieron en la búsqueda…

—Sí, estáis en lo cierto —señaló Mendizábal impresionado por los argumentos que había utilizado el caballero y buscando la manera de oponerse a los mismos—. Pero existe un límite —atajó con firmeza—. Y es el de proteger la vida, vuestra vida, debemos evitar arrojarnos por una pendiente tan incierta como arriesgada.

—El riesgo es consustancial a la propia existencia, y mucho más cuando se intenta hacer algo excepcional. No hablo del sacrifico inútil y ciego, me refiero al precio que hay que pagar, en ocasiones, para lograr un fin que merezca la pena.

Se hizo el silencio en el reservado. El murmullo proveniente de la planta baja fue expandiéndose por las paredes hasta herir los tímpanos. El caballero bebió con parsimonia, degustando el vino con la mirada perdida entre las vigas de la te-

229

chumbre. Adolfo Mendizábal le observaba de reojo, a hurtadillas, preocupado por lo que pudiera sucederle después de comprobar, una vez más, su tozudez y su carácter inquebrantable. Él no quería cargar con su muerte por el empeño en recuperar unos fondos de los que tenían referencias algo difusas. Mendizábal sospechaba que la mayoría de los manuscritos fueron recogidos durante el mandato del primado Gaspar de Quiroga, a finales del siglo XVI, una época de encrucijada y confusión, lo que realzaba su valor, pero solo en el supuesto de confirmarse tal procedencia.

El caballero se había reafirmado en la consecución del trabajo encomendado después de acariciar con sus manos los dibujos de Juanelo, los textos de Herrera y Valentinus que su criado salvó milagrosamente de la quema; y mucho más después de localizar las puertas del archivo secreto en el despacho del canónigo-bibliotecario.

—¿Y por qué afirmáis con tanta seguridad y contundencia que intentarán otra vez acabar conmigo?

La pregunta restalló en la salita amortiguando el rumor constante de la clientela que ascendía hasta donde estaban ellos. Los ojos de Mendizábal brillaron en la penumbra como dos teas reflejando la luz de los hachones. Era lo único que se apreciaba con claridad en su rostro con la piel de color ceniza. El maestro de la logia matritense meditó unos segundos la respuesta, consciente de que había llegado el momento de exponer, sin ambages, la auténtica amenaza que se cernía sobre el veneciano. Antes de responder refrescó el gaznate con un poco de vino. Don Jaime le apremiaba con la mirada y el madrileño la desviaba turbado, temeroso por lo que tenía que decirle.

—Hay un hermano nuestro que trabaja de traductor en la representación diplomática de Venecia. Y él nos ha facilitado información que respalda lo que os comentaba. Allí han puesto precio a vuestra cabeza y no cejarán hasta conseguirlo.

Urgió con el gesto para que Mendizábal fuera más explícito. En su interior se mezclaba una sensación de incredulidad y asombro.

—Bueno, no es agradable, pero es imprescindible que lo sepáis —añadió Mendizábal con voz tenue—. Conozco el nombre de la persona que desea veros bajo tierra cuanto antes y que ha dicho que hará todo lo posible para que sea una realidad vuestra eliminación.

—¿Quién es? Por favor, hablad... —apremió con los ojos clavados en las pupilas del maestro de la logia.

—El conde Manuzzi, consejero y amante del embajador. Él fue, según hemos podido conocer, quien ordenó el asalto que os hicieron en el callejón del Diablo.

El veneciano se levantó airado de su butaca, golpeó la baranda de madera y, a continuación, se acodó en ella. Comenzó a hablar hacia el piso de abajo, con la cabeza semioculta después de doblar el cuello. Deseaba resistirse a la evidencia. «Manuzzi, Manuzzi...», golpeaba sin cesar el nombre en su mente. Y con la pretensión vana de engañarse, dijo:

—Tal vez estéis equivocado, recordad que el secretario de la legación, Gaspar Soderini, vino a sacarme de la cárcel y me visitó cuando fui herido.

—¿Y por qué os detuvieron nada más aparecer en la ciudad? Os lo recuerdo también.

Se volvió lentamente hacia su interlocutor y le observó con extrañeza e interés. Mendizábal subrayó:

—Fue porque ese conde, ese Manuzzi, os denunció, como ya os expliqué. Y al fracasar en su intento de manteneros en prisión, puso en marcha el ataque en el callejón con la intención de eliminaros de una manera rápida y eficaz. Entre el personal de la representación diplomática hay puntos de vista divergentes sobre cómo actuar respecto a vuestra persona, pero Manuzzi es el que tiene más fuerza debido a su ascendiente sobre el embajador Mocenigo y quien está dispuesto a lo que sea para acabar con vuestra vida. Conocéis al conde, supongo.

La irritación se reflejaba en su rostro, ligeramente enrojecido y no precisamente por la ingesta del alcohol. Daba vueltas a los numerosos anillos que adornaban sus dedos como si ese movimiento fuera a despejar su mente y le ayudase a hallar una explicación. Regresó a su asiento y el maestro masón le aproximó, con sutileza, la jarra de vino, pero él estaba ausente. Comenzó a hablar, igual que si fuera un autómata.

—Debe de ser el hijo de Giovanni Battista...

—¿Quién? —preguntó Mendizábal con un susurro de voz, para evitar alterarle.

231

—El conde Manuzzi. El padre es un enfermo perturbado que todo lo envenena, y a su propio hijo le habrá inyectado, por lo que decís, el odio contra mi persona. —Tenía la boca seca y bebió un buen trago antes de continuar—. Giovanni es un espía de la Inquisición en Venecia, me persiguió con saña al no soportar que yo fuera alguien admirado en la República gracias a unos conocimientos que para él resultaban incomprensibles. El ocultismo, la cábala, los poderes de las ciencias antiguas… Y, para colmo, le humillé porque tengo el honor de haber sido el único preso que ha logrado escapar de la cárcel de Los Plomos, con la colaboración de la esposa del jefe de la prisión. Esto nunca lo había desvelado y dudo que nadie lo sepa. ¡Demasiado para un estúpido y malvado como Giovanni! Seguramente, enterado de mi presencia en España, ha ordenado a su propio hijo que sea la mano ejecutora de la venganza que ha ido alimentando contra mí con el paso de los años y con su impotencia para consumar el castigo que me tenía señalado.

—Ahí lo tenéis —dijo Mendizábal fascinado por la historia que acababa de conocer y deseoso por conseguir su propósito—. Es imprescindible que salgáis de aquí rápidamente. Os propongo refugiaros un tiempo en la residencia que tengo en el campo, en el pueblo de Barajas, cerca de Madrid. Allí, aguardaremos hasta que se olviden de vos y podáis salir de España.

Movió la cabeza de un lado a otro expresando su rechazo al ofrecimiento.

—Debo continuar con la búsqueda, amigo Adolfo —habló pausadamente para que su deseo fuera comprendido y bien aceptado—. En primer lugar, por lo que hemos comentado sobre la necesidad de rescatar los trabajos de hombres con pensamiento amplio, de mentes privilegiadas que son, y fueron, perseguidas por el oscurantismo y la cerrazón. Y, en segundo lugar, porque yo haría todo lo que estuviera en mis manos para recibir el perdón del rey Luis XV. Necesito regresar a Francia, respirar la atmósfera de la ciudad que más quiero, París. Creo que antes me moriría si no puedo vivir allí. Olvidemos las amenazas, y brindemos…

El caballero alzó la jarra y Mendizábal le secundó algo forzado, a sabiendas de que había fracasado en su intento. Bebieron los dos un buen trago.

—¡Cuánto me gustaría que nuestro monarca nos entendiera como lo hace Luis XV! Pues a pesar del castigo que recayó sobre vuestra persona, él respalda a la Hermandad en Francia. Entiendo que deseéis regresar allí y recuperar el honor merecido.

—Me habéis traído una desagradable nueva, debo reconocerlo, pero no pienso acobardarme —aseguró ignorando el comentario precedente de Mendizábal—. Al menos, ya tengo controlados a mis enemigos de aquí, los de la ciudad, que tampoco son mancos, no creáis. Mirad a aquel tipo que se encuentra junto a la puerta, el que tiene un sombrero negro sujeto entre las piernas. —El veneciano se levantó un poco del asiento para señalar a Lorenzo Seco que, aunque pretendía pasar desapercibido entre la clientela del figón, no lo conseguía por su considerable estatura—. Ahí lo tenéis. Aguarda el maldito sin descanso, y ojo avizor. Es el esbirro del canónigo Benavides, y no me deja en paz ni de día ni de noche.

—Por eso os digo que deberíais abandonar. Son demasiados frentes los que os acechan. Y es muy probable que el canónigo y sus gentes sean los responsables de la muerte del seminarista que descubrió lo que se esconde en la cámara secreta. No creo que merezca la pena arriesgaros más, don Jaime.

Admiró la frente despejada de su hermano y su pelo negro ensortijado y brillante. Le resultaba una persona franca, con maneras delicadas, refinado, y, si no fuera por su apariencia tan española y racial, sería considerado gracias a su excelente educación como un parisino en los exquisitos salones centroeuropeos.

—Tengo que confesaros algo más —volvió el veneciano a expresarse con voz aquietada—. Durante gran parte de mi vida me he dejado atrapar por los deseos, he sido víctima en numerosas ocasiones de mis impulsos hacia la carnalidad y las riquezas, he abusado por diversión de la credulidad de la gente, y estoy fatigado de tanta necedad. Siento la imperiosa obligación de fortificarme en las verdaderas creencias por mucho que supongan un gran esfuerzo. He seguido la senda opuesta para alcanzar la felicidad y me avergüenzo de tantas locuras y del daño que haya podido ocasionar con mis gustos depravados.
—Se detuvo un buen rato frotando su entrecejo y cerrando los

párpados—. Y…, sí, detesto la muerte, no hay nada más cruel y monstruoso… Pero debemos afrontarla, nos llegará cuando Dios disponga… —Volvió a enmudecer unos segundos acariciando sus sienes calvas. Mendizábal se asombró por las arrugas que circundaban las cuencas de sus ojos, muy marcadas con el claroscuro del reservado. El caballero de Seingalt carraspeó, parecía agotado por el esfuerzo que suponía el abrirse con aquella confesión—. Esta vez me he propuesto hacer algo que merezca la pena y voy a cumplirlo cueste lo que cueste. Ha llegado la hora de intervenir en algo que me haga mejor, de lo que me sienta completamente satisfecho, algo que demandan otros de mí al tenerme en alta estima y consideración, como lo hacéis vos mismo, querido Mendizábal. Y arriesgarme, sí, para salvar del fuego lo que hicieron los mejores. Es un excelente camino para llenarme de felicidad. Como expresó Cicerón: «*Nequidquam sapit qui sibi non sapit*».

—Quien no conoce su propio saber no puede saborear el de las cosas —tradujo Mendizábal.

—*Et il est incapable d'atteindre le vrai savoir*[7] —concluyó él.

En ese mismo instante llamaron a la puerta del reservado.

Mendizábal abrió y entraron dos camareras con más vino y dos platos de carcamusas, la especialidad del local que consistía en pequeños trozos de carne jugosa de cerdo con tomate y guisantes con el añadido de sazonadores, un guiso de cristianos viejos. Las jóvenes retiraron el servicio anterior con los aperitivos intactos de jamón, morros en gelatina y queso.

Don Jaime y el maestro masón volvieron a brindar por el éxito de la misión recostados en la barandilla de la balconada. Mendizábal se había rendido, finalmente, con los firmes argumentos de su amigo y se dispuso a degustar las famosas carcamusas de Aurelio.

Antes de abandonar la taberna, el veneciano expresó su convicción sobre la inmediata resolución de lo que le había llevado hasta la ciudad primada:

—Tengo un plan meditado y que no puede fallar. Muy pronto, alcanzaremos el corazón del lugar más sagrado de la ciudad,

---

7. Y está negado para alcanzar el verdadero conocimiento.

allí donde enterraron la huella de lo mejor que hubo aquí, después de la gloriosa época medieval.

—¿Qué os hace estar tan seguro del éxito?

—Creo conocer un poco el alma femenina y en ella me apoyaré para resolver este misterio —afirmó rotundo don Jaime.

Lorenzo Seco se refugió detrás de un grupo de mercaderes para evitar ser avistado por el veneciano desde el piso superior. Tuvo que aguardar hasta primera hora de la tarde para dejar el figón La Espuela y seguir el rastro de su víctima acompañada por Mendizábal. Ambos continuaron charlando un buen rato, antes de despedirse, en mitad de la plaza de Zocodover.

Paseo Virgen de Gracia

8 de enero

Al doblar una esquina apareció inesperadamente, y a poca distancia, el ábside de San Juan coronado por esbeltos pináculos. Conocía de una visita anterior el magno sepulcro y mausoleo encargado por los reyes Isabel y Fernando para constituir su última morada y acoger sus restos. Fue levantado sobre una plataforma privilegiada desde la que se apreciaba discurrir el Tajo hacia su desembocadura y último destino en tierras portuguesas. Toda una metáfora de la existencia que, sin tregua, se encamina hacia el final. Acaso, por esa razón, los Reyes Católicos escogieron aquel enclave para erigir su tumba. Más tarde, modificarían su opinión porque el edificio les pareció poca cosa, en palabras de Isabel al arquitecto Guas.

«En realidad, el exterior de San Juan de los Reyes, con su elegancia arquitectónica indiscutible, reproduce de alguna manera el modelo extendido por toda la ciudad —meditó el veneciano mientras avanzaba hacia el parque—: la auténtica belleza, el tesoro de los edificios toledanos, se protege para apreciarlo solamente desde el interior. Lo de fuera es un cascarón, paredes de un cofre que preserva las joyas de las miradas que profanan con su curiosidad.»

Con el telón de fondo de los sillares blanquecinos del monumento, la mayoría de las jóvenes que residían en el Colegio de las Doncellas Nobles disfrutaba de su descanso al mediodía. El cielo amenazaba lluvia sin darse por vencido y soplaba una ligera brisa, bastante cálida para aquella época del año. Don Jaime ajustó su capa colocando uno de los extremos sobre el hombro. Relucían sus medias blancas y el calzado forrado de seda carmesí con hebillas de pedrería multicolor. Difícilmente podía pasar desapercibido a pesar de ir arropado con el paño. Había dos personas que estaban muy atentas a su caminar. Una de ellas era su cochero, el mismo que desde el primer día se encargaba de trasladarle por toda la ciudad; la otra persona que no le perdía de vista era Lorenzo Seco.

Se detuvo para observar con calma a las muchachas que realizaban diferentes juegos en el frondoso paseo. Todas ellas portaban el uniforme de rigor: vestido azul camisero de escaso vuelo con botonadura hasta el cuello, zapatos oscuros de medio tacón, sin adornos, y capa corta. Algunas cubrían las manos con guantes blancos de lana y en sus rostros no aparecía ninguna clase de afeites.

Tardó poco en localizar a Leonor de la Gándara. Estaba sentada en el pretil de granito que protegía a los paseantes de la pronunciada ladera que caía hasta el monumento de los Reyes Católicos. La joven doncella charlaba con dos compañeras y detrás de ellas aparecía imponente el templo de estilo gótico tardío.

Al darse cuenta de su presencia, Leonor se fue hacia él dejando solas a sus amigas. Le sorprendió gratamente cómo se apresuró a recibirle.

—Don Jaime, ¡qué sorpresa! ¡Cuánto me alegro de veros por aquí!

Tenía el soniquete del saludo que utiliza una adolescente dirigido a su padre o abuelo, es decir, a alguien bastante mayor. A él no le disgustó el trato, todo lo contrario.

Leonor le resultó deliciosa por su espontaneidad, por sus rasgos aniñados en un cuerpo esbelto, de formas marcadamente femeninas, a pesar de su juventud. Sus ojos de color verde resaltaban más en su piel morena y el pelo de color azabache. Eran muchas las españolas que tenían el cabello del mismo tono.

—Me hablaron de este parque y he venido a dar una vuelta para conocerlo —comentó él mientras recogía la mano de Leonor y doblegaba ostensiblemente el cuello para efectuar una reverencia—. Yo también me alegro de veros, doña Leonor. ¿Tenéis alguna nueva sobre el crucifijo?

—No —contestó ella con gesto mohíno—. Es como si se hubiera desintegrado en el aire. Y he pensado en lo que me dijisteis el otro día en Roca Tarpeya cuando fuimos presenta-

237

dos por nuestra amiga la condesa. Pero resulta imposible que lo hayan robado, jamás ha ocurrido algo así en el colegio.

—Bien, entonces aparecerá, doña Leonor, estad segura. Quizá se haya tratado de una broma de mal gusto.

El caballero miró a su alrededor con disimulo. Algunas compañeras de Leonor les observaban con curiosidad, también lo hacía su *tía*, pendiente de la pupila.

Apartada de todas las estudiantes, y en un extremo del parque, se encontraba Valeria leyendo un libro, acomodada en un banco de madera. Lo dedujo porque vestía con una ropa diferente al resto y era la de mayor edad del grupo compuesto por unas treinta mujeres, incluyendo a las cuidadoras.

—¿Estáis contenta en el colegio? —Planteó la cuestión forzando el desplazamiento de ambos hacia el lugar donde estaba la portera. Lo logró empujando suavemente el brazo de Leonor.

—Por supuesto, recibimos una extraordinaria formación, podemos considerarnos unas privilegiadas porque tenemos más oportunidades que muchas jóvenes de nuestra edad, incluso doña María quiso entrar en el centro, aunque ella tiene… ¿cómo decirlo?, es de otro rango social. Y al casarnos recibimos, además, una importante dote. Solo añoro a las amigas como la condesa, siempre que está en la ciudad nos hace una visita.

—Claro, os gustaría verla más. Es extraordinaria, ya lo creo.

—Así es, y lamento que nos dejara anteayer.

A pocos metros del lugar donde estaba sentada Valeria, el veneciano consideró que había llegado el momento de formular la pregunta:

—¿Quién es esa mujer, pertenece también a la institución? No lleva vuestro atuendo.

—Es Valeria —dijo la joven con una dulce sonrisa—. Ella nos facilita muchas cosas, trae y lleva encargos, nos reparte el correo y no sé cuántas cosas más.

—¿Cuida también del edificio?

—Bueno, es nuestra portera. Entró en el colegio hace muchos años y es extranjera, la única a la que se le ha concedido tal privilegio, aunque luego decidiera permanecer en el centro. Vino de Francia. La queremos mucho y es muy respetada, incluso por las supervisoras. La verdad es que ella se preocupa de que estemos bien atendidas.

—Interesante, parece una gran mujer —exageró él con mucha determinación.

—¿Queréis que os la presente?

—¡Oh! No sé —expresó con ambigüedad—, estaría bien, podré hablar un poco de francés, mi segundo idioma…

Leonor se acercó al banco donde reposaba la portera y le dijo algo interrumpiendo su lectura. Valeria observó de reojo al hombre que estaba cerca de ellas y, en un primer momento, se resistió a levantarse. La doncella insistió y, al fin, hizo una seña al veneciano para que se aproximase.

—Don Jaime Girolamo, caballero de Seingalt…, Valeria Zanetti Moreau… —Leonor hizo las presentaciones de rigor y vislumbró bastante interés entre ambos de una manera súbita, como si se hubiera acelerado una corriente de simpatía nada más conocerse.

El veneciano evitó admirar el exuberante pecho de la mujer iluminado por un escote generoso al inclinar la cabeza para saludarla. Tenía ojos grandes, muy negros, labios gruesos y un rictus agradable perfilado en la comisura de su boca con unas profundas arrugas. Su cuerpo era vigoroso y con una figura bien proporcionada.

—*C'est une vraie chance d'avoir pu faire votre connaissance après les éloges, certainement mérités, dont m'avais prévu madame Leonor.*[8]

La mujer sonrió feliz, entusiasmada al escucharle hablar en su idioma materno. Aspiró aire profundamente, realzando aún más su busto para contento de él. Llevaba un vestido de una pieza de color carmín y una toquilla blanca de lana sobre los hombros. Comenzó a chispear, casi de manera imperceptible.

—*Cela faisait longtemps que je n'avais pas entendu un aussi beau accent français. Parisien, j'imagine?*[9]

—*Oui, le vôtre semble lyonnais, me trompé-je?*[10]

239

8. Es una suerte conoceros después de los elogios, sin duda merecidos, que me ha anticipado doña Leonor.

9. Hacía mucho tiempo que no escuchaba hablar francés con un acento tan bello. ¿Parisino, supongo?

10. Sí, el vuestro me suena lionés, ¿me equivoco?

—*C'est vraiment fantastique, monsieur! Il me semble incroyable que vous l'avais si bien remarqué!*[11]

—*Lyon a été la première ville de France où j'ai vécu...*[12]

—Perdón... —Tosió doña Leonor con la intención de ser atendida y recordarles que ella era ajena a la conversación, pues su nivel del idioma con el que conversaban era muy básico—. Si me permiten, tengo que ir a decir algo a una compañera.

El caballero, avejentado por numerosas batallas, y Valeria, la huérfana amante de un canónigo, dieron al unísono su conformidad para quedarse a solas. Ambos se sentían bien con el encuentro, él mostraba la felicidad en sus ojos como aguamarinas y en su sonrisa que dejaba al descubierto unos dientes ennegrecidos y con algunas piezas perdidas. Ella tenía las mejillas encendidas.

—Allí, en Lyon —continuó él en castellano—, fui muy feliz y disfruté de buenas amistades. Vivía en La Croix Rousse, cerca de los mercados de la seda.

—Yo, en la otra punta, en La Mouche —replicó ella con melancolía, azuzada por los recuerdos—. ¡Echo de menos tantas cosas de mi ciudad! El Tajo no se parece en nada a nuestros ríos —añadió mirando la vega del río—. La vida era..., no sé cómo decirlo, tan diferente y activa.

—El Ródano y el Saona son diferentes, desde luego, y aquello es mucho más divertido y enriquecedor. También conservo yo buenos recuerdos de Lyon y me encantaría regresar por allí algún día.

—Yo era casi una niña, entonces, y desearía también ver la ciudad con ojos nuevos.

Hablaban con la mirada fija el uno en el otro. A ella le encandilaba la frescura y elegancia del caballero; a él, la fortaleza que emanaba de Valeria.

—¿Desde cuando conocéis a Leonor? —preguntó ella.

—No hace mucho. Nos presentó una amiga común: doña María Francisca de Sales Portocarrero, la condesa de Montijo. Ella ha pasado unos días de las festividades navideñas con su tío el cardenal y ha regresado a Madrid para seguir con sus estudios,

---

11. ¡Fantástico, señor! Me parece increíble que lo hayáis detectado.
12. Lyon fue la primera ciudad de Francia donde residí...

lo que ha apenado a doña Leonor y a cualquiera que tenga la dicha de tratar a la condesa, desde luego. Y hoy, paseando por este lugar tan hermoso, encontré casualmente a Leonor. Me habló el día que fuimos presentados de la preocupación que tenía debido a la desaparición de una escultura que perteneció a su padre...

—Cierto, inexplicablemente ha desaparecido del colegio, es un extraordinario crucifijo que donó su madre al centro. Estamos todas muy preocupadas por ese hecho.

—Y, según creo, tallado por Alonso Berruguete.

—¡Vaya! —expresó con asombro la mujer—. Estáis bien enterado de lo ocurrido.

Valeria le atendía prendada de su acento, de su porte y de presencia imponente. Pocas veces se había cruzado con alguien como él y nunca en la ciudad.

—¿Cuál es el motivo de vuestra estancia en Toledo? —preguntó ella.

—Ninguno especial. Decidí conocer algo este país, era uno de los pocos del continente en los que no había estado nunca y, al llegar aquí, aproveché para mirar algunos documentos en los archivos de la ciudad sobre su pasado, me interesa mucho la historia de este lugar tan antiguo.

—¿Y qué os parece el país?

—Me gusta más Francia, bueno, es tan distinto.

Comenzaron a caminar hacia el colegio, el tiempo de asueto iba terminando porque el grupo de doncellas se congregaba al final del parque. Al darse cuenta de esa circunstancia, él intervino con rapidez, aunque Valeria daba la impresión de estar fuera de la disciplina horaria que afectaba a las colegialas y a sus supervisoras directas.

—Debo deciros, confidencialmente, que tengo una posible pista sobre el lugar donde se hallaría ese crucifijo.

—¿Cómo? Decidme, os lo ruego, ¿de qué se trata? —replicó ella, extrañada.

—No os asombréis, aguardad un instante. A raíz de la conversación que mantuve con doña Leonor en la que me hablaba de lo ocurrido, no pude dejar de pensar en ello y lo comenté con mi criado. Él ha sido quien ha dado con esa pista, tal vez no sea fiable pero creo, a todas luces, que sería interesante hacer alguna comprobación.

241

—¿Y cómo se puede comprobar?

El interés que mostraba Valeria entusiasmó al veneciano. La mujer le resultó más entrañable de lo que había supuesto nada más verla y, por descontado, muy alejada de la imagen que se había hecho de ella cuando leyó las cartas que envió a su amante el canónigo. Era evidente que había mordido el anzuelo y que la operación era factible.

—Para ello necesito vuestra colaboración, es imprescindible para salir de dudas y saber si estamos en lo cierto. Por supuesto, no quise decir nada a doña Leonor hasta estar completamente seguro de que es la pieza desaparecida del centro.

—Haría lo que esté en mis manos por encontrar el crucifijo —manifestó la mujer.

Él tuvo que controlar la emoción que le produjeron sus palabras.

—Os ruego la máxima discreción porque debemos actuar con mucho sigilo. Nos conocemos de hace tan solo unos minutos y es un atrevimiento pediros que confiéis en mí, pero es necesario, Valeria…

Ella pareció asentir con un leve movimiento de la cabeza y bajando los párpados. Estaba confundida, incapaz de articular una palabra, pero dispuesta a lo que hiciese falta con tal de resolver el problema creado en el colegio con la desaparición de la talla. De cualquier manera, dedujo que aquel caballero, de facciones extrañas y vestimenta colorista, resultaba una persona noble, en la que se podía confiar y, no obstante, no se perdía nada por seguir sus indicaciones.

—… le expliqué lo sucedido a mi criado Sebas —expuso con tono de confidencia, doblando la espalda para hablar a la mujer con mayor cercanía e intimidad—, y él, que suele visitar las almonedas por afición y para buscar piezas con las que embellecer algún día su casa para cuando deje de trabajar para mí, me comentó que descubrió, ayer mismo, un crucifijo de las mismas características en un almacén de obras de arte que se encuentra en la barriada del Pozo Amargo.

—Por lo que contáis, ¡habría sido un robo! Es algo terrible.

—Sí, puede que alguien haya robado el crucifijo, claro está. Bueno, lo que os decía es que mi criado pretende que me presente yo mismo en ese depósito, pero no serviría de nada porque desconozco cómo es exactamente la imagen. Se me ocurre que podríais acompañarle. No sé si es una buena idea. ¿Qué os parece?

Valeria no respondía, no había duda de que permanecía bajo los efectos de una profunda turbación, pensativa. El timbre de la voz del veneciano era subyugador, desde luego, le recordó al de los buenos tiempos de su amado Benavides cuando desde el púlpito intentaba que las colegialas no se apartaran de la senda de la virtud con sentidas frases sobre las ventajas que tenía el sacrificio para alcanzar la dicha eterna. Era parecida la voz, no así el tono, el del veneciano resultaba de una suavidad envolvente, como si fuera un elixir.

Él se preocupó al detectar el azoramiento de Valeria, llegando a considerar que había ido demasiado lejos y acaso debería cambiar de estrategia para intentar convencerla. Ella miró en derredor suyo como si buscase ayuda, o el consejo de alguien afín para definir su postura y salir de la confusión en la que la había sumido la aparición de aquel personaje tan inusual como alentador. Le observaba de soslayo, asombrada: tenía la cara cubierta de una fina capa blanquecina de afeites y los párpados pintados con sombra anaranjada. Valeria tenía alguna referencia sobre las modas que hacían furor en su país natal y que habían llevado a los hombres a cuidar su aspecto tanto más que las damas, pero jamás había visto a alguien así tan cerca como a don Jaime, moviéndose como un figurín y con aquellas trazas. Sin embargo, la expresión amable, aparentemente sincera del caballero, sus ojos de mirada tan directa y limpia, le hicieron aceptar su proposición.

—Sí, me parece bien acompañar a vuestro criado a ese lugar, no perdemos nada por intentarlo. Estamos muy afligidas por lo ocurrido y sería estupendo localizar el crucifijo. ¿Cuándo puede ser?

Don Jaime respiró tranquilo y apenas dibujó en su rostro la satisfacción que le había producido la disposición de la portera.

—Él, Sebas, vendrá a recogeros a las tres de la tarde. A las tres en punto, si no tenéis inconveniente. Estad preparada. Creo que es la mejor hora para ir a ese almacén. ¿Os viene bien?

—Le estaré esperando en la misma puerta del colegio. ¡Cuán-

243

to deseo que estéis en lo cierto! Me gustaría darle esa satisfacción a doña Leonor y contribuir a que el culpable reciba el castigo merecido —concluyó la mujer con arrebato apenas contenido, una vez adoptada la decisión de colaborar en la búsqueda que le había planteado don Jaime.

244

Almacén de Benavides

8 de enero

*P*ocas horas después de lo acordado entre la guardesa y el caballero, Sebas se protegía de un intenso aguacero en el cobertizo próximo a la residencia de las doncellas. La quietud de la zona transformaba en estrépito la lluvia al abrirse paso entre los murallones de la angosta calle, similar a la mayoría de las que conformaban el laberinto de la ciudad amurallada protegida por el profundo Tajo. También el viento silbaba con fuerza. El criado, que solía esmerarse poco en su vestimenta, lamentaba no haber cogido ropa de abrigo para soportar aquel rato pasado por agua.

Faltaban pocos segundos para las tres de la tarde. Lo confirmó, instantes después, el tañido de las campanas de la catedral que mitigaron el ruido de la tormenta. Casi de inmediato, y como si fuera un milagro, comenzó a escampar. Salió del parapeto y corrió raudo hacia la entrada del colegio encharcándose las calzas con el agua acumulada en el suelo mal empedrado y con abundantes hoyos. Antes de alcanzar el lugar en el que estaba citado con Valeria, la vio salir cubriéndose con una capa negra y una capucha. Se reconocieron al primer contacto visual, eran las únicas personas que había en la calle. A Sebas le llamó poderosamente la atención el caminar decidido de la mujer, ocupaba mucho espacio por tamaño y estatura, y conjeturó que a él le superaba en un buen palmo. Para evitar equívocos y confirmar la identidad de cada uno de ellos, se saludaron al unísono.

—¿Valeria?

—¿Sebas?

Asintieron ambos y cruzaron una sonrisa de entendimiento. Valeria mostró unos dientes blancos y perfectamente alineados, todo lo contrario de Sebas que los tenía mellados y negruzcos.

La había imaginado con escaso atractivo físico y supuso que tendría un gesto adusto, tras leer sus cartas dirigidas al canónigo. A Valeria le extrañó el aspecto del enviado por el caballero que había conocido esa misma mañana y que le habló con primoroso acento francés e iba ataviado como un príncipe. En cambio, su criado poseía la apariencia de un pordiosero, desaliñado y sin esmerarse en el cuidado personal. Tenía el rostro sin rasurar y una adiposa barriga que estaba a punto de hacer estallar la botonadura de su camisola. Para colmo, la zamarra de paño con la que se abrigaba exhalaba un aroma desagradable. Sin embargo, daba la impresión de ser buena gente, leal, como le comentó su señor en el parque.

Caminaron una media hora, sorteando numerosos charcos, hasta alcanzar la calle de Santo Tomé. Durante el trayecto, hablaron de cómo actuar en el almacén y del papel que representarían cada uno de ellos.

—Ya os habrá dicho mi señor que no estoy seguro de haber hallado el mismo crucifijo que desapareció del colegio —expuso Sebas—. Solo vos podéis identificarlo, pero no debemos llamar la atención delante de los que cuidan del almacén, allí hay cientos de piezas y es fácil confundirse. Tampoco conviene que recelen de lo que vamos a hacer allí, para evitar el escándalo y que sospechen de nosotros. Es la mejor manera de atraparles con las manos en la masa. Dejadme a mí que lleve la voz cantante. Como es evidente, diré que sois mi señora y que deseamos revisar unas tallas en las que saben que estoy interesado. Luego, iremos pidiéndoles otras cosas, como un crucifijo de las mismas características, en el supuesto de que el que yo vi el otro día no estuviera a nuestro alcance.

—Me parece perfecto, seguiré vuestras instrucciones. Don Jaime, vuestro señor, me pidió que así lo hiciera. Espero que tengamos suerte. Y entendido, sois mi criado.

—Así es. Y lo sería encantado en verdad —afirmó rotundo Sebas ya que Valeria le resultaba una persona encantadora, con una voz dulce, y que mostraba una postura envidiable para el juego que le habían preparado. Ella pareció ajena a la sutileza empleada por él.

Había cesado por completo la tormenta, pero el frío y la humedad se colaban en los huesos.

—Esto es lo que menos me gusta de esta ciudad, circula por sus calles un sereno que no hay manera de arrojar fuera, de los cuerpos y de las viviendas —comentó él.

—¿El qué? —preguntó Valeria, inmersa en ese instante en sus pensamientos.

—El relente húmedo de este lugar, que es algo horrible.

—Yo estoy acostumbrada, viví en Francia, en Lyon, con dos ríos por cabecera.

—Pues yo no soportaría vivir ahí, de donde procedéis, no me gustaría nada, ni aquí en esta ciudad —fingió Sebas que conocía el origen de la mujer después de revisar sus cartas dirigidas al canónigo Benavides.

—Creo que hubiera sido más rápido haber elegido otro camino hacia el Pozo Amargo, ¿no creéis?

— No lo sé, estoy acostumbrado a ir por aquí, pensaba que era preferible —mintió Sebas, que intencionadamente deseaba eludir el paso por la plaza de la Catedral, pues por ella solía cruzar el archivero cuando iba o regresaba de sus correrías comerciales. No obstante, antes de acudir al encuentro con la guardesa, había verificado que el canónigo no estaría en su casa.

Al descender por la empinada cuesta del Pozo Amargo con los guijarros del suelo escurridizos debido a la lluvia, Valeria tuvo que arrimarse a las paredes y, de vez en cuando, sujetarse en los salientes. Finalmente, aceptó apoyarse en Sebas y este la ayudó sujetándola por la mano. El criado se estremeció con el contacto de su piel que se asemejaba a la suavidad del melocotón, y con el de su cuerpo que desprendía un aroma agradable que le fue aturdiendo. También le impresionó, y mucho, la piel blanquecina de su rostro, casi traslúcida, y sus ojos grandes, oscuros, que contrastaban tanto con la blancura de su cutis. Por desgracia para él, el placer fue efímero, estaban a unos pasos de la vivienda del clérigo.

A medida que se acercaban, Sebas observó con suma atención y de reojo todos los gestos de Valeria. Precisaba asegurarse de que ella nunca había estado allí. En caso contrario, tendría que alterar el plan de inmediato. Decidió ser muy directo para aclarar la duda.

—¿Conocía esta parte de la ciudad?

—No, y no me agrada mucho, ya veis lo difícil que es moverse con este piso tan resbaladizo y la humedad se acrecienta porque nos acercamos hacia el río —respondió Valeria.

Al llegar a la vivienda de Benavides, el criado tuvo que golpear la puerta repetidas veces. Sabía que la vieja no estaba bien del oído y que era preciso aporrear bien la madera para que les abriera. Al fin, escudriñando por una rendija, apareció Pascuala. Al descubrir a Sebas, abrió de par en par. Iba embutida en una tela grisácea, que debió de tener en un pasado lejano un intenso color negro. La anciana parecía una pasa, de lo delgada y arrugada que estaba, pizpireta aún, con la mente algo enturbiada por la avanzada edad y con los oídos como una tapia. Les recibió con desgana. Del interior emanaba un olor a verdura podrida.

—Vengo con mi señora —Valeria descubrió un poco el rostro, no más arriba de los labios, levantando la capucha a modo de cortesía, pero sin posibilidad de ser reconocida—, porque desea ver ella misma las esculturas de ese griego. No soy muy hábil a la hora de hacer la descripción de los objetos artísticos y prefiere verlos ella misma, si no tenéis inconveniente.

Tal y como lo habían hablado previamente, durante el camino hasta el Pozo Amargo, Sebas llevaba la iniciativa en la delicada operación que habían emprendido juntos.

—De acuerdo, pues entren, si tal es el deseo de la dama. —Pascuala franqueó el paso tras analizar detenidamente, con desparpajo y sin amilanarse, a la recién llegada. Tan solo pudo apreciar su pose desenvuelta y sus maneras de mujer joven.

Hacía mucho calor en el interior y por suerte el ama abrió las ventanas para airear el lugar, cargado de una atmósfera espesa debido a la mezcolanza de materiales que allí se conservaban. De esta manera, Valeria pudo permanecer con la capucha puesta sin comenzar a sudar.

Pascuala colocó encima de una mesita las tallas de Adán y Eva trabajadas por El Greco. A continuación, se plantó frente a las esculturas con los brazos cruzados, aguardando los comentarios de los visitantes. Valeria se vio forzada a analizar las tallas, algo confundida y nerviosa por la situación. Sebas miraba en derredor suyo con ansiedad y preocupación porque no localizaba el crucifijo en aquel magma de objetos amontonados de cualquier manera. El momento resultaba tenso, sin duda. Valeria se frotaba las manos inquieta, sin saber qué decir. Sebas intervino con rapidez.

—¿No hay más tallas de El Greco? Ya que mi señora ha venido, sería una buena oportunidad ver otras piezas del mismo escultor.

El criado planteó la pregunta intentando que Pascuala se despistase por la sala, pero no se inmutó. Es más, dirigió directamente una cuestión a Valeria, lo que alteró los nervios de la francesa.

—¿Qué le parecen, señora?

—Están bien, sí… —respondió dubitativa.

El ama les observaba sin perderles de vista, encogida sobre sí misma y con expresión tensa en su rostro inundado de marcas.

—Aquí no, no hay más esculturas de El Greco, aunque se lo preguntaré a él…

Sebas se alertó temiendo que se complicase todo si Pascuala mentaba al eclesiástico, se adelantó raudo:

—A mi señora le gustaría especialmente, además de estas tallas, encontrar un crucifijo para su capilla, a ser posible de marfil. Entre todas las piezas que hay aquí no hay nada que se le parezca.

Pascuala meditó la petición que le hacían sin mover los labios; el tiempo que estuvo en silencio resultó una eternidad para Valeria y Sebas, este decidió intervenir de nuevo, sin esperar la respuesta:

—Algo de la época de Berruguete si puede ser, de ese estilo…

Dedujo que lo había estropeado al citar al artista. La mujer hizo un gesto con la mano, indicando que la dejaran pensar y, seguidamente, se tocó la frente con los dedos como si recordase algo.

—¡Ah! Ya sé… En el dormitorio hay un crucifijo que os podría servir, lo pusimos allí el otro día, pero tendré que preguntar si está a la venta.

—Y, mientras tanto, ¿podríamos verlo? ¿Qué os parece, señora?

—Muy bien —respondió Valeria corroborando la celada.

Un poco más y Sebas termina por empujar a la vieja, pues era tanta su avidez por ver el crucifijo que casi se delata. Respiraron con alivio y esperanzados cuando Pascuala se adentró por las dependencias interiores de la casa. Valeria estaba sudorosa por los nervios que tenía a flor de piel, retiró su capucha y se acercó al ventanuco para refrescarse.

—Todo va bien —dijo él con ánimo tranquilizador—, actuaremos como lo hemos estudiado. Dejadme a mí. —Enmudeció unos segundos aguardando que ella confirmase esa voluntad. Valeria mostró una sonrisa en su bien formada boca que a Sebas le supo a gloria bendita. Aquella mujer era extraordinaria y hasta sentía cierto remordimiento por la trama que habían montado sirviéndose de ella como un recurso para los fines de don Jaime—. Por favor, no nos descubráis para atrapar, creemos, a un miembro del cabildo que está cometiendo estos sacrilegios y robos de obras de arte haciendo uso de sus prerrogativas, abusando de las mismas para hacer un enorme daño a los bienes y al patrimonio eclesiástico en beneficio de su propia manduca y bolsa.

—¿Sospecháis de un canónigo? —planteó Valeria sorprendida y levantando la voz mientras se acercaba a Sebas; este le rogó con un gesto que se colocase la capucha.

—Silencio, que ya viene…

La llegada de Pascuala con el crucifijo sujeto con las dos manos y medio envuelto entre sus faldones provocó, de inmediato, un ligero desvanecimiento a la francesa. Valeria lo había reconocido sin tener al alcance de la vista la pieza al completo.

En efecto, lo que traía la anciana con gran esfuerzo, debido al tamaño y el peso de la talla, era la escultura que habían sustraído del Colegio de las Doncellas Nobles. Valeria intentó decir algo sin medir su reacción, balbuceó un sonido, una palabra quizá; Sebas le impidió decir algo adelantándose y colocando sus dedos sutilmente sobre los labios de la mujer.

—¡Es bellísimo! ¡Extraordinario! —exclamó él, arrancando de las manos de Pascuala el crucifijo, algo que ella agradeció. A continuación, lo puso sobre la mesa donde estaban las figuras de El Greco—. Fijaos… —exhortó a Valeria para que lo contemplase sin decir nada que pudiera estropear el ardid—, la perfección del trabajo, cómo se aprecian los músculos, incluso las venas, el rictus de dolor en el rostro tan logrado. Y el pulido del marfil: ¡impecable! Nos gusta —dijo a la asistente de Ramón Benavides—, preguntadle a vuestro señor cuánto pide por las tres piezas y mañana, o como mucho tardar en dos días, vengo a cerrar el trato. —Culminó Sebas con tanta disposición que impidió a Valeria expresar lo que sentía en aquel instante de sorpresa y confusión.

Pascula expresó su conformidad. Sebas no perdió ni un segundo en contemplaciones. Abarcó con su brazo la cintura de Valeria y tiró de ella hasta sacarla cuanto antes de aquel lugar. Percibió con el contacto, a través de su piel, el nerviosismo de la mujer.

Ya en la calle, la portera de las Doncellas Nobles pudo desahogarse, al fin, de la fuerte impresión que había supuesto encontrarse con la obra de arte sustraída del colegio y tener prohibido expresarse y manifestar su irritación por exigencia de Sebas.

—Vayamos deprisa, y sin detenernos ni un solo instante, a presentar la denuncia ante los alguaciles para que castiguen a ese sinvergüenza y trasladen, de inmediato, el crucifijo al Colegio. Y por favor: decidme quién es el ladrón. ¡Qué se pudra en una celda y que su nombre se conozca por toda la ciudad! —Valeria necesitaba desahogarse, superar el aturdimiento hablando sin parar—. Es necesario hacerlo para que confiese cómo robó el crucifijo, si hubo algún acólito que le ayudó o intervino para sacarlo del colegio. Eso es muy importante saberlo, si lo hizo solo o con alguien más —manifestó congestionada y con evidentes muestras de nerviosismo. En sus ojos traslucía la irritación.

—Tranquila. Mi señor en persona quiere decíroslo en el momento en que le confirméis que hemos localizado el crucifijo de doña Leonor. Al parecer, don Jaime venía siguiendo el rastro de ese canónigo y tiene más información sobre sus actividades ilícitas. Nos espera en una tranquila taberna en las cercanías de Santo Tomé. Enseguida resolveremos este asunto, Valeria.

Y

El veneciano aguardaba las nuevas en una tascucha sin clientela a esas horas de la tarde. Antes de llegar al lugar de la cita que tenía establecida con Sebas, intentó despistar a su perseguidor con la complicidad de Paco el cochero, y creía haberlo conseguido, puesto que no le veía por la calle desde las ventanas del local. Le resultaba más fácil evitar a Lorenzo Seco cuando se desplazaba con el carruaje, ya que entonces el cabo tenía dificultades para controlarle a corta distancia. A veces, le había sorprendido su sagacidad o intuición porque aparecía cuando casi resultaba imposible que hubiera podido seguirle el rastro debido a la velocidad del transporte, a pesar de que nunca era excesiva por la configuración de las calles. Para asegurarse de que en esta ocasión funcionaría la maniobra de distracción, dieron algunas vueltas por el barrio de Santo Tomé y, cuando le distanciaron suficientemente, el caballero descendió del vehículo escondiéndose en un patio mientras Paco continuaba la marcha en dirección a la posada de El Carmen.

Meditaba durante la espera sobre la maniobra que había organizado para abrir el portón que el canónigo tenía en la entrada del archivo secreto. Le dolía actuar utilizando los sentimientos de Valeria, que resultarían heridos, pues algo así ocurriría; aunque también consideraba que le hacía un gran favor a ella, ya que se merecía un compañero de condición distinta a la del archivero, alguien que la correspondiera de veras sin aprovecharse de su debilidad. Y, de cualquier manera, estaba obligado a hacerlo para desenmascararle.

Aguardaba inquieto deseando conocer lo ocurrido en el almacén, y se frotaba las manos, ansioso por ver aparecer cuanto antes por la tasca a Sebas y a Valeria. Se hallaba protegido por la penumbra del local, en un rincón apartado. Cuando llegó allí, el viejo mesonero que dormitaba sobre la barra se frotó los ojos con asombro no disimulado, y después de servirle el vino volvió a las suyas para cabecear sentado en un taburete.

Pasados unos minutos, el tabernero se alarmó, de nuevo, al ver aparecer a una pareja que se dirigió sin pensárselo a la mesa del caballero que había entrado primero.

Sebas sopló, de inmediato, al oído de su señor el resultado de la operación:

—Sin problemas. Estaba allí y lo hemos visto.

252

Él se levantó para saludar a la francesa prodigándole su exquisita cortesía y besando dulcemente sus manos.

—*Heureux les yeux qui peuvent jouir de votre presence.*[13] Sebas me anticipa que habéis encontrado el crucifijo de doña Leonor. Ya era hora de que atrapáramos a ese rufián depredador.

—Pero ¿quién es él? No debemos permitir que quede sin castigo. Y hay que hacer algo, ¡rápido! Bueno, estoy satisfecha por la ayuda que me habéis prestado para descubrir el lugar donde ocultaban el crucifico, teníais razón… —afirmó ella aún impresionada por la experiencia vivida aquella tarde, pero agradecida después de localizar la pieza robada. Daba la impresión de no querer perder un minuto para denunciar el robo y trasladar, cuanto antes, la obra de Berruguete hasta el Colegio de las Doncellas Nobles. Ni siquiera tomó asiento hasta que se lo sugirió don Jaime.

El veneciano comprendió que tendría que intervenir con sagacidad en los siguientes pasos que había calculado y, quizá, modificar sus previsiones. Ella exigía una respuesta y había que dársela sin mucha dilación.

—Os digo que no podemos permitir a ese individuo que siga apropiándose de objetos de valor, de mucho más valor si cabe de los que habéis visto hoy, beneficiándose además con sus sucios manejos. Hemos descubierto en los sótanos del arzobispado, donde se encuentra el archivo y la biblioteca del palacio, la entrada a una galería en la que, sospechamos, que podría ocultar importes obras de arte y documentos de gran relevancia. Él es el responsable y quien está al cuidado de las instalaciones…

—¿Cómo? Su nombre, os lo pido, por favor —exigió Valeria irritada, frotando sus manos, nerviosa, y con las mejillas enrojecidas. Hacía calor en la tasca y no se había desprendido de la capa.

—Ramón Benavides, el lugar de donde venís era su casa y habéis visto con vuestros ojos su propia almoneda —pronunció don Jaime casi en un susurro.

Sebas servía en ese momento la zarzaparrilla que ella le pidió al llegar. Valeria parecía ausente, como si lo que la rodea-

13. Dichosos los ojos que pueden gozar de vuestra presencia.

ba no fuera con ella, como si el nombre que acababa de escuchar fuera una ensoñación de tal forma que nadie lo hubiera verbalizado. Desvió su mirada y se perdió entre las sombras de la sucia tabernucha. Tenía que asimilar lo ocurrido, su mente iba hilando cabos, había cosas que encajaban, tal vez fuera cierto lo que había visto y oído. Estuvo paralizada un buen rato, sin mover un músculo, sin decir nada, en tensión… Ellos temieron lo peor: que se hundiera y saliera corriendo asustada, que huyera de todo y nunca más la volviera a ver, negándose a seguir actuando para desenmascarar al sinvergüenza. De súbito, se volvió hacia ellos y mojó los labios en la infusión. Su expresión era rígida, la mirada de sus ojos negros atravesaba por su fiereza.

—¿Habéis dicho Ramón Benavides? ¿Y estáis completamente seguro de no equivocaros?

Don Jaime asintió con un ligero movimiento de la cabeza, preocupado ante la incertidumbre por la reacción que mostraría Valeria.

—Pues debo deciros que le conozco, conozco bastante bien a esa persona, mejor debería decir que creía conocerle —expresó pausadamente, con voz ahogada.

—¿Tenéis certeza de lo que manifestáis, de que se trata de la misma persona? —preguntó don Jaime.

—Dudo que haya dos con ese nombre y siendo responsables del archivo arzobispal, ¿verdad? Sabía que le interesaban mucho las obras de arte y que las coleccionaba, pero nunca me habló del comercio que hacía con ellas. Y ha tenido el descaro de aprovecharse para hacerse con el crucifijo, y hasta me temo que también con dos pequeños lienzos de María Magdalena y san Juan que desaparecieron del colegio y que pudo habérselos llevado; fue hace un año, más o menos. Sí… sí…, es él, aunque me cueste reconocerlo: es él —insistió ella con ojos enrojecidos, mordiéndose el labio inferior, aunque controlando la zozobra y la angustia—. Tengo que dejaros para hablar con las autoridades. Hay que denunciarle y no pienso advertirle.

La aseveración fue del agrado de don Jaime. La situación se movía como él deseaba.

—Un momento, os lo ruego —solicitó amablemente—. Por lo que deduzco de vuestras palabras, él os tiene alguna confianza, ¿me equivoco, señora? —Valeria no reaccionó con el comentario que hizo el veneciano, había transformado su rabia interior en una frialdad que impresionaba, ni un gesto, ninguna señal de lo que sentía, sin mover un músculo, el rostro hierático, la faz blanquecina, la mirada firme—. Os lo digo porque precisamos unas claves para abrir la puerta del lugar donde pensamos que oculta documentos y manuscritos importantes. Sin ellas es imposible acceder a la cámara secreta que él controla. Descubrir lo que esconde en el archivo sería lo más conveniente para lograr juzgarle por diversos cargos, la mejor forma de que no escape al castigo de la justicia. El asunto del crucifijo es algo menor, pensadlo, y siempre puede argumentar una excusa, como que lo iba a restaurar o a encargar una réplica, o que se lo había dicho a alguna supervisora del colegio y recibió su autorización, cualquier cosa es posible si solo contamos con ese delito. Puede que se nos escape con una excusa creíble y sea muy complicado hacerle pagar por lo que ha hecho en esta ocasión. No olvidéis que es una persona de relevancia y bastante peso en la Iglesia, es un canónigo de la catedral además de director de la biblioteca y del archivo arzobispal, y tendrá amigos que le respaldarán, sin duda. Sin embargo, si pudiéramos acceder a la cámara secreta que tiene dentro de su despacho en el palacio del cardenal, tal vez encontremos los objetos, los manuscritos valiosos que allí protege con esas puertas imposibles de abrir si no poseemos las claves, que servirán como pruebas incuestionables para que sea repudiado por la institución eclesial y recibir todo el peso de la ley, como seguramente se merece.

255

Valeria reflexionó unos segundos sobre lo que acababa de explicarle don Jaime. Cabeceó pensativa, con las manos entrecruzadas.

—¿Y vos, don Jaime, cómo tenéis tanta información? —preguntó ella.

—Es algo completamente casual. Estoy trabajando en el archivo, por interés particular, como ya os comenté esta misma mañana, y el propio secretario del cardenal me puso en antecedentes del asunto, de las sospechas sobre el canónigo Benavides, y fue algo que me llamó mucho la atención. Juntos comprobamos lo que os digo, la existencia de esa cámara y, luego, tuvimos la información de mi criado sobre el almacén donde había visto la talla. —Sebas confirmó con un gesto todo lo que afirmaba su señor—. Así, las sospechas se fueron acrecentando. Pero sería concluyente para aclararlo todo acceder al recinto secreto que él tiene en palacio.

Ella volvía a tener, otra vez, el rostro congestionado, los ojos irritados, y mordía sin cesar sus labios. No reaccionó durante un buen rato. Permanecía pensativa. Por fin, habló con tranquilidad y aplomo:

—Él anota todo en un pequeño cuaderno negro, con tapas de piel, que lleva siempre encima, en su faltriquera, jamás deja que lo vea nadie... —La mujer observó fijamente al caballero, se sintió arropada por su dulzura y por la seguridad que transmitía—. Tal vez sí, tal vez encontréis ahí lo que estáis buscando.

—Esa es la solución, creo —dijo Sebas.

—¿Tenéis alguna posibilidad de curiosear vos misma ese cuaderno? —preguntó el veneciano.

El silencio que sucedió incrementó la duda sobre la respuesta de Valeria. La pregunta daba a entender demasiadas cosas, una relación no confesada por parte de ella, y dedujeron que algo así podía molestarle y llevar al traste toda la operación. Sin embargo, Valeria parecía haber recuperado el resuello y el control sobre sí misma.

—Dudo que sepáis hasta dónde puede llegar una mujer herida —manifestó ceremoniosa.

Don Jaime reconoció su admiración por Valeria, se rindió ante ella; nunca sospechó que tuviera tanta fortaleza y se prestara a colaborar con tan buena disposición, sin sospechar nada extraño en lo que había sucedido aquel día. Acarició una de sus manos con delicadeza; ella sonrió sutilmente, sin forzar la sonrisa. Él agradeció lo que hacía por ellos en su propio idioma.

—*Je vous remercie du fond du coeur, Valeria, je vous souhaite tout le meilleur, et comptez toujours sur nous si vous en avez besoin.*[14]

---

14. Gracias de todo corazón, Valeria, os deseo lo mejor y contad con nosotros para ayudaros en lo que preciséis.

Archivo del Palacio Arzobispal

8 y 9 de enero

Valeria dijo que les avisaría, sin especificar cómo iba a hacerlo ni cuándo. Lo que jamás imaginaron es que sería tan rápido, el mismo día en que habían puesto en marcha la intriga y con la intervención de una cuarta persona.

Don Jaime escribía en su habitación y estaba a punto de irse a la cama cuando golpearon su puerta con gran estrépito. Abrió y se encontró de bruces con doña Adela y Sebas.

—Es doña Leonor —anunció atropelladamente el criado.

—La señorita espera en la calle, al parecer es urgente —añadió la posadera con una actitud similar.

Se colocó un chaquetón encima, pues estaba a medio desvestir, y salió precipitadamente del cuarto, en zapatillas.

Junto al portalón de entrada a la fonda, en un esquinazo, se protegía la joven de las miradas curiosas y del relente. En la acera opuesta permanecía, con disimulo, su protectora. Ambas se cubrían con capuchas, como era costumbre en las integrantes del colegio cuando salían a la calle avanzada la noche.

—¿Qué hacéis por aquí a estas horas? Entrad, os lo ruego —sugirió a la joven con firmeza, casi exigiéndole que aceptara la invitación.

—No, y seamos breves. Tengo poco tiempo y os digo que hay que actuar deprisa, muy rápido.

Las palabras y el tono empleado por Leonor le desconcertaron. Apenas podían distinguir, uno y otro, la expresión de sus rostros debido a la oscuridad que reinaba en el exterior. Eso sí, resaltaban como luciérnagas los ojos de ella y destacaba entre las sombras su perfil, con la nariz puntiaguda tan característica en su fisonomía.

—Tomad. —Leonor extrajo del bolsillo interior de su vestido un cuaderno pequeño—. Contáis con unos minutos para estudiarlo y debéis devolvérmelo enseguida. Valeria tiene que reponerlo esta misma noche y yo debo llevárselo de vuelta. Os aguardo aquí. Id dentro, donde tendréis luz suficiente. Debo regresar de inmediato...

Ella se expresó con aplomo y gravedad y él, sin rechistar, decidió hacer lo que dispuso la joven. Entró en la posada y se encaminó hacia su dormitorio. En el rellano se topó con Sebas y doña Adela que aguardaban expectantes su regreso, con la curiosidad marcada en sus rostros. No les permitió ninguna licencia, dejándoles plantados.

—Esperadme aquí —advirtió a ambos—, tardaré muy poco.

Mantuvo la puerta entreabierta acomodándose junto a la mesa. Acercó un quinqué para tener más luz y comenzó a revisar, con bastante ansiedad y nerviosismo, el cuaderno. En el interior de la libreta protegida con tapas de cuero negro figuraban, bajo el encabezamiento de la fecha, las entradas de material en el almacén del canónigo, con su precisa descripción y procedencia y, asimismo, el destino de cada una de las piezas mediante el mercadeo que realizaba diariamente. El listado era exhaustivo, reseñado con letra casi minúscula y de una caligrafía impecable, y venía a demostrar el alcance del comercio ilícito, mediante engaños y abusando de su cargo, que llevaba a efecto Benavides. Constituía la prueba palpable de su actividad. Era comprensible que tuviera tanto aprecio al cuadernillo. Páginas y más páginas tenían idéntico tratamiento con una letra menuda.

Comenzó a dudar de que fuera posible hallar, entre las hojas muy arrugadas, las claves que precisaba. Comprobó que casi la mitad de las páginas aún estaban en blanco y decidió mirar en la última de ellas. Hizo una mueca de satisfacción. Allí, insertas en recuadros perfectamente marcados con tinta, había dos cifras.

La primera de ellas era el 802103. La segunda, el 135051.

No sabía cuál era su significado, aunque era muy probable que fueran los códigos que tanto precisaba. Las anotó en un papel y las guardó en el bolsillo.

Volvió a encontrarse con Sebas y doña Adela, deseosos por saber lo que sucedía. De nuevo, a él correspondió la iniciativa.

—Sebas, acude rápido al palacio del primado. Localiza a Rodrigo Nodal, el secretario, y le dices que esta misma noche tenemos que intentar acceder a la galería secreta, que ya estamos preparados para abrir la fortaleza. —El guiño que hizo al criado mientras le mostraba la libreta fue suficiente para que este comprendiera a la perfección el mensaje que les había traído Leonor y el motivo de su visita—. Me esperas allí, yo creo que en media hora, o en tres cuartos de hora, como muy tarde, me presento en el arzobispado.

El criado salió apresuradamente, tal y como lo pidió su señor. Doña Adela intuyó que recibiría otras instrucciones.

—Preparad al cochero, lo necesito ya mismo. Y otra cosa: ¿dónde está Rosario?

—En el bar La Espuela, con ese Lorenzo, no lo ha podido evitar.

—Avisadla como podáis y decidle que le entretenga mucho tiempo, hasta bien avanzada la noche, si es que le es factible hacerlo; os lo ruego, es muy importante, ya os lo explicaré...

A pesar de la extrañeza que le supuso oír aquella petición, la posadera hizo ademán de conformidad y se fue hacia el patio.

Él halló impaciente a doña Leonor en la calle, con gesto de preocupación por la tardanza.

—¡Ya está! —exclamó sonriente don Jaime entregándole el cuaderno—. No he podido examinarlo en menos tiempo. No sabéis cómo os lo agradezco, decídselo a Valeria. Es una mujer excepcional, espero que todo mejore en su vida, estoy en deuda con ella después de lo que ha hecho. ¿Os ha explicado lo del crucifijo, verdad?

—Sí —murmuró la joven—. Para mí era importante encontrarlo, tiene un gran significado para nuestra familia. —Hizo un gesto con la mano para pedir un poco de paciencia a su *tía* que le exigía, a su vez con otro gesto, la mayor brevedad—. Me habéis hecho un gran favor y por eso mismo estoy aquí colaborando en lo que habíais solicitado a Valeria. —Se acercó y, poniéndose de puntillas, le besó dulcemente en la mejilla. El veneciano sonrió entusiasmado y se inclinó para reverenciar a Leonor, que le había traído varios regalos aquella noche.

Υ

En el interior del carruaje, desplegó la hoja donde había anotado los números que encontró en la libreta del archivero. Los examinó durante un buen rato intentando descifrar su significado.

Aventuró que el canónigo habría compuesto la primera clave con la fecha de su nacimiento: el treinta de diciembre del año mil y setecientos y ocho, situados a la inversa. La segunda de las cifras correspondería a algún acontecimiento importante de su vida, y el mismo habría tenido lugar el quince de mayo de mil y setecientos y trece, una cantidad establecida con el mismo procedimiento que la primera. Aquella forma de actuar era de lo más común para articular un código secreto reconocible solamente por el interesado, el error de Benavides era haberlo anotado en la libreta sin utilizar otro recurso para recordarlo, lo que les permitiría, probablemente, violar su sanctasanctórum.

Las calles de la ciudad que fueron atravesando para dirigirse al Palacio Arzobispal estaban desiertas a esa hora bien avanzada de la noche, las diez y media, se cruzaron con muy pocas personas desde la posada de El Carmen hasta la plaza de la Catedral. Pensó, por un momento, en Rosario, en el desagradable papel que le había asignado; resultaba imprescindible su intervención para entretener cuanto pudiera a Lorenzo y que este no diera aviso de lo que iban a hacer. También recordó a Valeria Zanetti y a Leonor. La primera había resultado ser una mujer valiente, le irritaba que hubiera caído en las manazas de Benavides.

Sebas aguardaba en la escalinata del palacio. Nada más detenerse el carruaje, corrió a desplegar la escalerilla y abrió la portezuela.

—Bien, esta es la noche que estaba esperando; sin duda, tenemos bien atrapados a los enemigos entre las piernas o los pechos de mujeres —comentó irónico el veneciano mientras se calaba un llamativo sombrero de plumas azules.

—¿Qué queréis decir? —preguntó Sebas, intrigado y molesto por lo que intuía.

—No tienes de qué preocuparte —intervino consciente de que había sido lenguaraz, yendo demasiado lejos con la insinuación—, Rosario es mayorcita y sabe cuidarse, no precisa de las más poderosas artimañas femeninas para embaucar al soldado, es suficiente con que le dé algo de cuerda y bastante alcohol. —El disgusto del criado no menguó con las explicaciones; de tal manera que decidió plantearle varias cuestiones para que dejara de pensar en la virtud de la sobrina de doña Adela—: ¿Has avisado al secretario? ¿Dónde se encuentra? ¿Ha dicho si podemos intentarlo ahora?

—Venga conmigo —respondió Sebas concentrado, al fin, en lo que tenían por delante—, os espera en el recibidor, deseoso de iniciar la expedición y muy animado después de saber que tenéis el talismán.

Antes de entrar en el edificio palaciego, el caballero permaneció unos instantes contemplando la imagen imponente de la torre catedralicia cuya silueta estaba recortada por un cielo resplandeciente iluminado por la luna llena.

En efecto, Rodrigo Nodal le recibió con los brazos abiertos y el entusiasmo reflejado en su rostro, demostrando su interés por lo que pretendían acometer con nocturnidad. Iba pertrechado con cuerdas y lámparas de aceite.

—¿Estáis seguro de tener la clave para abrir la cámara? —fue lo primero que dijo.

—Creo que sí y, por cierto, ¿os permiten tales licencias? —subrayó don Jaime al encontrarle sin la sotana—. La verdad es que tenéis buen aspecto, os dije en una ocasión que mejoraríais sin el disfraz de trabajo.

—Esto es algo excepcional —replicó el sacerdote.

—Bien. ¡Adelante! Sin el canónigo por aquí, no tendremos problemas. Nadie nos molestará.

—Desde luego —aseguró el secretario—, he avisado a los dos vigilantes que custodian de noche el palacio para que no intervengan si escuchan ruidos en los sótanos y, por supuesto, que nos avisen si detectan cualquier movimiento inusual a estas horas.

Mientras cruzaban por las salas del archivo, volvió a examinar, con marcada atención, el aspecto del secretario.

—Puede que desmayéis a alguna religiosa si os descubren tan apuesto, la sotana ocultaba vuestros dones.

—Ellas no se dejan influir por nada que las perturbe de su encomienda —replicó Nodal.

—Bueno, no entremos a discutir esa cuestión, pero seguro que os gustaría impresionar a sor Sonsoles. Es una delicia…

El criado que les seguía a poca distancia comenzó a toser para cortar la conversación, convencido de la incomodidad que le estaban provocando al secretario las consideraciones de su señor. Hasta ese instante había permanecido impresionado por los legajos que se amontonaban en las estanterías dentro de aquel inmenso depósito de historias, pleitos, cuentas del territorio primado y de abundantes libros.

Al llegar a las puertas del despacho de Benavides, Rodrigo sacó unas llaves del bolsillo de su pantalón y abrió sin dificultad, como lo había hecho en la anterior ocasión que estuvieron allí sin la presencia del canónigo.

Una vez dentro, el veneciano se dirigió a su criado:

—Enciende todos los hachones.

Mientras Sebas y el secretario iluminaban la sala, don Jaime se desprendió de su capa, de su sombrero repleto de plumas y de la levita. Comenzó a retirar libros para facilitar el desplazamiento de los muebles que protegían la puerta de metal, sellada con los códigos secretos. Acarició las tapas del atlas de Mercator, que tanto le había entusiasmado, y ayudado después por Rodrigo fueron quitando todos los tomos de las baldas para descubrir el endiablado mecanismo que había instalado el archivero. Sebas apartó la mesa y el sillón del canónigo colocando encima muchos de los volúmenes que le iban pasando don Jaime y Rodrigo. Actuaban sin precipitación, con sumo cuidado; el aire viciado del subterráneo les impedía respirar bien y acelerarse. Cuando los anaqueles estuvieron completamente vacíos, movieron las estanterías y surgió ante ellos el bloque de metal con los dos rodillos en los que había que fijar las claves.

Sebas, embelesado, fue palpando la fría superficie del parapeto y comenzó a girar las ruedecillas numeradas.

—¿Me lo permitís? —solicitó a su señor.

Él dio su conformidad y comenzó a recitar en voz alta los números que halló en la libreta que Valeria, con sus hábiles artes, había quitado a Benavides. Le vino su imagen a la mente, estaba profundamente agradecido a una mujer que, de prosperar la operación esa noche, le iba a proporcionar la libertad para él y la salvación de un legado incalculable para las generaciones futuras.

—Ocho, cero, dos, uno, cero y tres. —A medida que los pronunciaba, Sebas los buscaba moviendo las ruedecillas y los colocaba en el centro del cajetín, de poco más de tres centímetros de anchura.

Se acercaba el momento crucial. Los tres cruzaron sus miradas. Sin esperar a recibir nuevas indicaciones, Sebas dio un fuerte empujón a la puerta que no cedió ni un ápice.

—Despacio, hay que situar el segundo código para completar el procedimiento —alertó el caballero, e inició la cuenta enunciada con suma lentitud—: uno... tres... cinco... cero... cinco... y uno.

No transcurrió ni una porción de tiempo reseñable, después de ultimar la segunda clave, cuando surgió desde el otro lado de la puerta un extraño ruido. Era el sonido renqueante de pesas que golpeaban topes metálicos, o algo parecido. Volvieron a cruzar sus miradas expectantes, inquietos al no saber interpretar a ciencia cierta lo que estaba ocurriendo...

El criado hizo intención de repetir el mamporro contra el metal. Don Jaime le detuvo.

—¡Quieto! ¡Se abre sola! Es fantástico...

Así fue, como si de una mano fantasma se tratase, la hoja de hierro iba separándose empujada con lentitud pasmosa, dejando expedito el espacio que protegía.

Se abalanzaron hacia el interior, pero antes de avanzar un paso más se detuvieron un instante para observar el mecanismo existente en la zona trasera de la puerta. Había un sistema de pesos y contrapesos que se articulaban por sí mismos desde el mismo momento en el que se completaban los códigos. Era un ingenio técnico avanzado y llamativo. No se detuvieron mucho a estudiarlo, pues tenían prisa por alcanzar la ansiada cámara secreta.

Frente a ellos apareció una bocana oscura, siniestra. Y al final de la estrecha galería se perfilaba lo que vislumbraron como el arranque de una escalinata. A pesar de que la corriente que emanaba del interior no era muy fría, se abrigaron antes de adentrarse por la cavidad. Rodrigo encabezaba la expedición, Sebas iba el último con las cuerdas y el resto de las lám-

263

paras. Tenían que caminar con la cabeza encogida, el veneciano casi en cuclillas debido a la poca altura del túnel excavado en la roca.

Muy pronto encontraron la escalinata, tal y como apreciaron desde la entrada. El espacio se hizo más amplio y, por lo tanto, más llevadero el recorrido por la galería.

Descendieron unos veinte escalones, tallados en la misma piedra, hasta alcanzar un corredor cubierto con una bóveda de cañón y grandes sillares de granito. Se desplazaron medio centenar de metros más por una superficie enlosada y, al final de ese recorrido, dieron con una sala amplia. Por doquier, había restos destrozados de columnas, estucos, arcadas o filigranas escultóricas hechas añicos que estimularon sus sentimientos arqueológicos.

—Podríamos hallarnos ahora casi debajo de la catedral, en la zona del atrio, calculo. Esto es algo digno de contemplarse a pesar de la destrucción —comentó Rodrigo mientras observaba impresionado las huellas de una época pretérita.

—Y lo que nos rodea serían las reliquias de la gran mezquita, lástima que no se hubiera respetado, hoy disfrutaríais de un conjunto hermosísimo que os enriquecería —razonó el veneciano—. En el mismo corazón del montículo sobre el que se asienta la ciudad.

—Así es —afirmó el secretario—, pero lamentablemente la historia está hecha de esta forma tan cruel. Pensad que ellos al llegar destruyeron a su vez la iglesia visigoda que había aquí mismo. Algún resto lo tendremos cerca. ¿Veis allí, al fondo, aquellas puertas?

—¿Pensáis lo mismo? —sugirió don Jaime.

—Sí, yo creo que aquella es la cámara que buscamos, bueno, lo que hay detrás. Creo que no hay pérdida, ese es el final de nuestro camino —respondió el sacerdote.

—Por fin, ¡el tesoro que tanto hemos buscado! —exclamó Sebas.

—Eso espero, que quede algo dentro —expresó el caballero.

—Sí, no hay duda, ahí debe encontrarse el archivo más secreto de este palacio que Benavides intentaba quedarse para él —afirmó el sacerdote.

—O destruirlo —concluyó Sebas.

—Y ¿cómo se llegó a crear el archivo? —preguntó el veneciano.

—Pues yo pienso que fue a partir de Trento; desde 1565, más o menos, se aplicaron con denuedo a la persecución de cualquier idea contraria a ese espíritu y surgió así la intolerancia más ruin. El acoso debió de ser tan drástico que precisaron ocultar a las generaciones futuras los textos que eran contrarios a aquella forma de explicar la vida y nuestro mundo.

Los tres se encaminaron hacia el lugar señalado por una vereda de tierra que alguien había despejado de restos arqueológicos para llegar hasta la cámara con cierta comodidad. No tuvieron ninguna dificultad para acceder al interior de un pequeño recinto cubierto con una única bóveda de arista.

Dentro el aire era casi irrespirable y se percibía el zumbido de extraños insectos. Iluminaron la sala y fueron retirando numerosas telas de araña que les impedían moverse. En un lateral vieron ocho sólidos arcones de madera y varios fardos de legajos amarillentos desperdigados por el suelo, alrededor de los baúles.

—¡Esto es fantástico! —exclamó el de Seingalt.

—Por fin se hará justicia, don Jaime, y gracias a vuestra constancia y habilidad —declaró el sacerdote.

—Me gustaría quedarme aquí un rato para estudiar despacio lo que hay en el interior, si me está permitido… —propuso el caballero mirando por todos los rincones de la sala—. Y me gustaría conservar algún recuerdo de esta operación.

Sebas había abierto ya algún baúl y, por suerte, vieron que el contenido permanecía intacto. Lo más probable es que hubieran quemado los manuscritos y libros que estaban fuera de los arcones.

—Por supuesto, don Jaime —aprobó el sacerdote—, gracias a vuestros desvelos ha sido posible llegar hasta aquí. Si algo os interesa, decídmelo para ver si os lo podéis quedar, excepto los documentos que sean fundamentales para la historia de esta prelatura. Yo se lo explicaré al conde de Teba y seguramente lo autorizará. Con esta prueba, con la evidencia de lo que hay en esta cámara que ocultaba a los demás el archivero, Ramón Benavides recibirá su castigo y lograré que se investigue, por fin, la muerte del seminarista. Sebas y yo vamos a por unos sacos, y regresamos enseguida…

265

Y

Fue consciente de que debía darse mucha prisa y actuar con la máxima dedicación, sin perder un minuto. A pesar de los buenos deseos del secretario, desconfiaba de que pasadas algunas horas fuera a ser tratado con tamaña generosidad. El entusiasmo por el resultado de la expedición seguramente había obrado el milagro del ofrecimiento que le hiciera Rodrigo. El arzobispo podía resultar más celoso con el patrimonio escondido en aquella cámara.

La iluminación no era excelente, lo que le obligaba a esforzarse con todos sus sentidos para revisar los documentos y no perder la concentración en lo que pretendía conseguir. Se arrodilló frente a uno de los baúles y cogió un legajo atado con bramante carmín, lo desató y fue analizando los papeles. Contenía diversos procesos contra «gentes turbulentas», así se las denominaba en el encabezamiento, de procedencia árabe y hebrea. El resto de los fardos que halló en el mismo contenedor eran semejantes.

266 Casi todos los documentos comprendían actuaciones contra luteranos, moros, judaizantes y «hombres depravados opuestos al sexto mandamiento», como rezaba una de las diligencias acusatorias. Resultaba curiosa una lista con la nómina de los colaboradores en la persecución que incluía las pagas recibidas por sus viles denuncias.

Otros arcones contenían legajos de similar cariz. Pero en los dos últimos, los de mayor tamaño, en los que lamentablemente existían algunos huecos, halló una pila de polvorientos manuscritos atados con orillos encarnados pertenecientes a un cremonés que respondía al nombre de Gianello Turriano, sin duda se trataba del Juanelo Turriano que había elaborado los dibujos sobre el sistema solar que encontró dentro del libro del arquitecto Herrera que Sebas salvó de las llamas. También los había de otras personas a las que calificaba un escrito de denuncia, instigado a instancias del arzobispo Gaspar de Quiroga, y que se guardaba en uno de los cofres, de «iluminados al servicio de fuerzas malignas que se aplican a la práctica de extrañas mancias». Juanelo y su grupo, en el que se destacaba a Juan de Herrera, habían sido atacados, al parecer, con saña por tener «comportamientos inmorales», señalaba el escrito acusatorio contra ellos.

Carecía del tiempo necesario para analizar con precisión los manuscritos, pero resultaba evidente que allí habían almacenado la requisa de los trabajos del cremonés, de sus discípulos o amigos, y las obras que tuviera en su propia biblioteca, «conjunto de libros malignos, contrarios a la fe», se indicaban en la providencia contra Juanelo. Algunos ejemplares de este legado habrían sido destruidos en el horno del Tajo, como pudo constatar Sebas.

Por suerte, en los baúles permanecían aún dos obras de Pico della Mirandola, un cabalista que él había admirado desde siempre, se trataba del *Heptaplus* y *De ente et uno*. El veneciano acarició las hojas con devoción, como si fueran un tesoro y, en realidad, eso es lo que tenía entre sus manos. Con sumo cuidado, fue sacando a la luz aquellos libros. Había varios que harían las delicias de cualquier estudioso.

El *De Materia Medica* de Dioscórides. Una obra de Paracelsus: *Das Buch Meteororum. El libro de los autómatas*, de Al-Jazari, que mostraba el funcionamiento de diversos artefactos mecánicos y relojes de agua. Varios ejemplares del visionario y médico Arnau de Vilanova, entre los que destacaban *Rosario de los filósofos* y *De Cymbalis Ecclesiae*. Trabajos diversos de Ramón Llull. El *Introitos*, de Thomas Vaughan. Los *Libros de Astrología*, del rey de Castilla Alfonso X. Un estudio sobre el gnóstico egipcio Valentín y, entre otros volúmenes, en su mayoría manuscritos, el *Libro para representar lo inanimado y espiritual*, del cretense Doménikos Theotokópoulos, conocido como El Greco por las gentes de la ciudad.

Estaba entusiasmado, incapaz de estimar, en aquel instante, las consecuencias que tendría para él mismo el descubrimiento, pero consciente de que estaba a punto de cumplir con la misión que le habían encomendado sus hermanos y de que pronto obtendría el perdón del rey de Francia que le permitiría regresar a París.

Como había sospechado el maestro de la logia madrileña, Adolfo Mendizábal, allí se agrupaban los textos de mentes avanzadas, un compendio de la inteligencia más heterodoxa y visionaria de la época en que fue sustraído para evitar su difusión, pero también había obras que ya habían llegado a muchos rincones del planeta. Lo realmente asombroso es que para entonces alguien quisiera destruirlas, por las que él denominaría fuerzas de la oscuridad, individuos como aquel canónigo Benavides. ¡Menudo servidor de la historia! Desde luego, debía ser castigado de inmediato y retirarle de sus funciones.

Removiendo entre los tomos, descubrió con gran alegría la portada de un libro donde figuraba el nombre de su escritor más querido. Era extraordinario que el cremonés leyera los versos de Ludovico Ariosto, en una cuidada edición de 1516 llevada a cabo en Ferrara. Besó con devoción el lomo encuadernado en piel roja, como si intensase atrapar en un instante el fluir de los versos y su aroma bendito.

Se sentía muy satisfecho. Lo percibía en la aceleración de su palpitar. Y lo celebró aspirando algo de rapé. Se sentó en el suelo y apoyó la espalda en la pared de piedra. Entornó los párpados e inundó sus pulmones de un aire enrarecido que no le disgustó. Atrapaba casi sin esfuerzo sensaciones que le daban vitalidad, mucha energía que se introducía por todos sus poros...

Oyó un murmullo cercano. Seguramente, eran Rodrigo y Sebas. Entraron como una exhalación alterando la quietud de la que estaba disfrutando. Regresaban con un farol y varios sacos de esparto que llevaba el criado. Hubiera preferido que se retrasaran y que le hubieran dejado solo allí toda la noche.

—Todo está listo, don Jaime —pronunció el sacerdote con expresión de felicidad—, cerraremos con candados el despacho de Benavides para que él no vuelva a entrar jamás y, a primera hora, en cuanto se levante el cardenal, le pediré que me acompañe hasta aquí para que compruebe lo que estaba haciendo el archivero. Ahora lo verá con sus propios ojos y aceptará que se investiguen las acciones de Benavides. Luego, recogeremos el material para ser estudiado y conservado convenientemente.

—¿Puedo llevarme algunos libros, como dijisteis? No los documentos con actuaciones judiciales del ámbito del arzobispado que ocupan la mayoría de los baúles. Me gustaría revisar despacio estos tomos —instó el caballero señalando uno de los montones que había preparado.

—¿Habéis tenido tiempo para dar un vistazo a lo que contienen los cofres? —expuso Rodrigo.

—Sí, y he comprobado que hay muchísimo material, y muy interesante, para completar la historia de lo sucedido en la ciudad primada durante los siglos XVI y XVII. Sin embargo, hay libros que pertenecían a la biblioteca de algún perseguido que me servirían para perfeccionar mis estudios sobre la cábala y el misticismo.

—Decidme cuáles os interesan, por curiosidad.

—Especialmente, los manuscritos de un inventor cremonés, de nombre Gianello Turriano, un libro de Ariosto cuyos versos me conmueven como los de ningún otro poeta, un libro de El Greco, del pintor, y una edición del *Sefer ha-Zohar*. Los demás, son más conocidos.

—¡El libro del esplendor! —subrayó Rodrigo.

—Eso es. El *Zohar*. La expresión más profunda de los recovecos íntimos del alma judía, de su misticismo escrito en España.

—¿Puedo verlo?

El caballero recogió del cofre que tenía mayor capacidad un montón de hojas retorcidas, repletas de manchones negruzcos producidos por la humedad. Evitaba aplastar el mazo de papel, temeroso de que pudiera disolverse entre sus dedos. El sacerdote lo recibió con cuidado para no dañarlo, lo acarició y dijo:

—Conozco una edición bastante posterior que se conserva en la biblioteca reservada del Seminario Mayor. Esta es fantástica y tiene la firma de Moisés de León, su autor; es algo extraordinario —enfatizó mientras devolvía el códice al veneciano—. Creo que no hay problema para que analicéis estos libros. Os lo debemos. Y si surgiera alguna dificultad, ya os avisaré. Yo le explicaré al cardenal todo lo ocurrido.

El caballero hizo una seña a su criado para que preparase los sacos y, mientras el secretario revisaba algunos papeles, ellos fueron introduciendo los manuscritos. Tenía casi la certeza de que nunca le reclamarían los libros que hubiesen salido de palacio esa misma noche.

El trayecto de vuelta lo hicieron con precaución para evitar golpear los sacos contra las paredes o el suelo. El sacerdote llevaba varios documentos para mostrárselos al arzobispo como demostración de lo actuado gracias al veneciano y para que sirvieran de prueba sobre la deslealtad y el comportamiento delictivo de Benavides.

269

Al llegar al despacho del canónigo se tomaron un respiro.

—Vamos a dejarlo todo sin ordenar —advirtió Rodrigo—, para que Su Eminencia compruebe lo que tenía montado aquí el canónigo.

Don Jaime se acercó a las puertas de hierro para examinar su complejo mecanismo. En el hueco interno, donde se alojaban las bisagras, descubrió un texto grabado. Acercó la luz y leyó:

IANNELLVS.TURRIAN. FACIT. MDLXXXI

Un artilugio creado por el propio Juanelo había sido utilizado, con posterioridad, para arrojar sus trabajos a las tinieblas y aplastar sus descubrimientos en el ostracismo.

Posada de El Carmen

9 de enero

Apenas logró conciliar el sueño unas dos horas, después de la emoción experimentada a raíz del descubrimiento de los fondos secretos en los sótanos de la residencia del cardenal primado. Estaba alterado, gratamente alterado, lo que le había impedido descansar durante la mayor parte de la noche. No importaba, había esperado aquel momento casi con la misma ansiedad que le incitaba, años atrás, la oportunidad de un juego amatorio.

Pronto podría regresar a su París. Lo único que lamentaba era la decisión de Sebas de permanecer en España. Un criado así no era fácil de reemplazar. Era fiel, testarudo con acierto para insistir en lo que él consideraba mejor para los dos, y siempre dispuesto a facilitarle las cosas. Todo un lujo, desde luego. Pero resultaba comprensible que decidiera quedarse en su tierra; mientras estuvo alejado de ella, apenas sintió la necesidad del regreso. Ahora, al volver a pisar su terruño, la atracción era irresistible, a la que había que añadir la que tenía por Rosario.

Ya amanecido el día se levantó de la cama. Estaba satisfecho con lo que habían conseguido: el archivo del arzobispado completaría la secuencia de la historia en la ciudad con los expedientes hallados, la biblioteca se enriquecería con tomos de incalculable valor y él había cumplido con lo que le pidieron sus hermanos al rescatar los hallazgos de un sabio del Renacimiento, una figura desconocida hasta ese momento en los círculos por los que él había transitado a lo largo de su vida.

Encima de la mesa había depositado Sebas la mayoría de los manuscritos que sacaron del subterráneo dentro de los sacos.

Escogió el del pintor cretense. Acaso sus reflexiones explicaran la desidia y la poca estima que le tenían en la ciudad.

Doménikos escribía de su puño y letra con trazos titubeantes, como si lo hubiera hecho con mucha rapidez y en el final de sus días. De cualquier manera, las palabras estaban reflejadas sobre el papel con mucha belleza, asemejaban símbolos extraños, al igual que si fueran dibujos más que caracteres escritos:

La naturaleza es mejorable con el juicio intuitivo del artista —explicaba el pintor cretense afincado en Toledo—, sin hacer uso de ningún compás o medida que limite su expresión. No debemos retratarla *a mente*, de memoria, pues tal proceder no es camino abierto, sino andar a ciegas. Y me refiero a la naturaleza como el conjunto de seres animados e inanimados que nos circundan.

La naturaleza es móvil, nunca inerte, nunca estática, de simetría absoluta. De la última manera podríamos decir que donde uno muere, allí se perfecciona y que la perfección del día sería la noche. El movimiento de las figuras, sus escorzos, su fugacidad y alargamiento son la envoltura natural para conocer sus planos con varias dimensiones, con lo que la apariencia nos lleva a la realidad más completa. Todo es *dynamis*. Y la pintura es un verbo, fluye. La naturaleza es dinámica y es el único medio para reproducir la realidad viva, y lo irreal oculto que se transfigura en luz y color de la mano del artista.

La contemplación de la naturaleza es guía para interpretar la belleza oculta, las luces terrenas son representación de lo inmaterial. El Ser está en todas las cosas, la materia nos lleva a la contemplación de lo divino. Todo es fuente de luz y de energía espiritual que asciende desde lo sensible a lo inteligible.

La imitación del color es la mayor dificultad para el pintor, pues en el supuesto de no dominar la factura sería engañar a los sabios con cosas aparentes como obra natural. La pintura es el arte superior frente al dibujo y la escultura, ya que el arte que tenga más dificultades será el más agradable y, como consecuencia, el más intelectual. También lo es a los ojos de la razón el más perfecto, pues no solo a todo se obliga, sino que la pintura trata de lo imposible.

A través de la visión se manifiestan mil cosas necesarias y particulares del arte de pintar como son las sombras que descubren todo y las cosas lejanas que se ven más suaves, de tal manera que no se distinguen por completo. El color y la luz son los elementos esenciales para captar la belleza de lo natural, gracias a ellos se hace visible. Porque lo imposible es posible para el artista. La iluminación del intelecto lo permite.

La visión es vía de conocimiento, incluso de lo imposible.

Después de leer algunos párrafos de aquel manifiesto esclarecedor sobre el pensamiento de un artista con un estilo muy personal, don Jaime concluyó que el estudio de la naturaleza, bien sea mediante el esfuerzo de un creador de arte o de un alquimista, en definitiva por hombres de corazón puro y elevadas intenciones, era consustancial a los Hermanos. Bien pudo el pintor ser uno de ellos. Le satisfizo esa conclusión.

Doménikos rehuía la representación convencional de la pintura religiosa como la realizaban los artistas de su época influidos por un convencionalismo que venía establecido por las autoridades, por aquellos que disponían de los fondos para dar trabajo a los artistas. Los cánones de Doménikos no fueron aceptados por los poderosos, y él decidió recluirse en aquella ciudad que perdía influencia en la corte para trabajar y seguir sus propios postulados estéticos. Escogió un entorno que debía tener una atracción especial para él, que acaso le traía recuerdos de lo que más quería, de las barriadas por las que había crecido, o de los espacios que le fueron evocando sus mayores. En Toledo fue perseguido por el Santo Oficio con cualquier excusa, especialmente cuando los teólogos comenzaron a opinar sobre unas creaciones que no se ajustaban a los cánones estéticos de la Iglesia o a los postulados inconmovibles de las Santas Escrituras, como comprobó el veneciano en un documento acusatorio que halló en uno de los cofres de la cámara secreta. Uno de los teólogos oficiales descubrió, por ejemplo, que los ángeles de El Greco tenían las alas demasiado grandes. ¡Cómo un pintor se atrevía a corregir la obra de Dios! Se produjo la denuncia y el artista tuvo que vérselas con la Inquisición.

«¿Os acusáis de haber pintado alas desmesuradas a vuestros ángeles?», le plantearon los jueces siguiendo las instrucciones del inquisidor apostólico general, don Fernando de Valdés.

273

«El hecho es cierto, pero de haberlo realizado no me acuso», respondió el pintor.

«Vuelvo a exhortaros a que contestéis con verdad, conforme al estilo del Santo Oficio, las preguntas que os hagamos y a recordaros vuestro juramento, así como nuestra promesa de usar la piedad con vos si lo cumplís en conciencia.»

«Atento a ello, confesaré haber pintado las alas de mis ángeles, como decís; pero de ello no puedo acusarme ni arrepentirme.»

«He de advertiros que, consultado el caso con nuestros más sapientes teólogos, han declarado ser heréticas vuestras pinturas.»

«Sin duda vosotros, mis señores jueces, visteis ángeles en alguna ocasión.»

«No, sino en los cuadros y en las sagradas imágenes.»

«Veríanlos, sin duda, los sapientes teólogos.»

«Los mismos que nosotros vimos.»

«Entonces, me permitiréis que concluya que ni mis señores los teólogos, ni vosotros, ni yo mismo, vimos ángeles. En caso contrario, llevadme donde los haya, y de ellos copiaré la forma y el tamaño de las alas para los míos, que en cuanto a los demás, si arbitrariamente los pintaron o tallaron mis antecesores, en justicia no podéis negarme el mismo derecho.»

Estas y otras diatribas tuvo que soportar el artista ante el Santo Oficio, librándose de las acusaciones al no contar los acusadores con conocimientos suficientes para cercarle.

El Greco rompía esquemas, todos sus seres tenían similar pulsión espiritual, nunca de dolor, imbuidos de una belleza característica como si fueran llamas en permanente movimiento que trasgredían lo común. Su libro sobre la representación de lo inanimado y espiritual constituía el testimonio indispensable para captar el significado profundo de su obra pictórica. Mientras le fue posible revelarlo en sus pinturas, reflejó sobre los lienzos la expresión visual de sus preceptos estéticos. Sin embargo, resultaba demasiado incomprensible para los doctores de la verdad única y, por lo tanto, los enemigos de lo original impidieron que se conociese la esencia de su arte, no estaban dispuestos a conceder espacio a la diferencia.

Esos individuos tramaron y perpetraron similares maniobras contra el genio de Juanelo, concluyó don Jaime. Tampoco había sido comprendido ni aceptado el cremonés por las fuerzas oscuras que se enmascararon en la vieja urbe, menos incluso que su amigo el pintor de aliento místico. Turriano era otro avanzado para aquel tiempo, un hombre de mente libre y renovadora, y con un potencial de creación que avivaba la envidia en un mundo cerrado, donde se rechazaba la diferencia sin entrar a considerar sus potenciales ventajas.

Fueron varios los manuscritos y legajos que recogió el veneciano de la galería secreta con la ayuda de Sebas y la aprobación de Rodrigo. Un total de siete grandes cuadernos que reunían los inventos tecnológicos del cremonés: una persona capaz de realizar cosas asombrosas, incluso considerándolas casi doscientos años más tarde de haber sido imaginadas. Uno de los cuadernos que se llevó del palacio del primado constituía un compendio de Astrología y Matemática que resultaba incomprensible haciendo un rápido examen del mismo, debido a sus numerosas fórmulas y esquemas. Precisaba ser estudiado por especialistas dedicándole bastante tiempo. Al final de ese volumen, Juanelo desarrollaba complicadas fórmulas con la pretensión de conseguir liberar energía de la materia. Esa era la intención expresada por él en el apartado dedicado a este asunto.

En otro documento, el cremonés reproducía el diseño de una especie de nave para desplazarse bajo la superficie de las aguas; era un sumergible capaz de resistir temporales y en el que se podía permanecer varios días con un sistema de tubos para coger aire de la atmósfera por encima de la superficie. Asimismo, figuraban trajes para facilitar el descenso y ascenso por los líquidos, lo que haría factible la exploración de algunas zonas profundas del mar. En este cuaderno aparecía el diseño de maquinaria para la construcción de gigantescos edificios y puentes, y el de los ingenios para elevar el agua desde el Tajo hasta el Alcázar que se encuentra casi en vertical con el río y con un desnivel superior a los cien metros por lo que resultaba inconcebible para su tiempo, tal y como había conocido él unos días antes al conversar, junto a los restos de la construcción, con Fernando, el guarda del puente de Alcántara.

Juanelo empleaba en la matriz de su *ingenio* inmensas ruedas, robustas y potentes, con paletas que giraban gracias al empuje y la fuerza del cauce; era el sistema que le había explicado Fernando, el bisnieto de una de las personas que trabajaron en los elevadores de agua. El cremonés establecía la fabricación de portadores que se movían entre dos filas paralelas de maderos que transportaban las cubetas con agua hacia el palacio del emperador, a lo largo de un recorrido de trescientos metros, y que volvían al río para ser rellenadas con un desplazamiento permanente. De esa manera, su *ingenio* lograba transportar a la ciudad más de veinte mil litros diarios de líquido. Construyó dos de aquellas maravillas, llamadas «artificios» despectivamente a pesar de que funcionaron a la perfección y de su avanzada técnica. La ciudad dejó de repararlos y quedaron hechos una ruina con el paso de los años. Ahora, los aguadores y las mujeres se encargaban del trasiego manual y esforzado desde el Tajo, a pesar de haber contado con unas maquinarias que la desidia y el abandono destrozaron, como muestra de ingratitud y desamor al genial Juanelo.

En el tercer cuaderno, se mostraban diferentes tipos de presas para el almacenamiento y recogida de aguas con sistemas para su aprovechamiento posterior en el riego. Aquí figuraba un apéndice con el diseño de numerosos relojes astronómicos y planetarios, verdaderos prodigios que nunca había visto don Jaime en sus viajes por las cortes europeas y que, de haber existido, hubieran sido objeto de admiración. Figuraba entre las páginas del manuscrito de Juanelo el detalle minucioso de los instrumentos mecánicos para su construcción.

En el resto de los manuscritos encontró propuestas sorprendentes, como fue la de los autómatas. A estos artilugios dedicaba el cremonés dos álbumes para indicar, con la minuciosidad de un científico, su funcionamiento y los componentes que hacían posible el movimiento de ojos, labios o extremidades. Cada dibujo era de una perfección técnica extraordinaria y solamente por esa razón el material constituía un hallazgo que enorgullecía a Giacomo Girolamo, y que merecía todos los desvelos y sacrificios que supuso encontrarlo.

Razonaba en algunas páginas el cremonés, afincado en Toledo, en la necesidad de preparar el futuro mediante la observación de lo que nos rodea. La ciencia, señalaba Juanelo, nos permite adentrarnos en el más allá, argumento que entusiasmó al veneciano empeñado desde su juventud en descifrar, mediante formulaciones alquímicas, el entendimiento del ser y su presencia en el universo, la búsqueda de respuestas que resultan fundamentales para entender el porqué de la existencia del hombre inmerso en la naturaleza, cuyas fuerzas pretende dominar desde su aparición.

Identificó con asombro más avances imaginados por Juanelo Turriano, que aún no eran conocidos, tales como un tipo de suspensión por aire para vehículos que facilitaría el transporte de personas y mercancías por superficies difíciles, dispositivos para elevar o bajar pesadas cargas o artillería de diferente tipo entre la que destacaba un armamento repetidor que haría las delicias de los ejércitos por su eficacia mortífera con el empleo de pocos hombres. También había imaginado el cremonés una curiosa máquina voladora con forma de platillo para reducir al mínimo el roce con el viento. Destacaban entre sus trabajos, especialmente, las alas para volar y sustentarse en el espacio. Las había de muchas clases y armazones; también hélices para facilitar el avance y la suspensión con menor riesgo.

277

En el último de los cuadernos que hojeó por encima, pero con idéntico entusiasmo con el que analizó los anteriores, encontró un detallado estudio sobre la luz y sobre la necesidad de aplicarse en la percepción para desarrollar el conocimiento. «La sabiduría es hija de la experiencia», finalizaba Juanelo.

Imbuido de entusiasmo y felicidad, a pesar del cansancio, llevó a cabo un somero repaso a todo el material que le confirmó la importancia que tenía haberlo rescatado de las fauces de tipos siniestros como el archivero. ¿Qué daño suponían, ayer y hoy, los inventos de Juanelo, sus búsquedas para mejorar la vida de las gentes? ¿Era la incertidumbre ante lo desconocido y novedoso lo que atemorizaba a los ignorantes? Por suerte, había llegado a tiempo de salvar la mayoría de los trabajos del genio cremonés y los escritos de sus amigos. Resultaba evidente que todos participaban de un mismo espíritu innovador y de creación que no era aceptado, ni comprendido por aquellos que se creían depositarios de la verdad absoluta.

Υ

El golpeteo insistente y ruidoso en la puerta interior, la que comunicaba con el cuarto de Sebas, le sobresaltó. Era infrecuente que su criado se levantara tan temprano y decidiera molestarle si no era por un motivo importante. Temió algo grave. Antes de abrir se puso una bata.

Al descorrer el cerrojo, aparecieron Sebas y Rosario. Sus rostros anunciaban lo peor.

—Cuéntaselo, Rosario —urgió el sirviente sin mediar otras palabras, ni siquiera de saludo.

A la joven le temblaban los labios, le resultaba casi imposible hablar, que brotara de ella otro sonido que no fuera un sollozo a medio contener.

—Vamos, ¿qué temes? —indagó don Jaime.

—Estoy asustada —balbuceó.

—¡Venga! —insistió Sebas.

—Hace una hora fui al mercado —arrancó al fin la joven—, mi *tía* quiere que sea de las primeras en llegar para traer a la posada los mejores productos. Y fue entonces, nada más llegar, cuando las pescateras y las verduleras me lo dijeron…, no hablaban de otra cosa… —Volvió a temblar y daba la impresión de que en cualquier momento podía derrumbarse. Tenía muchas dificultades para continuar, el temblor de los labios se acentuó y no cesaba de restregar sus manos con evidente nerviosismo.

El caballero apreció, asimismo, desconcierto en el rostro de Sebas; a continuación, lo ocultó con ambas manos y enmudeció al igual que Rosario.

Sebas ni siquiera estaba vestido, llevaba puestos solamente los calzoncillos, lo que demostraba la precipitación con la que había decidido ir a visitarle con intención de transmitirle algo importante. Acarició el brazo de la muchacha, lo que pareció darle ánimos para proseguir:

—… la señorita Valeria, la guardesa del Colegio de las Doncellas Nobles, apareció esta mañana estrangulada en medio de la calle, bajo el cobertizo…

—¡Cómo es posible! —interrumpió él, conmocionado y conteniendo, a duras penas, la rabia. Durante unos segundos, muchas cosas se agolpaban en su mente. El corazón le golpeaba en el pecho y se le hizo un nudo en la garganta—. Tal vez estéis equivocados. —Señaló mirando a Sebas, este daba muestras de entumecimiento y tampoco parecía estar dispuesto a añadir algo más para aclarar lo ocurrido—. ¿Cómo estáis tan seguros de que se trata de la misma persona? —insistió exigiendo con el gesto al criado que aportase alguna explicación.

—Allí la descubrieron, arrojada en la calle, y sin respiración, muerta... —comenzó a hablar Sebas, casi susurrando, con la voz ahogada—, al parecer la encontraron unos panaderos que trabajan en el horno que hay al principio de la cuesta, yo les conozco. Ella estaba en el suelo, tirada contra los guijarros. No hay ninguna duda, señor, por toda la ciudad se habla de lo que ha sucedido y las autoridades lo han confirmado —finalizó el criado con tono concluyente y firme.

A medida que Rosario y Sebas, con voz dubitativa, habían ido relatando el suceso, don Jaime tuvo que hacer un gran esfuerzo para controlarse y no lanzar algún exabrupto. Golpeó, eso sí, la pared con el puño para descargar algo de su dolor e impotencia. El entusiasmo que había experimentado momentos antes al revisar los cuadernos de Juanelo se había transformado, en segundos, en un profundo amargor. Comenzó a dar vueltas como un poseso por el dormitorio hasta detenerse en el balcón fijando su mirada en las torres del Alcázar. Fue creciendo el dolor en su interior, a medida que se desvelaba un incuestionable sentido de culpa que, de ninguna manera, podía negar.

Resultaba evidente que, sin la colaboración de Valeria, nunca habría conseguido llegar a la cámara secreta; sin la ayuda de esa mujer, azuzada mediante un ardid organizado por él, jamás habría culminado su misión. En efecto, ella fue utilizada para sus fines y lo había pagado con su vida. Y él, en cambio, seguía ileso. Debió haber hecho caso a Mendizábal, abandonar la ciudad y la pretensión de salvar unos cuantos manuscritos. Entonces, Valeria Zanetti estaría viva. Él era responsable de lo sucedido, ya que había forzado la intervención de la portera para arrebatar al canónigo la libreta con las claves de la galería secreta del archivo arzobispal.

Volvió a hundirse, a sentir similar ahogo como el que le dejó falto de aire cuando supo de la muerte de Charlotte, en París, después de alumbrar a su bebé fruto de la violación de un canalla, al conocer la pérdida de la única mujer por la que

279

sintió una poderosa atracción sin necesidad de poseerla en la cama.

Intentó reanimarse, reaccionar con la máxima frialdad y cautela; había que actuar para intentar descubrir a los asesinos de Valeria. Hizo un gran esfuerzo para reponerse.

Sebas y Rosario aguardaban petrificados, sin saber qué hacer; necesitaban alguna indicación, de cualquier tipo, precisaban que les dijese algo para salir ellos mismos del marasmo en el que estaban sumidos. Él se volvió, tenía el rostro desencajado, pero urdía un plan, su mente estudiaba todas las posibilidades que tenía a su alcance.

—Rosario, ¿está ese hombre en la calle, esperando para vigilarme como hace a diario?

—¿Lorenzo? —Ella pareció alegrarse al ver que don Jaime salía de su extraño mutismo. Asintió con la cabeza—. Sí, como todos los días aguarda a que salgáis de la posada.

—Vas a ir a buscarle con cualquier excusa y lo traerás a la habitación, a la de Sebas, allí aguardarás mi entrada. —El criado manifestó su extrañeza y contrariedad con una patada en el entarimado—. Bien, escuchad los dos, debemos actuar rápido y sin fallos, hay que castigar a los que han asesinado a Valeria y nos vamos a esforzar para lograrlo. Tú, Rosario, antes de avisar a ese tipo, pide a doña Adela un arma de fuego y me la traes, explícale lo que ha pasado y que esté enterada sin aparecer por aquí, ¿eh? Y tú, Sebas, vístete y sube a Zocodover. Trae lo más rápido que puedas a los alguaciles que hay allí en la plaza a todas horas. Les dices que hemos atrapado al asesino de Valeria. ¡Deprisa, por favor! ¡Moveos! Es importante no dar un segundo de tregua…

A los pocos minutos, Rosario regresó con una oxidada pistola. La joven recibió de buen grado la caricia que le hizo el caballero animándola a cumplir lo que le había pedido, como hiciera la noche anterior entreteniendo al esbirro de Benavides. Sebas partió, entonces, después de vestirse a toda prisa, hacia la plaza con instrucciones concretas. El veneciano entornó la puerta del cuarto de su asistente, manteniendo una rendija casi imperceptible.

Inspeccionó el arma dándose cuenta de que era prácticamente inservible, ni siquiera estaba cargada y él carecía del tiempo necesario para buscar la munición. Apenas le preocupó. No cesaba de preguntarse sobre lo que pudo suceder para que decidieran acabar con Valeria. Tal vez el canónigo la descubrió al reponer el cuaderno en el bolsillo de su sotana, y hasta era probable que estuviera sobre aviso porque Lorenzo pudo localizarla en la tasca de Santo Tomé, después de la visita al almacén.

Apartó esos pensamientos al escuchar murmullos en la habitación de al lado. Afinó sus sentidos y se concentró para evitar un mal paso. Tuvo mucho cuidado de no hacer ruido mientras se acercaba a la puerta. Por la rendija vislumbró a Rosario dejándose hacer algunos arrumacos por el cabo. Había llegado el momento de sorprender a la pareja.

Dio una patada seca a la puerta, contundente, con todas sus energías, y extendió el brazo que sujetaba el arma.

—¡Quieto! ¡A la pared! ¡Las manos en alto, o te costará muy caro!

La brusca entrada del veneciano que mostraba un gesto fiero impresionó a Lorenzo tanto como a Rosario.

281

Debía actuar con rapidez, antes de que el individuo se percatase de que sujetaba una deteriorada pistola.

—Rosario, con los cinturones de Sebas que hay encima de la silla, átale las manos a la espalda y los pies.

Mientras Lorenzo permanecía temeroso pegado a la pared, ella recogió los cintos y comenzó a inmovilizarle.

—¡Al suelo! —ordenó Seingalt al cabo—. Habéis asesinado a la portera de las Doncellas Nobles, como hicisteis con el seminarista. ¡Lo vais a pagar caro! —amenazó ocultando el arma en la espalda y sujetando con su pie a Lorenzo que permanecía, ahora, medio tumbado y de espaldas mientras Rosario le ataba las muñecas.

—Eso es completamente falso. ¡Qué estupidez os habéis inventado! No le hagas caso, nos está mintiendo —rechazó Lorenzo Seco con las facciones tensas y la piel al rojo vivo, dirigiéndose a Rosario a la que veía de reojo. Ella ni se inmutó y continuó tensando un cinto sobre los brazos del soldado.

—Atiende, estoy furioso y no sé si podré controlarme —advirtió iracundo don Jaime. Puso el cañón del arma en la nuca del hombre que permanecía doblado por la cintura y perfectamente maniatado.

—Yo lo único que he hecho es vigilaros. Os salvé la vida, ¿lo recordáis? —expresó suplicante.

—Da igual lo que hicierais, sois un villano, un asesino, y os darán garrote por ello. Los alguaciles están en camino. Pero no sé si esperaré a que lleguen, necesito apretar el gatillo si antes no habláis para contarnos la verdad.

—Yo…, solo le dije al canónigo —masculló entre dientes— que la estabais utilizando, y él se encolerizó…

—¿Qué queréis decir? —bramó el caballero—. Voy a acabar con vos, diré que fue en defensa propia y para salvar a Rosario de un intento de violación. Ella lo confirmará. —La joven no abrió la boca, estaba muy asustada.

Durante unos segundos, hubo un silencio tenso, insoportable para todos; el veneciano supo que era un momento decisivo.

—No, ha sido él, lo confesaré —expresó al fin Lorenzo, hablando hacia la pared, ya que permanecía de espaldas a la entrada del cuarto—. Le oí decir que ella pagaría su traición, siempre cumple sus amenazas.

En ese instante llegaba Sebas con dos guardias.

—Decid su nombre: ¿quién ha asesinado a Valeria? —preguntó como una exhalación don Jaime, levantando la voz para que todos le escuchasen.

—Don Ramón, don Ramón Benavides, él la ha estrangulado…

Hasta doña Adela, que vigilaba desde el pasillo atenta por si su presencia fuera necesaria, escuchó el nombre del autor del crimen, el del archivero. También los miembros del retén que vigilaban Zocodover y habían sido arrastrados por Sebas a la posada.

Palacio Arzobispal

11 de enero

*E*l hermano Mendizábal le acompañó a despedirse del primado. Luis Fernández de Córdova no tuvo reparos en reconocer que debido a la intervención del veneciano habían identificado y arrojado del seno de la Iglesia a uno de sus hijos más despreciables. Al mismo tiempo, habían recuperado un material que nunca debió perderse de no haber sido por la ceguera de personas con un pensamiento limitado e intolerante.

—Lo que habéis hecho por nosotros y por esta ciudad será siempre bien recordado. En todas las organizaciones crecen malas hierbas, no penséis que la nuestra es peor que otras —expresó el cardenal con su característica bonhomía.

—No es sencilla la siega desde dentro y, en ocasiones, se hace casi imposible.

El purpurado encajó el comentario con una sonrisa y un ligero balanceo de la cabeza. Seguidamente, giró su cuerpo para contemplar, de reojo, la torre de la catedral. Casi de espaldas, se dirigió al visitante.

—Tenemos una conversación pendiente.

—No recuerdo, Eminencia.

—Sí, hace algo más de un mes cuando vinisteis a solicitarme permiso para trabajar en el archivo, hablamos de Dios. Vos os referíais a un Dios susceptible de ser traducido al lenguaje matemático.

—No es algo nuevo. Pensad en Llull, él fue el primero en buscarlo, en intentar acercarse a su comprensión con un planteamiento de esas características, en intentar entenderlo haciendo uso de la razón mediante formulaciones matemáticas.

—Y más recientemente, Newton, lo sé —señaló el conde de Teba volviéndose hacia su interlocutor y mirándole fijamente—, limitando de esa manera la omnipotencia divina, derivando hacia la duda permanente y con el riesgo de llevarnos hacia el ateísmo.

—¿Acaso la duda es perniciosa, eminencia? —El veneciano parecía encontrarse bien, en una situación perfecta que él mismo habría escogido, debatiendo sobre una cuestión fundamental con alguien que estaba a su altura. Por su parte, Mendizábal, el masón madrileño, atendía complacido a la diatriba—. La duda metódica nos puede conducir a la certeza absoluta. Y creo que tal cosa es preferible a la fe ciega.

—A vuestra certeza de la causa-efecto. A ese *deísmo* que pretende ser una fe en Dios, concebido por muchos hombres como vos de manera inadmisible al considerar que creó la máquina del mundo y que, una vez creada, la máquina funciona sola, sin dirección. Dios ya no interviene, así se excluye lo sobrenatural, la revelación. La religión no existe, es la religión de la razón.

—Es admirable vuestra precisión y el conocimiento de la filosofía que mueve hoy el corazón de la mayoría de los hombres sabios, de hombres que se han despojado de la lacra de una verdad que parecía intocable —resaltó el caballero de Seingalt, satisfecho por la oportunidad de debatir con un príncipe de la Iglesia un asunto que le intrigaba. Decía un buen amigo mío, Voltaire, que si Dios no existiera, habría que inventarlo. Por lo tanto, ¡qué importa la vía que apliquemos para acceder hasta Él y hacerle más próximo a nosotros! Quiero expresaros, cardenal Fernández de Córdova, de todo corazón, que considero a los religiosos como esenciales para orientar a los fieles en la moral y para analizar, desde una perspectiva más profunda, estas cuestiones; y también para dar ejemplo, denunciar las injusticias, y ayudar a los débiles. Y nosotros los masones tenemos un papel que desarrollar en esa búsqueda inquieta por acercarnos a lo divino…

—Y nos sentimos muy bien creyendo en la inmortalidad del alma y en lo infinito —apuntó, sorpresivamente, el madrileño.

—Pero no nos creamos iguales a Dios, señor Mendizábal —corrigió con tono severo el conde de Teba.

—Nos hablasteis antes de Newton —prosiguió el veneciano—. Fijaos en lo importante que es el quehacer científico, los descubrimientos de los sabios para derribar barreras y prejuicios, lo que el físico inglés nos ha aportado sobre la luz, la óptica y sobre la gravitación, que ha puesto orden y unidad en la confusión en la que nos movíamos, sobre lo que representa el espacio y hasta los cometas que antes presagiaban cosas terribles. Ahora conocemos las fuerzas que rigen un universo ordenado, la ley que liga y sostiene a los astros, que sustenta todo y da razón a los planetas y satélites.

—¿Y de quién dependen esas leyes? —suscitó el cardenal—. ¿Dependen de una fuerza matemática?

—Vos lo decís…

—Creo que debéis hacer una lectura intensa, sosegada, y de mayor profundidad, del libro divino de la naturaleza y dejaros de fuerzas ocultas, caballero de Seingalt.

—No, en este supuesto, nada ocultas, todo lo contrario: el universo no se mueve por fuerzas extrañas de ningún tipo, sino que contiene la nitidez y la claridad de una maquinaria perfectamente afinada. La religión, eminencia, no puede poner límites a los avances de la humanidad. Y en estos tiempos estamos avanzando, al fin. —El cardenal lucía una sonrisa agradable, también para él era un placer tener la oportunidad de conversar con alguien con tantos conocimientos, y desconocido en los ambientes que frecuentaba el primado—. Si lo permitís, os diré que para los masones esa concepción que mira al desarrollo de la Humanidad, de las mentes, es fundamental y consideramos que es posible conciliar fe y razón, que es necesario acabar con la tiranía de la ignorancia, con el desprecio a las ciencias que, en realidad, suponen el mejor antídoto contra el fanatismo de cualquier índole. Es necesario buscar nuevos caminos con el estudio de las ciencias abstractas como la física, la astronomía, la geometría, la anatomía o la alquimia. La metafísica tradicional sedujo a los espíritus débiles debido a su facilidad perezosa que contrasta con el trabajo científico, largo y asiduo, que nos llevará al progreso y permitirá la consecución de la felicidad en la mayoría de los seres humanos al acabar, por ejemplo, con muchos de sus problemas de salud y, en general, con la ignorancia que reduce sus capacidades y desarrollo completo como personas.

El cardenal se levantó de su silla y comenzó a caminar, pensativo, por el despacho. Abrió, de par en par, las contraventanas y entró a raudales la luz de la plaza inundando la estancia. Mendizábal y su hermano masón le miraban en silencio. Pasados unos segundos, el prelado habló con parsimonia:

—Recordad, estimado don Jaime, lo que dijo vuestro amigo Voltaire refiriéndose a la charlatanería del saber cuando nos relataba, en un extraño libro que tuve entre mis manos, lo de un viejo peripatético que cita en griego a Aristóteles, a pesar de desconocer la lengua clásica, y argumenta que lo que uno no entiende lo ha de citar en una lengua que no sabe. La vanidad y arrogancia intelectual puede desembocar en la ceguera intelectual y en el absurdo... ¡Cuidado, señores! No aventuremos hipótesis que somos incapaces de demostrar.

—Tenéis mucha razón, ¿verdad, don Jaime? —reflexionó Mendizábal.

—Desde luego, y es un regalo conversar con Su Eminencia —subrayó el veneciano.

—El deleite es mío, os lo aseguro, don Jaime, y me gustaría tener más tiempo o que permanecierais en la ciudad para seguir con estos debates que tanto me agradan —concluyó el cardenal.

—Con lo dicho demostráis vuestra capacidad para el diálogo tolerante y vuestra amplitud de miras. Es una suerte para los fieles que ocupéis esa silla. —En ella había vuelto a acomodarse Luis Fernández de Córdova. Los visitantes comprendieron por sus palabras que la audiencia había terminado y, al mismo tiempo, detectaron un rictus de cansancio en el semblante del cardenal. Don Jaime se levantó para despedirse, pero previamente quiso hacer una advertencia—. Deseo deciros fervientemente que vuestra bondad no os haga relajaros porque la trama a la que servía el canónigo Benavides tiene tentáculos y cabezas más altas y poderosas. Debéis, por lo tanto, permanecer alerta, Eminencia. Son un grupo al que desagradan las personas de vuestra sensibilidad y trato abierto —resaltó el caballero.

El conde de Teba dio la impresión de inquietarse al conocer las supuestas implicaciones que había detrás de los acontecimientos de los últimos días. Sus cejas, por lo común muy ar-

286

queadas, casi desaparecieron del rostro al resaltar su extrañeza por el comentario que acababa de pronunciar Seingalt. Luego, no permitió que se despidieran de él con un simple beso de su anillo y les dio un fuerte abrazo. Entregó varios obsequios al veneciano entre los que sobresalía, por dimensiones y belleza, un jarrón de cerámica con decoración sasánida, con la técnica de cuerda seca que resaltaba con volumen los dibujos florales y de pájaros exóticos.

Don Jaime había consultado con su hermano masón, antes de acudir al palacio del primado, si debía devolver al archivo parte de los manuscritos que había recogido la noche de autos, puesto que remordía su conciencia trasladarlos del lugar donde surgieron tales avances y no quería sentirse a disgusto al actuar de una manera que alguien pudiera considerar como innoble. Para su tranquilidad, Mendizábal fue de lo más concluyente:

—¿Y que algún día sean retirados, de nuevo, de la circulación, o directamente arrojados a las llamas? No, de ninguna manera. Debéis trasladarlos a Francia, a alguna de nuestras sedes para que sean estudiados y, acaso, pasado algún tiempo, cuando se elimine por completo la amenaza que se cierne sobre esta ciudad, traerlos aquí. Tenemos la autorización del conde de Teba para actuar así, tanto Rodrigo como yo se lo hemos consultado.

Los análisis y consideraciones del cardenal estaban mediatizados por su carácter bonachón y bastante candoroso; y hasta era dudoso de que el aviso que le había hecho el caballero sobre la red en la que estaba integrado el canónigo Benavides sirviera para cercenarla mediante iniciativas que surgieran de su mano.

—Representa para él un grandísimo esfuerzo aceptar la existencia del Mal, en cualquier orden de cosas. Piensa que todos poseemos un excelente corazón —les razonó el secretario en las escalinatas de palacio antes de despedirse de ellos—. De no haber abierto la galería subterránea, tocado con sus propias manos los documentos secretos y contar con la confesión de Lorenzo Seco, continuaría pensando que el canónigo le decía la verdad. Benavides fue muy hábil contentándole con la reforma llevada a cabo en las instalaciones y acercándole a personas que comentaban al cardenal lo bien que funcionaba el archivo y lo extraordinaria que era la dedicación al mismo de su responsable.

—De cualquier manera, ha sido una suerte venir aquí y conoceros, Rodrigo —dijo el caballero veneciano—. Lo que lamento, de veras, y es algo que nunca lograré superar, ha sido la pérdida de Valeria. Nuestras alegrías se han visto mermadas con su muerte.

—Era una mujer que jamás tuvo suerte, desde luego —señaló el secretario—. Pero todo está escrito y lo que hicisteis por vuestra parte estuvo bien, no hay una causa-efecto, estad tranquilo. Os echaremos de menos en esta casa y la ciudad perderá a uno de los más ilustres visitantes que han pisado sus calles —resaltó con gesto animoso—. Volved algún día para que podamos seguir enriqueciéndonos con vuestra presencia y vuestra palabra…

Había tristeza en el sacerdote, sinceramente afectado por la marcha de don Jaime. Se habían encariñado el uno del otro, a pesar del poco trato que había habido entre los dos.

—… me gustaría haberos conocido en otro lugar y en una de vuestras logias.

—Incluso habríais participado conmigo en el entusiasmo por la obra del Gran Arquitecto —expresó Giacomo.

—Ese entusiasmo lo llevo a efecto cada segundo de mi vida en otros altares, pero os aseguro que siempre recordaré al caballero de Seingalt y rezaré por él cuando venere al Creador —dijo Rodrigo

—En la contemplación de la naturaleza, hallaréis también la Gran Obra, allí la encontraréis todos los días. Y a mí recordadme en la defensa de sabios como Juanelo Turriano, un astrónomo que practicó la primera ciencia, el primer libro que se abrió a los hombres y que supo explorar los mundos de la inteligencia y la creación reservada a los estudiosos. Estoy seguro de que el cardenal y vos mismo sabéis la importancia que tiene respetar lo que hacen algunas personas por el progreso…

—No es nuestra misión esencial —intervino raudo el sacerdote.

—Me consta —dijo don Jaime—, pero sí lo es acoger, también, a aquellos que lo único que desean es hacer el bien, aunque lo hagan con herramientas diferentes a las vuestras, y que consideran que la sabiduría es hija de la experiencia, como dijo Juanelo Turriano. Lo que distingue a los pueblos salvajes de los civilizados radica en que los primeros descuidaron las ciencias, no lo olvidéis. De ninguna manera, podéis permitir que se apague la luz de la investigación.

—Que vayáis con Dios —añadió Rodrigo a modo de despedida mientras le daba un fuerte abrazo—. Y que siempre os acompañe.

—Bien, tal vez volvamos a vernos. —Sujetó por los brazos a Rodrigo y añadió—: Espero que no tengáis más problemas. Los amigos de Benavides son gente peligrosa que no descansa y cuentan con aliados. Por favor, estad atento a esa amenaza que jamás descansa, os lo ruego. Ellos pretenden que permanezcáis en la ignorancia, no soportan la existencia de sabios y filósofos que os iluminen. Intentaron evitarlo hace doscientos años cuando persiguieron a Juanelo Turriano y ahora mismo mantienen idéntica postura. Ellos son nuestros comunes enemigos...

—Creo que, con lo que ha ocurrido, permanecerán una larga temporada tranquilos —aseguró el sacerdote—. Lorenzo ha confesado su participación en la muerte del seminarista y esperamos que diga algo más sobre esa secta para la que trabajaba.

Cuando don Jaime y Mendizábal comenzaron a bajar por las escalinatas del exterior del palacio, les detuvo la voz del secretario. La plaza de la Catedral estaba completamente desierta a esa hora temprana de la mañana, además hacía un frío casi insoportable para permanecer a la intemperie.

—Don Jaime, os insisto: debéis tener en cuenta que la muerte de Valeria fue consecuencia del destino. Y no podemos pensar que somos tan importantes como para modificarlo nosotros, salvo que actuemos en contra de lo mejor que nos ha entregado la naturaleza. Eso fue lo que hacía el canónigo Benavides. Pero con vuestros actos nunca participasteis de algo tan perverso. Liberaos de esa carga, por vuestro bien, lo deseo de todo corazón...

289

De camino a la posada para recoger el equipaje y despedirse de doña Adela y de su sobrina, el caballero propuso a Mendizábal hacer antes una parada.

—Me han dicho que en la ciudad existe una fábrica de armas que es la mejor de España, que fue fundada para recuperar la secular tradición de los espaderos toledanos, admirados en toda Europa, y que funciona desde hace unos seis años, por lo tanto deben haber logrado ya excelentes trabajos con el acero. Tengo entendido que se encuentra por aquí, cerca de Zocodover.

—¿Pretendéis haceros con algún arma? —preguntó el maestro masón.

—Sí, me gustaría mucho comprar algo, no en vano la Inquisición me despojó de mi arsenal y bien que lo eché en falta cuando tuve que presionar a Lorenzo Seco, como ya sabéis, con una inservible pistola que llevaba escondida demasiado tiempo en la cocina de la posadera. A punto estuvo de fastidiarse el ardid.

Mendizábal dio instrucciones precisas al cochero. En la calle de la Plata, esquina a la plaza de San Vicente, estaba enclavada la factoría. Era un inmenso edificio de ladrillos rojos con grandes ventanales.

290 El señor de Urbina, a la sazón director de la instalación, les recibió en persona, una vez que fue avisado de la llegada de unos ilustres señores a las dependencias. Al ver a don Jaime creyó encontrarse frente a un dignatario extranjero, confusión que evitaron despejar los visitantes.

—Estamos pensando en desplazarnos pronto a unos terrenos situados junto a la vega del río porque necesitamos más espacio, tal ha sido el éxito de esta empresa que, por suerte, tuvo a bien impulsar su majestad, Carlos III —describió el director mientras les mostraba, con gran contento y satisfacción, los impecables talleres donde medio centenar de operarios realizaban diversas tareas para la fabricación de espadería y de armas ligeras de fuego—. La demanda que tenemos es extraordinaria. Bien es cierto que la tradición nos ayuda y también nos obliga a todos a forjar espadas de la mejor calidad.

A pesar del frío exterior, la temperatura en la fundición era elevada. El vapor que salía de los hornos impedía respirar con el suficiente desahogo y, sin embargo, la actividad que realizaban en las naves no se veía mermada por ello. El personal trabajaba sumido en un silencio casi sepulcral, solo destacaba el sonido metálico de las forjas con acordes casi musicales. El señor de Urbina era un hombre joven, de no más de treinta años, vestía con ropas oscuras y daba la impresión de tener devoción por el oficio. Les detalló, sin olvidar ningún elemento esencial, todo el proceso para conseguir el mejor acero. Recogió de un armario una espada ofreciéndosela a don Jaime. El metal refulgió en las sombras del taller como un fogonazo.

—Sujetad su guarnición, y comprobaréis el poder que nos transmite el metal.

El director cimbreó firmemente la hoja hasta que emitió un silbido que restalló en el aire con suma viveza. El veneciano sujetó el mandoble y notó que padecía una sugestión desconocida al desplazarlo en el aire.

—Entiendo, ahora, el peligro que representa poseer algo así, este rayo de luz…

—Es una de mis espadas predilectas, una auténtica joya sin comparación posible. La forjó Leyzalde, un vasco que tenía su taller, como muchos otros, cerca del río, en tiempos del emperador Carlos V. «Espada, mujer y membrillo, de Toledo han de ser», se decía entonces para destacar las virtudes que poseía la ciudad. Queremos reproducir con la máxima perfección la técnica de estos grandes espaderos que cimentaron la mejor escuela que hubo en Europa.

—¿Y cuál es el secreto de la mejor espada? —preguntó Mendizábal, hasta ese momento sin interesarse en demasía por las explicaciones del responsable de la fábrica.

—Lo más importante, como os dije, es el temple que obtenemos con un enfriamiento rápido y uniforme del acero —aclaró el señor de Urbina, atusando su barba y levantando sus anteojos que le protegían de la curiosidad ajena. Era agradable, cordial y, también, algo tímido—. Otro de los misterios, de los secretos de la forja toledana, consiste en la soldadura al *rojo blanco* de dos láminas del mismo metal que alojan un alma de hierro. Así conseguimos un arma flexible y nada frágil, poderosa, como la percibía el señor don Jaime cuando tuvo en sus manos el rayo de luz de Leyzalde —detalló el jefe de la fábrica.

Mientras el señor de Urbina conversaba con Mendizábal, el veneciano se había alejado unos metros para inspeccionar una sala completamente acristalada y con una buena iluminación del exterior, separada del resto de las instalaciones.

291

—Ahí se encuentra el taller de pistolas —señaló el director acercándose con Mendizábal—. Hemos comenzado a fabricar ese tipo de armas pensando en las necesidades de hoy. Podéis pasar…

Nada más acceder al taller de armas de fuego, el señor de Urbina fue reclamado por uno de los encargados. Entre tanto, Mendizábal y don Jaime curiosearon a solas por las distintas dependencias donde se respiraba un aire más limpio, aunque carecía el lugar de los acompasados sonidos de la forja.

—¿Qué hacéis? —preguntó don Jaime a dos jóvenes que manipulaban una especie de cargadores.

—Estudiamos la manera de perfeccionar la *pistola de rueda*.

El caballero sonrió y se mantuvo en silencio y pensativo durante unos segundos, observando fijamente a los operarios. De repente, solicitó:

—Dadme un papel, si lo tenéis a mano.

Mendizábal no salía del asombro extrañado por el inusitado interés que tenía aquel lugar para su hermano masón y la dedicación que estaba prestando a la visita.

Don Jaime se acomodó en un taburete, en la misma mesa donde estaban los trabajadores, se despojó de la capa carmesí que dejó encima de sus piernas, se desabrochó un poco el chaleco, y comenzó a trazar con mucha soltura y destreza sobre el papel el croquis de un cargador cilíndrico giratorio y, seguidamente, el mecanismo para su funcionamiento. Los oficiales miraban atónitos. Luego, en un lateral de la hoja, esbozó la forma del arma que llevaría alojado el cargador, con una culata curva y oblicua. El dibujo era perfecto para el escaso tiempo que había dedicado a hacerlo. Al finalizar, les pasó a los jóvenes el papel con el diseño que acababa de realizar. Nadie de los allí presentes se atrevía a comentar nada. Hasta que uno de los operarios, con una expresión rayana en la alucinación, dijo:

—¿Y funcionará?

—Será todo un éxito, haced el arma tal y como yo os la he esbozado, os auguro un gran futuro con esta nueva pistola de repetición.

Los operarios se despidieron muy agradecidos y se volcaron, al instante, en analizar lo que les había sugerido aquel extranjero que vestía como un príncipe y les había hecho un regalo tan especial. Don Jaime aspiró satisfecho una pizca de rapé que extrajo de una cajita de porcelana.

—Desconocía vuestra habilidad para esos menesteres —dijo Mendizábal.

—Es lo que he aprendido estudiando a Juanelo. Como ya os he comentado, él fue un avanzado en muchas cosas y abarcó diversas materias.

—¿No pensáis que es una temeridad haberles entregado un mecanismo que nunca ha sido ensayado?

—Es un gran presente, confío en la capacidad del genio cremonés y, de cualquier manera, les vendrá bien para experimentar y hallar otra solución, en el supuesto de que lo que penso Juanelo no sea perfecto —puntualizó el caballero.

El director de la fábrica dio por terminada la charla que mantenía con uno de los encargados y se acercó a ellos.

—¿Quieren ver algo más, alguna cosa en especial?

—Sí, me gustaría adquirir dos pistolas de percusión, tengo entendido que las que hacen aquí son de una precisión incomparable —pidió el veneciano.

—Así es —corroboró el señor de Urbina—. No fallan el tiro, siempre que se manejen y preparen convenientemente, como yo os voy a explicar…

293

Camino a Madrid desde El Pardo

14 de enero de 1768

*L*os miembros de la guardia real, apostados en la entrada principal del palacio, rindieron sus picas cuando el carruaje de Adolfo Mendizábal atravesaba el pórtico abierto en la muralla exterior, en dirección a la capital del reino, situada a unos ocho kilómetros.

—Como supuse, habéis impresionado al conde y, después de esta audiencia, tengo grandes esperanzas de que convenza al rey para que modifique su postura sobre nosotros. Habéis prestado un gran servicio a los Hermanos, don Jaime. Uno más…

El rostro curtido y ajado del maestro de la logia madrileña mostraba la satisfacción por el encuentro que habían mantenido en el palacio de El Pardo con el presidente del Consejo de Castilla, don Pedro Pablo Abarca de Bolea, conde de Aranda, inspirador de algunas de las reformas ilustradas que estaba emprendiendo el rey Carlos III.

—Tengo entendido que el monarca cada vez hace más caso a Su Excelencia y que, en alguna ocasión, le ha calificado de «hombre más testarudo que una mula aragonesa». Ya me explicaréis su significado.

—¡Ahí lo tenéis! Consigue lo que se propone, a pesar de que sus enemigos lo analizan de manera distinta, y se equivocan —aclaró Mendizábal—. A las gentes de Aragón se les considera bastante tozudos, constantes para alcanzar las metas que se proponen y firmes en la defensa de sus creencias.

—Yo tengo antepasados de esas tierras —destacó don Jaime.

—Así os luce, para bien, ¿lo veis? Bueno, pues Aranda consigue muchas cosas gracias a ese carácter que tiene, y yo creo que es un gran hombre para el gobierno, de mucha serenidad, aunque fue demasiado lejos con la expulsión de los jesuitas al pretender pacificar el país después de los motines que minaron la autoridad real. Y hasta pienso que la decisión final ni siquiera fue suya.

El veneciano bajó la ventanilla para que entrase aire fresco en el interior del vehículo, procedente del bosque de encinas que atravesaban en ese momento. En algunos claros del bosque reposaban cérvidos de diferentes especies y tamaños. Era un paisaje casi idílico el que rodeaba el palacio del monarca que más había hecho por transformar la capital en la que, sin embargo, apenas residía unos cuarenta días al año, desplazándose, según la temporada, por los palacios de La Granja, en Segovia, El Escorial o el de Aranjuez, lugares que él prefería antes que el amplísimo palacio de Oriente, enclavado en el centro de Madrid, o el de El Pardo, la residencia más cercana a la capital de las que utilizaba Carlos III.

—*Il a été un vrai plaisir de parler à Aranda, un homme si raffiné et cultivé. J'ai mal à vous le dire: c'est une rareté dans ces contrées, cher Mendizábal.*[15] Debéis estar orgullosos de que alguien como Aranda encabece el gobierno de la nación —subrayó.

—Lo estamos, don Jaime, pero necesitamos que se decida a respaldarnos de una vez porque, en caso contrario, desapareceríamos sin remedio. Al menos, nunca le he visto tan interesado como esta mañana. Vuestras cartas le han impresionado, y teneros como defensor ha sido una bendición, os lo agradeceremos siempre.

—En algo estoy de acuerdo con Su Excelencia —resolvió el veneciano mientras abría una cajita de porcelana y recogía una pizca de rapé—, y es en el hecho de que la proliferación de sociedades secretas, de extrañas obediencias y fines, nos ha restado respetabilidad y añadido mucha confusión. Deberíais ser el primero en denunciar tales desmanes y aprestaros a que no vuelva a ocurrir algo así, en caso contrario nuestros enemigos nos irán

295

15. Ha sido una delicia conversar con Aranda, una persona tan refinada y culta, me cuesta decíroslo: es algo excepcional por estas tierras, querido Mendizábal.

minando, restando respetabilidad. —El estornudo enrojeció los carrillos de don Jaime y dilató sus fosas nasales; Mendizábal rechazó la invitación para disfrutar de la misma sensación que su amigo—. Esa situación provocó, como yo lo he entendido, que vuestro rey os combatiera llegando a definirnos a los masones «como gravísimo negocio para España y perniciosa asociación». Y para él, el ser católico significa ser un antimasón, sin paliativos. Y mucho me temo que no resultará fácil que modifique ese criterio, salvo que se produzca un milagro.

—Pues de no hacer algo el conde de Aranda, y pronto —afirmó Mendizábal nublando su gesto—, dejaré de ser maestro de Tres flores de lys, simplemente porque habremos desaparecido y seremos borrados por inactividad. Pero, de ninguna manera debemos caer en la desesperanza y considero muy importante que a vuestro regreso en París tengáis a bien transmitir lo que nos está sucediendo para que Luis XV intervenga en nuestra ayuda. Sé que es mucho lo que os estoy pidiendo.

—De ninguna manera, lo haré con sumo gusto si llego a Francia en buen estado —concluyó el veneciano limpiando su nariz con un pañuelo de encajes.

El coche circulaba ya por los pinares aledaños a los jardines del conde de la Monclova. Desde aquel lugar elevado se apreciaba el discurrir del río Manzanares abriéndose paso entre un bosque de encinas.

Era un mediodía soleado en Madrid y los parterres y arboledas que flanqueaban el camino lucían esplendorosos, a pesar del invierno.

El caballero de Seingalt examinó de reojo al hermano Mendizábal, este había recuperado la ensoñación plantándose en la esperanza y los buenos deseos que habían recibido en El Pardo por parte de Aranda; de nuevo, asomaba en su cara el buen estado de ánimo.

Quedaban pocos kilómetros para llegar hasta el centro de la capital y cada vez se cruzaban con más carruajes.

—Me acompañaréis a la embajada, ¿verdad?

—Claro, si os parece bien —respondió el madrileño—. Aún me pregunto cómo llegaron a enterarse vuestros compatriotas que teníamos una audiencia con el conde de Aranda.

—Yo mismo fui el primer sorprendido al recibir ayer, por

la tarde, el billete del secretario Soderini, anunciándome que el embajador quería hablar conmigo cuando «regreséis a Madrid desde El Pardo». Así, sin más, con esa claridad.

—La diplomacia veneciana, don Jaime, es hábil y ha creado escuela, no lo olvidéis, tenemos muchísimo que aprender —razonó Mendizábal.

—Y también hábitos innobles en muchos de sus manejos. *Je m'y connaîs, je fus à son école!*[16]

Alvise-Sebastian Mocenigo, embajador de Venecia, les recibió en un salón ricamente decorado con tapices flamencos en las paredes, mullidas alfombras persas de seda por el suelo entarimado y muebles con maderas revestidas en oro. La suntuosidad del lugar resaltaba aún más al estar bañado por la luz que entraba a raudales atravesando unos amplios ventanales. Mocenigo, con su atavío colorista y lujoso, encajaba a la perfección en aquel entorno.

El canciller le saludó efusivamente.

—¡Queridísimo Giacomo Girolamo Casanova! Debo manifestaros, sin ambages y con mi mayor respeto y entusiasmo, que representa un gran honor para todos nosotros que un súbdito veneciano haya tenido un largo encuentro con el mismísimo conde de Aranda —ponderó el canciller—. ¿Cómo os ha ido?

—Entiendo, por la amabilidad con la que me recibís, señor embajador, que haréis algo para que se me permita regresar a Venecia...

El comentario no fue del agrado de Mocenigo que tuvo que esforzarse para que no percibiera su malestar. Estaba fuera de los usos un comportamiento como el que tenía Giacomo, revelando sus deseos sin aguardar ni siquiera un minuto previo de cortesía.

—Si dependiera de mí..., no obstante, es algo que podemos estudiar y estoy dispuesto a realizar algunas gestiones en ese sentido.

—Compruebo que esta mañana me consideráis un ciudadano de Venecia, me reconforta que sea así —expuso el caba-

16. ¡Si lo sabré yo que tengo su escuela!

297

llero con voz adusta—, y, por el contrario, poco habéis hecho para protegerme durante mi estancia en Toledo, a pesar de que el secretario Soderini intervino en un primer momento, de lo que estoy muy agradecido.

—¡Oh, por favor! No digáis eso. En cuanto supimos de vuestros problemas, envié a Gaspar para que interviniese ante el Santo Oficio y libraros de la cárcel. Y tal es mi obligación con todos los venecianos que llegan a este país, por supuesto. No sé qué más pudimos hacer. Ahora, os pido que me ofrezcáis algún detalle de vuestro encuentro con el conde de Aranda.

—¿Por patriotismo?

La cuestión desconcertó al diplomático, tanto fue así que al frotarse nervioso las sienes desplazó la peluca hacia atrás sin retocar su ajuste. De esa manera, terminó por ofrecer una imagen descompuesta y risible.

—No deseo forzaros, desde luego, si amablemente lo consideráis… —rogó Mocenigo.

Permanecían de pie en medio de la estancia. Mendizábal se encontraba en la antecámara, acompañado por el secretario Soderini que les había recibido con gran afecto al llegar desde El Pardo.

El caballero miraba con frialdad al embajador sumido en el desconcierto ante el descaro del visitante. Era mucho más osado de lo que le habían advertido, pensó Mocenigo, que, sin embargo, quedó prendado de sus maneras y proceder, también de la intensidad con la que se expresaba ante él sin ninguna clase de reverencia o prevención.

—Tenéis mala cara, señor embajador, acaso los afeites no os fueron bien dados —observó Giacomo con los ojos clavados en el rostro de su interlocutor, ignorando el ruego que le había hecho con anterioridad—. No quisiera ser incorrecto ni ofensivo con vos, lo que os voy a decir es por vuestro bien, espero que así lo tengáis en cuenta y que no os moleste mi actitud: dejad de comer tanta caza y haced uso de ensaladas y frutas, esta es buena tierra para ello.

—Ya me advirtieron de vuestras habilidades… —replicó pasmado el embajador—, nunca supuse que llegaran hasta ciertos extremos. Me dijeron que abarcáis algunas ciencias.

—No son curativas, precisamente, de las que vos precisáis

298

por lo que veo —interrumpió el caballero—. Y a lo que íbamos: tengo la certeza de que desde aquí se ordenó mi muerte.

—¡Qué locura os ha dado! ¿Quién o qué os ha trastornado hasta ese extremo de demencia? —exclamó Mocenigo, sin controlar el disgusto por la acusación referida y con voz de flauta desafinada. Sus manos comenzaron a moverse inquietas y de su frente comenzaron a desprenderse algunas gotas de sudor—. No podéis decir algo así, señor Giacomo. Es cierto que la República os persigue por huir de prisión burlando el castigo que se os había impuesto por actividades consideradas delictivas, pero yo, en primer lugar, soy respetuoso con las leyes de cada país y, desde luego, nunca permitiría que se os hiciese ninguna clase de daño.

—¿Lo podéis asegurar de todos los que pertenecen a esta legación?

—No os entiendo.

—Llamad a vuestro hom-bre —silabeó a conciencia la última palabra.

—¿Quién? —Mocenigo, en medio de la confusión, quiso ignorar lo evidente, lo que envalentonó al caballero.

—A vuestro *condesito*, a Manuzzi. Él aclarará todo lo ocurrido, supongo.

El embajador desplazaba las órbitas de los ojos en varias direcciones, retiró el sudor de su frente con un pañuelo de encaje que llevaba sujeto en un anillo y comenzó a dar pequeños pasitos hacia su mesa. Allí, cogió una campanilla, y se detuvo. Lo pensó un rato. Giacomo apreció un ligero temblor en los labios de Mocenigo; este, finalmente, hizo sonar la campanilla.

El secretario Soderini apareció raudo, era evidente en su expresión el interés que tenía por conocer lo que estaba ocurriendo en el despacho de su superior.

—Avisad al consejero Manuzzi, debe encontrarse en su estudio —ordenó el embajador aún titubeante, dudando de si obraba correctamente.

Mocenigo se acomodó en su sillón, respiraba agitadamente. Estaba confuso por cómo se estaba desarrollando el encuentro con Giacomo Girolamo al que observaba de reojo, con alguna desconfianza a pesar de su imponente presencia, o tal vez por esa misma razón. Le tenía respeto por lo que le habían contado

299

con anterioridad a su llegada, ahora había ido en aumento y comenzaba a recelar de él. Pensó que tendría otras maneras y un trato más amable y educado. Apenas entendía que fuera tan respetado en los círculos aristocráticos de Francia, y en otras cortes europeas.

El caballero se aproximó a uno de los ventanales con las manos en la espalda y se detuvo a contemplar las obras de la Casa de Correos. En cuanto oyó movimiento en la antesala se fue hacia la puerta.

Manuzzi entró como una exhalación, dirigiéndose raudo a la mesa del embajador ajeno a la presencia de Casanova. Este tuvo la precaución de mantener entreabierta la puerta, lo suficiente para que Soderini y Mendizábal pudieran estar al tanto de la conversación que él iba a provocar. Ansiaba hacerlo desde hacía varias semanas, por fin llegaba el momento que había esperado desde que tuvo conocimiento de la persona que dispuso su muerte en un callejón siniestro de Toledo.

—¡Te dije que era una insensatez que le llamases! —vociferó el conde, de malos modos, casi en la misma cara de su amante.

—Manuzzi... —reclamó Casanova. El consejero siguió a las suyas sin hacerle caso, dándole la espalda—... yo os acuso, delante de testigos, de intentar asesinarme —declaró templado en el tono y en voz alta.

—Os merecéis morir, desde luego, y como un bellaco facineroso huido de la justicia emanada de nuestro Consejo —replicó Manuzzi enfrentándose con violencia a su acusador.

Mocenigo tenía la mirada perdida, la boca entreabierta con los labios amoratados por el espanto, sudaba como un forzado a galeras.

Casanova comprobó que desde la otra habitación atendían a la partida y tranquilo, sin alterarse, como nunca se había dirigido a Mocenigo, le dijo, despacio, remarcando bien las palabras:

—Hay confesión más diáfana que la que acaba de hacer este indeseable, señor embajador. Sois testigo de su pretensión y de su odio hacia mi persona. Espero que no tengáis duda, ahora, de la maldad que anida en su corazón.

Manuzzi, altanero, intentaba mostrarse despreciativo retocando las puntillas del pañuelo que llevaba al cuello. Casanova se situó ante él y le dijo:

300

—Os reto en duelo, conde, si os queda algo de hombría.

—Sea… —lanzó orgulloso el consejero.

—Elegid armas y lugar.

—El Buen Retiro, y a pistola.

El Buen Retiro

15 de enero

—*O*s placen… —consultó Mendizábal, como padrino de la contienda, al joven Manuzzi—. Nunca han sido utilizadas, son de estreno. No hay ventaja para ninguno de los dos.

El consejero de la representación veneciana en España observó con marcada altanería al acompañante de Giacomo Girolamo. Luego, cogió una pistola del interior del repujado estuche de cuero, forrado a su vez con terciopelo negro. Revisó cada uno de los componentes del arma, sin aplicarse en demasía, y se la entregó a un diplomático sueco que había traído como padrino suyo para que realizase una última inspección.

—Parece excelente —concluyó Hans, un tipo casi albino de hombros cargados y de la misma edad que su protegido, después de examinar con detenimiento la pistola.

—Están hechas en la Real Fábrica de Armas de Toledo —puntualizó Mendizábal—. Ya están cargadas. Escoged la que más os guste, o utilizamos otras si así lo preferís.

—Es lo mismo —dijo ufano Manuzzi—. Las que habéis traído están bien. No hay objeción por mi parte.

Era costumbre en ese tipo de lances aparecer vestido de negro, con camisas blancas a lo sumo y, debido al frío reinante, lo que convenía era ir bien cubierto de paño. Sin embargo, Casanova no tuvo reparos en adornarse con colores chillones, abundantes sortijas y collares, y una capa de color carmín de la que se desprendió nada más llegar a la arboleda, como si su cuerpo ardiera con el envite. Todos los presentes le miraron extrañados tanto por sus atavíos como por su corpulencia. Daba la impresión de estar tranquilo mientras atusaba su peluca y desplegaba los encajes de la corbata por la pechera.

El enfrentamiento tendría lugar en un extremo del parque, en el lado opuesto al casón real. Faltaban pocos minutos para la amanecida y una neblina meona hacía más desapacible el ambiente.

Gaspar Soderini, que intervenía como juez del duelo, dio el aviso a los contendientes. Casanova se desprendió de la levita, Manuzzi solamente de la capa. El hijo de quien había sido su perseguidor y uno de sus mayores enemigos daba la impresión de estar helado frotándose continuamente las manos. Por el contrario, el fuego se desprendió de sus ojos y tensó la frente hasta quedar arrugada.

Se acercaron el uno al otro, Casanova detectó en la mirada oscura del consejero odio e inquietud, tenía los músculos inflamados y los tendones del cuello parecían que iban a estallar de un momento a otro. Él, por el contrario, estaba imbuido de una tranquilidad pasmosa, tal vez excesiva. Por eso mismo, antes de comenzar el ritual, Mendizábal le había prevenido para que estuviese más alerta y se concentrase en la lid, ya que su vida corría peligro. Desde que retó a Manuzzi el día anterior, no había cejado en insistir a su amigo para que se arrepintiera y fuese a pedirle perdón por la afrenta. Ahora, no salía del estupor al considerar que su hermano masón se mostraba como si tuviera la mente situada en lugar lejano. Y, en realidad, es lo que ocurría.

Casanova estaba evocando, con una intensidad que le animaba y con una aparente despreocupación por lo que iba a suceder en el parque del Buen Retiro, los momentos más hermosos de su vida: los de su juventud, cuando creía poseer una fortaleza inaudita, ilimitada, y desprendía su energía de una manera alocada. Los recuerdos le hacían feliz, y en ese regusto estaba concentrado mientras su cuerpo rozaba ya el de Manuzzi. Ahí volvió a la realidad. Mucho más al detectar la respiración entrecortada del joven, y su nuca en la mitad de la espalda. La diferencia de altura entre los dos era apreciable.

Soderini les facilitó las pistolas, después de realizar las comprobaciones pertinentes y dar el visto bueno para iniciar la cuenta atrás. El silencio en el parque era impresionante, apenas se oía el canto lejano de unas aves.

303

Cada paso de los contendientes aceleraba la pulsión de los que se habían reunido allí para celebrar una ceremonia de muerte.

Casanova y Manuzzi fueron distanciándose sin verse el uno al otro. Sus pasos golpeaban el aire. Al llegar al punto sin retorno, Soderini solicitó a ambos que se diesen la vuelta.

Casanova descubrió a su oponente envuelto entre la niebla, pero con la suficiente claridad como para seleccionar la zona a batir de su cuerpo. Le asaltó una duda, pero ya era tarde, debía afinar todos sus sentidos o él mismo saldría de allí en un ataúd.

Manuzzi, como si un resorte le empujara, extendió el brazo derecho con el arma sujeta en su mano.

Casanova actuó como le había aleccionado el director de la fábrica de Toledo, alargó el brazo apretando firmemente la culata con los dedos y apoyó la muñeca en la palma de la otra mano, luego descendió un poco siguiendo una vertical con la mira del gatillo bien enfocada para llegar hasta la diana elegida. Todas las acciones fueron realizadas en porciones de segundo. Intuyó que Manuzzi iba a disparar e intentó evitar que se adelantase.

Presenció con el rabillo del ojo el fogonazo de la pólvora, casi la salida del plomo, al mismo tiempo que la bala contraria silbaba a pocos centímetros por el lateral de su cabeza. Al pobre Manuzzi, pensó, se la había ido el disparo hacia arriba y algo descentrado.

Oyó el gemido y percibió el asombro de los que asistían al duelo. La niebla había diluido los perfiles de la madrugada y resultó imposible ver lo que había sucedido con su oponente. Se acercó hasta Mendizábal que permanecía inmóvil y cariacontecido.

—Don Jaime, cúbrase —acertó a decirle.

Le hizo caso poniéndose por encima de los hombros la levita de color verde brillante, y fueron caminando juntos hacia el lugar donde debía hallarse Manuzzi.

Yacía inerte en el suelo, en medio de un charco de sangre. Hans, su padrino sueco, intentaba taponar con un pañuelo la herida del pecho por la que brotaba el líquido vital a borbotones. Le dejaron actuar. Soderini se aproximó y le tomó el pulso. Manuzzi iba perdiendo el color de manera llamativa. A cada segundo, su piel era más cerúlea. Emitió un sonido ahogado, un gemido…

—No hay nada que hacer —pronunció el secretario con gravedad y santiguándose—. Ha muerto...

—Lo lamento —susurró Casanova sin dejar de mirar al fallecido—, pero se trataba de él o de mí, no había alternativa. Y mejor así que en alguna refriega en las que nos hubiéramos visto envueltos por cualquier rincón oscuro de Madrid.

—Es horrible, y la verdad es que Manuzzi era fruto del fanatismo imbuido por su progenitor —afirmó Soderini, visiblemente afectado, mientras cubría el cadáver con una capa. Todos sus movimientos los hizo con delicadeza y con parsimonia por su avanzada edad. Estuvo un buen rato rezando de rodillas y al levantarse, se dirigió a Casanova—: Debéis huir, no sé... no sé cómo reaccionará el embajador cuando conozca el fatal resultado del duelo. Puede que movilice a las autoridades de la corte o... haga cualquier locura. Estáis en peligro, a pesar de que la lid ha sido limpia en todo y yo pueda atestiguarlo, pero el conde era muy importante para Mocenigo y su muerte le causará un dolor tan intenso que es de temer su respuesta...

305

De camino hacia la calle Bailén, donde Mendizábal tenía su casa, tanto este como Sebas, que les acompañaba en el interior del carruaje, le rogaron que se marchase de Madrid.

—Ayer tarde hablé con el embajador de Francia, buen amigo y defensor nuestro, y en unos días tendréis solucionado el perdón —explicó el maestro de la logia madrileña—. Lo más prudente es que os alejéis de la capital y aguardéis nuevas cerca de la frontera, podéis refugiaros unos días en Barcelona, allí tenemos muchos hermanos dispuestos a lo que sea menester. Yo os mantendré al tanto y, en cuanto tengamos concedida la visa, os la haré llegar para que os desplacéis a París.

—¿Y los libros y manuscritos? —aludió el veneciano.

—Los enviarán por valija diplomática, como me pedisteis, a Cecco, a vuestro hermano. También saldrán, al mismo tiempo, mis cartas para el gran maestre de Francia, al conde de Clermont, y para Willermoz, el maestro de Lyon, que ha estado muy interesado en conocer el resultado que tuvo la expedición al archivo secreto del arzobispado de Toledo. Les prometí mantenerles al día. Como veis, todo está resuelto. Podéis dejar Madrid, de inmediato…

—Tengo entendido —recalcó Sebas— que el embajador Mocenigo no es un bendito cuando le pinchan y lo ocurrido esta mañana será un aguijón que le llegará hasta las entrañas, por lo que resulta bastante probable que afloren sus malos humores contra vos.

—Y tú, ¿qué vas a hacer? —planteó al criado.

Lo que os pedí. Regresar a Toledo, Rosario es mucha Rosario. Y no voy a dejar pasar esta oportunidad de encamarme como es de derecho, ¿no creéis?

—Haces bien, Sebas. Te completaré la soldada con creces, en doblones de oro, vuestro servicio ha sido impagable y con él yo lograré la libertad.

Sobrevino un momento de silencio. Los tres estaban cansados con el madrugón y afectados por lo vivido en El Buen Retiro. Las calles de la capital comenzaban a animarse y se fueron cruzando con algunos coches, a medida que se aproximaban al Palacio de Oriente. A lo lejos, los campos estallaban de verdes con el sol de la mañana. La ciudad reclamaba atención e invitaba a embarcarse en las múltiples sugerencias que contenía.

Mendizábal y Sebas le observaban de reojo, pero el caballero estaba encerrado en su mutismo. Tardaba mucho en decir algo.

—Y bien… —susurró Mendizábal.

El veneciano le miró fijamente. Le impresionó el ardor que tenían los ojos de su hermano masón.

—Está ella —dijo.

—¿La condesa de Montijo? —preguntó Sebas.

Él lo confirmó con un leve movimiento de la cabeza.

—Pero es una locura, os arriesgáis en demasía por un capricho —protestó Mendizábal.

—Y qué es la vida, sino riesgo ya desde el mismo instante de nacer y hasta que nos vamos de este mundo, el riesgo nos persigue en cada esquina, en cada aliento, desde la mañana a la noche, cuando estamos despiertos y cuando dormimos. Nadie está libre de esa amenaza que nos acompaña a cada paso. Mientras tanto, gocemos de los dulces favores que se nos presentan y que tenemos a nuestro alcance. Lo contrario es negarnos, limitar nuestra existencia. El hombre no ha venido a padecer, queridos hermanos, con los sinsabores. A nuestro alrededor, se hallan por doquier los templos del goce y debemos degustarlos para alejar de nuestro lado a la muerte cruel, a la destrucción que nos amenaza.

—Os entiendo —interrumpió Sebas—, pero hay placeres que matan, señor.

—Ningún placer causa pena, salvo el que no se disfruta. Yo gozo de la vida gracias a las mujeres, no solamente por ellas, y sí, son algo esencial para que me encuentre bien. ¿Por qué huir cuando tengo a mi alcance una senda de alegría y de soles? Así es como yo las siento.

—Antes está la Gran Obra —remachó el maestro masón.

—Sí, la nuestra, como mejor obra del Creador —afirmó el cabalista—. Recordad a Pico della Mirandola cuando escribió: «No te he hecho ni celeste, ni terrestre, ni mortal, ni inmortal, a fin de que tú mismo, libremente, a la manera de un buen pintor o de un hábil escultor, remates tu propia obra». Cada uno de nosotros debe ser su propio maestro, no lo olvidéis.

—Ese texto se refiere al primer hombre —replicó Mendizábal.

—¿Y no estamos todos formados con la misma materia, de la esencia primigenia? —planteó Casanova.

—Cierto es.

—Y todos tenemos ese maravilloso don que es la libertad, y para disfrutar de la misma fuimos creados y concebidos. Por ella debemos luchar con ahínco, para que nunca nadie nos limite y reduzca.

Sebas observó con renovada admiración a don Jaime. Mendizábal reflexionaba sobre la conversación que acababa de mantener con el veneciano. Cada día se sentía más deudor de aquel verdadero maestro. Y supo, además, que tendría que esforzarse para protegerle, pues su misión en España era la suya y debía impedir que le hiciesen daño mientras permaneciese en la capital.

Duchcov (Checoslovaquia)

Mayo de 1945

*E*l militar ruso permanecía distraído rebuscando entre las pavesas, y entre los papeles y vitelas a medio carbonizar, vestigios de los encabezamientos que le permitieran identificar algunos de los rescoldos esparcidos por lo que debió de ser una impresionante biblioteca, excepcional para aquella región. Una vorágine de odio había arrasado un santuario del conocimiento provocando el mayor daño posible. Lamentablemente, no hubo ninguna compasión entre los vecinos, enfurecidos contra el símbolo del poderío nazi en Bohemia.

Al capitán Nikolái Punin le dolía lo que había ocurrido allí la pasada noche, aunque sabía reconocer que el alma se oscurece y enturbia por diferentes motivos llevando a las personas a cometer tropelías de las que, más tarde, suelen arrepentirse. Sin embargo, le costaba comprender que se pudiera justificar la muerte de un semejante, bajo cualquier circunstancia, de la misma manera que no soportaba la ignorancia ciega o sectaria. La vida era lo más excelso de la creación y, por lo tanto, tenía el máximo respeto a sus semejantes y a la belleza, o a los avances para mejorar la existencia que surgían de la mente lúcida de hombres y mujeres especiales por su capacidad para ver más allá que el resto de sus congéneres. Resultaba insoportable para alguien como él participar en una guerra, pero había valores que le hacían superar las dificultades, como era el de la patria asolada por aquellos nazis, exponentes máximos de la brutalidad que debía ser detenida a pesar del alto precio en vidas humanas que habían pagado sus hermanos en las batallas contra ellos.

Tan ensimismado se hallaba Punin en sus pensamientos,

rodeado de escombros por todas partes, que no se percató de la presencia de la bibliotecaria hasta que la tuvo casi a su lado. Llegaba acompañada por el sargento Vasíliev, que había alcanzado el piso superior sin recuperar por completo el resuello.

Le resultó demasiado joven y vivaracha para la responsabilidad que tuvo en el palacio. Poseía una tez lechosa y una mirada franca. Nada más presentarse y, sin que él lo pidiese, se explicó:

—Alida, la anterior bibliotecaria, era muy mayor y falleció el año pasado, por estas mismas fechas, más o menos. Entonces, ellos, los nazis, me obligaron a quedarme, ya que había trabajado con Alida como ayudante. Yo no quería seguir en Dux, estaba cansada...

—Cansada, ¿por qué? —demandó el capitán.

—De verles y soportar sus impertinencias y, sobre todo, su comportamiento cruel...

—¿Cómo te llamas?

—Cressida Sobotka.

El oficial ruso relajó sus músculos y esbozó una sonrisa de complicidad con ella. La joven lo percibió, sin entender qué es lo que había dicho para que el capitán se sintiera animado y próximo.

—Troilo y Cressida —pronunció él remarcando las palabras y ampliando su sonrisa hasta mostrar una dentadura bastante dañada.

—En efecto, señor. Eso es —asintió la joven—. Mi padre adora a Shakespeare.

El capitán acarició el brazo de Cressida. Ella lo recibió de buen grado. Parecía una niña, no había cumplido la veintena, de aspecto dulce; desprendía un aroma agradable, a rosas. Era rubia, con una melena corta, de pelo muy liso, y ojos grandes de un azul claro, tenía las facciones del rostro delicadas y mostraba en su figura una delgadez extrema.

—Toma... —Punin le hizo entrega de una pequeña lata de carne que había sacado de su mochila. Ella rechazó el obsequio.

Iba vestida con una falda negra de amplio vuelo con dibujos de girasoles, una blusa blanca y chaqueta de punto oscura. Una ropa vieja, deshilachada, pero limpia. Calzaba unos botines despellejados.

—¿Por qué…, por qué ha pasado esto? —profirió él, interrogándose casi a sí mismo.

—No lo sé… —balbuceó Cressida—. La gente estaba muy harta, furiosa, y en cuanto supieron que habían huido los alemanes, la reacción fue espontánea, sin medir las consecuencias, desde luego. Ha sido un verdadero desastre —afirmó con gesto apenado, mientras intentaba medir la dimensión del daño contemplando los montones de fragmentos de libros esparcidos por la tarima y convertidos, en su mayoría, en cenizas—. Esta era una de las mejores bibliotecas que existen en este país y estábamos a punto de culminar la catalogación de los fondos. Tanto esfuerzo, ¿para qué? —concluyó afectada.

—Unos trabajadores de las caballerizas me han hablado de aquel reservado gabinete de lectura. He entrado allí y he retirado algunos restos —comentó el capitán indicando el lugar y la mesa de mármol verde donde había depositado los trozos de algunos manuscritos recogidos del interior de la estancia—. ¿Qué era, en realidad, ese lugar?

La joven se aproximó a la mesa de piedra y acarició los libros dañados por las llamas o el intenso calor. Su mirada era curiosa y translucía capacidad para captar e interpretar con rapidez lo que había a su alrededor; por nada del mundo la hubieran dejado marchar los nazis y renunciar a sus servicios. Punin y el sargento no la perdían de vista. Ella revisó, muy concentrada en lo que hacía, los restos calcinados. Frunció el entrecejo, compungida. Al cabo de un rato, dijo, casi en un susurro:

—¡Esto es espantoso, gravísimo…! Eran los fondos de mayor valor e interés que conservábamos en el palacio. —Hablaba muy afectada, sin dejar de revisar las cenizas con la mirada. La imponente luz que llegaba del exterior, de mucha intensidad y sin tener que atravesar cristales, realzaba aún más la catástrofe. La joven apenas tocaba los restos con la yema de sus dedos por el temor a estropearlos aún más—. Habéis visto lo que queda de los cuadernos, supongo.

—Sí, los proyectos de algunas máquinas e inventos, y lo que parecen autómatas…

—Son obra de Juanelo.

—¿Quién era ese Juanelo? —preguntó Punin con el interés reflejado en su semblante.

—Un matemático, astrónomo e ingeniero prodigioso que trabajó muchos años en la ciudad española de Toledo. Teníamos unos dibujos y un opúsculo de Giacomo sobre él, pero me temo que también se habrá perdido, como tantas otras cosas... —expresó la joven con amargura, mientras observaba el desastre que les rodeaba—. Yo estudié el opúsculo en varias ocasiones y, por esa razón, conozco algo sobre Juanelo, sobre el autor de esos inventos.

—Era un avanzado para su tiempo.

—Sin duda, un hombre sabio, de los más importantes durante el Renacimiento, desde luego. Juanelo dominaba varias artes y ciencias, es conocido que elaboró varios tratados sobre matemáticas y astronomía, disciplinas en las que era muy versado. Los poderosos admiraron los astrarios que fabricaba y se decía que solemnes astrónomos llegaban de tierras lejanas para estudiarlos con gran reverencia, y también sus obras hidráulicas fueron elogiadas, pues era un genio de la hidrotecnología. Todos pretendían tenerle a su servicio, hasta el papa Pío IV suplicó y rogó a Felipe II, ya que trabajaba por entonces para la corona española, que se lo prestase por unos años. Luego, el papa Gregorio XIII, considerándole un excelente matemático, pidió que interviniese en la reforma del calendario. Y, sin embargo, pocos llegaron a disfrutar de sus trabajos más personales, de sus diseños pensados para el futuro. Los que le conocieron decían que era de poca conversación, mucho estudio y, especialmente, de gran libertad en sus cosas. Hablaba escasamente y cuando lo hacía expresaba cosas bellísimas, como cuando dijo que los príncipes estaba privado de algo apreciado y amado por cualquier hombre, a saber: de que se les dijera la verdad, de ver la aurora y de sentir alguna vez hambre...

—¿Y cómo llegaron hasta aquí sus manuscritos y los otros documentos y libros españoles? ¿A quién pertenecían? —preguntó el militar.

Cressida levantó la cabeza e indicó levantando el brazo la salita donde se conservaban los manuscritos.

—Ahí estaba la *Sala Casanova*, así es como la llamábamos, y reunía una buena cantidad de libros y textos sobre ocultismo, misticismo y ciencia, de los mejores que haya tenido entre sus manos cualquier especialista en la materia. El lugar para conservar esos fondos fue escogido por el propio Giacomo Girolamo Casanova. Y constituía su legado personal, porque él fue quien trajo hasta aquí la mayor parte de las obras.

—Giacomo Casanova. ¿El que mencionaste como la persona que hizo un estudio sobre Juanelo? —La bibliotecaria aseveró con un gesto y bajando los párpados—. Yo tengo algunas referencias de un personaje con el mismo nombre, un veneciano, leí algo sobre él y recuerdo que se decía que había sido un gran seductor y aventurero… ¿Puede ser el mismo? No me lo imaginaba encerrado entre libros y en este lugar alejado del mundo.

—No hay dos que se llamen igual, creo, y, por lo que sabemos gracias a lo que él mismo nos dejó escrito, hasta su madurez tuvo un comportamiento como el que estáis describiendo. Sin embargo, las audacias de la carne no le redujeron, en absoluto, las de su dilatada inteligencia. También es cierto que se divulgaron sobre él historias de todo tipo tras su muerte, según los gustos de quien las inventaba. Aquí, en el palacio de Dux, fue muy querido y admirado y encontró algo de tranquilidad tras una vida vivida con cierta desmesura.

—Imagino, por lo que dices, que fue una persona muy inquieta…

Cressida refirió, a grandes trazos, lo fundamental sobre la compleja historia de Casanova, resaltando su forzada misión en la ciudad de Toledo debido al castigo que le impuso el rey de Francia.

—… dejó España después de culminar una de esas aventuras a las que era tan dado. De hecho, disfrutó allí de una bonita historia de amor con una joven condesa que le retuvo algún tiempo en Madrid, algo que él conservó como un tesoro porque ella le había demostrado, cuando creía estar vacío y sin capacidad para amar, que siempre hay oportunidades si se buscan con ahínco y sinceridad. Más tarde, viajó a Barcelona y permaneció un tiempo por el sur de Francia hasta llegar a su adorado París. Tuvo que esperar aún seis años más para poder pisar Venecia, una vez que desapareció su principal enemigo en la ciudad, Giovanni Battista Manuzzi, que fue quien le había encarcelado en Los Plomos, años atrás, bajo la acusación de brujería. En Venecia tuvo muchas dificultades económicas, e ironías de la vida, acabó colaborando con la Inquisición para poder vivir. Amargado, sin el empaque que tuvo en otro tiempo, quiso hacerse fraile sin conseguirlo. Y llegó, finalmente, a Dux bajo la protección del conde Karl Emmanuel Valdstejn, masón y aficionado a la cábala y al ocultismo como él, para terminar siendo mi predecesor en esta biblioteca.

—¡Qué dices! ¿Trabajó en este palacio dejando atrás sus devaneos y su vida de escándalos?

—Sí —confirmó Cressida con una leve sonrisa y observando fijamente al militar ruso—. Vivió en este palacio casi como un monje, retirado y rumiando el paso de los años mientras se dolía de sus muchas faltas y enfermedades. Fue una decisión suya el ser bibliotecario del conde Valdstejn y en los libros halló sosiego y compañía, aunque más de una mujer le escribió apasionadas cartas de amor para intentar que volviera a las andadas. Pero se dedicó al estudio y la meditación, olvidado de casi todo el mundo, y pasó la mayor parte de lo que restaba de vida recluido en esta sala al cuidado de los fondos bibliográficos del palacio de su amigo el conde.

—Decidió, entonces, en el ocaso de su vida que debía apartarse de toda clase de desafíos que no fueran intelectuales.

—Algo así, era ya mayor cuando llegó al palacio, aunque aquí vivió casi catorce años más. Los que llegaron a conocerle le consideraban un pozo de ciencia y decían que, en ocasiones, en medio de la tristeza que transmitía, su cerebro parecía incendiarse por breves instantes, como si le deslumbrara una luz cegadora y que, súbitamente, daba la impresión de que su cuerpo se elevaba del suelo.

—¿Levitar? —preguntó el ruso con asombro.

—Pues, sí. Debían referirse a esa clase de poder. El conde Waldstejn lo contó a sus íntimos y dejó testimonio de ello. Casanova decía que, en sueños, recordaba esa clase de vivencias espirituales, solamente en esa situación.

—¿No intentó nunca, de ninguna manera, recuperar lo que fue su vida anterior?

—Fue reclamado, como os dije, por anteriores amantes, pero él había decidido dedicarse por entero al estudio y a escri-

313

bir todo tipo de obras. Las que más insistieron para que regresara a los ambientes que tanta fama le dieron fueron Henrriette de Schukman y Elise von der Recke. Y menciono especialmente a estas dos damas porque conservábamos algunas cartas de ellas que estarán reducidas a cenizas. También le escribió, varias veces, la hija de un amigo suyo con la pretensión de que la aceptase como esposa. Ella tenía veintidós años y se llamaba Cecile de Roggendorf. Esa correspondencia, y la de sus amigos por toda Europa, cientos de cartas, han desaparecido esta noche... —lamentó Cressida.

—¿Y murió en este palacio de Dux? —preguntó Punin impresionado por la historia que le estaba relatando la bibliotecaria.

—En efecto, aquí permaneció hasta el fin de sus días y está enterrado en los jardines de la entrada, cerca del lago. Y aquí escribió sus obras más sorprendentes como el *Icosameron* o la *Destrucción del cubo*, e incluso algún tratado matemático y de geometría, inspirados en los trabajos de Juan de Herrera y Juanelo Turriano, cuyos manuscritos él salvó en España.

—¿Salvó? ¿Qué quieres decir?

—Al parecer, la Inquisición española había decidido quemar esas obras que pertenecían a hombres heterodoxos para el pensamiento oficial, encabezados por el propio Turriano. En realidad, eran personas de mente avanzada que habían realizado importantes descubrimientos, pero sus trabajos resultaban inaceptables para la mentalidad de la época. El lombardo tuvo la mala fortuna de recaer en Toledo para solucionar el problema del suministro del agua realizando una obra colosal que, inexplicablemente, provocó envidias y mucho malestar. Él había firmado un contrato con representantes del rey y de la ciudad; a los regidores se les impuso la voluntad real y se vengaron más tarde incumpliendo sus obligaciones y compromisos con el ingeniero, entre ellas la de mantener en buen funcionamiento los acueductos. Para colmo, Juanelo vivió en un lugar donde se impuso con toda su crudeza la mentalidad del concilio de Trento, de tal manera que sobre él recayó la intolerancia más cruel. Y ahora, como si una maldición le persiguiera, el fuego ha acabado con su recuerdo. Teníamos un material excelente de Juanelo: diseños de autómatas, maquinaria para diversos usos, sistemas para elevar pecios del fondo del mar y para

314

el dragado de canales que, al parecer, fueron utilizados en su Venecia natal, mecanismos para suspensión de pesados vehículos, tratados de geometría y matemáticas.

—Esas obras se conservaban en la sala reservada y todo se ha perdido…

—Así es. Nadie más tendrá la oportunidad de conocer y estudiar un material tan asombroso y especial… El escaso material que nos quedaba del sabio Turriano, porque, seguramente, muchos de sus trabajos fueron eliminados en su tiempo por sus enemigos, ya que le insultaban achacándole ser un mago para rebajar la importancia de sus prodigios, una fama que fue aceptada por los que nunca le entendieron. Pero gracias a Casanova tuvimos la fortuna de estudiar en parte su obra, y hoy asistimos a su final… —La joven bibliotecaria fue apagando su voz, posó sus manos encima del pecho intentando dominar el ahogo y reanimarse.

—¿No había una copia de esos estudios?

—No, lamentablemente. De cualquier manera, la destrucción casi ha sido completa —señaló ella torciendo los labios—. Juanelo fue víctima de la ceguera y sinrazón de sus contemporáneos, de la desidia de sus vecinos y, ahora, del fuego producido por la ira y el odio.

—Deberíamos hacer algo —propuso el capitán buscando al sargento para que le aportase alguna idea. Vasíliev, poco interesado en aquellos asuntos, se había marchado hacía ya un buen rato saliendo del edificio.

—Creo que no es posible, señor. Esta es una desgracia que no tiene solución y nada, ni nadie, creo que pueda resolverlo.

Cruzaron sus miradas y, seguidamente, fueron atrapados por el paisaje exterior de una naturaleza vigorosa, exuberante. Sin dejar de admirar el entorno a través de los huecos de las ventanas sin cristales, continuaron charlando.

—¿Casanova fue feliz en este lugar? —preguntó Punin.

—No mucho —comentó la joven—. Para un hombre tanególatra y amoral, que tuvo a su alcance de todo y gozó de una libertad casi sin límites, este palacio representó algo así como un encierro, un exilio. Había vivido en el bullicio, en permanente acción y engrandecido con diferentes experiencias, amado por las mujeres, y aquí solo halló soledad. En una ocasión,

315

escribió, según creo recordar: «Dicen que Dux es delicioso, pero no lo es para mí, lo que realmente me gusta ahora es soñar y, cuando estoy cansado de soñar, emborrono papeles». —Cressida aspiró con fuerza el aire fresco que llegaba de los jardines—. Él se aburría, y se convirtió en un escritor compulsivo que destruía la mayor parte de lo que hacía, salvo los relatos sobre su pasado, en los que fantaseaba sin pudor, y los libros relacionados con los manuscritos que rescató de Toledo. Le entretenía el cuidado de los cuarenta mil volúmenes que había logrado reunir su protector el conde y estudiaba, casi a diario, los libros que tenía en su sala reservada: los estudios sobre las ciencias secretas y sobre el misticismo, que tanto le atraían y de los que era un consumado especialista.

—¿Tuvo amigos en Dux?

—Pocos, al margen del conde Valdstejn. Este lugar no lo posibilitaba y, además, a él apenas le quedaban huellas de su ingenio y la brillantez de otros tiempos para encantar tanto a los hombres como a las mujeres; o para vaciar el bolsillo de tantos incautos con sus habilidades como mago y curador. No en vano él decía que retiraba el dinero que tenían otros destinado para locuras, cambiándolo de manos para que sirviera a las suyas. Pero las enfermedades le habían restado facultades; seguía siendo hábil, yo creo que no había olvidado cómo encandilar a las mujeres, aunque la única relación que consiguió de ellas en Dux fue epistolar.

—¿Eran, realmente, valiosos los manuscritos que guardaba la sala que llevaba su nombre? —preguntó Punin observando de reojo a la joven bibliotecaria. Su mirada no dejaba de vagar por el parque. La brisa que llegaba del exterior era vivificante.

—Los documentos que trasladó desde Toledo eran extraordinarios, demostraban la existencia de un grupo de gente, liderado por Juanelo Turriano, que propugnaba el progreso, la ciencia, y la capacidad del hombre para modificar la realidad; eso sí, para su desgracia, inmersos en el seno de una ciudad agonizante y sin ninguna clase de tolerancia para todo aquello que fuera diferente. Casanova adoraba ese material que nos trajo hasta Dux porque pertenecía a personas verdaderamente notables. Casanova era un ilustrado, y alguien así considera que la felicidad del hombre se alcanzaba si se llega a ser un verdadero hombre, es decir, alguien sabio. La misión esencial de una persona, en el pensamiento ilustrado del que Casanova era un defensor, consistía en dominar diversos conocimientos para llegar hasta un nivel de sabiduría que permitiría, por sí mismo, encontrar las respuestas fundamentales y alcanzar como fin último algo ético y la unión con Dios en el amor espiritual. Es una lástima que no hayáis conocido antes lo que él había acumulado en ese recinto sobre el misticismo, la alquimia o la ciencia —respondió Cressida con un brillo en los ojos que evocaba la importancia de los manuscritos que tuvo a su alcance y la dicha de conocer—. Muchos de los adelantos que proponía Juanelo ya han sido superados, claro está, aunque lo asombroso es que fueran imaginados en el siglo XVI y en el seno de una ciudad a la que había dado la espalda la corte española. A los nazis les entusiasmaba fisgonear en la Sala Casanova y puede que se llevaran algunas cosas.

A Punin le contrarió la información.

—¿Qué vas a hacer tú ahora?

—Es difícil seguir aquí, en el palacio poco puedo ayudar y dudo que las autoridades me lo permitan o lo entiendan contemplando esta ruina —respondió ella—. Y es una lástima porque me gustaría salvar algo, lo que sea, aunque solo consiga restaurar una pizca de esta biblioteca. Ahora será más complicado asegurar lo poco que nos queda porque puede entrar cualquiera y…

—Me gustaría trasladar a un lugar seguro los restos que estén en mejor estado, y, si logro recuperarlos, y más adelante tengo noticias de que el palacio es el lugar adecuado para su conservación, los volvería a traer. Puedo aseguraros que así se hará, ¿qué os parece Cressida?

Una sombra de duda oscureció la mirada de la joven bibliotecaria. Escudriñó al militar soviético un instante e hizo una mueca con los labios como si no encontrase la respuesta adecuada. Finalmente, dio su conformidad:

—No me parece una mala idea, capitán, a nadie puede molestarle que retire unas cenizas porque poco más es lo que tenemos aquí, para desgracia de las personas que tienen alguna inquietud por el conocimiento.

Punin se asomó a una ventana y llamó a voces al sargento

317

para que subiera con las cajas que le había pedido antes de que llegase la bibliotecaria.

Fue Cressida quien le ayudó a guardar, con delicadeza, las minúsculas porciones que quedaban de los manuscritos toledanos. Lo hicieron con el máximo primor y dándose cuenta al realizar la operación de traslado de que apenas quedaban fragmentos útiles. Sin embargo, no se desanimaron y fueron recogiendo todas las partículas que no habían sido abrasadas completamente por el fuego.

Al cabo de más de una hora, salieron del edificio cargando las cajas. En la escalinata que llevaba a los jardines, se encontraron con el cabo Zanudin que subía acalorado para transmitir urgentemente el aviso que habían recibido por radio.

—La orden de la superioridad es firme, capitán: se nos pide cruzar, cuanto antes, la frontera alemana.

Al bordear el lago que había delante de la fachada del palacio barroco, Punin intentó localizar el lugar donde estaría enterrado Casanova, ninguna señal lo indicaba y lamentó no tener tiempo para buscarlo. Luego, se volvió para retener en su mente la imagen del edificio, completamente ennegrecido. Lo más hermoso que vislumbró, en ese momento, fue el rostro de Cressida. Allí permanecía, en el pórtico, la joven que había tenido la oportunidad de disfrutar con los bienes más queridos del caballero de Seingalt, un personaje casi de leyenda que se había hecho corpóreo y querido para el militar ruso.

Apéndice

El libro que acabas de terminar, querido/a lector/a, no precisaría ninguna explicación justificativa si no fuera por el hecho de tener un fundamento histórico bastante reconocible, que se entremezcla con elementos que podrían considerarse fruto de la imaginación. Sin embargo, el conjunto de este relato tiene un soporte documental que deseo daros a conocer.

La mayoría de los personajes son reales y coincidieron en el tiempo-espacio sobre el que se asienta la narración. También son reales los escenarios donde se desarrolla la acción y algunas situaciones que enmarcan la propia historia.

JUANELO TURRIANO

Empezaré por una de las figuras históricas, que ocupan el trasfondo de la obra, y que sería la más difícil de asumir por resultar sorprendentes sus extraordinarias propuestas y avances científicos.

Llevo muchos años *cerca* de Juanelo. Tuve la suerte de vivir durante gran parte de mi niñez y adolescencia en la calle Hombre de Palo y, como la mayoría conoce, el *hombre de palo* de Toledo alude a un supuesto homúnculo creado por el cremonés Turriano. El constructor de ese autómata fue un visionario personaje de la época renacentista que pululaba en nuestras mentes juveniles como un mito cargado de la más pura fantasía:

> Tenía el autómata dos varas de alto y miembros correspondientes, salía de casa de Juanelo y llegaba hasta la despensa del arzobispo por la ración de su amo que eran dos libras de carne y pan. Unas veces vestía a la figura de corto, y otras de golilla. Hacía su cortesía, de-

mudaba el rostro y los muchachos le llamaban don Antonio. Constan estas minuciosidades en antiguos escritos que he visto.[17]

Fue algo más tarde, al conocer las investigaciones del ingeniero Juan Antonio García-Diego, principal valedor del genio cremonés al que intentó sacar de la oscuridad aplicando el rigor de un estudioso, cuando comprendí que Juanelo era un adelantado a su tiempo y que se había cometido con él una de las mayores barbaridades e injusticias que se han dado en España, a pesar de que había sido contratado por el emperador Carlos V y luego pasó al servicio de Felipe II, como ingeniero y matemático. Es decir, se le suponía con el respaldo de la corona.

García-Diego descubrió y sacó a la luz, en sus libros y artículos de investigación,[18] algunos de los inventos que realizó este astrónomo, científico y matemático del siglo XVI. Y por otros trabajos en torno a su figura supe que el espíritu humanista de Juanelo se había hermanado con la sensibilidad esotérica de Juan de Herrera:

320

> Había sido Juanelo gran amigo de Juan de Herrera y este, mes y medio antes de la muerte del cremonés, había vivido con él en su casa toledana. Además, en aquellos días y en la imperial ciudad, hubo de prestar Juanelo una fianza de dos mil ducados para que Juan de Herrera saliera del Santo Oficio donde le retenían.[19]

De la amistad entre ambos hay un detalle significativo, como es el hecho de que Herrera tuviera en su casa tan solo tres pinturas: un retrato de Llull, personaje admirado y maestro del arquitecto y el ingeniero, otro del artista Miguel Ángel,

17. Artículo de N. Magán en los números 29 y 30 del «Semanario Pintoresco Español» de 1839.
18. Citaré como el más completo el libro *Los relojes y autómatas de Juanelo Turriano*, Albatros, Madrid-Valencia, 1982; o la traducción de una primera edición en inglés, *Juanelo Turriano, el hombre y su leyenda*, Castalia, Madrid, 1986.
19. Luis Cervera Vera, *Años del primer matrimonio de Juan de Herrera*, Albatros, 1985. Y del mismo autor: *Documentos biográficos de Juanelo Turriano*, Alpuerto. Madrid, 1996.

al que Herrera consideraba un referente de primera magnitud, y el del propio Juanelo, «de medio cuerpo, en lienzo al olio, vestido de negro con gorra de paño, en marco de madera blanca».[20]

Aquellas revelaciones, las primeras y fundamentales que conocí sobre Juanelo, me animaron a escribir en el año 2000 la novela *El círculo de Juanelo*, en la que intenté desvelar algunas de las claves que rodearon su peripecia mistérica, pues no hay otra forma de denominar el hecho de que tras su muerte desaparecieran cinco inmensos baúles que almacenaban la mayoría de sus descubrimientos y el diseño de los trabajos más importantes que acometió, como fueron diversos relojes astronómicos, canalizaciones de agua, útiles mecánicos, proyectos hidrotecnológicos, autómatas, máquinas voladoras y estudios de geometría y matemáticas. Parecía que una maldición había recaído sobre su persona y su legado científico.

Felipe II había nombrado a Herrera como su albacea y custodio de los prodigiosos inventos de Juanelo. Tal fue el mandato del rey:

> Reconocerá todos los papeles del dicho Juanelo y los instrumentos y otras cosas que dejó y lo que pareciere que pueda ser de importancia para el servicio de Su Majestad lo hará inventariar y ponerlo en cofres trayendo las llaves consigo para que cuando su Majestad mandare se pueda enviar por ello y llevarse a donde fuere servido y lo que de esto fuere de precio lo hará tasar para que se pague a los herederos.[21]

Herrera cumplió con una parte del encargo y envió algunas arcas con material al Alcázar de Madrid, pero todo se volatilizó misteriosamente. De hecho, jamás sus herederos recibieron ninguna compensación. Ese *castigo* que sufrió un genio comparable en muchos aspectos a Leonardo da Vinci nunca ha sido aclarado ni ha interesado en demasía al mundo universitario.

20. *Id., Inventario de los bienes de Juan de Herrera, asiento 139*, Albatros. Madrid-Valencia, 1977.

21. Archivo de Simancas, Casas y Sitios Reales, Leg. 271, folios 209 a 210 v.

Juanelo fue considerado en su tiempo como una especie de mago, a pesar de que los cronistas de la época resaltaron su ingenio para fabricar cosas sorprendentes como las citadas máquinas voladoras. Sobre ese particular hay una referencia del padre José de Sigüenza en Yuste, durante el retiro de Carlos V, cuando nos dice:

> Juanelo, el que hizo la maquinaria del agua que sube al Alcázar en Toledo, entretenía al emperador con diversos ingenios.[22]

Ya en la época italiana del científico era renombrado por construir pájaros que «maravillaban a todos como si estuvieran vivos». También Ambrosio Morales se refiere a su habilidad para hacer autómatas.[23] ¿Esa habilidad pudo motivar que fuera considerado un mago? Resulta evidente debido a que solo a un mago, o a un gran sacerdote, se le atribuyen facultades fuera de lo común parar emular la creatividad divina y hacer estatuas humanas que hablan y se mueven.

En una comedia de Góngora se alude a la increíble capacidad del cremonés:

> El Tajo que hecho Ícaro, a Juanelo, Dédalo cremonense le pidió alas.[24]

El tropo gongorino relaciona a Turriano con el mítico Dédalo, escultor de estatuas animadas.

La vinculación del ingeniero con España se inició cuando Carlos V fue coronado emperador en Bolonia. Con ese motivo recibió como regalo un reloj astronómico reparado por Juanelo, más tarde le fabricó otro con una maquinaria y tecnología nunca utilizada con anterioridad. El emperador no dudó un instante en hacerse con sus servicios. En 1550, su amigo y compatriota, el obispo Marco Girolamo Vida, ante el senado de Milán, resaltó las virtudes de la obra de Turriano:

22. García-Diego, *op. cit.*, capítulo 6.º, p. 95.
23. En su obra *Las antigüedades de las ciudades de España*, Alcalá de Henares, 1575.
24. Luis de Góngora: *Las firmezas de Isabela*, acto III, 1610.

Es algo admirable y portentoso, en la que su egregio artífice, con talento eximio y espoleado afán investigador, ha emulado la divina, inenarrable, jamás bastante recordada y, hasta el momento, inimitable actividad de Dios mismo en la construcción del universo mundo y de la naturaleza entera.[25]

Otro testigo de la época nos describió las características del reloj que hizo el lombardo a Carlos V:

No hay movimiento ninguno en el cielo de los que considera la astronomía, por menudo y diferente y contrario que sea, que no esté allí cierto y afinado por años y meses y días y horas. No había para qué poner ejemplos, mas todavía digo, que se halla allí el primer mobile con su movimiento contrario, el de la octava esfera con su trepidación, el de los siete planetas con todas sus diversidades, horas del sol, horas de la luna, aparición de los signos del zodiaco, y de otras muchas estrellas principales, con otras cosas extrañamente espantosas, que yo no tengo ahora en la memoria.[26]

Ambrosio Morales también se detuvo en explicar la maravilla técnica que supuso la obra pública más reconocida de Juanelo: las dos construcciones para abastecer de agua corriente a la ciudad de Toledo. Como referimos en la novela que tienes en tu poder querido lector/a, los *artificios* en su tiempo fueron visitados por extranjeros que venían a conocer, de primera mano, su avanzada tecnología. Y algunos escribieron sobre ellos, como sir Kenelm Digby.[27]

La fama de los ingenios toledanos cruzó las fronteras, pero

323

25. Citado por José A. García-Diego en *Tres mitos toledanos*, Curso de la Universidad Internacional Menéndez Pelayo. Publicado como monografía por la Dirección General de Arquitectura y Vivienda. MOPU, Madrid, 1984.

26. Ambrosio de Morales, *Las antigüedades de las ciudades de España* op. cit.

27. Intelectual y político inglés (1603-1665). Su obra tiene un complejo título: *Two Treatises, in the One of Which the Nature of Bodies; in the Other the Nature of Mans Solule; is Looged Into: in Way of Discovery of the Inmortality of Reasonable Soules*, París, 1644. La referencia a los ingenios aparece en las páginas 205-209.

de poco sirvió para que la ciudad los conservase y que no terminaran completamente destruidos por el abandono.

Hoy, en el Museo de Santa Cruz de Toledo, lo que puede admirarse es un busto de Juanelo, hecho en mármol de Carrara y en perfecto estado. Es uno de los pocos recuerdos que quedan de él en su ciudad adoptiva. En la peana del pedestal se le identifica como: IANELLVS TVRRIAN CREMON: HOROLOG: ARCHITECT. También pueden verse en la orilla del Tajo las ruinas de los cimientos del ingenio que realizó para abastecer de agua a la ciudad. Nunca Toledo, a pesar de pronunciarse varias veces sus autoridades en tal sentido, ha reconstruido una de las grandes obras de su vecino más ilustre.

Existe un retrato pintado al óleo en El Escorial del arquitecto, mago o ingeniero, pues de esas y otras maneras se le conoce, como hemos visto. La pintura es de autor anónimo del siglo XVII:

> N.º 238, ESCUELA DE MADRID. Retrato en busto del insigne matemático e ingeniero hidráulico Juanelo Turriano. Fue muy apreciado por Felipe II. En la celda sobre cuya entrada está su retrato vivió algún tiempo. Alto 2 pies 5 pulgadas, ancho 1 pie 14 pulgadas.[28]

Sí, en efecto, Juanelo residió algunas temporadas en El Escorial junto a su amigo Herrera. ¿Quién si no hizo la maquinaria para la construcción de tan audaz edificio?

Juanelo ha logrado, al fin, transcurrido mucho tiempo desde su muerte, una pequeña reparación. Desde los años setenta del pasado siglo, un busto suyo de gran tamaño corona el llamado balcón de Osiris en el Palacio Real de Madrid.[29] En ese mismo emplazamiento existió, con anterioridad, una escultura del dios egipcio, sustituida hoy por la de Juanelo Turriano. El lombardo preside, de esta manera, los actos de la casa real que se celebran con asiduidad en el palacio. Desde esa atalaya, ob-

---

28. *Catálogo de los cuadros del Real Monasterio de San Lorenzo*, de Vicente Poleró y Toledo en 1857.

29. Un detallado estudio sobre este hecho se encuentra en *Semblanza iconográfica de Juanelo Turriano*, de Ángel del Campo y Francés. Editado por la Fundación Juanelo Turriano, en 1997, que fue impulsada por el ingeniero García-Diego.

serva el paso de todas las autoridades y personalidades que son recibidas por el rey Juan Carlos I. Un misterio más sobre Juanelo, que murió ignorado y cuya obra se fue diluyendo con el paso de los años.

GIACOMO GIROLAMO CASANOVA

Es, sin duda, el otro gran personaje de la novela, por no decir que es el más importante y principal.

El viaje que realizó a España está perfectamente documentado en los tomos correspondientes a *Histoire de ma vie*, escritos por el veneciano en su retiro de Dux. Las circunstancias que le llevaron a desplazarse a nuestro país fueron detalladas en una reciente edición del libro *Memorias de España*. Y así fue que...

> En el invierno de 1767 Casanova es expulsado de París y de toda Francia por medio de una *lettre de cachet* del rey Luis XV. Con estas cartas el rey encarcelaba, desterraba o expulsaba del país a determinadas personas sin juicio alguno, generalmente a petición de las familias... En el caso de Giacomo Girolamo al parecer fue un sobrino de la marquesa d'Urfé, que se sentía perjudicado por él en sus intereses, el que instó al rey a expulsarlo.[30]

325

La relación de Casanova con la marquesa d'Urfé está descrita por él mismo e investigada, recientemente, con bastante precisión y amplitud.[31]

Casanova entró en España en torno a la fecha señalada en la novela, él afirma que fue el día 20 de noviembre, pero en la edición de sus memorias llevada a cabo por Ángel Crespo se precisa algo más:

> El pasaporte del duque de Choiseul, que se conservaba en Dux, es del 15 de noviembre y solo era válido para dos días. Puede haber una

---

30. Prólogo de Marina Pino en *Memorias de España* de Casanova, edición de Ángel Crespo, Espasa-Calpe, Madrid, 2006.
31. Judith Summers, *Las mujeres de Casanova*, Siruela, Madrid, 2006.

imprecisión en el recuerdo de Casanova, que había dejado París, lo más tarde, el día 17. He aquí el texto de dicho documento: «Se ordena a los Maestros de Postas de la carretera de París a Burdeos y Bayona que provean al señor Casanova de los caballos que tenga necesidad para correr la posta, pagando según los reglamentos. Dado en París, a 15 de noviembre de 1767».[32]

A propósito del duque de Choiseul, consejero principal de Luis XV, que fue el encargado de ejecutar la orden del rey y transmitió la decisión al hermano de Casanova, debo señalar que sobre este personaje hay abundante información en los manuales de historia y de la misma me he servido para componer el personaje.

Casanova permaneció en España casi un año, a lo largo de 1768, desplazándose principalmente por Toledo, Madrid y Barcelona, y fue encarcelado en dos ocasiones sin que se conozcan las causas concretas. A su estancia en Toledo le dedica pocas páginas en el volumen 11, capítulo II, de su *Histoire de ma vie*, y la descripción que nos hace sobre la vieja ciudad es comparable a la que haría cualquier turista de nuestro tiempo. Considero que pudo ser una primera visita de tan solo una semana, como señalan algunos trabajos sobre el particular.[33] Y, luego, pudo regresar para seguir trabajando al servicio de los masones, para quienes realizó diversos trabajos por toda Europa, tal y como se describe en la novela.

De su vida enigmática, baste con decir no solo que la magia y la cábala fueron, desde su juventud, dos de sus más serias ocupaciones —sin defecto de que se valiese en ocasiones de ellas para burlar a algunos ingenuos—, sino también que, según indicios cada vez más numerosos, parece que fue, y en este parece reside el enigma, agente de la masonería en buen número de países europeos».[34]

32. *Memorias de España, op. cit.*, capítulo I, p. 72.
33. Ángel Crespo, «Casanova en Toledo», en *La Mujer Barbuda*, suplemento literario de *La Voz del Tajo*, Talavera-Toledo, 22 de Junio de 1985.
34. *Memorias de España, op. cit.*, p. 23. Introducción de Ángel Crespo.

Fue en Lyon, como se cuenta en la novela, donde Casanova se afilió a la masonería, de la que sacó bastante provecho a lo largo de su vida.

Cuando llegó a España, no era la misma persona de comportamiento escandaloso e inclinado a cualquier clase de riesgo, tanto amoroso como empresarial. La muerte de su protector, el senador veneciano Juan Bragadin, y lo ocurrido con Charlotte, unas semanas antes de dejar Francia, está descrito en el volumen 10, capítulo XI de sus memorias, y lo refleja con mayor precisión el editor español de las mismas:

> Casanova había conocido a Charlotte en la estación balnearia de Spa, cercana a Lieja, que estaba entonces de moda. Era esta Charlotte una joven de buena familia a la que el aventurero y tahúr Antonio della Croce había raptado de un convento y a la que había dejado encinta. Antonio della Croce la dejó a cargo de Casanova al ver que la amaba, cuando, habiendo perdido su dinero, decidió irse a Varsovia.[35]

Debo señalar que los aspectos biográficos de Casanova reflejados en la novela, y los que se refieren a su vida anterior, han salido de sus memorias, como es lógico. Además de la obra específica sobre su viaje a España, he manejado la edición española de *Histoire de ma vie* hecha por J. F. Vidal Jové en 1973, de la editorial Al-Borak.

Casanova tuvo cinco hermanos, el mayor fue Francisco, Cecco para los amigos y la familia. Cecco nació en Londres porque los padres eran comediantes y trabajaban en los escenarios de la ciudad inglesa. Casanova nació en Venecia y permaneció en la República al cuidado de su abuela Marzia hasta los siete años. La relación que mantuvo Casanova con su hermano Cecco fue siempre muy estrecha.

> Cecco fue discípulo de Guardi y se especializó en pintura de batallas y paisajes. Era miembro de la Academia de Pintura, Escultura y Grabado de París, ciudad en la que se había establecido en 1757. Más tarde, en la década de los ochenta, trabajó en Viena, donde fue pro-

327

---

35. *Memoria de España, op. cit.*, p .65. Nota del editor.

tegido de Kaunitz. Alternativamente alabado y criticado por Dide-
rot, llegó a ser famoso y a recibir muchos encargos. Estaba casado
con Marie-Jeanne Jolivet, llamada mademoiselle D'Alancour, figu-
rante de la Comedia Italiana.[36]

También es real la existencia de un criado español, del que
constan pocas referencias documentales y cuyo perfil es producto de la imaginación de este autor.

Y son reales otros personajes del entorno de Casanova,
como los venecianos Manuzzi, padre e hijo, Soderini y Mocenigo.
Giovanni Battista Manuzzi, espía de la Inquisición en Venecia,
fue, ciertamente, enemigo declarado de Casanova y lo encarceló
acusándole de magia, ocultismo, ateísmo y libertinaje. No hay
pruebas de que su hijo, destinado en Madrid, quisiera asesinar a
Casanova, aunque él lo describe como alguien siniestro y con
una relación antifísica con el embajador.

Sobre Soderini, escribió en sus memorias:

> El embajador de Venecia me presentó al señor Gaspar Soderini, se-
> cretario de embajada, hombre culto, prudente y honesto.[37]

Sobre Alvise-Sebastian Mocenigo, el editor de la obra de
Casanova nos ofrece alguna información de interés. Lo fue para
mí, desde luego, a la hora de tejer la historia de la ciudad levítica.

> Nació en 1725. Antes había sido podestá y vicecapitán en Verona, ciu-
> dad perteneciente a la República de Venecia. A pesar de todo lo que
> cuenta de él en sus memorias, Casanova habla elogiosamente de Moce-
> nigo en su *Confutazione*. Escribe: «Le he visto el año pasado, en España,
> mantener con dignidad y prudencia su notable carácter».[38]

Y real, por supuesto, es Luis de Borbón Condé, conde de Clermont, Gran Maestre de la masonería francesa. Sobre este particular he utilizado diversas fuentes, además del relato del propio
Casanova, y citaré los artículos de «La masonería del siglo XVIII

36. *Memoria de España, op. cit.,* p. 70. Nota del editor.
37. *Memoria de España, op. cit.,* p. 88.
38. *Memoria de España, op. cit.,* p. 89. Nota del editor.

en España», cuyo autor es José A. Ferrer Benimeli, y «La masonería francesa del siglo XVIII al XX», de Pierre Chevallier, ambos recogidos en el extra de *Historia 16* dedicado a la masonería, del año 1977.

No lo es tanto Adolfo Mendizábal, aunque sí lo fueron todas las circunstancias que rodean la actividad masónica en España durante esos años.

El episodio de 1945 en Dux tiene mucha importancia en la novela, no en vano constituye el arranque y el cierre de la misma. La primera mención a este suceso la encontré en la introducción de Ángel Crespo a las *Memorias de España*. Crespo insiste en la particularidad de que Casanova pudo destruir una parte de su autobiografía para impedir que se conocieran sus últimos años en Venecia, donde intervino como confidente de la Inquisición. De cualquier manera, insiste:

> En el improbable caso de que esta última parte de la *Histoire de ma vie* hubiera sido escrita, no parece haber esperanzas de que se recupere, sobre todo después de haber sido destruida la documentación procedente del palacio de Dux por el ciego furor de las masas checoslovacas, que en 1945 quemaron importantes e insustituibles archivos conservados en palacio.[39]

Dux es hoy un lugar de peregrinación para los devotos de Casanova, el único, a pesar de que el aventurero, filósofo y cabalista no gozara allí de sus mejores vivencias:

> Diríase que en Dux pretendió rescatar su vida, elevarla en dignidad, sublimarla con el estudio y el trabajo. Y esto ocurriría en un ambiente nada fácil. Y no por parte del dueño protector que le dejaba en plena libertad, sino por parte de la servidumbre, que le consideró desde el primer momento como un enemigo peligroso. Mil acusaciones sobre mil detalles, y especialmente la de haber seducido y embarazado a la hija del portero llamada Dorotea, de cuya acusación pudo demostrar ser inocente.[40]

39. *Memoria de España, op. cit.*, p. 41. Introducción de Ángel Crespo.
40. Giacomo Casanova, *Memorias* (prólogo de J. F. Vidal Jové), Alborak, Madrid, 1973.

Y, sin embargo, en Dux elaboró la mayor parte de sus obras incluidas las mencionadas memorias, de las que es difícil asumir su veracidad en un porcentaje elevado pero que nos muestran un retrato excepcional de la época. Entre los numerosos trabajos que hizo en Dux destaca el diseño de inventos que bien pudieron inspirarse en el legado de Juanelo.

Luis Antonio Fernández de Córdova

El cardenal con el que se relacionó Casanova en la ciudad de Toledo era cordobés. Nació en Montilla el 22 de enero de 1696. Por línea materna era sobrino del cardenal Luis Portocarrero. Al fallecer su hermano mayor heredó el condado de Teba, título con el que fue reconocido durante su mandato como primado de España. Tomó posesión de la sede arzobispal el 11 de septiembre de 1755.

Testimonios contemporáneos le describían como persona de gran virtud, ajeno a toda pompa y fastos, que empleaba sus rentas de 250.000 ducados anuales en el socorro de los más necesitados. Era un hombre sensible y de mentalidad bastante abierta para la época que le tocó vivir y para la ciudad donde ejerció su mandato eclesiástico. Preocupado por la disciplina eclesiástica, promulgó en 1768, coincidiendo con la estancia de Casanova en Toledo, una reforma para la gobernación de la diócesis con intención de impedir los abusos de la Iglesia, de sus destacados miembros, y dar buen ejemplo a los fieles.

Mantuvo varios enfrentamientos con Carlos III, el más destacado debido a la expulsión de los jesuitas. Hubo más problemas con el rey, de hecho el conde de Teba durante el reinado de Fernando VI pertenecía al Consejo de Estado y dejó de serlo por su celo sobre la independencia de la Iglesia que suponía un obstáculo para el regalismo de Carlos III.

Tuvo el arzobispo Fernández de Córdova una especial predilección hacia las monjas de clausura y las protegió con todos sus medios. Al morir, el 26 de marzo de 1771, fue enterrado en la iglesia del convento de las Capuchinas. Su lauda sepulcral, a la entrada de la sacristía de la catedral, dice así:

Dominus Ludovicus antistes Fernandez de Cordova, comes de Teba. Huius almae ecclesiae primates, canonicus, decanus et archiepisco-pus, sanctae romanae primates, canonicus, decanus et archiepiscopus, sanctae romanae ecclesiae presbiter cardinalis, egregiis virtutibus claruit, eclessiae zelo eluxit, maxime vero enituit misericordia in pauperes, magno totius reipublique detrimento moritur die XXVI martii anno MDCCLXXI, zetatis LXXVI. (El obispo Luis Fernández de Córdova, conde de Teba, canónigo, deán y arzobispo primado de esta santa iglesia, cardenal presbítero, se distinguió por su amor a la Iglesia, pero sobresalió más por su misericordia con los pobres. Murió con gran detrimento para el Estado, el día 26 de marzo, año de 1771, 76 de edad).[41]

Puede verse su retrato, su imagen real, al igual que el del resto de primados que ha tenido Toledo, en la sala capitular de la catedral.

Los principales escenarios de Toledo por los que deambula en la novela Casanova y su criado, Sebas, perviven hoy casi sin modificaciones, salvo la posada de El Carmen ya desaparecida, que estuvo al final de la calle de Santa Fe, cerca de la plaza Santiago de los Caballeros, frente al Museo de Santa Cruz. El Palacio Arzobispal, el Colegio de las Doncellas Nobles o las barriadas que se describen en el relato son lugares por los que el tiempo parece haber sido esquivo. La fundación de las Doncellas Nobles es ahora una residencia para estudiantes femeninas, pero continúa en el mismo lugar y enclavado en el mismo edificio, una construcción de grandes dimensiones por el que el tiempo parece no haber transcurrido.

María Francisca de Sales Portocarrero

Fue la sexta condesa de Montijo, grande de España, sobrina-nieta del arzobispo Fernández de Córdova, quien fue su tutor.

---

41. Tomado de L. Sierra, *Diccionario de Historia Eclesiástica de España*, volumen II. C.S.I.C. Madrid, 1972. Ángel Fernández Collado, *Historia de la Iglesia en España. Edad Moderna*, Instituto Teológico de San Ildefonso, Toledo, 2007. Y de M. G. G., *Los primados de Toledo*.

María Francisca estudió en las Salesas Reales de Madrid que regentaban las hermanas de la Visitación, religiosas por las que tenía una especial predilección el cardenal de Toledo. A la muerte de Fernández de Córdova hubo en las Salesas solemnes ceremonias en su recuerdo.

María Francisca fue una renombrada personalidad de la Ilustración. En una obra bastante reciente, la académica e historiadora Carmen Iglesias nos ofrece un retrato preciso sobre la condesa de Montijo

> Personaje singular y figura muy apasionante, olvidada o, como ha demostrado la excelente investigación de Paula de Demerson, tantas veces citada, calumniada o al menos denostada por una especie de «leyenda negra» que se ha repetido por inercia o por ignorancia durante siglos [...]
>
> [...] Por su posición social llegó a reunir uno de los salones más importantes de su tiempo, en el palacio de la calle del Duque de Alba. Allí acudían notables personajes eclesiásticos. Pero también fueron íntimos de aquellas tertulias lo más granado de nuestros ilustrados: Jovellanos, Meléndez Valdés, Moratín, Forner, Cabarrús, Vargas Ponce... La nómina de amistades y de mecenazgos que ejerce la condesa es numerosísima y muy expresiva del personaje.[42]

42. Carmen Iglesias, *No siempre lo peor es cierto. Estudios sobre Historia de España*, Galaxia Guttenberg. Círculo de Lectores, Madrid, 2008, pp. 250, 253. El estudio que menciona Carmen Iglesias es el siguiente: Paula de Demerson, *María Francisca de Sales Portocarrero, Condesa de Montijo. Una figura de la Ilustración*, Editora Nacional, Madrid, 1975.

ESTE LIBRO UTILIZA EL TIPO ALDUS, QUE TOMA SU NOMBRE
DEL VANGUARDISTA IMPRESOR DEL RENACIMIENTO
ITALIANO ALDUS MANUTIUS. HERMANN ZAPF
DISEÑÓ EL TIPO ALDUS PARA LA IMPRENTA
STEMPEL EN 1954, COMO UNA RÉPLICA
MÁS LIGERA Y ELEGANTE DEL
POPULAR TIPO
PALATINO

***
**
*

EN EL CORAZÓN DE LA CIUDAD LEVÍTICA
SE ACABÓ DE IMPRIMIR EN UN DÍA
DE PRIMAVERA DE 2011, EN LOS
TALLERES DE RODESA
(VILLATUERTA)

***
**
*